보이스피싱인데

인생역전

◆ **1** ◆

A STORY OF HIS REVERSED LIFE

보이스피싱인데
인생역전

장탄 장편소설

빅스토리

《보이스피싱인데 인생역전》 차례

프롤로그

전화가 울린다.

♬띠리리링 띠리리링 띠리리링

"여보세요."

"안녕하세요? 고객님 여기 은행인데요. 고객님의 계좌의 문제가 있습니다. 비밀번호를⋯⋯."

— 뚝

뻔히 보이는 보이스피싱 수법. 그리고.

"여보세요?"

"서울 중앙지검 검사입니다. 선생님 명의 통장으로 불법 자금이 거래되어 조사를 해야 되는데, 비밀번호를 먼저⋯⋯."

이것도 보이스피싱.

보통 보이스피싱의 수법은 거기서 거기다. 거의 100% 전화 받는 사람의 돈을 갈취해가지.

하지만 나에게 걸려오는 보이스피싱은 좀 다르다.

♬띠리리링 띠리리링 띠리리링

"여보세요."

"당신의 미래를 바꿔드립니다! 인생역전의 기회! 확실한 서비스를 약속드리겠습니다! 무려 '무료서비스' 기간이 7일! 무료서비스를 충분히 누려보세요! 당신의 '선택'을 기다리겠습니다! 계속 들으시려면 1번, 수신 거부는 2번을 눌러주세요."

내게 걸려오는 보이스피싱은 미래를 판매한다.

1. 기회니가 잡아

「거장, 류성수 감독 차기작 '할머니…'에 무명 아역 배우(강주혁 군) 캐스팅」

나는 시작부터 주연이었다. 내 나이 열한 살에 주연을 맡은 영화는 대박을 쳤고, 세상은 나를 알아보기 시작했다.

「'할머니…' 아역 배우 강주혁 군, '가문의 희망'에 캐스팅」

「개봉 11일 만에 200만 관객 동원 "가문의 희망!"」

「흥행 보증수표 강주혁 군, '대왕성장기' 배영수의 아역 연기」

「'3050' 대왕성장기에 빠졌다! 시청률 30% 돌파」

그리고 유명해지기 시작했다. 인기? 유명세? 얻기가 어려워? 나에게는 딴 세상 이야기였다. 영화, 방송, 드라마, 종횡무진 휘젓고 다녔다. 쉴 틈 없이 스크린과 브라운관에 얼굴을 비추면서 이름을 날렸다. 작품 하나 끝나면 다음 작품, 또 다음 작품.

— 할머니 때부터 봤는데, 크면 엄청날 듯.

— 얘 연기도 기가 막힘.

— 제발 그대로만 자라다오!

그래서 그대로 자랐다. 큰 잡음 없이 성인이 되고, 내 결정에 따라 스무 살이 되자마자 휴식기 없이 군대에 갔다. 그리고 전역. 소위 '까방권' 획득 성공. 그러고는 전역 즈음에 골라놓은 영화에 빠르게 투입했다.

「영화 '첫사랑공식' 500만 돌파! '강주혁' 국민 연하남 등극」

「천만 감독 황수림 차기작 '좀비스틸'에 국민 연하남 강주혁 눈독」

나를 눈독 들이는 감독의 영화에 출연하면 사람들은 나를 더욱 높은 곳에 올려놓았다. 내 인기와 명성은 나이를 먹어도 식을 줄 몰랐다.

그렇게 달리다 보니, 어느새 나는 한국에서 손꼽히는 톱스타 자리에 있었다. 열한 살 데뷔. 그리고 스물아홉인 지금까지 18년 동안, 나는 언제나 톱스타였다.

하지만…….

「무비트리 "'이중계약' 강주혁에게 법적 책임 물을 것"」

「톱스타 A씨, 마약 상습 투약… 누구?」

— 누구임?

— 이거 찌라시 떴는데, 강ㅈㅎ

— 힐! 진짜 ㄱㅏㅇ주ㅎㅕㄱ임?

「톱스타 A씨 음주운전 혐의 강력부인」

— 이거 강주혁이라던데

— 인성 수준

「강주혁, 사기 혐의로 피소, 빚투 사실인가?」

「톱스타 '원정 상습도박' 명단 확인해보니…」

— 여기 황해나랑 강주혁 뜸

— 주모! 여기 강주혁 추가요!

어느 날 터진 느닷없는 추측성 기사를 시작으로, 기사에 달린 댓글 몇 줄이 나를 범죄자로 만들었다. 18년의 공든 탑은 하루아침에 무너져 내렸다. 마치 누가 작정하고 무너뜨리듯.

「광고주들 뿔났다. 강주혁 위약금 수억 원대」

「강주혁 사업 '빨간불' 수십 억대 빚더미」

「'주혁고깃집' 가맹점 줄줄이 문 닫아」

하염없이 무너졌다. 그 어떤 사건이나 범죄든 나와 무관하다는 기사가 나가도 빠르게 묻힐 뿐이었다.

「'강주혁' 모든 사건에 무혐의, 루머일 뿐」

「'신의 탁자' 박용수 감독 "강주혁 교체, 불필요한 오해 막는다"」

사람들은 믿고 싶은 것만 믿었다. '잘못 없다. 내가 한 게 아니다. 믿어달라' 같은 말들은 의미가 없었다. 어느새 나를 보는 대중의 시선은 범죄자를 보는 그것으로 바뀌어 있었다.

진짜 다들 왜 그러냐? 미치도록 억울하네.

아, 내가 싫어? 나도 니들 싫다.

톱스타로서의 이미지? 인기? 필요 없다. 그냥 모든 게 귀찮다. 절이 싫으면 중이 떠나야지. 엿 같은 정글, 연예계. 죽어도 안 돌아간다. 절대로.

강주혁은 그렇게 망했다. 그리고 정글을 떠났다. 방에 틀어박혔다.

* * *

10평 남짓한 반지하 월세방. 강주혁에게 남은 건 위약금과 배상금을 모조리 물어주고 남은 이 월세방이 전부였다. 벌써 점심이 훌쩍 지난 시간임에도 빛 한줄기 들어오지 않는다. 그리고 이 냄새는 뭘까? 누가 맡아도 얼굴이 절로 구겨질 듯한, 썩은 발 냄새 같은 악취가 가득하다.

"아, 벌써 점심이냐?"

침대인지 마구간인지 헷갈리는 곳에서 남자가 부스스 일어난다. 강주혁이다. 푸석푸석한 머리카락을 뒤로 질끈 묶은 데다 수염이 덕지덕지 자라서, 척 보면 전설의 괴수처럼 보인다. 이미 사람의 형상이 아니었다.

강주혁은 눈을 뜨자마자 손바닥으로 이불을 쓸어댔다. 리모컨을 찾기 위함일 것이다. 몇 초쯤 이불을 뒤적거리자 그의 눈에 검은색 물체가 보였다. 리모컨을 확인한 강주혁은 곧장 정면에 걸려 있는 TV를 켰다. 온통 검은색으로 표시되던 TV가 낚시 프로를 토해낸다. 그 프로를 강주혁이 영혼 없이 시청한다.

"오늘은 생태계 교란 어종인 배스를 잡아보겠습니다. 일단……."

누가 봐도 낚시 복장인 남자가 낚싯대를 흔들며 설명을 늘어놓는다. 한창 남자가 설명을 늘어놓는데 TV 상단에 흰색 글씨로 광고문구가 스스슥 지나간다.

— 곧 기회가 당신을 찾아갑니다. 기회의 순간을 놓치지 마세요. TEL. 070-1004-1009

TV 상단에 지나가는 광고 글자가 사라지자, 낚시를 준비하던 남자가 마치 짜고 친 듯 멘트를 던진다.

"타이밍입니다. 입질이 오는 순간 낚아야지, 순간을 놓치면 끝이에요."

강주혁은 잔잔하게 흘러나오는 낚시 프로를 쥐 죽은 듯이 보다가, 다시금 눈꺼풀을 스르륵 닫는다.

강하게 철문을 때리는 노크 소리가 울려 퍼진 건 그때였다.

"택배요~"

그 소리에도 눈을 감은 강주혁은 미동조차 없다. 언뜻 보면 죽어버린 게 아닌가 싶다. 그러다 강주혁의 눈이 다시 스르륵 열리며 현관문 쪽으로 시선을 던진다.

"택배 올 게 없는데."

강주혁이 방에 박혀 산 지 5년. 그런 그에게 택배가 올 리 없다. 시킨 적도 없으니까.

살짝 궁금증이 생긴 강주혁은 몸뚱이를 힘겹게 일으켜 세웠고, 머리를 벅벅 긁으며 현관 쪽으로 걸어간다. 방은 좁은데 길쭉한 다리 덕분에 현관까지는 금방 도착했다. 그러더니 강주혁은 철문에 귀를 바싹 대본다.

'기레기들이 작전 짠 건 아니겠지?'

강주혁은 몇 년 전 비슷한 수법으로 기자들이 들이닥쳤던 때를 떠올렸다. 그러나 복도에서 들리는 소리가 딱히 없자, 살짝 아주 사알짝 현관문을 열었다. 열린 문틈으로 복도를 슬쩍 노려본다. 복도에는 작은 박스 말고는 아무것도 없다. 그는 슬쩍 손을 내밀어 박스를 회수하고는 문을 다시 닫아버렸다.

문이 닫힌 현관문 앞에서 강주혁은 손바닥만 한 박스를 손에 들고 흔들어본다. 무슨 물건인지는 모르겠으나, 뭔가 묵직함이 느껴진다. 강주혁은 박스 윗면에 붙은 택배용지를 확인했다.

"뭐야, 이거."

택배용지가 있어야 할 곳엔 요상한 멘트가 적힌 종이가 붙어 있었다.

— 당신에게 미래를 판매하겠습니다.

의미불명의 글자를 읽은 강주혁의 입이 열린다.

"미친 소리 하네."

말 그대로였다. 박스에 뭐가 들었는지는 몰라도 역시 쓸데없는 물건이겠거니 하며 내던지려던 찰나…….

♬띠리리링 띠리리링 띠리리링!!!

난데없이 벨 소리가 울린다. 강주혁이 박스를 귀에 가져다 댄다. 벨 소리는 박스 안에서 울리고 있다. 강주혁은 박스에 단단히 붙어 있는 테이프를 뜯어내고 안을 확인해본다.

"핸드폰?"

박스 안에는 하얀색 핸드폰이 들어 있다. 벨 소리는 계속 울린다. 액정 화면에 표시된 발신자 번호를 확인했다.

*070-1004-1009

"뭐 이딴 번호가 다 있냐."

070으로 시작된 번호를 보자마자 강주혁은 보이스피싱을 연상했다. 그런데 요즘은 보이스피싱이 핸드폰을 보내주기도 하나? 호기심에 바로 전화를 받았다.

"여보세……."

하지만 전화를 받은 강주혁은 말을 끝내지 못했다. 상대편 여자 목소리가 강주혁의 말을 끊어냈기 때문에.

"망했나요? 그래서 세상에 다시 나가기 두려우신가요? 걱정 마세……."

— 뚝

강주혁은 말을 쏟아내는 여자의 목소리를 끝까지 듣지도 않고 전화를 끊어버린다.

"개소리하네."

그런데 끊자마자 전화가 다시 울렸다. 강주혁은 핸드폰을 아무 감정 없이 내려다보더니, 이내 전원을 꺼버린다. 이게 보이스피싱이든 오배송된 물건이든 알 바 아니다. 그냥 시끄러운 게 마음에 들지 않았다.

강주혁은 꺼진 핸드폰을 바닥 어딘가에 휙 던진다. 그 핸드폰은 쓰레기가 쌓여 있는 쪽에 툭 소리를 내며 안착했고, 강주혁은 다시 침대로 돌아가 풀썩 주저앉았다. 영혼 없이 낚시 프로를 보던 강주혁이 이내 질렸는지 리모컨을 잡는다. 다음으로 틀어진 건 연예계 정보를 알려주는 프로그램.

"이번 주도 뜨거운 사람들과 돌아온 센스연예통신! 요즘 가장 핫한 신인! 차정욱의 촬영장을……."

"염병."

강주혁은 연예 프로그램이 나오자마자 낮게 욕설을 내뱉는다. 눈 버렸다 싶어서 곧장 리모컨을 드는데, 그 순간 다시 흰색 광고문구가 TV 상단을 지나갔다.

— *기회의 순간을 놓치지 마세요. TEL. 070-1004-1009*

그런데 이번에는 TV 상단에 굴러가던 광고문구가 사라지지 않고, 뚝 하고 멈춘다. 그걸 본 강주혁이 살짝 미간을 찌푸린다. 그 순간.

♬띠리리링 띠리리링 띠리리링!!!

다시 벨 소리가 우렁차게 울린다. 강주혁이 깜짝 놀라 고개를 돌렸다. 분명히 전원을 껐는데, 핸드폰이 다시 울리고 있었다. 순간 짜증이 솟구친 강주혁이 욕을 내뱉으며 침대에서 일어나, 바닥에서 울리는 핸드폰을 집어들었다. 그런데 이 번호?

*070-1004-1009

강주혁이 핸드폰 화면에 뜬 발신자 번호를 유심히 보다가 TV 상단의 광고문구로 눈길을 돌렸다. 신인배우 차정욱 인터뷰가 한창인 TV 상단에는 흰색 광고문구가 여전히 꼼짝 않고 박혀 있었다.

— *기회의 순간을 놓치지 마세요. TEL. 070-1004-1009*

TV와 핸드폰 화면을 번갈아 보던 강주혁이 조금 늦게 알아차렸다. TV와 핸드폰 화면에 뜬 번호가 똑같다는 것을. 뭔가 묘한 기분을 느낀 강주혁이 전화를 받자 느닷없는 멘트가 흘러나왔다.

"*강주혁 님! 기회를 잡으시기 바랍니다!*"

다짜고짜 강주혁의 이름을 외쳐댄다. 게다가 멘트도 바뀌었다. 보이스피싱에서나 들을 법한 여자 목소리는 여전했지만. 강주혁은 인내심 있게 들어보기로 한다.

"당신의 미래를 바꿔드립니다! 인생역전의 기회! 확실한 서비스를 약속드리겠습니다! 무려 '무료서비스' 기간이 7일! 무료서비스를 충분히 누려보세요! 당신의 '선택'을 기다리겠습니다! 계속 들으시려면 1번, 수신 거부는 2번을 눌러주세요."

"뭔 소리야?"

좀 이상하다. 보이스피싱이란 전화 받는 사람의 선택을 바라지 않는다. 그저 돈을 갈취하기 위해 떠벌리는데, 지금 걸려온 보이스피싱은 들을지 말지를 선택하란다.

"내 이름은 어떻게 알았지?"

난데없이 도착한 핸드폰. 오배송일 순 있지만, 오배송된 핸드폰에서 강주혁의 이름이 불릴 확률이 얼마나 될까?

여러 가지 의문이 있음에도 강주혁은 일단 1번을 눌렀다. 그러자 터치음과 함께 여자 목소리가 다시 들렸다.

"강주혁 님의 '무료서비스' 신청을 환영합니다!

지금 이 순간부터 총 7일 동안 '무료서비스' 기간을 만끽하세요! '무료서비스' 중에는 미래 기간이 임의로 설정될 예정이니 참고하세요! '무료서비스'를 경험하며 인생역전의 발판으로 삼으시길 기원합니다!"

뭘 만끽하라고? 미래 기간은 또 무슨 개소린지? 멘트 하나하나가 어이없었다. 그러거나 말거나 핸드폰에서 다시 여자 목소리가 이어졌다.

"들으실 항목의 키워드를 '선택'해주세요!

1번 '새벽 6시', 2번 '새벽 3시 30분', 3번 '아침 11시 20분', 4번…… 다시 듣기는 #버튼을 눌러주세요."

멘트를 끝까지 들은 강주혁의 입이 열린다.

"미친 새끼들."

이런 식으로 터치를 유도해서, 상대방과 연결되면 그때부터 진짜 시작하겠지. 그런 생각으로 강주혁은 핸드폰 화면을 노려본다. 이어서 짧게 혀를 차며 별생각 없이 1번을 누른다. 누가 받든 욕을 쏟아부을 준비를 하며.

하지만 강주혁은 준비한 욕을 쏟아붓지 못했다.

"*탁월한 선택! 강주혁 님이 선택한 키워드는 '새벽 6시'입니다.*"

"*'새벽 6시'! 의문의 교통사고로 신인배우 차정욱이 사망합니다. 경찰은 초기 그의 사망을 사고사로 봤지만, 차에서 유서가 발견돼 '자살'로 결론 납니다!*"

— 뚝

제멋대로 지껄이다가 통화가 끊긴 핸드폰을 귀에 대고서 강주혁은 살짝 멍해졌다.

"이게 뭔."

보이스피싱이 이렇게 제 말만 하고 끊는 게 말이 되나? 그럼에도 전화는 끊겼다. 강주혁은 핸드폰을 내리면서 여전히 시끄럽게 떠들고 있는 TV로 눈길을 돌렸다.

"차정욱 씨! 요즘 인기가 치솟고 있는데 소감이 어떠세요?"

"하하하. 선배님들이 축하해주시고, 저도 너무 감사하죠."

신인배우 차정욱이 여전히 인터뷰 중이다. 저기서 저렇게 멀쩡히 인터뷰하고 있는 사람이 죽는다니.

"확실히 미친 전화네."

강주혁은 짧게 읊조리며 TV에서 시선을 거두었다. 그리고는 손에 쥐고 있던 핸드폰을 무음으로 바꾼 후, 다시 전원을 끄고 던져버렸다. 핸드폰이 휭 하고 날아가다 방 어디론가 떨어지는 소리가 들렸다.

강주혁은 다시 TV 채널을 바꾸었다. 연예계 쪽 방송을 보면 과거가 불쑥불쑥 떠올라 역겨울 뿐이었다. 이번엔 해외 스포츠 채널이었다. 채널을 그대로 두고 강주혁은 세 걸음이면 닿을 곳에 있는 냉장고 문을 열었다. 벌써 오후 2시가 넘었으니 슬슬 배가 고팠다. 하지만 냉장고는 생수를 제외하곤 김치가 전부.

"쯧."

강주혁은 괴팍하게 냉장고를 닫고는 바로 위 찬장을 열었다. 3분 카레와 즉석밥이 다섯 개쯤 있었다. 대충 손에 잡히는 카레와 즉석밥을 꺼내고, 그릇에 대충 털어 넣는다. 이어서 그릇을 전자레인지에 넣고 시간을 설정한다. 전자레인지가 주황 불빛을 뿜으며 작동음을 토해내자, 강주혁은 몸을 돌려 침대 옆에 있던 노트북을 집어 든다. 전원을 넣고는 은행사이트에 접속한다. 통장에 남은 잔액을 확인할 생각이었다.

─ 98만 원

강주혁의 전 재산이다. 강주혁은 노트북 화면을 물끄러미 바라보았다.

"얼마 안 남았네."

방에 틀어박혀 산 지 5년. 남은 돈은 98만 원.

강주혁은 98만 원이 바닥나는 순간, 죽을 생각이다. 그에게 통장 잔액은 일종의 카운트다운인 셈이었다.

강주혁은 더러운 정글, 연예계에서 배신당하고 팽당했다. 이어서 찾아온 대인기피증, 공황장애, 우울증은 순식간에 그에게서 생기와 삶의 의욕을 앗아 갔다. 5년 동안 이 어두침침한 방에서 3분 카레에 즉석밥이나 말아 우물거리는 정신병 걸린 퇴물 배우. 그에게 남은 건 그게 전부였다.

퇴물 배우 강주혁이 그저 노트북 화면만 멍하니 보는 동안, 전자레인지가 할 일 다 했다는 신호를 토해냈다. 저걸 처먹으면 조금씩 죽음과 가까워진다.

천 원, 이천 원, 돈을 쓸 때마다 죽음이 가까워진다는 생각이 든 강주혁은 전자레인지를 물끄러미 바라보다가, 다시 노트북 화면으로 시선을 돌렸다.

순간 기분이 더러워졌을 거다. 천 원 이천 원에 자기 목숨이 줄어드는 엿 같은 상황이니까.

그런 기분으로 강주혁은 노트북 화면에서 은행사이트를 내리고 검색사이트를 켰다. 혹시나 하는 마음에서였다. 아까 받은 보이스피싱. 그게 살짝 신경 쓰여서 검색창에 '차정욱'을 입력하고 검색을 때렸다.

「벌써 종방이야? '사랑남녀' 종방연 현장, 차정욱 SNS에 사진 공개」

「'차정욱', 첫 주연작 사랑남녀 시청률 대박!」

그리고 쏟아지는 기사들. 차정욱이라는 신인배우가 찍은 드라마가 최근에 종영했는지, 종방연에 관한 기사가 많았다. 그 어디에도 차정욱의 사망기사는 없었다. 역시나 보이스피싱이 개소리를 지껄인 게 확실했다. 적어도 강주혁은 그렇게 생각했다.

"밥이나 씹자."

흥미를 잃은 강주혁이 노트북을 덮고는 전자레인지로 향했다. 그러더니 카레와 밥이 뒤섞인 그릇을 꺼내고는 오도카니 서서 우걱우걱 밥알을 씹어 삼킨다. 밥을 먹는데도 영혼이 없다. 뭐라고 해야 할까. 그저 숟가락을 반복해서 입에 넣는 기계. 덕분에 그의 식사는 5분이 채 안 걸렸다. 여물을 씹듯 밥을 삼킨 강주혁은 플라스틱 그릇을 대충 재활용 박스에 던져넣고는 다시 침대로 향했다. 그가 퀴퀴한 반지하 월세방에 틀어박혀서 하는 일이라곤 TV 시청이 전부였다.

다음 날 아침, 강주혁의 잠을 깨운 것은 벨 소리였다.

♬띠리리링 띠리리링 띠리리링!!!

그러나 강주혁은 요지부동이었다. 지랄 맞은 벨 소리 때문에 잠은 깼지만, 움직일 기미가 없다. 그저 일어나면 저 핸드폰을 부숴버려야겠다는 생각을 할 뿐.

1분 정도 지나 핸드폰이 잠잠해지고 강주혁이 다시 잠에 빠져들려는 찰나, 이번에는 어제 미처 끄지 못한 TV에서 들리는 시끄러운 음악 소리가 강주혁의 잠을 방해한다. 짜증이 난 강주혁은 베개에 얼굴을 파묻은 채 침대 주변을 쓸어대며 손의 감촉만으로 리모컨을 찾기 시작했다. 하지만 강주혁이 리모컨을 찾기 전에 TV 뉴스가 시작되었다.

"여러분 안녕하십니까. 아침부터 참담한 소식을 전하게 되어 매우 안타깝습니다. 오늘 새벽 6시경 신인배우 차정욱 씨가 교통사고로 사망했습니다."

한창 침대 위를 쓸던 강주혁의 팔이 움직임을 멈췄다.

"경찰은 초기 현장 상황만으로 사고사로 판단했으나, 차정욱 씨가 최근 우울증에 시달렸다는 주변 증언과 차 안에서 유서가 발견된 것으로 보아 자살로 추정된다고 알렸습니다. 오늘 첫 소식 안창배 기자입니다."

강주혁은 어느새 고개를 들고 아침 뉴스에 집중한다. 뉴스에서 전해주는 기사는 매우 길었지만 요약하자면 결국 '신인배우 차정욱의 자살'이었다.

"진짜 죽었다고?"

개소리로 치부했던 일이 현실로 벌어졌다. 강주혁은 침대에서 벌떡 일어나 핸드폰을 찾았다. 하지만 어디에 처박혔는지, 좀처럼 눈에 띄지 않았다. 그 순간에도 강주혁의 머릿속에는 어제 보이스피싱이 지껄인 개소리가 계속 맴돌았다.

"새벽 6시! 의문의 교통사고로 신인배우 차정욱이 사망합니다. 경찰은 초기 그의 사망을 사고사로 봤지만, 차에서 유서가 발견돼 '자살'로 결론 납니다!"

그러던 차에 쓰레기봉투가 뒤섞인 공간 틈에서 핸드폰을 발견했다. 혹시나 해서 핸드폰 옆면에 있는 전원 버튼을 살짝 눌러보니 바로 화면이 켜진다. 분명 어제 껐는데? 강주혁의 머릿속이 점점 뒤엉키기 시작했다.

"말이 되나?"

확실히 방금 뉴스에서는 경찰이 차정욱의 사망을 자살로 추정한다고 말했다. 그리고 강주혁이 받은 보이스피싱에서도 똑같이 말했다. 그런데 차정욱의 사망 뉴스가 뜬 건 오늘 아침이고, 보이스피싱이 사고 소식을 전한 건 어제다. 하루 먼저 차정욱의 사망을 알았다? 강주혁의 심장이 빠르게 뛰기 시작했다.

그는 곧장 노트북을 켜고 인터넷을 접속했다. 검색사이트의 실시간 검색어는 이미 차정욱으로 도배돼 있었다. 차정욱의 사망은 확실해 보였다.

그 순간 강주혁의 머릿속을 관통하는 기억이 있었다. 어제 문 앞에 놓여 있던 택배. 그 택배 박스 표면에 붙어 있던 문구.

— 당신에게 미래를 판매하겠습니다.

"설마."

아니겠지. 강주혁이 읊조렸다. 당연히 불가능하다고 생각했다. 미래 판매라니. 그러면서도 강주혁은 하얀색 핸드폰에서 눈을 뗄 수가 없었다.

그 순간 손에 들린 핸드폰이 다시 울리기 시작했다. 갑작스런 벨 소리에 강주혁이 움찔한다.

"시발. 뭐야, 진짜."

온몸에 소름이 돋아나는 게 느껴졌다. 가만히 핸드폰을 노려보던 강주혁이 이내 마음을 먹고 전화를 받았다. 어제 들었던 여자 목소리가 다시 들렸다.

"강주혁 님은 '무료서비스'를 이용 중입니다!

남은 기간은 총 6일! '무료서비스' 기간을 만끽하세요! '무료서비스' 중에는

미래 기간이 임의로 설정될 예정이니 참고하세요! '무료서비스'를 경험하며 인생역전의 발판으로 삼으시길 기원합니다! 계속 들으시려면 1번, 수신 거부는 2번을 눌러주세요."

강주혁의 머리카락이 쭈뼛쭈뼛 솟는다. 마치 뭐에 홀린 듯한 느낌으로 강주혁은 천천히 1번을 눌렀다.

"들으실 항목의 키워드를 '선택'해주세요!

1번 '아침 8시 20분', 2번 '아침 11시', 3번 '점심 12시 4분', 4번······ 다시 듣기는 #버튼을 눌러주세요."

어제와 똑같은 패턴. 강주혁은 살짝 떨리는 손으로 똑같이 1번을 선택했다.

"탁월한 선택! 강주혁 님이 선택한 키워드는 '아침 8시 20분'입니다!"

짧은 정적 후 여자 목소리가 이어졌다.

"자살한 신인배우의 말로를 잘 보셨나요? 어떠셨나요? 처참했나요? 그건 약과입니다! 강주혁 님의 자살현장이 더욱 처참할 테니까요. 하지만 걱정 마세요! 저희와 함께라면 곧 자살할 예정이신 강주혁 님의 미래를 바꿔드리겠습니다!"

뭐라고? 강주혁의 눈이 커졌다. 보이스피싱이 강주혁의 처참한 미래를 마치 알고 있다는 듯 씨불였으니까. 그러나 보이스피싱 멘트는 그게 끝이 아니었다.

"아침 8시 20분! 강주혁 님은 인생역전의 첫발을 내딛게 됩니다!"

여기까지 말하고 전화가 끊겼다. 8시 20분? 강주혁은 핸드폰을 귀에 붙인 채로 천천히 고개를 돌려 벽에 걸린 시계를 확인했다.

정확히 8시 20분이었다.

* * *

　강주혁이 멍하니 시계를 보던 중 시각은 21분으로 바뀌었다. 그러자 정신을 차린 듯 강주혁은 핸드폰으로 시선을 돌렸다.

　'전화를 해보자.'

　곧장 핸드폰 화면을 깨우고는 통화목록을 강하게 눌렀다. 통화목록에는 같은 번호가 여러 개 찍혀 있었다.

　*070-1004-1009

　강주혁이 곧장 통화를 터치하자 신호가 갔다. 연결 신호가 여섯 번 정도 울리자 드디어 발신음이 멈췄다. 하지만…….

　"지금 거신 전화는 고객의 요청으로 당분간 착신이 정지되어 있습니다."

　강주혁의 기대가 와사삭 부서진다. 혹시나 싶어 두세 번 시도했지만 결과는 마찬가지였다.

　강주혁은 짧게 혀를 차며 핸드폰을 손에 쥔 채 침대로 돌아갔다. 그리고 노트북을 집어 들었다. 노트북 화면에는 여전히 차정욱의 사망 관련 기사가 출력되고 있었다. 그 창을 내리고 검색창에 보이스피싱 번호를 넣어보았지만, 검색결과는 없었다. 허무한 결과를 보며 강주혁이 머리 가죽이 찢길 듯이, 양손으로 벅벅 긁어대며 탄식했다.

　"뭐냐. 어떻게 알았냐고."

　전화를 걸 수도 없거니와 번호에 대한 정보도 안 나온다. 오로지 전화를 받을 수만 있는 보이스피싱. 하긴 보통의 보이스피싱도 아마 비슷할 거다. 하지만 이 보이스피싱은 뭔가 이상하다. 미래를 판다고 하질 않나, 일어나지도 않은 일을 하루 전날에 알려주기도 한다. 거기다 인생역전 어쩌고저쩌고. 하지만 당장 알 길이 없다.

답답한 결론이 나오자, 강주혁이 옆에 있는 핸드폰을 가만히 노려보았다. 워낙에 더러운 행색이라 마치 짐승이 먹잇감을 노리는 분위기가 연출된다. 그런 분위기는 아랑곳없이 강주혁이 작게 읊조렸다.

"해봐, 한번."

어차피 확인할 방법도 없고, 나는 기다리겠다. 그러니 해볼 테면 해봐라. 일종의 호기심. 강주혁이 틀어박힌 이 월세방에서는 전혀 필요 없는 것이었다. 실로 오랜만에 느껴보는 감정을 지닌 채 강주혁이 노트북을 덮었다. 그러더니 침대에 다시 벌러덩 누워버린다. 평소와 똑같은 모습. 언뜻 보기에는 변화가 없어 보인다.

그러나 강주혁은 알아채지 못했다. 그에게 잊혔던 생기가 조금씩 돌아오고 있음을.

다음 날, 늦은 점심이 돼서야 강주혁이 눈을 떴다. 반지하 월세방은 어제와 별반 다를 게 없다. 여전히 켜져 있는 TV, 여전히 짐승 같은 몰골의 강주혁. 미래를 알려준다는 보이스피싱은 어제 아침 이후 감감무소식이고, 덕분에 강주혁의 관심도도 극명하게 내려갔다. 이대로 전화가 안 오면 이대로 살다 가면 그뿐이고, 전화가 오면 그때 돼서 판단하면 되겠지.

판단은 판단이고, 일단은 밥부터.

강주혁이 홀쭉해진 배를 쓱쓱 문지르며 찬장으로 향했다. 그리고 어제와 똑같이 즉석밥과 3분 카레를 꺼낸다. 즉석밥과 3분 카레는 그대로 전자레인지 안으로 사라진다. 문득 강주혁의 실소가 터진다.

"꾸역꾸역 처먹네."

전자레인지가 멈추자 강주혁은 카레를 섞은 밥에 숟가락을 푹 꽂고는 침대로 귀환한다. 강주혁은 TV에 눈길을 고정한 채 숟가락에 밥을 한 움큼 얹어서 입으로 가져간다.

"안녕하십니까. 풋볼뉴스의 김진석입니다. 오늘도 역시 박찬성 해설위원과 함께하겠습니다! 안녕하세요?"

"네~ 안녕하세요. 어우 김진석 아나운서는 살이 좀 빠지셨네요?"

"쓸데없는 소리 하지 마시고요. 곧바로 해외축구, 프리미어리그 소식부터 들어가겠습니다."

해외축구의 소식을 전하는 풋볼뉴스. 굉장히 자유로운 분위기로 유명한 프로였다. 강주혁은 슬쩍슬쩍 웃음을 흘리며 머슴밥을 계속 씹는다. 그러거나 말거나 풋볼뉴스는 계속 진행된다.

"어~ 어제 새벽 맨시티와 아스널의 경기가 있었는데요? 박찬성 해설위원은 이 경기 보고 주무셨나요?"

"아, 아쉽게도 어제 새벽에 급하게 복통이 와서 보진 못했습니다."

"네! 박찬성 해설위원이 복통으로 보지 못한 맨시티와 아스널의 경기 하이라이트 먼저 보시죠!"

사회를 진행하는 아나운서의 컷으로 화면이 전환된다. 어제 있었던 축구 경기. 사실 강주혁은 축구에 큰 관심은 없었다. 다만 밥 먹을 때는 축구 하이라이트만 한 것이 없다. 멍청하게 보면서 밥을 씹을 수 있으니까. 지금도 강주혁은 멍청하게 하이라이트 영상을 보며 밥을 한술 떠서 입에 가져가고 있었다. 그때였다.

♬띠리리링 띠리리링 띠리리링!!!

머슴밥 한술이 강주혁의 입에 도착하기 직전, 벨 소리가 우렁차게 울려댔다. 벨 소리를 듣자마자, 강주혁은 숟가락을 그릇에 다시 꽂고는 핸드폰을 집어 들었다. 핸드폰 화면에 익숙한 번호가 떴다. 보이스피싱이었다.

"왔다."

번호를 보고는 강주혁이 짧게 내뱉었다. 그리고 거침없이 전화를 받았다.

"강주혁 님은 '무료서비스'를 이용 중입니다!

남은 기간은 총 5일! '무료서비스' 기간을 만끽하세요! '무료서비스' 중에는 미래 기간이 임의로 설정될 예정이니 참고하세요! '무료서비스'를 경험하며 인생역전의 발판으로 삼으시길 기원합니다! 계속 들으시려면 1번, 수신 거부는 2번을 눌러주세요."

익숙한 여자 목소리가 들렸다. 그리고 5일. 어젠 분명 남은 기간이 6일이라고 했다. 아무래도 하루가 지날수록 까이는구나 싶었다. 강주혁은 그대로 1번을 눌렀다. 짧게 들리는 터치 음. 그리고 여지없이 이어지는 여자 목소리.

"들으실 항목의 키워드를 '선택'해주세요!

1번 '새벽 1시 10분', 2번 '새벽 3시 20분', 3번 '점심 12시 15분', 4번……
다시 듣기는 #버튼을 눌러주세요."

그런데 키워드가 어제와는 미묘하게 달랐다.

'매번 다른 건가?'

강주혁은 시험 삼아 이번에는 2번을 눌렀다.

"탁월한 선택! 강주혁 님이 선택한 키워드는 '새벽 3시 20분'입니다!"

여자 목소리가 선택한 키워드를 재차 확인시켜준 후, 이어서 말한다.

"새벽 3시 20분! 첼시와 에버턴의 경기가 있을 예정인데요? 모두 첼시의 승리를 예상하지만, 으음~ 초반 첼시 소속 알룬조 선수의 퇴장 그리고 후반 첼시가 PK를 허용하면서, 모두의 예상을 뒤집고 에버턴의 승리로 끝납니다!"

보이스피싱은 여지없이 제 할 말만 하고서 끊겼다.

"축구?"

이번에 선택한 키워드는 해외축구 관련이었다.

강주혁은 끊긴 핸드폰을 옆에다 던지고는 곧바로 노트북을 켰다. 인터넷을 열어 그가 검색한 단어는 '프리미어리그 일정'이었다. 강주혁이 엔터를 치자, 검색사이트가 곧바로 결과를 보여주었다. 수많은 팀의 수많은 경기 일정 중에 강주혁의 눈에 띈 경기.

— 03:20 첼시 FC vs 에버턴 (경기 전)

"내일 새벽?"

경기는 내일 치러질 예정이었다.

다음 날 새벽 3시 40분.

강주혁은 평생 시도도 안 해본 새벽 축구경기를 보고 있다. 모두 요상한 보이스피싱의 능력을 다시 확인하기 위함이었다.

"아! 슛! 아, 아쉽게 빗나갑니다!"

하지만 역시 지루했다. 심지어 피곤함이 쏟아져 꾸벅꾸벅 졸면서 봤다.

"오늘 주심의 경향은 어떤……."

"……예민하므로 조심……."

덕분에 해설자들의 대화가 끊겨서 들렸다. 바로 그때.

"아! 깊어요!"

해설자가 강하게 소리치는 바람에 강주혁이 깜짝 놀라 얼굴을 번쩍 들었다.

"알룬조 선수! 태클이 너무 깊었습니다. 이건 카드 나오겠어요."

"그렇죠? 주심이 뛰어갑니다. 카드를 줄…… 아! 빨간색! 주심이 바로 빨간색을 꺼냈습니다."

첼시 소속 알룬조라는 선수가 진짜 빨간색 카드를 얻어맞고 퇴장당했다. 순간 강주혁의 입이 열렸다.

"이 새끼들 봐라?"

강주혁 나름의 감탄이었다. 그러면서 어제 들었던 보이스피싱의 내용을 떠올렸다. 초반 첼시 소속 알룬조라는 선수가 퇴장당했으니, 이제 남은 건.

"후반 첼시의 PK 허용."

강주혁이 짧게 읊조렸다. 후반에 첼시가 PK를 허용하면서 에버턴이 진짜 승리한다면…… 강주혁은 새삼 경기에 집중했다. 그리고 마침내 후반전.

"아! 박스 안에서 휘슬이 울렸습니다! 찍나요? 찍어요?"

"주심이 달려가는데요? 과연? 아! 찍었습니다. 첼시가 후반 힘든 시간대에 PK를 허용합니다!"

첼시가 정말로 PK를 허용했다. 강주혁의 입이 살짝 씰룩거렸다. 그리고 얼마 지나지 않아.

"모두의 예상을 뒤집고, 에버턴이 첼시에게서 당당히 승리를 가져옵니다!"

"오늘 에버턴은 경기력이 아주 좋았습니다. 어떻게 보셨나……."

경기는 에버턴의 승리로 끝났다. 캐스터와 해설자가 흥분하며 뭐라뭐라 떠들긴 했지만, 강주혁에게는 더이상 들리지 않았다. 그의 시선은 이미 TV에서 손에 쥔 하얀 핸드폰으로 옮겨져 있었다.

"이거 진짜."

어제 보이스피싱은 경기 전이었던 승부의 결과, 즉 미래를 알려준 거다. 그것도 경기 도중 일어나는 사건들까지 정확하게 알려줬다. 강주혁은 핸드폰을 손에 쥔 채로 머리가 쭈뼛 서는 듯한 기분이 들었다. 뭔가에 홀린 듯한 기분. 이걸 뭐라고 설명해야 할까?

강주혁이 핸드폰을 천천히 침대로 내려놓는데, 그 순간.

♬띠리리링 띠리리링 띠리리링!!!

"시발! 깜짝이야."

전화벨이 다시 울렸다. 강주혁이 욕설을 내뱉으며 움찔했지만 이내 진정하고 핸드폰 화면을 확인한다. *070-1004-1009, 역시 보이스피싱이다.

"후—"

강주혁이 짧은 숨을 내뱉으며 전화를 받았다.

"강주혁 님은 '무료서비스'를 이용 중입니다!

남은 기간은 총 4일! '무료서비스' 기간을 만끽하세요! '무료서비스' 중에는 미래 기간이 임의로 설정될 예정이니 참고하세요! '무료서비스'를 경험하며 인생역전의 발판으로 삼으시길 기원합니다! 계속 들으시려면 1번, 수신 거부는 2번을 눌러주세요."

4일. 이제 4일 남은 것을 머릿속에 박아두고, 강주혁이 빠르게 1번을 눌렀다. 이어서 다시 여자 목소리.

"들으실 항목의 키워드를 '선택'해주세요!

1번 '새벽 2시 30분', 2번 '새벽 4시 40분', 3번 '저녁 9시 45분', 4번…… 다시 듣기는 #버튼을 눌러주세요."

역시 키워드들이 어제와 달라졌다. 그리고 강주혁의 태도도 어제와 달라졌다. 몇 번을 눌러볼까? 잠시 고민에 빠진다. 이윽고.

"빠른 거로 간다."

가장 빠른 시간인 1번을 눌렀다.

"탁월한 선택! 강주혁 님이 선택한 키워드는 '새벽 2시 30분'입니다!"

그러자 여자 목소리가 강주혁의 선택을 다시 한 번 확인시켜준 후, 키워드 '새벽 2시 30분'에 대한 미래를 줄줄줄 뱉었다. 가만히 듣던 강주혁이 작게 말했다.

"이건 써먹을 수 있겠는데?"

2. 당첨

강주혁이 방금 보이스피싱이 말해준 내용을 떠올렸다.

"새벽 2시 30분! 번리와 토트넘이 격돌합니다! 경기 시작 전부터 모두 토트넘의 승리를 확신하지만, but! 체력 안배를 위해 서호민 선수가 결장하고, 경기 후반 번리 소속 크리스 우즈와 실리 반스 선수가 차례로 골을 터뜨리면서 모두의 예상을 뒤엎고 번리 승리!"

이번에도 보이스피싱은 해외축구 관련 미래를 알려줬다. 프리미어리그에 번리라는 팀과 토트넘이 격돌한단다.

"서호민이 결장?"

강주혁이 말한 서호민 선수는 한국인으로서 프리미어리그에 진출한 몇 안되는 훌륭한 선수. 그런 선수가 체력 안배를 위해 결장한다면 보이스피싱이 말한 대로 진행될 가능성이 크다고 강주혁은 판단했다. 실제로 방금 본 첼시와 에버턴 경기도 보이스피싱이 말한 대로 흘러갔으니까.

생각을 정리한 강주혁은 핸드폰을 내려놓고, 노트북을 켰다. 인터넷에 접속하자 화면에 검색사이트가 켜진다. 깜박이는 커서, 강주혁은 검색창에 '토트넘 일정'을 적고서 엔터를 때렸다. 검색사이트가 빠르게 결과를 뱉어냈다.

토트넘의 경기 일정이 차례대로 정리되어 읽기가 편했다.

그런데 스크롤을 아래로 내릴 필요가 없었다. 가장 상단에 표시된 일정에 강주혁의 시선이 꽂혔다.

— 02:30 번리 vs 토트넘

진짜로 있었다. 그리고 그 경기가 열리는 날은, 내일이었다.

경기 일정을 확인한 강주혁이 검지로 노트북을 툭툭 쳤다. 5초 정도 생각에 빠졌던 강주혁이 이내 생각을 정리했는지, 인터넷 창을 내리고, 새 창을 열었다. 똑같은 검색사이트가 켜졌지만, 이번에는 검색어가 달랐다.

— 스포츠 토토

검색사이트가 뱉어낸 스포츠 토토 공식사이트에 접속하면서 강주혁이 중얼거렸다.

"프로토 승부식이었나?"

프로트 승부식. 경기마다 배당률이 있고, 승부를 맞히면 그 배당률에 따라 당첨금을 받는 방식이다. 강주혁이 한창 활동하던 시절, 심심하면 바뀌는 로드매니저 중 토토를 광적으로 하는 친구가 있었다. 이름은 잘 기억나지 않지만, 강주혁은 당시 그와 함께 프로토 승부식을 몇 번 했던 것을 떠올렸다. 물론 강주혁이 한 건 끽해봐야 두세 번. 그래도 한 가지는 확실히 인지하고 있었다.

"결과만 알고 있으면 당첨이야 쉽지."

복권이란 건 결과를 모르기 때문에 어렵다. 하지만 결과를 알고 있다면? 갈 길이 매우 쉬워진다. 그리고 그 결과를 지금 강주혁은 알고 있다. 그러니 지금 확인해볼 것은 배당률. 토토 공식사이트에 들어가니 번리와 토트넘 경기의 배당률을 곧장 확인할 수 있었다.

— 배당률 : 번리 승(6.71), 무(3.65), 번리 패(1.35)

6.71이면 꽤 높은 배당률이었다. 하지만 프로토는 한 경기만 베팅할 수가 없다. 최소 두 경기에 베팅해야 한다. 강주혁은 번리와 토트넘의 배당률 바로 밑에 적혀 있는 다른 경기를 확인했다.

— 02:30 허더즈필 vs 울버햄턴 (경기 전)

배당률 : 허더즈필 승(5.95), 무(3.20), 허더즈필 패(1.21)

같은 날, 같은 시간에 하는 다른 경기. 비록 팀 이름은 익숙지 않았지만, 상관없다. 번리와 토트넘이 메인이고, 이건 그냥 베팅을 위한 곁다리 경기일 뿐이니까.

강주혁은 배당률이 표시된 노트북 화면을 보며 생각에 빠졌다. 베팅할 경기들은 정해졌다. 어차피 '번리 승, 허더즈필 승 / 번리 승, 무승부 / 번리 승, 허더즈필 패' 이런 식으로 베팅하면 하나는 맞을 거다. 문제는 프로토를 사려면 집 밖으로 나가야 한다는 것. 인터넷으로 사도 되지만, 그렇게 되면 베팅금이 현저하게 줄어든다. 베팅금이 적으면 당연히 당첨금도 줄어든다.

그러니까 나가서 사야 한다. 다 안다. 다 알고 있는데 순간 두려움이 엄습한다. 머리로는 이해하는데 몸이 따라주지 않는다.

"아오, 씨."

그게 쉬웠으면 진즉 나갔을 거다. 쉽지 않기에 반지하에 박혀 살았던 거겠지. 이 병이 그렇다. 보기엔 멀쩡해 보여도 속은 썩어 있다. 무형의 두려움이 항상 마음속에 자리잡고 있다.

강주혁은 천천히 고개를 돌려 굳건하게 닫힌 현관문을 쳐다봤다. 문을 열고 나갈 생각을 하니 벌써 울렁거린다. 그러다.

"푸후……."

내뱉는 한숨. 강주혁이 양손으로 푸석한 얼굴에 마른세수를 하며 자리에서 일어나 어두침침한 방안을 휘 둘러본다. 그렇게 제자리에서 한 바퀴를 돈다. 그러더니 주머니에 두 손을 쑤셔 넣고는 터벅터벅 화장실로 간다. 불을 켠다. 주황 불빛이 퍼진다. 화장실에 있는 네모난 거울에 강주혁의 모습이 비친다. 단발이라 봐도 무방한 긴 머리, 사극에서나 볼 법한 까끌까끌하게 자란 수염, 늘어진 티셔츠, 생명 꺼진 반바지. 한때 연예계를 호령하던 잘빠진 강주혁이 아니었다. 거울에 비친 남자는 그저 먹고, 자고, 싸는 애니멀, 동물이었다. 그 누구도 강주혁이라 생각하지 못할 거다. 애니멀 같은 모습을 보던 강주혁이 입을 열었다.

"빨리 치고빠져?"

강주혁이 힘겹게 내린 결론이었다. 물론, 힘들겠지. 사람들과 마주치는 순간 또다시 두려움이 강주혁을 스멀스멀 침범할 거다. 그래도.

"기회가 보이는데 놓치는 건 등신이니까."

기회를 잡는 게 어려운 이유는 보이지 않아서다. 눈앞에 있는데도 놓치는 경우가 허다하다. 강주혁 역시 정상급 배우의 반열에 올랐음에도 수많은 기회를 놓쳐왔다. 그가 놓친 기회를 다른 배우가 엉겁결에 잡아 훨훨 날아오르는 것을 보고 후회한 적이 한두 번이 아니다. 반대로 기회인 줄 알고 잡았더니 기회의 탈을 쓴 위기인 적도 많았다. 그만큼 온전한 기회를 잡는 건 지랄맞게 힘들었다.

그런데 지금 강주혁에게는 지랄같이 힘들다는 기회가 매일 전화로 찾아온다. 등신이 되긴 싫다. 강주혁은 마음을 단단히 먹었다. 크게 숨을 한번 들이마시고는 입고 있던 옷들을 벗어 던지고, 나뒹구는 추리닝 바지와 후드집업, 검은색 롱패딩을 걸쳤다. 그런 다음 다시 노트북을 집어 들고, 집주변의 토토 판매점 위치를 파악했다. 다행히 주변으로 복권 전문 판매점을 포함해 편의점, 슈퍼 등 토토를 살 곳은 많았다.

강주혁은 판매점의 위치 지도를 보이스피싱이 오는 핸드폰으로 찍은 뒤,

굽혔던 허리를 폈다. 이어서 바닥에 있던 마스크와 모자를 푹 눌러썼다. 침대에 나뒹구는 지갑도 챙겼다. 지갑을 펴보니 강주혁도 몰랐던 돈 만이천 원이 들어 있다. 개그 치냐? 강주혁은 슬쩍 웃으면서 지갑을 패딩 주머니에 쑤셔 넣었다.

— 끼리릭

현관문이 오랜만에 열린 탓에 녹슨 소음을 뱉어낸다. 강주혁은 열린 문틈으로 천천히 몸을 비집고 나온다.

— 덜컹

복도로 완전히 나와버린 강주혁의 등 뒤로 문 닫히는 소리가 들렸다.

그 길로 은행에서 현금을 뽑고, 강주혁은 곧장 토토 판매점을 돌았다. 핸드폰으로 찍어온 지도 사진을 보면서 최대한 빠르게 움직였다. 그럼에도 시간이 오래 걸렸다. 판매점 아홉 곳을 돌아야 했으니까. 강주혁이 가진 전 재산 98만 원. 강주혁이 걸어야 할 게임은 총 세 게임.

— 번리 승, 허더즈필 승 / 번리 승, 무승부 / 번리 승, 허더즈필 패

한 게임당 30만 원씩 총 90만 원을 베팅했다. 한 판매점당 베팅할 수 있는 금액은 10만 원. 해서 아홉 곳을 돌았다. 그의 롱패딩 주머니에는 아홉 장의 토토 영수증이 들어 있다. 다행히 그를 알아보는 사람은 없었다.

빠르게 집에 돌아온 강주혁은 옷을 입은 채로 침대에 나자빠졌다. 너무 긴장했던 탓에 온몸이 열 시간은 뛴 것처럼 무거웠다. 그러기를 10분쯤. 쥐죽은 듯 누워 있던 강주혁이 부스럭거리며 일어난다. 패딩을 벗고, 모자와 마스크도 벗겨낸다. 그리고 화장실에 가 손을 대충 씻고, 다시 침대로 돌아와 노트북을 켰다. 받을 금액을 대충 계산해보자는 생각에서였다. 보이스피싱의 말대로라면 번리의 승리는 확정. 그러면 배당률이 6.71. 거기에 곁다리 경기는 허더즈필의 패라고 생각했을 때 배당률이 1.21.

6.71과 1.21을 곱하면 8.1 정도 나온다. 30만 원을 베팅했으니, 당첨금은 대충 250만 원 선. 하루 만에 150만 원을 번 셈이다. 예전의 강주혁에게는 150만 원이 아무것도 아닐지 모르겠으나, 그건 잘나갈 때 얘기다. 지금의 강주혁에게는 150만 원을 하루 만에 번 게 그저 신기할 따름이다.

결과가 대충 나오자, 강주혁이 다시 벌러덩 침대에 누워버린다. 그의 눈에 칙칙한 천장이 보인다. 그가 중얼거렸다.

"내일은 또 어떤 걸 알려줄라나."

다음 날 아침, 강주혁이 순간적으로 번뜩 눈을 뜬다.

"경기 어떻게 됐지?"

강주혁은 축구경기를 보지 않았다. 관심도 없거니와 그저 결과만이 중요했다. 그래서 그냥 자버렸다. 일어나서 결과만 확인하면 그뿐이니까.

그가 곧장 노트북을 켜서 경기결과를 검색했다.

— (승리) 번리 2 : 1 토트넘

역시 보이스피싱의 말대로 번리가 승리했다. 강주혁의 입가에 슬쩍 웃음이 번졌다. 그런데 또 한 경기.

— (승리) 허더즈필 1 : 0 울버햄턴

"이거?"

곁다리로 베팅한 경기에 허더즈필이 승리한 것이 눈에 띄었다. 순간 강주혁의 몸짓이 빨라졌다.

"이렇게 되면 배당률이?"

그가 빠르게 토토 공식사이트에 접속해 배당률을 확인했다.

— 배당률 : 허더즈필 승(5.95)

배당률을 확인한 강주혁이 계산기를 켰다.

"6.71 곱하기 5.95… 39.9?"

강주혁은 39.9라는 결과값에 베팅금 30만 원을 곱했다. 계산기는 이번에도 빠르게 답변을 내놓았다.

― 11,970,000

"1200만 원?"

강주혁의 당첨금은 어제 예상했던 250만 원이 아니었다. 갑자기 불어난 당첨금에 강주혁은 어안이 벙벙했다. 그의 시선이 노트북 화면에서 옆에 놓인 하얀색 핸드폰으로 옮겨갔다. 저 핸드폰에서 걸려온 보이스피싱이 오늘 강주혁에게 천만 원 넘는 돈을 벌어다 줬다. 핸드폰을 쳐다보면서 강주혁이 말했다.

"빨리 울려라."

이제는 기대까지 생겼다. 아직 전화가 울리진 않았지만, 분명 오늘 안에 울린다. 지금까지 보이스피싱은 하루도 빠짐없이 왔으니까.

강주혁은 슬쩍 웃으며 다시 노트북 화면을 향했다. 이번엔 검색사이트를 열었다. 강주혁은 커서가 깜빡이는 검색창에 글자를 치기 시작했다.

― 토토 당첨금 수령

곧이어 검색사이트가 결과를 뱉어낸다. 쭉 펼쳐지는 결과를 강주혁이 대충 읽어내려갔다. 그리고 결론을 내렸다.

"은행 가야 되네."

강주혁이 길게 한숨을 뱉으며 고개를 처박는다. 토토는 판매점에서 사야 베팅이 완료되고, 은행에 가야 돈을 받을 수 있는 구조다. 자꾸 보이스피싱이 토토를 유도한다면 강주혁은 외출을 감행할 수밖에 없다.

"누가 대신 안 해주나, 이런 거."

짧은 한탄. 하지만 5년 동안 틀어박혀 산 강주혁에게 그럴 사람이 있을 리만무했다. 강주혁은 별수 없이 자리에서 일어났다. 시계를 확인하니 8시 30

분. 어차피 갈 거면 사람이 그나마 없을 때인 은행 오픈 시간에 갈 생각을 했다. 역시나 바닥에 널브러져 있는 롱패딩을 대충 걸친다. 이어서 하늘로 승천할 듯 삐죽 솟아 있는 머리에 검은색 모자를 푹 눌러주고, 여전히 까끌까끌하게 자란 수염을 가릴 마스크를 쓴다.

강주혁이 현관문 손잡이를 잡았을 때, 다시 이름 모를 불안감이 엄습했다. 그래도 어제보단 좀 괜찮았다. 은행만 다녀오면 된다. 그런 생각에 강주혁은 이미 깊게 쓴 모자를 한층 더 눌러 쓴다. 그리고 현관문을 열었다.

하지만 은행에 도착하자마자 이상함을 느꼈다. 은행 문이 굳건하게 닫혀 있었기 때문이다. 뭐지 싶었던 강주혁이 내뱉었다.

"아, 오늘!"

핸드폰을 꺼내 요일을 확인하니 토요일이었다. 워낙 집에만 있어서 요일 감각이 무뎌진 탓에 오늘이 토요일인지도 몰랐다. 강주혁은 양쪽 관자놀이를 지그시 누르며 짧게 혀를 차고는 몸을 돌려 은행을 뒤로했다.

집으로 가는 길에 강주혁은 패딩 주머니에서 지갑을 꺼내 들었다. 지갑에는 어제와 다름없이 만이천 원이 들어 있다.

"라면이나 사갈까."

하지만 도중에 생각을 바꿨다. 주말이 지나면 1200만 원이 들어온다. 돈을 받으면 더 비싼 걸 먹어야겠다는 마음에서였다. 그렇게 터덜터덜 돌아온 강주혁이 집 현관을 열자마자, 고약한 냄새가 났다.

그게 그렇다. 집에 박혀 살 때는 냄새에 적응이 되니 별 느낌이 안 드는데, 막상 밖에 나갔다가 들어오면 순간 자기가 사는 집 냄새가 훅 끼친다. 강주혁이 미간을 살짝 찌푸렸다.

"쓰레기나 좀 버려야겠네."

곳곳에 쌓인 쓰레기봉투, 그마저도 쓰레기봉투가 모자라서 일반 봉투에까지 쓰레기가 쌓여 있다. 강주혁은 롱패딩을 벗어 침대에 휙 던져놓고, 오랜만에 쓰레기 정리를 시작했다.

그날 저녁 6시 30분. 침대에 누워 TV를 보면서도 강주혁의 시선이 자꾸 옆에 놓인 핸드폰으로 향한다. 어째선지 오늘 핸드폰이 잠잠하다.

"종잡을 수가 없네."

어떨 땐 아침에 오고, 어떨 땐 새벽에 오고, 오늘은 지금까지 전화가 없다. 그리고 무엇보다 궁금한 것.

"왜 하필 나지?"

지금까지야 정신이 없어서 몰랐는데, 비로소 왜 이 보이스피싱이 자신에게 걸려오는지 궁금해졌다. 그러나 확인할 방법이 없다. 보이스피싱이 어디서 오는 건지, 왜 오는 건지, 미래를 어떻게 다 알고 있는지, 그리고 왜 하필 강주혁인지.

그런 생각을 하던 강주혁은 에라 모르겠다 싶은 심정으로 머리를 벅벅 긁으며, 다시 TV로 시선을 옮겼다. 바로 그때였다.

♬띠리리링 띠리리링 띠리리링!!!

강주혁이 시선을 돌리자마자, 핸드폰이 울리기 시작했다. 그와 동시에 쭉 늘어져 있던 강주혁이 다리와 허리를 쭉 당기면서 자세를 고치고선 핸드폰을 집었다. 역시 보던 번호였다. 강주혁은 통화를 터치하고, 곧장 핸드폰을 귀에 가져다 댔다. 강주혁의 고막에 여자 목소리가 꽂힌다. 남은 무료서비스 기간은 3일. 강주혁은 '3일'이라고 짧게 읊조리며 1번을 눌렀다.

"들으실 항목의 키워드를 '선택'해주세요!

1번 '저녁 7시 30분', 2번 '저녁 7시 50분', 3번 '새벽 5시 47분', 4번⋯⋯."

"뭐가 이렇게 애매해."

강주혁은 '저녁 7시 30분'을 제외하고는 나머지 키워드들의 시간이 딱 떨어지지 않고 애매하다고 느꼈다. 그러면서 노트북을 켰다. 보이스피싱에서 내뱉는 키워드들을 검색해볼 생각이었다. 노트북이 켜지자마자 강주혁은 인터넷에 접속해 검색창에 '오늘 축구'를 넣었다. 저번에도 축구를 알려줬으니 키워드 중 하나는 축구지 않을까 싶어서였다.

그러는 동안 보이스피싱에는 다시 듣기 #을 눌렀다. 끊어지면 큰일이다. 키워드 선택 멘트가 반복되는 동안 검색사이트에는 오늘의 축구 일정이 주룩 표시됐다. 그중 해외축구는 꽝이었다. 애초에 새벽 경기가 많아서 키워드 시간인 '저녁 7시 30분'에 잡힌 경기는 없다. 강주혁은 해외축구는 패스하고, K리그에 눈길을 돌렸다.

"있네?"

— 7:30 전북 vs 제주 (경기 전)

오늘 남은 경기 일정은 저녁 7시 30분에 딱 하나다. 곧바로 토토 사이트에 접속해서 배당률을 확인했다. 똥배당이다. 강주혁은 가뿐하게 키워드 '저녁 7시 30분'를 거르기로 했다. 이제 남은 키워드는 '저녁 7시 50분', '새벽 5시 47분'. 두 개 중 어떤 걸 선택해야 할까?

그러다 문득, 강주혁은 첫 번째 보이스피싱에서 들었던 신인배우를 떠올렸다. 그 친구도 새벽녘에 사망하지 않았나? 그렇게 생각하니 '새벽 5시 47분'도 왠지 내키지 않았다. 남은 건 '저녁 7시 50분.' 강주혁은 나름대로 생각해서 나온 답인 키워드 2번을 선택했다.

"탁월한 선택! 강주혁 님이 선택한 키워드는 '저녁 7시 50분'입니다!

'저녁 7시 50분'! 용인에 있는 행복 초대박 로또점에서 강순철 씨가 '저녁 7시 50분' 751회차 로또 다섯 장을 사고, 로또점 옆길로 들어서자마자 로또 한 장을 바닥에 떨어뜨립니다! 아차! 그 로또를 5분 뒤 김진구 씨가 줍게 되는데

요? 그 로또 한 장의 당첨금이 김진구 씨의 인생을 바꾸게 되고, 이 이야기는 웹상에 퍼져 화제를 일으킵니다!"

"로또라고?"

그것도 로또 번호를 줄줄 알려주는 것도 아니고, 김진구라는 사람의 인생이 바뀐다는 내용.

"751회차가 언제지?"

검색해보니 저번 주가 750회차였다. 그럼 이번 주가 751회차. 그렇다면 지금 보이스피싱이 알려준 미래는 오늘.

멍하게 노트북을 보며 생각을 정리하던 강주혁이 중얼거렸다.

"떨어져 있는 5분 안에 내가 주우면?"

강주혁은 급하게 시간을 확인했다. 시간은 6시 40분. 남은 시간은 한 시간 남짓. 강주혁은 급하게 검색창에 용인 행복 초대박 로또점을 검색했다. 다행히 기흥 쪽에 있다는 지도 표시가 떴다. 강주혁이 사는 월세방은 분당 미금역 주변. 원래 같으면 40~50분은 걸릴 거리다.

"시간이 없다."

강주혁은 곧바로 롱패딩을 걸치고 현관으로 뛰었다. 그 와중에 롱패딩에 지갑이 있는지 확인했다. 다행히 지갑은 그대로 있었다. 대충 신발을 구겨 신고, 현관문을 열었다. 일단 택시를 잡는 것이 급선무였다.

행복 초대박 로또점에 도착한 시각은 7시 43분이었다. 좀 막히긴 했지만, 다행히 제시간에 도착했다. 택시가 서자마자 강주혁은 다급하게 지갑을 열어 그나마 있던 만이천 원 중 만 원짜리를 택시기사에게 건넸다. 잔돈은 괜찮다고 급하게 말하며 택시에서 내린 강주혁은 횡단보도를 건너서 행복 초대박 로또점의 옆길을 파악했다. 그런 다음 주변을 서성거리며 시간을 죽였다.

이윽고 7시 50분.

"수고하세요."

로또점에서 중년의 남성이 걸어 나왔다. 강주혁은 재빨리 골목길에 주차된 차 뒤에 몸을 숨겼다. 보이스피싱에서 말한 '강순철 씨'라는 중년남성은 강주혁이 숨어 있는 골목길로 들어섰다. 그러고는 로또 여러 장을 주머니에 쑤셔 넣는데.

― 팔락

한 장이 바닥으로 떨어진다.

'진짜 떨어졌다!'

강주혁이 속으로 외쳤다. 차마 입을 열진 못했다. 중년남성은 로또를 떨어뜨린 줄도 모른 채 골목길 저 끝으로 사라졌다. 완전히 멀어진 중년남성을 확인한 강주혁은 차 뒤편에서 빠져나와 바닥에 떨어진 로또를 집어들었다.

― 4, 14, 20, 30, 33, 41 (자동)

로또에는 번호가 한 줄로 적혀져 있다. 번호를 확인한 강주혁이 핸드폰을 꺼내 시간을 확인했다. 7시 55분. 그런데 그 순간 강주혁의 등 뒤에서 발소리가 들렸다. 돌아보니 푸른색 패딩을 입은 20대 중반쯤 돼 보이는 남자가 강주혁을 지나쳤다.

'얘가 김진구?'

김진구라 예상되는 남자는 강주혁을 힐끔 쳐다보고는 영혼 없이 다시 갈 길을 갔다. 보이스피싱이 알려준 미래가 다시 떠올랐다.

"강순철 씨가 로또점 옆길로 들어서자마자, 로또 한 장을 바닥에 떨어뜨립니다! 아차! 그 로또를 5분 뒤 김진구 씨가 줍게 되는데요? 그 로또 한 장의 당첨금이 김진구 씨의 인생을 바꾸게 되고……."

정확하게 맞아떨어졌다. 강주혁은 회심의 미소를 지으며 골목길에서 빠져나왔다. 그렇게 집으로 돌아가려는 찰나, 한 가지 생각이 강주혁을 관통했다.

'이게 당첨번호가 확실하면, 좀 더 사도 되지 않나?'

강주혁은 급하게 지갑을 열었다.

"이천 원……."

지갑에는 오늘 아침에 라면을 살 뻔한 이천 원이 있었다. 강주혁은 지갑에서 돈을 꺼내 들고 시간을 다시 한 번 확인했다. 7시 56분. 곧장 로또 판매점으로 뛰었다. 판매점 안에 있던 머리가 반쯤 벗어진 아저씨가 갑자기 들어온 강주혁을 보고 놀랐다.

"깜짝아! 아, 어서 오슈. 시간 없어, 빨리 해."

강주혁은 판매점 사장에게 고개만 까닥여 인사하고는, 길쭉한 테이블에 궁둥이를 붙이고 로또 용지를 뽑아냈다. 그러고는 주머니에 있는 로또를 꺼내 빠르게 커닝을 시작했다.

'4…… 14…… 20…… 30…… 33, 41'

첫 번째 칸 마킹을 끝냈을 무렵, 강주혁을 지켜보던 사장님이 손에 땀이 나는지 계속 재촉한다.

"어허. 빨리 해, 빨리."

민머리 아저씨의 재촉에 강주혁은 대답할 정신도 없이 두 번째 칸에도 똑같이 마킹을 시작한다. 마킹을 끝내고 강주혁이 몸만 빙글 돌려 아저씨에게 로또 용지를 전달하자, 초조하게 기다리던 아저씨가 용지를 받아 물 흐르듯 곧장 로또 기계에 집어넣는다. 이내 로또 기계가 손바닥만 한 종이를 뱉어낸다. 그 종이를 보며 민머리 아저씨가 작은 보람을 느낀다. 작지만 어쨌든 해냈다는 표정을 지으며 강주혁에게 로또를 내밀었다.

"다음엔 좀 일찍 와! 자, 여기."

"감……사합니다."

강주혁이 힘겹게 대답한다. 실로 오랜만에 사람과 대화를 나눈 느낌에 강주혁이 살짝 목덜미를 긁으며 로또를 받아들었다. 이천 원어치밖에 못 산 게 못내 아쉽긴 했지만, 이것만으로도 감지덕지다.

어렵사리 구매를 끝낸 로또를 쳐다보던 강주혁이 민머리 아저씨에게 다시 말을 걸었다.

"사장님."

"응?"

"혹시 저 오기 바로 전에 오신 분 누군지 아십니까?"

"바로 전?"

"예."

강주혁의 느닷없는 질문에 아저씨가 허공을 찔러보며 아주 잠깐 생각하더니 이내 대답했다.

"아~ 강씨? 잘 알지."

강씨. 아마 강주혁이 찾는 사람이 맞을 거다. 로또를 잃어버리는 사람 이름이 강순철이라고 했으니까.

"예. 그분 어디 사시는지 아십니까?"

"알지. 왜 그러나?"

"꼭 전해줄 물건이 있습니다."

아저씨가 조금 미심쩍게 쳐다보자, 강주혁이 다시 한 번 강조했다.

"중요한 물건입니다. 꼭 뵙고 전달해야 해요."

강주혁의 강조에 아저씨는 살짝 입맛을 다시더니 결국 알려준다.

"나가자마자 오른쪽 코너 돌면 골목길이 나와. 골목길 따라 쭉 올라가면 청동철물점이라고 나올 거여. 거기 살아, 강씨가."

"감사합니다."

강주혁은 아저씨에게 다시 한 번 꾸벅 인사하고 로또점을 나와 오른쪽 코너를 돌았다. 그런데 코너를 돌자마자 웬 중년 아저씨가 핸드폰 손전등으로 바닥을 비추며 무언가 찾는 모습이 보였다. 강주혁은 저 아저씨가 강씨, 강순철임을 직감했다.

'잘됐네. 굳이 찾아갈 필요 없겠어.'

잠시 강씨를 지켜보던 강주혁은 주웠던 로또를 다시 바닥에 떨어뜨렸다. 하지만 강씨는 로또를 찾는 것에 열중했는지 눈치채지 못했다. 결국 강주혁이 몇 걸음 걷다가 헛기침을 한다.

"어험!"

강씨가 헛기침을 듣고, 손전등을 앞으로 비추며 고개를 들었다. 그때야 바닥에 떨어진 로또를 발견했다. 강주혁은 강씨가 로또 줍는 모습까지 곁눈질로 보다가 집으로 돌아가기 위해 택시를 잡으려고 했다. 그런데.

"……하."

짧은 탄식. 택시를 잡으려다 떠오른 거다.

"아, 돈."

땡전 한 푼 없다는 사실이. 급하게 오느라 돌아가는 것을 생각 못했다.

"하, 이런 시ㅂ……."

강주혁은 욕도 끝까지 못한 채 얼굴에 잔뜩 마른세수를 퍼부었다.

불행 중 다행인 것은, 강주혁이 있는 곳에서 그의 집까지 못 걸어갈 거리는 아니라는 것. 다만 5년이나 틀어박혀 사느라 운동이나 몸 관리를 전혀 하지 않았기에 조금 힘들 거다. 그래도 별수 있나? 걸어갈 수밖에. 강주혁은 터벅터벅 걷기 시작했다.

두 시간 후, 강주혁은 집에 도착하자마자 현관 신발장에 무릎을 꿇고 사죄하는 자세로 털썩 엎어졌다. 한겨울임에도 온몸에 땀이 비 오듯 흐른다.

'하아…… 죽겠네.'

사실 처음에는 거리를 우습게 봤다. 기껏해야 한두 시간 걸리겠지. 한창 배우 생활을 할 땐 몸 관리를 위해 매일같이 운동을 해왔으니까. 거기다 액션 장면이 많은 작품을 할 때면 액션스쿨에 가서 와이어도 타고 칼춤도 춰야 했다. 그렇기에 아무리 5년 동안 집에 박혀 놀고먹었다지만, 걷는 건 껌이라 생각했다. 껌은 개뿔. 강주혁은 두 시간 걷고 썩은 파김치가 됐다. 체력이, 몸이 점점 퇴화함을 느낀 강주혁은 어렵사리 신발을 벗겨내고, 스윽스윽 기어서 암벽등반을 하듯 침대에 올라탔다. 다리가 덜덜덜 떨린다. 떨리는 허벅지를 주먹으로 탁탁 치며 진정시키지만, 떨림은 멈출 기미가 없다.

"아오, 씨."

지금의 심정을 입밖에 뱉으며 강주혁은 누운 채로 허물 벗듯 롱패딩을 벗겨낸다.

"푸후— 죽겠네."

얼굴을 감싸며 한탄을 쏟아낸 강주혁이 어렵사리 일어나, 널브러진 롱패딩 주머니에서 로또를 꺼낸다. 로또 한 장과 토토 한 장. 지금이야 한낱 종이일지 모르지만, 며칠 뒤면 돈으로 바뀌어 있을 거다. 강주혁은 여전히 떨리는 허벅지를 탁탁 치면서 영수증들을 지갑에 넣다가 멈칫했다.

"로또 발표."

선 자리에서 번뜩 무언가 떠올리고, 시계를 확인한다. 11시 10분.

"떴겠네."

강주혁은 지갑에 토토 영수증만 집어놓고, 로또를 쥔 채 침대에 엉덩이를 걸친다. 이어서 노트북을 끌고 와 전원을 켰다. 바탕화면이 켜지자마자, 강주혁은 인터넷을 열어 당첨번호를 확인한다.

— 4, 14, 17, 30, 33, 41 + 보너스 번호 20

강주혁은 결과가 나온 노트북 화면을 한 번, 그리고 로또 영수증 한 번, 연신 고개를 왔다 갔다 하며 번호를 확인했다. 그가 적은 번호는 '4, 14, 20, 30, 33, 41.' 2등이었다. 결과를 이해한 강주혁은 갑자기 갑갑한지, 쓰고 있던 모자를 벗으며 머리카락을 쓸어 넘겼다.

"2등…… 와."

감탄이 절로 나왔다. 잠시 멍하니 머리를 잡고 있던 강주혁은 이번에는 당첨금 메뉴를 클릭했다.

— 54,314,180원

— 당첨 56

우수리 떼고, 5400만 원.

2등 당첨자 수가 총 56. 그중 두 개는 강주혁이 가지고 있다. 즉 그가 가져갈 돈은 1억 800만 원. 여기에 토토 당첨금을 합치면 대략 1억 1800만 원.

"와……."

강주혁은 말도 안 되는 금액을 뱉어내는 계산기를 보며 그저 감탄할 뿐이었다. 며칠 전만 해도 백만 원도 없던 강주혁에게 순식간에 1억 넘는 돈이 생겼다. 이 돈으로 뭘 할까? 고민이 뻗쳤지만, 당장 생각나지 않았다. 뭐, 급할 건 없었다. 어차피 시간은 많으니까.

그런 생각을 하며 노트북을 끄려던 찰나, 실시간 검색어가 눈길을 끌었다.

1. 김재형

2. 김재형 FNF

3. 김재형 소속사

"재형이 형?"

김재형. 명실공히 국민 MC. 어마어마한 인지도를 자랑하는 그가 왜 실시간 검색어에 걸려 있을까? 사생활이 깔끔하기로 유명한데. 몰아치는 궁금증에 강주혁은 검색어 1위를 클릭했다. 수많은 기사가 쏟아졌다. 그중 가장 첫 기사의 제목을 읽었다.

「김재형, FNF와 전속계약?」

"허."

강주혁에 입에서 탄성이 터졌다. 그도 그럴 게 강주혁이 기억하는 한 김재형은 계속 1인 소속사 체제를 유지해왔다.

김재형은 강주혁과도 친분이 있다. 방송에서는 그다지 많이 못 만났지만, 사석에서 몇 번 만나며 친해진 케이스. 그런 그가 자주 했던 말이 있다.

'주혁아. 사공이 많으면 배가 산으로 가다가 고꾸라진다.'

그가 1인 소속사를 고집하는 이유였다. 그런데 갑자기 왜? 강주혁은 스크롤을 드르륵 내리며 기사를 몇 개 더 확인했다. 대부분 김재형의 FNF 이적 기사였다. 그중에는 낚시용 기사도, 확정성 기사도 있었다. 막상 클릭해서 내용을 보면 계약 '확정'까지는 아니라는 코멘트가 마지막 줄에 달렸지만. 그래도 이렇게 많은 기사가 떴으니 이미 기정사실인 것처럼 보였다. 기사 댓글들도 김재형의 소속사 행을 확실시하고 있었다.

— 와 진짜 FNF, 김재형 어떻게 잡았냐?

— 여기서 떠들지 말고, FNF 거 엔터주 사라

— 이미 개미들 우르르 몰려감

— 제가 바로 그 개미입니다.

댓글 창은 이미 포화상태. 대부분 김재형의 이적을 확신하는 댓글뿐이다. 댓글을 읽던 강주혁은 보던 기사를 내리고 다른 기사를 클릭했다.

— 김재형이 장수 예능프로 '매일도전'에 같이 출연하고 있는 정현수의 소속사 FNF에 둥지를 틀 전망이다…… 현재 FNF 측은 '곧 공식입장을 밝히겠지만 긍정적으로 봐달라'고 했으며 김재형 측은 다음 주 월요일 2시경 입장을 발표할 예정이라 전했으나 네티즌들은 이미 김재형의 이적을 확실시하는 분

위기다.

기사를 정독한 강주혁도 한마디 거들었다.

"이 정도면 뭐 거의 빼박이지."

이 정도의 기사가 쏟아졌다는 것은 FNF엔터테인먼트 측이나 김재형 측 홍보팀이 움직였다는 뜻이다. 찌라시나 소문만으로는 이만큼의 기사를 뽑아낼 수가 없다. 이미 상호 협의하에 홍보팀, 연계된 언론사나 기자들과 협업해서 기사를 뿌리고 있는 것. 이런 쪽은 그 누구보다 강주혁이 빠삭하게 알고 있다.

"그나저나 FNF라……."

FNF엔터테인먼트. 엔터 회사 중에 잡식으로 유명한 대형 엔터다. 배우, 가수, 개그맨 할 거 없이 어마무시하게 몰려 있다. 그런데 거기에 국민MC 김재형이 합세한다?

"주가가 오를 수밖에 없지."

대어 중의 대어. 거기다가 김재형은 10년 동안 1인 소속사를 고집해왔다. 그러니 희귀성도 챙길 수 있다. 김재형은 지금도 최정상급인데, 거기에 FNF가 합세하여 일을 추진하면 엄청난 파급력을 낼 수 있다.

"나도 몇 주 주워야겠네."

강주혁은 이제 돈도 생기겠다, 어차피 오를 주식 몇 주 산다고 큰 타격도 없겠다는 생각이 들었다. 강주혁은 인터넷 창을 내리고 메모장을 켜서 할 일을 정리했다.

— 토토 당첨금 수령(월)

— 로또 당첨금 수령(월)

— FNF엔터테인먼트 주식(월)

그대로 메모장을 끄나 싶었는데 몇 가지를 추가한다.

— 통장 재발급, 카드 재발급(교통카드 되는 거로, 월)

— 인터넷뱅킹 관련 재발급(월)

막상 적고 보니 할 일이 태산이었다. 가만히 메모장을 보던 강주혁의 입이 열렸다.

"자꾸 집밖으로 내보낸단 말이지."

메모장에 정리된 할 일 대부분 밖에서 해결해야 했다. 강주혁이 짧게 혀를 차며 바탕화면에 메모장을 저장했다. 이어서 노트북의 전원을 끄는데, 그 순간.

♪띠리리링 띠리리링 띠리리링!!!

벨 소리가 울렸다. 보이스피싱이 왔다. 강주혁이 놀라서 "왜 벌써?" 하며 고개를 획 돌려서 시계를 봤다.

"아."

12시 22분. 어느새 토요일이 끝나고, 일요일이 시작되고 있었다. 시간을 확인한 강주혁이 곧바로 전화를 받았다. 그러자 여자 목소리가 우렁차게 울렸다.

"강주혁 님은 '무료서비스'를 이용 중입니다! 남은 기간은 총 2일! '무료서비스' 기간을 만끽하세요!"

남은 기간은 2일. 강주혁은 남은 기간을 머리에 넣고는 키워드 선택으로 넘어갔다.

"들으실 항목의 키워드를 '선택'해주세요!

1번 '새벽 1시 20분', 2번 '아침 10시 55분', 3번 '낮 2시 01분', 4번……."

일단 '새벽 1시 20분'은 걸렀다. 시간상 왠지 해외축구 관련일 것 같았다. 토토는 너무 노가다라 더는 하고 싶지 않았다. 남은 것은 2번 '아침 10시 55분', 3번 '낮 2시 01분'. 뭘 고를지 고민하던 강주혁의 뇌리에 바로 전에 정독했던 기사가 스쳤다.

「김재형 측은 다음 주 월요일 2시경 발표할 예정……」

그렇게 자기도 모르게 강주혁은 3번 '낮 2시 01분'을 눌러버렸다. 그러고는 아차 싶었다. 이미 아는 내용을 또 듣는 건 아닐까? 강주혁은 자기 머리를 때렸다. 멍청한 새끼. 그러거나 말거나 보이스피싱은 내용을 이어갔다.

"탁월한 선택! 강주혁 님이 선택한 키워드는 '낮 2시 01분'입니다!"

그런데 여자 목소리가 알려주는 미래 안내를 다 들은 강주혁의 눈알이 터질 듯 커졌다.

"뭐라고?"

3. 퍼센트 떡밥

"진짜냐?"

끊어진 핸드폰을 내려다보던 강주혁은 이내 고개를 들어 노트북 화면을 응시했다. 그리고 이어지는 정적. 그 정적을 깨뜨린 건 클릭 소리였다.

— 딸깍

강주혁이 마우스를 움직여 검색사이트의 새로고침을 눌렀다. 하지만 인터넷 창은 잠시 깜빡이더니 똑같은 화면을 토해냈다. 실시간 검색어는 김재형으로 빼곡하게 채워져 있고 뜨는 기사나 웹페이지, 카페, 블로그 등 모두 김재형의 FNF엔터테인먼트 이적을 확실시하는 말뿐이었다.

"나만 안다는 건데……."

검색사이트 상황을 유심히 관찰하던 강주혁은 이 정보를 어떻게 써먹을까 고심에 빠졌다. 그러다 메모장을 다시 열었다. 혹시 모르니 메모해둘 건 해두자는 생각에서였다. 메모장을 열자 커서가 깜빡인다. 강주혁은 커서를 보며 보이스피싱에서 들었던 정보를 떠올렸다.

"낮 2시 01분! 국민 MC 김재형. 지금껏 1인 소속사를 유지해오던 김재형의 이적은 큰 화제를 불러일으키는데요? 그 화제의 소속사는 바로 FNF엔터

테인먼트입니다! 빠르게 퍼지는 기사와 사람들의 입소문으로 인해 김재형의 FNF엔터테인먼트 행은 거의 확실시되는 분위기였으나! but! 월요일 '낮 2시 01분' 김재형 측은 모두의 예상을 뒤엎고, FNF엔터테인먼트가 아니라 빅엔터 테인먼트로 이적을 발표합니다!"

여기서 핵심은 거의 모든 사람이 FNF로 확신하고 있다는 것이다. 빅엔터테 인먼트로 김재형이 간다는 걸 꿈에도 모르고. 오직 강주혁만 알고 있는 사실.

"막판에 엎어졌나?"

계약서에 사인하기 직전에 엎어지는 게 전혀 없는 일은 아니다. 보통 김재 형 같은 톱스타 중에서도 초일류 스타는 현 소속사와의 계약기간이 만료되 기 석 달쯤 전부터 타 소속사에서 컨택이 붙는다. 초기 수많은 컨택에서 계약 조건이나 계약금, 따라붙는 선물, 즉 이적 시 받는 서비스 등으로 소속사를 열 개 이내로 추려내고, 미팅을 거듭하며 다시 다섯 개 이내로 추려낸다. 그리 고 또다시 미팅에 미팅을 거듭하며 계약조건을 수정한다. 사실 이 과정은 '신 중한 결정을 내리기 위함'으로 포장하지만, 그냥 몸값 올리기 신경전이다.

그쯤 되면 소속사의 싹수가 보인다. 아, 얘네는 나를 감당하겠구나 혹은 못 하겠구나. 답이 나오면 최종 몸값과 조건을 감당해낼 소속사를 선택한다. 물 론 인맥이나 어떤 특수한 상황에 따라 이적하기도 하지만, 저 순서가 보통이 다. 저 정도 단계까지 갔으면 선택받은 소속사는 보도자료를 열심히 찍어서 세상에 퍼 나른다. 지금 김재형과 FNF엔터테인먼트도 어느 정도 합의하에 보도자료를 뿌리고 있을 거다.

"그런데 빅엔터로 간단 말이지?"

강주혁은 일단 메모장에 김재형에 대한 일을 적어놓고, 침대에 몸을 던졌 다. 어차피 오늘은 일요일이고, 당장 할 수 있는 건 없었다.

시간이 흘러 낮 1시. 강주혁은 어제 걸었던 여파 때문인지 쉽게 일어나지 못했다. 살짝만 몸을 틀어도 허리며 다리며 바늘로 쿡쿡 찌르는 듯 통증이 느껴졌다. 원해서 한 운동은 아니었지만, 어쨌든 5년 만에 한 운동이다. 몸뚱이가 안 놀라는 게 오히려 이상하다.

"그그극!"

강주혁은 통증을 참아가며 침대에서 겨우 일어났다. 확인해볼 게 많았다. 먼저 노트북을 켜고, 보이스피싱을 전달하는 핸드폰도 켜본다. 부재중이 찍힌 건 없다. 하루에 한 번씩 전화가 오는 건 알지만, 그래도 혹시 모르니까.

핸드폰을 확인한 강주혁은 노트북으로 시선을 옮긴다. 김재형에 대한 정보를 좀 더 심도 있게 확인할 생각이었다. 여전히 인터넷 실시간 검색어는 김재형이 차지하고 있었다. 검색결과도 새벽과 별반 다르지 않았다. 강주혁은 '기사 더 보기'를 클릭해서, 페이지를 일주일 정도 뒤로 가봤다.

「'대어' 김재형, 홀로서기 끝낸다, FNF 합류?」

「김재형 측 "김재형, 최근 소속사 필요성 절감, 그래서 FNF로"」

페이지를 일주일 전으로 클릭했는데도 김재형의 이적 기사가 쏟아졌다. 화제만 크게 안 됐을 뿐, 이미 알 만한 사람들은 알고 있었다는 얘기.

"신인배우 사망 사건도 있었고."

아마 김재형의 이적 소식은 신인배우 차정욱의 사망으로 잠시 묻혀 있다가 지금에야 수면 위로 나온 듯 보였다. 결과적으로 김재형이 FNF엔터테인먼트로 이적한다는 소식이 퍼진 지 이미 꽤 됐다는 얘기. 강주혁은 검지로 마우스를 톡톡 치다가 검색창에 FNF엔터테인먼트를 입력했다. 곧장 기업정보가 검색됐다.

— FNF엔터테인먼트 24,465(-)

지금이야 조용하지만, 모르긴 몰라도 김재형의 기사가 터지고부터 FNF엔터테인먼트 주가는 가파르게 급등했을 거다. 아마 월요일인 내일 오전 엄청난 속도로 주식거래가 이루어지지 않을까? 강주혁은 스크롤을 주룩 내려서, FNF엔터테인먼트 주식에 관한 기사도 찾아본다.

「'김재형 영입' FNF 주가, 수직 상승」

「FNF엔터, 김재형과 전속계약 소식에 시총 758억 급증 '돈벼락'」

이미 FNF엔터테인먼트는 돈 파티를 하는 모양이다. 강주혁은 기사의 댓글들도 읽는다.

— 지금 팔면 개호구.

— 근데 김재형 이적 확정 아님.

— ㄴㄴ 99.5% 확정임.

— 10연상 가즈아!

댓글들도 이미 김칫국 한 사발씩 거하게 말아먹는 중이었다. 물론 부정적인 댓글도 많았다.

— 한강 가고 싶어 안달 난 듯.

— 10연상 같은 소리 하고 자빠졌네.

강주혁이 피식 웃었다.

"개판이네."

그러고는 검색창에 적힌 FNF엔터테인먼트를 지우고 보이스피싱이 알려준 진짜 김재형의 둥지 빅엔터테인먼트를 입력한다.

— 빅엔터테인먼트 3,410(−)

FNF엔터테인먼트에 비하면 빅엔터테인먼트의 주가는 똥이었다. 거기다 최근 이렇다 할 기사도 없었다.

"근데 왜 여길 가지?"

강주혁은 빅엔터테인먼트로 이적하는 김재형이 이해되지 않았다. 이해는 안 됐지만 그건 그거고.

"할 건 해야지."

말을 마친 강주혁은 앞으로 자신이 할 일을 정리하기 시작했다. 전국이 김재형의 이적을 FNF엔터테인먼트로 알고 있는 상황에 강주혁만이 김재형은 빅엔터테인먼트로 갈 것을 알고 있다. FNF엔터테인먼트의 주가는 급등하고 빅엔터테인먼트는 똥값이다. 그러니까.

"똥값에 사서 금값에 팔면 된단 말이지?"

어쨌든 김재형은 빅엔터테인먼트로 간다. 그 자체만으로 빅엔터테인먼트의 주가는 오를 거다. 거기다 빅엔터테인먼트가 가만히 있지는 않을 거다. 분명 연타로 무언가를 터뜨릴 준비를 하고 있을 거다. 김재형을 잡았는데 그걸로 만족한다면 성장 가능성이 없는 회사지. 분명 빅엔터테인먼트가 뭔가를 준비하고 있다. 오랜 기간 정글 같은 연예계에 몸담았던 강주혁의 어떤 감이었다.

한동안 열심히 검색하던 강주혁은 이내 만족스러운 표정으로 인터넷 창을 끈다. 이어서 주식에 대한 기본지식을 공부하기 시작했다.

다음 날 아침 7시.

강주혁은 눈을 뜨자마자, 오늘 할 일을 적은 수첩과 지갑, 핸드폰을 챙겼다. 그리고 수첩을 주머니에 넣기 전에 적힌 내용과 이동 루트를 다시 한 번 확인했다. 김재형의 공식발표는 오늘 낮 2시쯤. 시간이 빠듯하다. 적어도 집에 1시 전에는 떨어져야 어제 짜둔 계획에 차질이 없었다. 마스크에 모자를 푹 눌러쓴 강주혁은 시계를 확인했다. 7시 40분. 이른 시간임에도 강주혁은 대수롭지 않게 현관문을 열었다.

먼저 은행. 강주혁이 재발급받은 통장에 적힌 총 당첨금은 94,012,782원, 1억 원이 좀 안 되는 돈이었다. 오랜만에 통장에 박힌 억에 가까운 돈을 보고 강주혁은 살짝 찡했다. 활동할 때야 몇 억이든 몇십 억이든 큰 감흥이 없었는데, 퇴물로 살다가 억 단위 돈을 보니 기쁨이 배로 느껴진다.

"택시!"

택시는 약 10분 만에 집 앞에 도착했다. 집에 오자 패딩을 벗는 것도 잊은 채 노트북부터 집었다. 부팅이 끝나자 곧장 인터넷을 접속해 검색사이트를 띄웠다. FNF엔터테인먼트의 주가를 확인하기 위함이었다.

— FNF엔터테인먼트 29,625(+21.09%)

주가가 미친 듯이 춤을 춘다. 빠른 속도로 숫자가 바뀌고, 퍼센트가 바뀌어댄다. 김재형의 공식발표 전에 상한가를 칠 것 같은 분위기다. 강주혁은 곧바로 빅엔터테인먼트에 주가도 확인했다.

— 빅엔터테인먼트 3,370(-1.00%)

빅엔터테인먼트는 어제보다 약간 떨어진 상황. 강주혁에게는 당연히 빅엔터의 주가가 내려갈수록 좋았다. 주가를 확인한 강주혁은 은행 홈페이지에 접속했다. 비상금 몇백 할 거 없이 가진 돈을 증권통장으로 전부 옮겼다.

"후—"

짧은 숨을 내쉰 강주혁은 어제 공부한 HTS를 실행시켰다. 예행연습도 몇 번이나 했다. 이제부터는 실전이었다. 잠시 로딩과 자질구레한 절차를 마치고서야 HTS 프로그램이 켜졌다. 강주혁은 곧장 빅엔터테인먼트를 검색했다. 그러고는 화면이 바뀌자마자 클릭을 시작했다. 빅엔터테인먼트 주식에 그는 가진 돈을 모두 쏟아부을 작정이었다.

— 매수체결, 매수체결, 매수체결

사람들은 오늘도 주가가 내려간 빅엔터테인먼트 주식을 내다 팔았고, 그 주식을 강주혁이 야금야금 사들였다. 얼마나 클릭을 했을까? 시간은 12시 20분을 향하고 있었고, 강주혁이 사들인 주식은 어느덧 7천만 원을 넘어섰다. 주식에 손도 안 대본 강주혁의 눈에는 형체도 없는 숫자일 뿐이었다. 거기에 7천만 원을 쏟으려니 뭔가 마음속에 찜찜함을 느꼈다.

이성적으로는 찜찜했지만, 본능적으로 강주혁은 클릭을 반복했다. 매수체결, 매수체결, 매수체결. 이제 남은 돈은 천만 원 남짓. 그것까지 모두 쏟아붓고 나서야 강주혁은 기지개를 켜며 현황을 확인했다.

— 빅엔터테인먼트 27,227주

— 매수 3,370(-1.00%) 금액 91,754,990

난생처음 해보는 주식. 한창 활동할 당시 매니저나 실장, 소속사 직원들 등에게 알음알음 듣거나 해본 영역. 거기에 1억 가까이 부었다. 강주혁이기에 가능한 짓이었다. 꼭대기까지 올랐다 추락한 배우. 산전수전 다 겪은 그에게 1억은 물론 큰돈이지만, 벌벌 떨 정도는 아니었다.

강주혁은 다시 시간을 확인했다. 12시 40분. 보이스피싱에서 들은 대로라면 2시 정도에 김재형의 공식입장이 발표된다.

"그때까진 할 것도 없겠네."

1억에 가까운 돈을 순식간에 뿌렸지만, 강주혁은 담담하게 HTS 프로그램을 껐다. 김재형이 공식발표를 하기 전에는 주가가 변할 리 없으니까. 물론 김재형의 공식발표 전까지 FNF엔터테인먼트 주가는 미친 듯이 변할 거다. 어느 정도 되면 미지근해지겠지만, 뒤늦게 소식을 듣고 주식을 사들이는 이도 등장할 테니 그때까진 뜨거운 열기가 이어질 테고. 반대로 강주혁이 1억 가까이 뿌려서 사들인 빅엔터테인먼트 주식은 큰 변화가 없을 거다. 주식이란 게 그렇다. 이쪽에 호재가 터지면 이쪽, 저쪽에 호재가 터지면 저쪽, 입맛 따라 숫자가 빠르게 변한다. 주식은 빠른 판단과 머리싸움이 필요하다. 하지만 지금 강주혁에게 주식이란 그저 똥값에 사서 금값에 판다, 그게 전부였다. 아주 간단했다.

발표를 기다리는 사이 강주혁은 주식의 변화보다는 대중의 변화에 관심을 가졌다. 김재형의 공식발표가 다가오기 시작하니 검색사이트의 실시간 검색어 1위부터 5위까지 김재형과 FNF엔터테인먼트가 다시 독식했다. 그만큼 대중의 관심은 뜨거웠다.

그런데 FNF엔터테인먼트 측이 조용하다. 어제는 분명 미친 듯이 기사를 뽑아냈는데, 지금은 갑자기 뚝 끊겼다.

"어그러졌네."

1시 43분. 지금쯤이면 계약이 어그러졌겠지. 김재형이 FNF엔터테인먼트가 아닌 빅엔터테인먼트를 선택했고, 그에 따라 FNF엔터테인먼트가 입을 다물고 있다고 해석할 수 있다. 발표시간까지 6분. 지금쯤이면 김재형과 빅엔터테인먼트와의 계약서 사인도 끝났을 거다.

그때 한 가지 의문이 생겼다.

"왜 어그러졌을까?"

어제 기사 쏟아지는 속도를 보면 FNF엔터테인먼트와 김재형 측이 어느 정도 합의하에 기사를 내보냈을 텐데…….

"FNF가 재형이 형한테 무슨 잘못을 했나?"

강주혁은 잠시 생각하다가, 이내 집어치운다. 연예계는 별의별 일이 다 일어나는 곳이다. 누구보다 강주혁 자신이 잘 알고 있었다. 무엇을 상상하든 그 이상을 볼 수 있는 곳이고, 무엇이 벌어져도 이상하지 않은 곳이다.

몇 분 뒤, 드디어 2시가 지나자 강주혁은 인터넷 창을 새로 고치기 시작했다. 공식발표를 어디서 하는지 모르겠는데, 아마 기자 인터뷰를 하거나 김재형 측 홍보팀에서 언론사로 토스하는 형식일 거다. 그럼 가장 먼저 기사가 뜨고, 점점 소식이 퍼져나가는 식이다.

얼마나 새로고침을 눌렀을까, 10분 정도 지나자 변화가 생기기 시작했다.

실시간 검색어에 빅엔터테인먼트가 걸리기 시작했다.

"떴다."

강주혁은 가장 먼저 빅엔터테인먼트를 클릭했다. 그러자 어제는 조용하던 빅엔터테인먼트에 관한 기사가 미친 듯이 쏟아졌다.

「김재형, 빅엔터테인먼트 품으로… "좋은 회사와 함께하게 돼 기뻐"」

어제와는 사뭇 다르다. 안 봐도 빅엔터테인먼트는 잔칫집 분위기일 테고, FNF엔터테인먼트는 초상집 분위기일 게 뻔하다. 게다가 빅엔터테인먼트의 희소식은 이걸로 끝이 아니었다. 마치 기다렸다는 듯이 연타를 치기 시작했다.

1. 김재형 양세현

2. 김재형 이적

3. 양세현

기사를 주룩 읽다가 다시 검색사이트의 메인으로 돌아가니 실시간 검색어가 바뀌어 있었다.

"양세현?"

최근 잘나가는 개그맨. 강주혁이 활동할 때야 못 봤지만, 요즘 자주 나오는 듯싶었다. 강주혁은 이끌리듯 양세현을 클릭한다.

「예능계 떠오르는 블루칩 양세현, 빅엔터와 전속계약」

"이건 또 뭐야?"

친구 따라 강남 가듯 선배 따라 빅엔터로 간다는 양세현. 어제 들은 보이스피싱에 이런 정보는 없었다. 어쨌든 강주혁에게는 좋은 일이었다.

한동안 검색사이트의 메인화면을 지켜보던 강주혁은 빅엔터테인먼트의 증권 상황을 클릭했다. 클릭하자 토론실이란 곳이 눈에 띄었다. 토론실은 축제 분위기였다.

— 드디어! 나에게도 빛이!

— 쩜상 ㅊㅊ

— 설마 찌라시믿고 FNF 주식 줍줍한 흑우 없제?

이밖에도 수많은 글이 실시간 교체된다. 들고 있다가 오늘 아침에 던졌다는 사람도 있고, 계속 들고 있다가 오늘 터졌다는 사람들도 있다. 이쯤 되니 현재 빅엔터테인먼트의 주가가 궁금해진 강주혁은 HTS 프로그램에 접속했다. 곧바로 보유주식 현황을 체크한다.

— 빅엔터테인먼트 27,227주

— 매수 3,370(-1.00%) 금액 91,754,990

— 현재 4,230(+24.5%) 금액 115,170,210

— 손익 23,415,220

"허—"

단 몇십 분 만에 2천만 원이 불어 있었다. 강주혁은 갑자기 불어난 돈을 보며 경악을 금치 못했다. 이런 세상도 있구나. 더 재미있는 건, 금액 옆에 붙은 퍼센트 숫자가 계속해서 올라가고 있다는 거다. 주식 한 주를 살짝 빼서 담그면 누군가 채갈 것처럼 빠른 속도로 치솟고 있다. 강주혁은 흐뭇한 표정을 짓는다고 지었는데 어색한 웃음이 된다. 어느새 2시 50분. 강주혁은 시계를 물끄러미 바라보다가 한 가지 생각에 도달했다.

'이걸 언제 팔지?'

주식 사는 것까지는 좋았는데, 문제는 파는 타이밍이었다. 지금 당장? 내일? 모레? 주식에 박식한 꾼이라면 턱턱 바로 답이 나오겠지만, 강주혁은 사정이 다르다.

'어쩐다⋯⋯.'

이 타이밍에 보이스피싱이 주식 파는 순간을 알려주면 좋으련만, 오늘따라 하얀색 핸드폰은 이상할 정도로 조용하다. 아직 시간이야 많이 남았지만, 강주혁은 내심 지금 왔으면 하고 마음속으로 바라본다. 하지만 여전히 핸드폰은 묵묵부답.

'오늘은 그냥 놔두자.'

핸드폰에서 노트북으로 다시 시선을 돌린 강주혁은 간단하게 결론을 내린다. 어쨌든 김재형과 양세현이라는 초대박 호재가 연달아 터졌으니, 주가가 곧장 떨어지진 않겠지 싶었다. 그리고 강주혁의 경험상 엔터 회사에서 김재형 같은 대어를 잡았다면 없던 투자도 받을 수 있을 거다.

그렇게 마음을 정하니 이번엔 FNF엔터테인먼트 분위기가 궁금해졌다. 곧장 FNF엔터테인먼트를 검색했다.

— FNF엔터테인먼트 26,862(+9.81%)

아직까진 플러스에 있다. 그러나 분명 김재형의 공식발표와 함께 29,625(+21.09%)였던 상승 폭이 무참하게 떨어지는 중이다. 이 속도면 오늘 하한가를 치지 않을까 싶었다. 별수 없지. 김재형과 FNF엔터테인먼트 간에 무슨 내막이 있는지는 모르겠지만, 강주혁은 별수 없다고 생각했다.

그게 연예계고, 그게 현실이니까.

몇 시간 뒤. 강주혁은 대충 씻고, 3분 요리지만 식사도 마쳤다. 그리고 여느 때와 똑같이 침대에 누워 TV를 보고 있다. 그러다 벽에 걸린 시계를 힐끔 본다. 6시 20분. 아직 핸드폰이 울릴 기미가 없다. 하여간 종잡을 수 없다.

"내가 보이스피싱을 기다리고 앉았네."

강주혁은 순간 어이가 없었다. 보이스피싱 전화를 기다리다니.

짧은 한숨을 내쉬며 강주혁은 손에 쥐고 있던 리모컨을 침대 어딘가에 대충 집어 던지곤 노트북을 다시 켰다. 상황을 파악하기 위해서였다. 가장 먼저 검색한 건 빅엔터테인먼트. 빅엔터 관련 기사와 반응은 여전히 뜨겁다. 댓글부터 시작해서 카페, 블로그 등 대중의 관심도 폭발적.

이어서 강주혁은 인터넷 창을 내리고, HTS 프로그램을 실행시켰다. 우선 보유주식 현황부터.

— 빅엔터테인먼트 27,227주

— 매수 3,370(-1.00%) 금액 91,754,990

— 현재 4,370(+29.6%) 금액 118,981,990

— 손익 27,227,000

주가는 거의 상한가. 강주혁이 챙길 손익은 3천만 원이 조금 안 되는 돈이었다. 단 몇 시간 만에 3천만 원이라니.

"그럼 나보다 더 많이 부은 놈은 얼마를 번 거야?"

1억 넣어서 3천만 원을 벌었다. 그럼 10억 넣었으면 3억? 대단하긴 했지만, 강주혁은 곧 머리를 흔들며 생각을 날려버렸다. 자신이 가지지 못할 돈 생각을 해봐야 성격만 파탄 난다.

이번에는 인터넷 창을 열어 김재형을 검색해본다. 김재형에 관한 기사들은 실시간 교체된다. 그중 방금 올라온 기사의 제목이 인상 깊었다.

「김재형 때문에 빅엔터 주가 30% 이상 오를 듯」

기사 제목을 보며 강주혁은 왠지 모르게 입꼬리가 씰룩씰룩거렸다. 그때였다.

♬띠리리링 띠리리링 띠리리링!!!

전화가 울리기 시작했다.

4. 유료

노트북을 들여다보던 강주혁의 시선이 핸드폰에 맞춰진다. 이제는 놀라는 표정도 없다. 며칠째 경험하다 보니 나름은 담담해진 모양이다. 강주혁이 핸드폰을 집어서 통화를 눌렀다.

"강주혁 님은 '무료서비스'를 이용 중입니다! 남은 기간은 총 1일!"

보이스피싱의 여자 목소리는 여전히 경쾌했다.

'벌써 1일.'

주혁의 엄지는 무심하게 1번을 누르러 간다. 그 짧은 순간에 많은 생각이 오간다. '이거 기간 끝나면 더는 안 오나?'라든가, '재미있었는데' 같은 상념이 빠르게 그의 머릿속을 관통한다. 실제로도 주혁이 보이스피싱을 받은 날부터 지금까지 일주일이 게 눈 감추듯 빠르게 흘렀다. 시간은 모두에게 공평하지만, 적어도 강주혁이 느끼기에 최근의 속도가 가장 쏜살같았다. 잠시 자신의 처지가 잊힐 만큼.

상념도 잠시, 강주혁의 엄지는 1번을 터치한다. 그러자 곧바로 경쾌한 여자 목소리가 이어진다.

"들으실 항목의 키워드를 '선택'해주세요!

1번 '새벽 2시 30분', 2번 '밤 11시 50분', 3번 '저녁 7시', 4번……."

주혁이 무표정인 채로 '새벽 2시 30분'을 검색해본다. '새벽 2시 30분'에 예정된 해외축구경기가 꽤 많았다. 주혁은 경기결과를 알려줄 가능성이 있는 키워드는 거를 생각이었다. 주혁이 #을 누르자 핸드폰에는 여자 목소리가 반복해 흘러나왔지만, 이미 주혁은 듣고 있지 않았다. 다음 키워드를 검색 중이었다. 이번 키워드는 '밤 11시 50분', 딱히 나오는 게 없다.

주혁은 검색창에 마지막 키워드를 입력한다.

— '저녁 7시'

이쪽도 딱히 눈에 띄는 정보는 없었는데, 거의 마지막 부분에 걸려 있는 기사가 눈길을 잡았다.

「울산 vs 제주, 내일 저녁 7시! 대격돌!」

기사 제목을 읽은 주혁이 짧게 혀를 찬다. '저녁 7시'도 걸러야 할 듯했다. 물론 토토 관련이 아닌 다른 정보를 줄 수도 있지만, 현재로서 주혁이 키워드를 뽑는 방식은 매우 단순했다. 소거법. 즉 작은 가능성이라도 있는 키워드를 지우고 남는 것을 선택한다. 어떤 키워드를 택하든 결국 미래를 듣긴 하겠지만, 가능한 토토 노가다는 피하고 싶었다.

이제 남은 키워드는 2번 '밤 11시 50분'이었다. 결론이 나오니 움직임이 빨라졌다. 바로 2번을 눌렀다. 신난 여자 목소리가 미래 정보로 이어졌다.

"미금역에서 출발하는 15번 마을버스의 막차 시간은 '밤 11시 50분'인데요! 버스 기사 박태수 씨가 화장실에서 늦게 나오는 바람에 오늘 15번 버스 막차는 미금역에서 12시에 출발하게 됩니다! 버스 출발시각이 다소 늦어진 덕분에 54분, 술에 잔뜩 취한 김세진 씨가 버스에 타게 되고, 탑승한 취객 김세진 씨가 버스 기사 박태수 씨의 운전을 방해하는 바람에 안타깝게도 15번 마을버스는 출발한 지 얼마 지나지 않아 승합차를 추돌해 두 명이 숨지고 아이, 여학생을 포함한 다섯 명이 크게 다치는 사고가 발생합니다!"

사고? 이게 끝인가? 그런데 끝이 아니었다.

"취객이 타지 않았다면 사고도 일어나지 않겠죠?"

주혁은 보이스피싱이 끊긴 핸드폰을 조용히 침대에 내려놓았다.

"이게 무슨 미친 소리……."

야금야금 강주혁을 밖으로 내보내던 보이스피싱이 이젠 아예 임무를 던져 버린다. 폭풍처럼 지나간 보이스피싱 덕에 생각을 정리해야 했다. 주혁은 빠르게 노트북 메모장을 켜서 정보를 적어 내려갔다. 미금역 출발, 막차, 15번, 취객. 이어서 보이스피싱이 마지막에 던진 임무를 다시 떠올린다.

"취객이 타지 않았다면 사고도 일어나지 않겠죠?"

'그러니까 나더러 사고를 막으라는 건가?'

거기에다 선택한 키워드에 대해서도 의문이 들었다.

'키워드 '밤 11시 50분', 이건 밤 11시 50분에 일어날 일을 알려주는 게 아니라, '밤 11시 50분'이라는 키워드가 포함된 정보를 알려주는 건가?'

지금까지는 그저 키워드 시간대에 일어나는 미래의 일을 알려준다고 생각했는데, 이번에 들은 정보로 봐서는 아닌 것 같았다. '밤 11시 50분'에 일어나는 일이 아니라, '밤 11시 50분'이라는 키워드가 포함된 미래를 알려주었다. 방금 보이스피싱에서 말해준 사고도 몇 시에 일어나는지는 알 수 없었다. 무엇보다 결정적인 의문은 이것이었다.

'사고를 막는 게 내 인생역전과 무슨 상관이지?'

보이스피싱을 받으면 언제나 나오는 멘트. 주혁은 그 멘트를 떠올렸다.

"'무료서비스'를 경험하며 인생역전의 발판으로 삼으시길 기원합니다!"

그런데 방금 보이스피싱에서는 느닷없이 사고에 대한 정보를 늘어놓고, 강주혁이 막으라는 식으로 말했다. 지금까지 보이스피싱은 강주혁을 은근히 밖으로 내몰긴 했어도, 이렇게 대놓고 한 적은 없었다. 거기다 장소도 미금역, 주혁이 사는 곳이다.

"왜 자꾸 밖으로 내몰지? 그리고 이 사고가 내 인생이랑 무슨 연관이……."

주혁은 심각한 표정으로 팔짱을 낀다. 그렇게 가만히 허공을 응시하다 시간을 확인한다. 밤 10시가 조금 넘은 시각.

"푸후—"

시간을 확인한 주혁이 숨을 길게 내쉰다. 어찌 됐건 사고는 일어난다. 보이스피싱이 말한 것 중에 틀린 건 없었으니까. 이 사고가 주혁의 인생과 무슨 연관이 있는지, 보이스피싱이 주혁을 왜 자꾸 밖으로 내보내는지 당장은 알 수 없었다. 다만 이 사고를 막으면 뭔가 실마리가 잡힐 것 같았다. 그리고 일어날 안타까운 사고를 들었는데 충분히 막을 수 있음에도 막지 않는 건.

"개새끼지."

주혁은 팔짱을 풀고 마스크와 모자를 푹 눌러쓴다. 이어서 바닥에 널브러진 롱패딩을 걸친다. 패딩을 대충 여민 주혁이 핸드폰과 지갑을 챙기면서 중얼거렸다.

"그놈이 타는 게 54분이랬지?"

짧게 읊조린 주혁은 이미 현관문을 열고 있었다.

미금역의 버스정류장은 두 곳이었다. 마을버스가 서는 곳, 그 외의 버스들이 서는 곳. 집에서 일찍 나왔으니 망정이지 조금만 늦었으면 큰일날 뻔했다. 어쨌든 마을버스가 서는 곳을 찾아낸 주혁은 정류장 벤치에 앉아, 분위기를 파악했다.

'여기서 5분 정도 있다 출발하네.'

15번 버스 말고도 다른 마을버스가 많은데, 대부분 버스정류장에서 5

분 정도 정차 후 수지 방향으로 출발했다. 그렇다면 사고가 날 15번 버스는 11시 45분경 도착하지 않을까 싶었다. 주혁은 자연스레 핸드폰을 꺼내 시간을 확인했다. 11시 38분. 시간이 남은 것을 확인한 주혁은 차가운 입김을 내뿜으며 패딩 주머니에 양손을 쑤셔 넣었다. 날씨가 춥다 보니 다리가 달달 떨렸다. 그러면서 머릿속으로는 정해둔 시뮬레이션을 계속 생각했다. 실수하면 안 되니까. 기분이 묘했다. 사람을 구한다는 걸 영화 찍을 때나 해봤지, 이렇게 현실에서 해볼 줄 누가 알았겠는가.

그때였다. 버스 한 대가 비어 있는 정류장으로 웅장하게 들어서더니 특유의 방귀 소리를 내며 멈춰섰다. 이어서 앞쪽 문이 열렸다. 그런데 문이 열리자마자 깔끔하게 기사 복장을 한 버스 기사가 사색이 되어 뛰쳐나와 어디론가 뛰어갔다. 너무 빨라서 얼굴을 보지도 못했다.

"어지간히 급한가 보네."

우악스럽게 뛰어가는 버스 기사의 뒷모습을 보던 강주혁은 이내 시선을 버스 정면으로 돌렸다. 15번. 버스 정면에 붙은 번호를 확인한 주혁은 다시 한 번 핸드폰을 꺼내 시간을 확인했다. 11시 46분.

'이 버스가 맞아.'

시간과 장소, 버스 번호 그리고 우악스럽게 뛰어간 버스 기사. 아마 화장실로 뛰었을 거다. 모든 정황을 봤을 때, 앞에 있는 15번 버스가 곧 사고가 날 버스다. 강주혁은 숨을 크게 들이마시며 자리에서 일어섰다. 그리고 두 걸음 정도 떨어져서 버스를 주시했다.

비어 있는 버스에 사람들이 타기 시작했다. 아이 두 명의 손을 잡고 타는 아줌마, 가방을 멘 여학생, 손을 잡고 버스에 오르는 커플. 다들 운전석이 비어 있지만 아무렇지 않게 카드기에 지갑이나 가방을 대고, 띠딕 소리가 나면 자리로 가서 앉는다.

버스에 타는 승객들을 유심히 관찰하던 주혁은 보이스피싱이 말했던 정보를 떠올린다.

"총 일곱 명이랬지? 하나, 둘, 셋…… 여섯 명. 아직 한 명이."

승객이 몇 명인지 세던 주혁이 중얼거리는데 대학생처럼 보이는 남자가 주혁을 스쳐서 우다다 버스에 올라탄다.

"쟤까지 일곱 명."

일곱 명이 버스에 탄 것을 확인한 주혁이 핸드폰을 들었다. 11시 53분. 주혁이 주변을 빠르게 둘러보았다. 이제 1분 뒤면 취객이 나타날 거다. 그러나 주혁의 시야에는 취객이 보이지 않았다.

"혹시?"

주혁은 혹시나 해서 버스 창문으로 보이는 승객들을 관찰했는데 역시나 술 취한 것처럼 보이는 사람은 없었다. 시간을 다시 확인했다. 11시 54분. 슬슬 나타나겠지.

아니나 다를까.

"사랑도 있고, 이별도 있고, 눈물도 있네~♬"

뒤쪽에서 신명 나는 트로트가 들렸다. 노랫소리에 주혁이 몸을 휙 틀었다. 어둠 때문에 잘 보이지 않았지만, 사람의 형체가 다리를 질질 끌면서 다가오고 있었다. 노래까지 부르면서.

"나타나셨구먼."

언뜻 보면 좀비라 착각이 들 정도였다. 좀비는 다리를 질질 끌면서 버스가 있는 방향으로 다가왔다. 여전히 노래를 크게 부르면서. 좀비는 주혁을 지나, 문이 열려 있는 버스에 올라타려 했다. 하지만 좀비는 버스에 타기 전에 멈칫거린다. 주혁이 좀비의 팔을 잡았기 때문이다.

"으잉?"

누군가에게 팔뚝이 잡혔다는 것을 인지한 좀비가 얼굴을 잔뜩 찡그리며 주혁을 돌아본다.

"너 므냐?"

입을 열자 술 냄새가 진동한다. 말투도 꼬일 대로 꼬인 상태. 주혁은 길게 한숨을 내쉬면서 그를 버스에서 끌어낸다.

"어어어? 야! 느 므냐고!"

"입 좀 다무세요. 술 냄새 나니까."

"뭐 인마! 이 새끼!"

버스에서 좀비를 떼어낸 후에도 주혁은 그의 팔뚝을 놓지 않았다. 그저 무심하게 좀비가 늘어놓는 욕설을 듣고만 있었다. 그러다 보이스피싱이 말했던 좀비의 이름을 떠올렸다.

"당신 이름이 김세진 맞아?"

"개새끼야! 맞다! 왜, 느도 나 무시허냐!"

실제로 주혁은 좀비의 말을 무시하면서 핸드폰을 꺼내 시간을 확인했다. 11시 59분. 아니, 주혁이 핸드폰을 보는 순간 12시로 바뀐다. 때마침 버스 기사가 상가건물에서 뛰어나온다. 그러고는 버스 앞에서 좀비를 꽉 잡고 있는 주혁과 눈을 한 번 마주치더니 물 흐르듯 운전석에 착석, 버스 문을 닫고 출발한다.

"후—"

멀어지는 버스를 보며 주혁이 작게 한숨을 내쉬었다. 그러면서 꽉 잡고 있던 좀비를 놓았다. 풀린 좀비는 비틀거리다 버스정류장 벤치에 널브러졌다.

"아주 지네 집이네."

널브러진 좀비를 보며 주혁이 112 신고를 하기 위해 핸드폰을 들어 올리는데, 그 순간.

♬띠리리링 띠리리링 띠리리링!!!

벨 소리가 울리기 시작했다. 주혁이 전화를 받았다.

"강주혁 님의 유료서비스 전환 조건이 방금 충족되었습니다. 곧 유료서비스 팀에서 연락드릴 예정이니 기다려 주세요!"

"뭔 팀?"

— 뚝!

내용은 저게 끝이었다. 끊긴 핸드폰을 여전히 귀에 대고 있던 주혁의 입이 열렸다.

"유료서비스라고?"

주혁도 유료서비스에 대한 생각을 안 해본 건 아니었다. 보이스피싱이 항상 던지는 첫 멘트.

"남은 기간은 총 1일! '무료서비스' 기간을 만끽하세요!"

멘트마다 무료서비스라는 단어가 들어가 있으니 7일이라는 기간이 끝나면 유료서비스로 알아서 넘어가는 건가 했다. 그런데 조금 전 보이스피싱에서는 유료서비스 전환 조건이 방금 충족됐다고 했는데, 주혁은 전혀 감도 못 잡겠다는 표정이었다. 그리고.

"아직 하루 남았잖아?"

무료서비스 기간은 아직 하루 남았다. 유료서비스 조건이 충족되면 무료서비스 기간이 바로 끝나는 걸까? 주혁의 생각은 점점 미궁으로 빠지기 시작했다. 그때.

"으으으! 푸후후후—"

벤치에 누워 있던 좀비의 술주정이 시작됐다. 느닷없이 걸려온 보이스피싱 때문에 좀비의 존재를 잠시 잊고 있었다. 주혁은 핸드폰에 긴급번호를 눌러 112에 전화를 걸었다. 두 번에 신호 끝에 경찰서에서 전화를 받았고, 현재 위치와 취객의 상태에 대해 상세히 전달했다.

"금방 출동하겠습니다."

경찰은 정말 빨리 출동했다. 주변 순찰 중이었는지, 5분도 안 돼서 경찰차가 나타나 좀비를 차에 태워 사라졌다. 멀어지는 경찰차를 쳐다보던 주혁도 집에 가기 위해 몸을 돌리는데, 뭔가 눈에 띄었다.

"응?"

방금까지 좀비가 누워 있던 벤치 아래에 지갑이 떨어져 있다. 순간 고민이 들었다.

"누가 알아서 주워가겠지, 뭐."

답은 금방 나왔다. 주혁은 몸을 돌려서 두 걸음 정도 걷다가, 우뚝, 자리에 다시 멈춰선다.

"쯧!"

안 봤으면 모를까, 봤으니 괜히 마음에 걸렸다. 주혁은 바닥에 떨어진 지갑을 패딩 주머니에 쑤셔 넣고 다시 집으로 향했다.

강주혁이 집에 도착한 시간은 12시 30분. 집에 들어서자마자 주혁은 신발장에서 엎어진다.

"후—"

한 것도 없는 것 같은데 괜히 피곤이 몰려왔다. 그렇게 3분 정도 누워서 천장만 바라보던 주혁은 짧은 신음을 내며 웅크려 앉았다. 앉은 채로 오른쪽 신발을 손으로 벗겨냈고, 이제 왼쪽 신발을 벗기려 손을 가져다 대던 때.

♬띠리리링 띠리리링 띠리리링!!!!

패딩 안에서 벨 소리가 울려 퍼졌다.

"아, 놀래라."

워낙 적막한 집안이었고, 방심하고 있었던 터라 갑자기 울린 핸드폰 소리에 주혁이 움찔 놀랐다. 그러거나 말거나 핸드폰은 우렁차게 울려댔다. 주혁은 조심스레 패딩 주머니에서 핸드폰을 꺼냈다.

"유료서비스팀이라 그랬지?"

아까 버스정류장에서 받은 보이스피싱이 곧 유료서비스팀에서 연락한다고 했으니, 이번 전화는 뭔가 다를 거라 생각하며 주혁이 전화를 받았다. 그런데.

"강주혁 님은 '무료서비스'를 이용 중입니다!

남은 기간은 오늘이 마지막! '무료서비스' 기간을 만끽하세요! '무료서비스' 중에는 미래 기간이 임의로 설정될 예정이니 참고하세요! '무료서비스'를 경험하며 인생역전의 발판으로 삼으시길 기원합니다! 계속 들으시려면 1번, 수신 거부는 2번을 눌러주세요."

'뭐지?'

주혁은 고개를 갸웃하면서도 1번을 눌렀다. 여자 목소리가 이어졌다.

"들으실 항목의 키워드를 '선택'해주세요!

1번 '새벽 3시 00분', 다시 듣기는 #버튼을 눌러주세요."

"왜 하나야?"

원래는 키워드가 여러 개 나왔는데, 이번에는 딱 하나였다. 주혁은 갸웃거리다 점점 미간도 찡그려진다.

"선택하거나 말거나 하나밖에 없는데 뭘."

곧장 1번을 누른다.

"탁월한 선택! 강주혁 님이 선택한 키워드는 '새벽 3시'입니다!"

오늘따라 여자 목소리가 더욱 신나 보인다. 여자 목소리는 그 신나는 톤으로 안내를 이어간다.

"유료서비스의 주인이 되기 위해선 '새벽 3시'에만 열리는 목적지까지 오셔야 합니다! 빈손으로 오시지 마시고, 꼭 천만 원을 챙기세요! 오시는 길은 준비가 끝나시면 현관문을 열었을 때 확인하실 수 있습니다! 자정 전에는 꼭 준비를 마쳐주세요!"

전화가 끊긴 핸드폰을 내려다보면서 주혁이 말한다.

"진짜 보이스피싱 같네."

전화에서 돈 얘기가 나오니 보이스피싱 느낌이 확 난다.

"여튼 돈 챙겨서 오라는 거지?"

보이스피싱이 말한 정보를 요약하자면 돈을 준비하고 현관문을 열면 목적지를 알 수 있다는 것.

"천만 원 정도야 뭐."

미래를 알려주는 데 천만 원이면 싼 편이다. 당장은 천만 원이 없지만, 주식을 팔면 억에 가까운 돈이 생길 거란 생각에 주혁이 미소 짓는다. 그러다 주혁의 머릿속에 떠오른 생각.

"아, 주식 팔면 돈은 3일 뒤에 들어온다던데."

주식은 영업일 기준 3일이 지나야 돈이 들어온다. 주혁은 주식을 빨리 팔자고 마음먹었다.

그날 아침, 주혁은 9시가 넘자마자 HTS 프로그램에 접속했다.

— 빅엔터테인먼트 27227주

— 매수 3,370(-1.00%) 금액 91,754,990

— 현재 4,887(+11.82%) 금액 133,058,349

— 손익 41,303,359

장이 열린 지 얼마 지나지 않았는데, 빅엔터의 주식이 가파르게 오르고 있었다.

"2시쯤 팔자."

주혁은 일단 HTS 프로그램을 껐다. 그렇게 몇 시간이 흐르고, 2시에 다시 프로그램을 켰다.

— 현재 5,065(+15.92%) 금액 137,904,755

— 손익 46,149,765

"팔자."

주혁은 빅엔터의 주식을 털기 시작했다. 워낙 핫한 주식이라 강주혁이 던지자마자 빠르게 팔려나갔다. 정확히 2시 30분쯤 주혁이 가지고 있는 빅엔터의 주식이 모두 팔렸다. 이제 돈이 들어오기만 기다리면 된다.

* * *

그렇게 며칠이 흘렀다. 당연하다면 당연하겠지만, 그동안 보이스피싱을 전달하는 핸드폰은 울리지 않았다. 덕분에 주혁은 예전 방구석 폐인 생활을 즐겼다. 물론 그 생활은 주혁이 증권통장을 확인하는 순간 끝이 났다.

— 137,146,280원

주혁은 통장에 찍힌 돈을 멍하니 바라보다, 이내 정신을 차리고 개인 통장에 돈을 옮겼다. 이제 준비가 끝났다.

그날 밤 11시 40분. 주혁은 매번 입고 나가는 롱패딩을 걸치고 지갑과 핸드폰을 챙겼다. 그런데 핸드폰 옆에 며칠 전에 주워온 좀비의 지갑이 눈에 띄었다.

"나중에 돌려주지, 뭐."

주혁은 빠르게 결론을 내리고는 현관문을 열었다. 그러자.

— 지지지직

문 앞에 뭔가 놓여 있었는지 문에 밀려 끌리는 소리가 들렸다. 내려다보니 역시 무지 박스가 놓여 있다. 주혁은 며칠 전 보이스피싱이 했던 말을 떠올렸다.

"오시는 길은 준비가 끝나시면 현관문을 열었을 때 확인하실 수 있습니다!"

"이게 그건가?"

주혁이 박스 양쪽을 푹 눌러서 테이프를 떼어냈다. 박스 안에는 반으로 접힌 종이와 차 스마트키가 들어 있었다. 차 키는 일단 두고, 종이부터 펼친다.

— 내비게이션의 안내에 따라 이동하세요.

— 목적지 1 → 목적지 2

종이에 적힌 내용은 간단했다. 내비게이션이 안내하는 목적지 1에서 목적지 2로 이동하라는 내용. 주혁은 반 접힌 종이를 한 번 더 접어서 패딩 주머니에 넣고, 차 스마트키를 눌러보았다.

— 띠딕

어디선가 경쾌한 소음이 들렸다. 스마트키를 누르면 차에서 흘러나오는 익숙한 소리였다. 주혁은 홀린 듯 계단을 올라 건물 밖으로 나왔다. 그런 다음 다시 스마트키를 눌렀다. 고급 브랜드의 검은색 SUV 차량이 바로 앞에서 주황색 불빛을 내뿜는다. 주혁이 혹시나 싶어 다시 한 번 스마트키를 누른다.

— 띠딕

같은 차가 주황 불빛을 내뿜는다.

"이거 새 찬데?"

이름만 들으면 누구나 알 법한 벤스. 그 늠름한 외양을 볼을 긁으며 잠깐 쳐다보다가 주혁은 이내 차에 탑승한다. 그리고 시동을 건다.

— 우우우웅

작지만 웅장한 배기음이 들린다. 시동이 켜지자 내장된 내비게이션이 불빛을 쏘아내며 로딩을 시작한다. 잠시 후 내비게이션에 목적지를 설정하라는 안내 멘트와 함께 선택지가 뜬다.

— 목적지 1

— 목적지 2

"1번부터 가라고 했지?"

주혁은 주머니에서 종이를 꺼내 내용을 확인하고는 목적지 1번을 누른다. 그러자 내비게이션이 띠로링 같은 소리를 내며 갈 길을 알려주기 시작했다. 주혁도 벨트를 매고 천천히 핸들을 돌리며 액셀을 밟기 시작했다.

얼마나 달렸을까? 창밖으로 어느새 건물들이 사라지고 나무와 우거진 숲이 보이기 시작했다. 주혁은 내비게이션을 힐끔 보며 남은 시간을 확인했다. 3분. 거의 다 온 거 같은데, 여전히 주변은 귀신이라도 나올 듯 어두침침하다.

"진짜 어디 잡혀가는 거 아냐?"

이제 와서 불안함이 불쑥 찾아왔다. 바로 그때.

— 안내를 종료합니다.

내비게이션 멘트와 함께 정면에 보이는 작은 상가. 주혁은 네 개의 상점이 다닥다닥 붙어 있는 작은 상가 앞에 주차했다. 네 개의 상점은 카페, 빵집, 편의점, 음식점 순이었다. 편의점 빼고 모두 불이 꺼져 있다.

주혁은 밝게 불이 켜져 있는 편의점 문을 천천히 열었다.

"계십니까?"

"……."

"저기, 계세요?"

"……."

편의점 안은 조용했다. 주혁은 살짝 으스스해진 몸을 쓸어내며 편의점을 나오려다 입구 바로 옆에 붙어 있는 ATM을 보고 멈춰 선다. ATM에 반으로 접힌 A4용지가 놓여 있었기 때문이다. 주혁은 문손잡이를 놓고는 반으로 접힌 A4용지를 집어 펼쳤다.

— 공짜는 없는 법!

— 민국은행 계좌번호 070-1004-1009

— 금 10,000,000원

— 입금 후, 목적지 2번으로

"여기에 돈을 넣으라는 건가?"

주혁은 지갑에 있는 카드를 꺼내 ATM에 집어넣는다. 이어서 종이에 적힌 계좌번호로 천만 원을 이체한다. 잠시 후, ATM이 이체영수증을 토해낸다. 영수증을 받아든 주혁은 그대로 편의점을 빠져나와 다시 차에 탑승한다. 이번에는 내비게이션의 목적지 2번을 눌러 길 안내를 받았다. 왔던 길의 반대 방향이었다.

거의 두 시간은 달린 것 같았다. 주혁이 사는 주변은 진즉 벗어났고, 난생 처음 와보는 곳을 달리고 있다. 이제 2분만 있으면 도착이다. 아까보다는 주변에 건물들이 보이긴 했지만, 그래도 논밭이 많은 곳이다. 이번에는 어디로 안내하는 걸까? 주혁은 궁금증에 속력을 내기 시작했다.

이윽고 내비의 안내가 종료되고 주혁은 차에서 내렸다. 눈앞에는 핸드폰 대리점이 덩그러니 있었다. 간판 불과 내부 전등이 모두 꺼져 있는데, 핸드폰을 전시해둔 곳에만 불이 들어와 있다.

대리점 앞에 도착한 주혁은 바로 문을 열지 않고, 문에 얼굴을 붙여서 안쪽 상황을 파악했다. 사람은 없었다. 영락없이 영업이 끝난 핸드폰 대리점의 모습이었다. 그렇게 천천히 안을 둘러보던 주혁이 멈칫했다.

"박스……?"

정면 카운터에 올려져 있는 무지 박스. 강주혁이 맨 처음 받았던 하얀색 핸드폰 그리고 차 스마트키 모두 저 무지 박스에 들어 있었다. 주혁이 천천히 대리점 문을 열었다. 문은 잠겨 있지 않았는지 요상한 소음을 뱉으면서 열렸다. 주혁은 천천히 안으로 들어가 카운터에 놓인 박스를 집어들었다. 박스 표면에는 익숙한 문구가 적혀 있었다.

— 당신에게 미래를 판매하겠습니다.

하얀색 핸드폰이 들어 있던 박스에도 이 문구가 있었다. 문구를 확인한 주혁이 곧장 박스를 해체했다. 박스 안에는 핸드폰과 반으로 접힌 A4용지가 들어 있었다. 핸드폰은 갈색. 전신에 갈색 가죽을 감싼 듯한 촉감이었다.

주혁은 갈색 핸드폰을 내려놓고 주머니에 있던 흰색 핸드폰을 꺼내 들었는데.

"어?"

— 등록이 필요합니다.

그새 흰색 핸드폰의 등록을 해지시킨 모양이었다. 주혁은 흰색 핸드폰을 주머니에 넣고 재빨리 박스에 있던 종이를 펼쳤다.

— 유료서비스 '브론즈' 단계의 주인이 되셨습니다.

— 유료서비스는 핸드폰을 개통하는 순간부터 시작됩니다. 본인 명의로 등록하시기 바랍니다.

"이제 핸드폰 비용도 내가 내라 이거지?"

— 유료서비스 기념으로 차를 선물로 드립니다. 자유롭게 사용하세요! (책임보험으로 등록돼 있으니 정식 등록은 하셔야 합니다.)

"보험료도 내가 내라 이거지?"

— 오시느라 고생하셨습니다. 목이 마르실 테니 옆에 있는 음료를 드시기 바랍니다. 그럼 정식 서비스 때 뵙겠습니다.

주혁의 시선은 종이에서 다시 박스 쪽으로 향했다. 자세히 보니 박스 옆에 외국어가 적힌 캔 음료수가 있다. 주혁은 캔 음료를 입에 털어 넣었다. 오렌지

맛이 난다. 주혁이 다 마신 음료수 캔을 카운터에 올려놓고는 내려놨던 갈색 핸드폰을 집어든다. 그리고 종이에 적힌 내용을 다시 본다.

— 유료서비스 '브론즈' 단계의 주인이 되셨습니다.

"갈색이라 브론즈?"

주혁은 종이와 핸드폰, 박스를 차 뒷좌석에 대충 던져 넣고는 운전석에 올랐다. 그러고는 내비에 돌아갈 경로를 찍었다. 내비가 경로를 검색 중일 때, 주혁이 뒷좌석을 흘끔 쳐다보았다. 뒷좌석에는 방금 주혁이 던진 물건들이 널브러져 있었다. 무언가 생각하는 주혁의 고개를 다시 돌리게 만든 건 내비의 멘트였다.

— 목적지 안내를 시작합니다.

집으로 돌아가는 동안 주혁의 머릿속에는 내일 아침부터 할 일들이 정렬되고 있었다.

* * *

— 띠리리링 띠리리링 띠리리링

다음 날 아침. 모닝콜이 울렸다.

"으으윽!"

아침부터 울려대는 모닝콜 소리에 주혁은 안 그래도 길쭉한 팔과 다리를 쭉 펴며 기지개를 켠다. 그러고는 침대에서 멍하니 천장을 바라본다. 어젯밤 잠들기 전과는 마음가짐이 사뭇 다르다. 귀찮음이 스멀스멀 올라온다.

주혁은 어젯밤 5년 만에 핸드폰으로 모닝콜을 맞춰놓고 잠들었다. 워낙 잠이 많은 터라 활동할 때에도 모닝콜 7~8개는 필수였다. 오늘도 네 번째 모닝콜이 울리는 시점에야 눈을 떴다.

강주혁이 5년 만에 모닝콜을 맞춰놓고 잠이 든 이유. 단순했다. 할 일이 많았으니까. 일단 핸드폰 개통, 차 보험 계약, 그리고.

"확인하러 가볼까?"

어제 다녀온 편의점과 핸드폰 대리점에 다시 가볼 생각이었다. 어디서부터 시작된 생각이냐? 사실 딴 거 없다. 가장 원초적인 호기심.

보이스피싱의 정체가 궁금했다.

어제 다녀온 편의점과 핸드폰 대리점에 가면 뭔가 관련된 사람이 있지 않을까? 주혁은 얼굴에 대충 수분을 묻히고, 늘 입는 롱패딩과 지갑, 차 키를 챙겼다. 신발장 앞에서 잊은 건 없는지 한 번 더 점검하던 주혁은 이내 현관문 손잡이를 돌렸다. 순간 이런 생각이 들었다.

'요즘 나가는 게 좀 편해졌네.'

실제로 마음이 꽤 편했다. 예전에 느꼈던 역겨운 불안함과 불편함이 현저히 줄어들었다. 집을 나온 주혁은 무심하게 계단을 올라, 집 앞에 세워둔 차에 올라탔다. 시동을 걸고, 내비에서 주혁은 고민 없이 목적지 1을 터치하곤 운전을 시작했다.

도착한 목적지 1, 편의점. 날이 밝은 탓인지 아니면 주혁이 속력을 낸 것인지 모르겠지만, 어제보다 빨리 도착한 느낌이었다. 주혁은 차 문을 닫으면서 밤에 봤던 모습과 사뭇 다른 편의점을 응시했다. 그러다 천천히 편의점 앞으로 간 주혁은 고민 없이 편의점 문을 당겼는데.

— 덜컥!

문이 잠겨 있다.

"응?"

여러 번 당겨봤지만 역시나 열리지 않는다. 요즘은 편의점도 새벽에는 문 닫는 곳이 많다. 그런데 이 편의점은 새벽에는 열려 있었는데? 주혁이 문손잡이를 잡은 채 고개를 갸웃하는데 옆에서 남자 목소리가 들렸다.

"거기 안 해요."

느닷없는 목소리에 주혁이 고개를 휙 돌렸다. 편의점 옆에 있는 빵집. 그집 주인으로 보이는 남자가 주혁을 보고 있었다. 주혁이 물었다.

"아예 안 합니까?"

"아, 그건 아니고. 어…… 한 몇 주 됐어요. 장사 안 한 지."

"몇 주요?"

"예~ 몇 주요."

빵집 주인은 해줄 말이 끝났는지, 유리문을 닦기 시작했다. 주인이 걸레질을 할 때마다 유리문에 걸린 작은 종이 딸랑딸랑 소리를 낸다. 그 소리를 들으며 주혁이 편의점 안을 유심히 쳐다본다. 아니, 정확히는 편의점 입구에 있는 ATM을 쳐다봤다.

— 고장

고장이라고 크게 인쇄된 A4용지가 ATM 화면에 붙어 있다.

"저건 어제 없었는데."

"예?"

주혁은 혼잣말로 한 것인데, 주인이 찰떡같이 알아듣고는 되묻는다.

"뭐가 없어요?"

"아닙니다. 수고하세요."

"예~"

볼일이 끝난 주혁이 몸을 돌리는 순간, 언제 맡아도 향긋한 빵 냄새가 그의 코를 자극한다. 주혁이 가던 길을 멈추고 빵집 주인에게 물었다.

"사장님. 지금 빵."

"살 수 있어요."

내심 기대했는지 빵집 주인이 주혁의 말을 가로채 대신 말했다. 그 모습을 보던 주혁이 천천히 빵집으로 들어갔다. 뒤에서 주인의 목소리가 다시 들렸다.

"어서 오세요."

목적지 2로 가는 길. 주혁은 바라지 않은 서비스까지 잔뜩 받은 빵 봉지에 손을 넣었다. 연주황 봉투 안에는 다양한 빵이 열 개는 들어 있다. 그중 아무거나 집어서 대충 씹기 시작한다.

빵으로 허기를 채우다 보니 어느새 어제 본 핸드폰 대리점이 보이기 시작했다. 천천히 차를 멈춘 주혁은 여전히 빵을 씹으면서 대리점으로 다가갔다. 그런데.

— 임대 010.1234.1234

대리점 문에 임대를 놓는다는 종이가 붙어 있다.

"뭐냐, 진짜."

새벽에 왔던 가게들이 아닌 것만 같은 착각마저 들 정도였다.

"귀신이 홀렸나?"

혹시나 해서 문을 당겨봤지만, 역시나 잠겨 있다.

"푸후—"

문을 당기던 손으로 머리를 긁으며 주혁이 한숨을 내쉰다. 그러다 '쯧' 따위의 소리를 내며 혀를 찬 주혁이 주머니에서 핸드폰을 꺼내 들었다.

— 등록이 필요합니다.

핸드폰은 새벽부터 똑같은 문구를 출력하는 중이다. 주혁은 이내 마음을 접고 차에 다시 올라탄다. 그러고는 내비에 등록된 주혁의 집 주변으로 경로를 선택한다. 주혁은 핸들을 반대로 완전히 돌려서 차를 몰았다. 운전을 시작한 주혁의 오른손이 다시 빵 봉지로 향했다. 이번에도 역시 대충 아무 빵이나 골랐고, 씹었다. 그러면서.

"에이씨, 몰라."

하며 빵을 크게 한입 베어 문다. 보이스피싱의 정체를 알면 어떻고, 모르면 어떠하랴. 그냥 써먹으면 그만인걸. 그리고 어쩌면.

"내가 감당하지 못할지도 모르고."

주혁은 왠지 보이스피싱의 주체를 확인하면 안 될 것 같은 기분이 들었다. 말도 안 되지만, 영화에서나 볼 법하지만, 만약 진짜 무슨 신이나 초자연적인 현상이라면 주혁이 넘나들 영역이 아니라고 판단했다.

"툭툭 건드렸다가 안 오면 안 되지."

게다가 무려 미래를 알려주는 보이스피싱이다. 괜히 건드리다가 저쪽이 삐쳐서 강주혁을 버리면 그건 그거대로 큰일이었다. 나름의 결론을 내린 주혁은 마음이 한결 가벼워졌고, 복잡한 생각을 치워낸 김에 액셀을 강하게 밟았다.

주혁은 바로 집으로 가지 않고, 주변에 있는 핸드폰 대리점을 찾았다. 다행히 집으로 가는 길목에 핸드폰 대리점이 보였다. 갓길에 주차한 주혁은 마스크와 모자를 다시 푹 눌러쓰곤 대리점 문을 열었다. 동네 대리점이라 그런가, 내부는 무척 좁았다.

"어서 오세요오~"

주혁이 대리점에 들어서자 안쪽 카운터에 있던 직원이 발딱 일어서며 인사를 던진다. 약간 빨간 색이 섞인 머리카락이 어깨까지 오고 피부가 하얀, 딱 봐도 대학생 같았다.

"핸드폰 개통 좀 부탁합니다."

"아! 핸드폰은 정하셨어요?"

"핸드폰은 있어요. 그냥 개통만."

"아…… 이쪽으로 오세요!"

직원은 약간 실망하는 눈치였지만, 이내 밝게 웃으며 주혁을 자신의 앞으로 안내했다. 의자에 앉은 주혁은 곧바로 주머니에서 핸드폰 두 개를 꺼냈다.

"이 갈색 핸드폰으로 개통할 건데, 이 검은색 핸드폰에 있는 연락처나 사진을 옮길 수 있습니까?"

"네! 되죠! 잠시만요. 아! 일단 신분증 부탁드립니다."

직원의 요청에 따라, 주혁은 지갑에서 신분증을 꺼내서 내밀었다. 생글생글 웃으며 신분증을 받아 확인한 그녀의 눈알이 동그랗게 커진다.

"헐?"

그녀의 반응에 주혁은 마스크를 살짝 더 올려 쓴다. 그러거나 말거나 눈이 동그래진 직원은 여전히 주혁의 신분증에 있는 사진을 보며.

"설마…… 아니죠?"

"네, 아닐 겁니다."

"아니, 근데 사진이. 이건 누가 봐도."

주혁은 살짝 미간을 찌푸리며 그냥 갈까 했다. '어차피 얘도 나를 이상한 범죄자 보듯 하겠지' 싶었다. 그런데.

"와…… 저 완전 팬이었어요. 꿈인가, 이거?"

의외의 반응에 주혁의 눈빛이 살짝 흔들렸다. 그녀는 주혁의 반응에 아랑곳하지 않고 말을 이었다.

"저 진짜 오빠 팬카페 가입하고, 작품 진짜 전부 다 보고 그랬거든요. 나중에! 아니, 오빠 그렇게 되고 저도 진짜 엄청 슬펐는데……."

그녀도 당황했는지 횡설수설이다. 주혁은 그녀를 물끄러미 쳐다보다가 천천히 물었다.

"저 싫지 않아요? 기사나 뉴스 많이 떴잖아요. 범죄자다 어떻다 하면서."

주혁의 말에 직원이 의아하다는 표정으로 가볍게, 당연하다는 듯이 대답했다.

"아니잖아요?"

그녀의 아무렇지 않은 대답에 주혁은 살짝 실소가 터졌다.

"맞아, 아니지. 고마워요."

그녀는 주혁의 말에 '별말씀을!' 같은 표정을 지으며 본업으로 돌아갔다. 의외로 자료들을 옮기는 시간이 꽤 걸렸다. 그동안 주혁은 그녀와 가벼운 대화를 이어갔다. 대부분 그녀가 이끌고 주혁은 대답을 할 뿐이었다. 그럼에도 주혁은 너무 고마웠다. 자신에게 더는 이런 팬이 있을 거라 생각을 못했다. 마음이 살짝 환해짐을 느꼈다.

"다 됐어요!"

"고마워요."

주혁이 오랜만에 미소를 던지며 문을 나서는데 그녀가 붙잡았다.

"저!"

그녀는 잠시 우물거리다 말했다.

"친구들한테 자랑해도 돼요? 강주혁 핸드폰 내가 개통했다고……."

그녀의 말에 주혁은 웃음이 터질 뻔했다. 터질 뻔한 웃음을 꾹 참으면서 대답한다.

"하세요."

차에 돌아온 주혁의 양손에는 짐이 한가득이었다. 핸드폰부터 사은품까지, 덕분에 사인 다섯 장과 사진까지 찍어주고 와야 했다. 이미 퇴물인데도 그녀는 충분히 좋아해줬다.

"일단 핸드폰은 개통했고."

그 말과 동시에.

— 띠링, 띠링, 띠링

핸드폰에 안내 문자가 쏟아졌다. 혹시나 했지만 보이스피싱에서 보낸 건 아니었다. 통신사에서 보내주는 안내 문자들. 주혁은 속속들이 도착하는 문자를 슥슥 확인하고선 핸드폰을 주머니에 집어넣었다.

바로 그때.

♬띠리리 띠리리링 띠리리 띠리리링!!!

벨 소리가 울리기 시작했다. 핸드폰이 바뀌면서 벨 소리도 달라졌지만, 주혁은 직감했다.

'왔다.'

유료서비스 '브론즈' 단계의 첫 보이스피싱일 거라고.

*070-1004-1009

화면에 출력되는 번호도 똑같았다. 주혁은 약간 떨리는 마음으로 전화를 받았다.

"당신은 기회를 잡으셨습니다! 인생역전의 기회! 확실한 서비스를 약속드리겠습니다!

'브론즈' 단계의 주인이신 강주혁 님 환영합니다. 강주혁 님은 지금 이 순간부터 유료서비스인 '브론즈'를 30번 이용하시게 됩니다! 강주혁 님의 '브론즈' 단계는 다음 단계로 넘어가기 위한 일종의 연습, 튜토리얼 정도로 생각하시면 되겠습니다. '유료서비스'를 경험하며 인생역전에 더욱 가까워지길 기원합니다! 계속 진행을 원하시면 1번을 눌러주세요."

확실히 달랐다. 일단 무료서비스 때 들렸던 목소리가 아니었다. 저번 목소리가 약간 경박했다면 이번 여자 목소리는 좀 차분하면서 담담한 목소리? 그리고 주혁이 주목한 한 문장.

"'브론즈' 단계는 다음 단계로 넘어가기 위한 일종의 연습, 튜토리얼 정도로

생각하시면 되겠습니다."

"다음 단계도 있다는 소리네?"

주혁이 1번을 눌렀다. 익숙한 터치음.

"······강주혁 님에게 맞는 정보와 미래를 수집 중입니다. 잠시만 기다려주십시오."

— 띠링!

"진행 완료했습니다. 들으실 항목의 키워드를 '선택'해주세요!

1번 '저녁 9시', 2번 '900', 3번 '새벽 1시', 4번 '48', 5번······ 다시 듣기는 #버튼을 눌러주세요."

변했다. 미묘하지만 확실히 변했다. 일단 시간 외에 숫자 키워드가 추가됐고, 4번 문항이 추가됐다. 무료 땐 3번까지밖에 안 들렸는데.

'시간 키워드는 무료 때 계속 들어봤으니까, 새로 생긴 숫자로 선택해볼까?'

2번 '900'과 4번 '48', 주혁은 잠시 고민하다, 이내 결정을 내렸다.

"900으로 가자."

작은 거보단 큰 게 낫겠지. 주혁은 그대로 2번을 눌렀다.

"탁월한 선택! 강주혁 님이 선택한 키워드는 '900'입니다!"

무료가 아닌 유료서비스로서 첫 미래 정보가 들리기 시작했다.

5. 척살

유료서비스로서 첫 미래 정보. 주혁은 보이스피싱이 말해주는 정보에 귀를 기울였다. 그런 주혁의 심정을 이해하듯이 핸드폰에서는 여자 목소리가 천천히 흘러나왔다.

"영화 척살. 영화 척살은 85억이라는 매우 적은 제작비에도 불구, 시나리오를 쓴 감독이 직접 찍는다면 '900'만이 넘는 관객수를 동원합니다. 다만, 다른 감독이 지휘봉을 잡고 찍는다면 개봉과 동시에 망작이라는 오명과 함께 관객수 80만이라는 무참한 성적을 거두게 됩니다."

"영화……."

주혁이 끊긴 전화를 내려놓으며 중얼거렸다. 영화라니? 원래도 보이스피싱이 뜬금없긴 했지만, 너무 뜬금없는 주제여서 주혁은 살짝 놀랐다.

"85억 부어서 9백만이면 대박이긴 하네. 손익분기점이 2백만? 250만?"

아니, 어쩌면 그보다 아래일지도 몰랐다. 일단 주혁은 핸드폰을 다시 열어 메모장에 방금 들은 정보를 써넣었다. 적당히 필요한 정보만 간략하게. 메모를 마친 강주혁은 서둘러 시동을 걸고 집으로 향했다.

집에 도착하자마자 주혁은 노트북을 켰다. 검색창에 '척살'을 적고 엔터를 때렸다.

"없네. 프리도 안 들어갔나?"

프리프로덕션(preproduction). 기획/시나리오, 촬영준비의 단계로 어떤 작품을 선택해서 어떤 사람들을 구성하여 어떻게 만들지, 또한 배급은 어떤 식으로 할 것인지 등 영화가 완성되기까지의 전체적인 계획을 말한다. 쉽게 말해 영화 찍기 전 준비단계인 셈.

보통 프리프로덕션 단계부터 기본적인 정보나 기사는 떠돌기 마련이다. 제작사 측에서 어느 정도 확신을 가지고 떡밥 던지듯 초기 기사를 뿌리는 경우도 있고, 아니면 톱 배우의 차기작이라는 명목으로 냄새 맡은 기자들이 추측성 기사를 쓰기도 하기 때문. 그런데 기사나 관련 정보가 전혀 없다는 건 아예 시작도 안 했다는 얘기가 된다.

"못해도 1년인데."

영화 제작이란 본디 촬영만 3~4개월, 길면 1년까지도 걸리고, 편집 등 후반 작업이 3~5개월을 잡아먹는다. 영화 한 편 세상에 내놓는 데 짧으면 1년 안짝, 길면 1년도 넘는다.

여기서 강주혁이 떠올린 한 가지 추론.

"알려주는 미래의 기간이 자유롭다?"

무료서비스 땐 길어야 하루, 짧으면 몇 시간 뒤의 일만 알려주더니 유료가 되고부터는 아직 제작도 들어가지 않은 영화에 대한 미래 정보를 알려준다.

"뭐, 상관없지."

쓸모없는 정보는 거르고, 필요한 정보만 써먹으면 그만이니까. 주혁은 딱 그 정도로 결론을 내렸다.

주혁은 침대 옆 책장에 오랫동안 꽂혀 있던 손바닥만 한 수첩을 꺼내고 펜을 찾았다. 다행히 책장 중간쯤에 대충 널브러져 있는 모나미 펜이 보였다. 수첩을 펼치니 열 장 정도는 예전에 메모해둔 내용이 있었다. 주혁은 고민 없이 사용한 부분을 찢어버렸다. 그러고는 그대로 맨 앞장을 펼쳐 글자를 적어 내려갔다.

— 영화 〈척살〉, 제작비 85억, 시나리오를 쓴 감독이 찍으면 9백만, 하지만 다른 감독이 찍으면 망작, 관객수 80만으로 똥 영화 만듦.

간략하게 메모를 마친 주혁은 수첩에 펜을 끼워둔 채로 침대 위에 툭 던졌다. 언젠가는 쓸모가 있겠거니 하며 적어둔 거지만, 사실 별 감흥이 없었다. 주혁은 그대로 화장실에 들어가 씻기 시작했고, 하루는 그렇게 저물어갔다.

다음 날 아침.

평소 점심 지나서야 일어나던 주혁은 언제부턴가 아침에 눈을 뜨기 시작했다. 며칠 동안 모닝콜을 듣고 일어났지만, 어느새 적응한 것인지 모닝콜이 울리기 전에 발딱 일어났다.

주혁의 방에도 많은 변화가 있었다. 일단 쌓여 있던 옷가지와 쓰레기들이 몰라보게 정리됐고, 무엇보다 매일 햇빛을 가렸던 암막커튼이 걷혀 있었다. 방 안이 밝아졌다.

"너무 많이 자랐는데."

스트레칭을 끝낸 강주혁이 거울에 비친 자신의 모습을 보고 내뱉은 말이었다. 그도 그럴 게 조금만 더 기른다면 괴수처럼 보일 지경이었다. 잔뜩 길러진 머리카락을 부스스 쓸던 주혁은 이내 빠르게 씻고 나왔다. 롱패딩을 걸친 주혁이 현관문을 열었다. 그의 목적지는 미용실이었다.

"감사합니다! 또 오세요."

"수고하세요."

주혁은 집 주변 눈에 띄는 미용실에서 머리와 수염을 정리했다. 어깨까지 오던 머리카락은 단번에 짧아졌고, 수염은 흉하지 않게 정리했다. 워낙 배우를 하던 상판이라 그런지 썩 나쁘지 않은 느낌이 연출됐다.

계산을 마친 주혁은 미용실 뒤편에 있는 주차장으로 향했다. 차에 탄 주혁이 룸미러를 당겨서 얼굴을 비춰본다. 대충 얼굴을 만지작거리던 주혁이 이내 만족했는지 룸미러를 원위치시키곤 차에 시동을 걸었다. 그때였다.

♬띠리리 띠리리링 띠리리 띠리리링!!!

거추장스러워 잠시 벗어뒀던 롱패딩에서 전화가 울리기 시작했다. 느닷없는 벨 소리에 이제 적응했는지 주혁은 차분하게 핸드폰을 꺼내 들었다.

"'브론즈' 단계의 주인이신 강주혁 님 안녕하세요!

강주혁 님의 유료서비스 '브론즈'의 남은 횟수는 총 29번입니다. '유료서비스'를 경험하며 인생역전에 더욱 가까워지길 기원합니다! 계속 진행을 원하시면 1번을 눌러주세요."

주혁이 1번을 누른다.

"들으실 항목의 키워드를 '선택'해주세요!

1번 '저녁 9시', 2번 '아침 9시 56분', 3번 '새벽 1시', 4번 '48', 5번…… 다시 듣기는 #버튼을 눌러주세요."

보이스피싱은 여느 때와 다름없이 키워드를 쏟아냈다.

"하나만 바뀐 거 같은데?"

아직은 안 들리는 5번을 제쳐둔다 쳐도, 어제 선택한 2번만 키워드가 바뀌고 나머진 그대로였다. 주혁은 확인을 위해 새로 추가된 2번 키워드를 선택했다. 만약 다음 보이스피싱에서 또다시 2번만 새로운 키워드가 추가된다면 뭔가 법칙이 있는 게 확실했다.

터치 음을 끝으로 여자 목소리가 들려왔다.

"탁월한 선택! 강주혁 님이 선택한 키워드는 '아침 9시 56분'입니다!

성천바이오는 개발 중인 신약 물질이 췌장암 동물에 투여한 결과, 암 치료 과정에서 나타나는 대표적 부작용인 체중 감소 없이 암 조직이 사멸 수준까지 감소된 공식입장을 아침 9시 30분에 발표합니다. 이 공식발표는 기자들의 수많은 질문으로 인해 '아침 9시 56분'에 끝마칩니다."

신약 개발? 주혁은 고개를 갸웃했다. 난생처음 들어보는 영역. 어찌 됐건 주혁은 보이스피싱이 끊기자마자, 성천바이오를 검색했다.

「성천바이오 신약 개발 성공할까?」

「신약 개발 '성천바이오' 관심」

몇몇 기사가 떴는데, 대부분 관심 수준이었다. 기사를 확인하던 주혁이 시간을 확인했다. 아침 10시 58분.

"오늘은 아니란 소리네."

이미 '아침 9시 56분'이 지났는데 아직 신약 개발에 관한 기사가 하나도 없다. 주혁은 핸드폰을 조수석에 던져놓고 패딩 주머니에서 수첩을 꺼낸다. 그리고 방금 들은 성천바이오의 정보를 간략하게 적어 내려갔다. 이제 수첩에는 〈척살〉이라는 영화 정보와 성천바이오의 신약 개발 관련 정보까지 두 가지가 적혔다.

잠시 뒤 집에 도착한 주혁은 입고 있던 패딩을 벗지도 않고 곧장 노트북을 켰다. 아직 신약 개발에 관한 확정기사는 나지 않았다.

"호재……."

검색하던 주혁의 손가락이 멈췄다. 몇 주 전 빅엔터로 이적한 김재형 덕분에 주식 맛을 경험해본 주혁은 몇몇 지식을 얻었다. 뭐가 됐든 호재가 터지면 주가는 오른다. 그리고 오늘 보이스피싱에서 말한 신약 개발 정보는 성천바이오에 분명한 호재가 될 것 같았다. 주혁은 곧바로 HTS 프로그램을 켰다. 그리고 성천바이오를 검색.

— 성천바이오 8,495(+8.92)

기대감 때문일까? 성천바이오의 주가는 이미 오르고 있었다.

"빨리."

주혁은 성천바이오의 주가를 확인하고는 빠르게 증권통장으로 돈을 옮겼다. 조금이라도 쌀 때 많이 사놔야 한다.

— 125,946,280원

증권통장에는 대략 1억 2천만 원 정도. 주혁은 곧장 성천바이오 주식을 사들이기 시작했다. 그러기를 한 시간, 주혁의 주식 현황은.

— 성천바이오 14,825주

— 매수 8,495(+8.92%) 금액 125,938,375

— 현재 8,520(+9.25%) 금액 126,309,000

— 손익 370,625

그새 몇 프로가 올랐다. 주식 현황을 쳐다보던 주혁은 HTS 프로그램을 껐다. 이제부터는 딱히 할 일이 없었다. 성천바이오의 신약 개발 호재가 언제 발표될지는 모르니 그저 기다릴 뿐이었다.

"으으윽!"

주혁이 기지개를 켜면서 벌렁 옆으로 돌려 눕는다. 그 상태로 침대에 얼굴을 파묻는다. 주혁의 숨이 침대에 스며들어서 얼굴이 따뜻해진다. 얼마간 그 상태로 누워 있던 주혁이 목을 축일 겸 자리에서 다시 일어났다. 그때, 바닥에 놓여 있는 두툼한 지갑이 눈에 띄었다.

"아, 좀비."

며칠 전 주혁이 막은 교통사고의 시발점이었던 취객 좀비. 잠깐 잊고 있었다. 주혁은 별생각 없이 지갑을 펼쳤다. 제일 먼저 보이는 신분증.

"생각보다 젊네."

신분증상의 나이는 40대 중반이었다. 나이를 확인한 주혁이 잠시 취객 좀비의 외형을 떠올린다. 눈가에 주름이 자글자글했고, 뭣보다 흰머리가 많았다. 그래서 영락없이 50대 이상은 될 거라 생각했다. 그런데 40대라니? 고개를 갸웃하던 주혁이 지갑에 든 현금을 확인한다.

"흠⋯⋯."

천 원짜리 몇 장. 요즘이야 현금을 가지고 다니는 시대가 아니긴 하지만, 이 두툼한 지갑에 천 원짜리 몇 장을 보니 주혁의 마음이 괜스레 짠해진다. 주혁의 시선이 다시 신분증으로 돌아온다. 이름을 확인하기 위해서였다.

— 김세진

"오늘 돌려줄까?"

지갑 여기저기를 뒤져보니 작은 쪽지가 나왔다. 누군가에게 전해주려다 까먹고 지갑에 계속 끼고 살았는지, 본인의 이름과 핸드폰 번호가 적혀 있었다.

주혁은 쪽지에 적힌 번호로 전화를 걸었다. 신호가 세 번 정도 이어지다가 상대방이 전화를 받는다.

"⋯⋯여보세요."

목소리가 병자 같다. 목에 흙이 잔뜩 들어 있는 듯 까끌까끌한 목소리.

"김세진 씨 되십니까?"

"⋯⋯그런데요."

"제가 며칠 전에 그쪽 지갑을 주웠는데요."

"⋯⋯아."

지갑 잃어버린 것도 방금 알아챘는지 지금에서야 김세진이란 남자는 부스럭거리며 무언가 찾는 소리를 냈다.

"어디서⋯⋯."

"버스정류장 벤치에서요."

"아, 감사합니다. 어디 밖에서……."

김세진의 말을 잘라먹고 주혁이 빠르게 답했다.

"사람 많은 곳은 제가 좀 불편합니다."

"그럼 어디서 만나면 좋을까요?"

원래 같으면 주운 사람이 근처로 오라 하겠지만, 주혁에게 집 말고 편한 곳이 있을 리 없다. 그렇다고 집으로 부르기도 뭐하고.

"사장님 어디 사십니까."

"아…… 괜찮으시면 제 사무실로 오시겠어요?"

"사무실이 어딘데요?"

"야탑역 주변입니다. 사례는 분명 하겠습니다."

"저한테 주소 좀 문자로 보내주세요. 도착하면 다시 전화하겠습니다."

"예…… 감사합니다."

전화가 끊겼고, 몇 분 뒤 주혁의 핸드폰에 김세진의 사무실 주소가 도착했다. 주혁이 설렁설렁 나갈 준비를 했다.

김세진의 사무실은 7층 복도 맨 끝방이었다.

— 705호 아트필름

주혁이 고개를 갸웃했다. 보통 '필름'이라는 단어는 영화판에서 쓰는 상호였기 때문이다. 어쨌거나 주혁은 노크하고선 문을 열었다. 사무실 안으로 들어서자 담배 냄새와 미묘하게 퀴퀴한 냄새가 미간을 찌푸리게 했다. 거기에 책상 두 개, 가죽 소파, 정수기, 그 위에 놓인 커피믹스가 끝이었다.

주혁이 들어오자 소파에 누워 있던 인간이 벌떡 일어난다. 주혁은 앞에 선 피폐한 인간을 보자 동질감을 느꼈다.

"아, 감사합니다! 제가 김세진……."

"아뇨, 뭐. 여기요."

주혁이 지갑을 내밀자 김세진은 몇 번을 굽신거리며 지갑을 받아든다.

"여기 앉으세요."

"아뇨. 가보겠습니다."

"아! 제가 금방 챙겨오겠습니다. 제가 불편해서 안 됩니다. 앉아 계세요."

계속 힘없이 흐물거리던 김세진이 주혁의 어깨를 잡아 소파로 안내한다. 별수 없이 주혁은 풀썩 소리를 내며 앉았다. 김세진은 곧바로 인스턴트커피 한 잔을 말아서 주혁 앞 탁자에 올려둔다.

"마시면서 잠시만 계세요."

김세진은 주혁의 대답을 들을 새도 없이 사무실 한쪽에 있는 책상으로 걸음을 옮긴다. 김세진을 무심하게 쳐다보던 주혁은 쓰고 있던 마스크를 슬쩍 내리고는 커피를 한 모금 머금는다. 그러다 눈앞의 탁자에 올려진 종이뭉치를 발견한 주혁은 별 생각 없이 슬쩍 종이를 들어본다. 그런데.

"뭐?"

첫 장에 적힌 제목을 본 주혁은 입에 머금었던 커피를 뱉을 뻔했다.

— 〈척살〉

— 시나리오 김세진

"이게 왜 여기."

보이스피싱에서 말했던 영화 〈척살〉의 시나리오가 주혁의 눈앞에 있었다. 주혁은 난데없이 튀어나온 시나리오를 뚫어져라 노려보다, 홀린 듯 패딩 주머니에서 미래 정보를 적어둔 수첩을 꺼냈다.

— 영화 〈척살〉, 제작비 85억, 시나리오를 쓴 감독이 찍으면 9백만, 하지만 다른 감독이 찍으면 망작, 관객수 80만으로 똥 영화 만듦.

'이 아저씨, 감독이었어?'

꿈에도 몰랐다. 그저 흔한 취객 정도로 봤는데 영화감독이라니. 주혁은 일단 마음을 가라앉혔다. 수첩을 다시 주머니에 집어넣으며 생각했다.

'아니지. 시나리오만 들고 있다고 감독은 아니지.'

주혁이 영화 〈척살〉의 시나리오 첫 장을 넘기려는 찰나.

"오래 기다리셨……."

흰색 봉투를 손에 쥔 김세진이 시나리오를 들고 있는 주혁을 보고는 눈이 커졌다. 처음에야 마스크를 쓰고 있어서 몰랐지만, 마스크를 벗은 남자의 얼굴은 누가 봐도 강주혁이었다.

"호, 혹시 강주혁 씨?"

목소리가 다소 격앙됐음에도 주혁은 아랑곳없이 시나리오에 시선을 두며 대답한다.

"예, 맞아요."

"아니, 어떻게."

재차 놀라워하는 김세진에 비해 강주혁의 태도는 담담했다. 김세진은 자신에게 눈길 한 번 안 주고 시나리오를 읽고 있는 강주혁을 멍하니 쳐다보다가, 이내 무슨 죄를 지은 사람처럼 눈치를 보며 소파에 앉는다.

'아니 이 새끼가 여긴 왜?'

김세진은 황당했다. 그도 그럴 게 잃어버린 지갑을 찾는 것도 쉽지 않은 일인데, 그 지갑을 가져온 사람이 강주혁일 확률이 얼마나 될까? 거기다 김세진은 강주혁에게 좋지 않은 기억이 있었다.

"저…… 예전에 제가 시나리오 한 번 보냈는데, 기억하십니까?"

"아니오."

즉답이 나왔다. 김세진의 미간이 찌푸려진다.

'건방진 건 여전하네.'

강주혁이 톱스타로 이름을 날리던 시절, 김세진은 주인공으로 강주혁의 이미지를 잡고 시나리오를 집필한 적이 있었다. 당연히 시나리오가 완성될 무렵 직접 강주혁에게 시나리오를 가져갔는데, 보기 좋게 까였다. 그런 강주혁이 눈앞에 앉아 있다.

'흥, 작품 볼 줄도 모르는 새끼가 보면 뭘 아나?'

사무실은 적막해졌다. 여전히 강주혁은 〈척살〉의 시나리오에 집중했다.

'괜찮은데?'

몇 장 보지 않아도 느낄 수 있었다. 시나리오가 재미있었다. 만약 주혁이 지금도 배우 생활을 하고 있었으면 고민 없이 찍겠다고 승낙할 수준.

'그럼 찍어도 흔들림 없겠어.'

영상으로 찍어도 괜찮다는 뜻.

참 재미있는 게, 시나리오를 글자로 읽었을 때는 시간 가는 줄 모르겠는데, 막상 찍으면 재미없는 경우가 있다. 그쯤 되면 감독 스스로가 느낀다.

'아, 이거 망했구나.'

그러나 감독이 그런 느낌을 받을 정도면 이미 늦은 거다. 제작부터 시작해서 배급, 투자 등 이미 판이 벌어질 대로 벌어졌기에 주워 담을 수 없으니 울며 겨자 먹기로 꾸역꾸역 찍어서 영화관에 건다. 그러면 백발백중 폭삭 망하게 된다. 누구보다 강주혁이 잘 알고 있었다. 몇 번의 경험도 있고, 오랜 세월 작품을 고르다 보니 대충 보는 눈도 생겼다. 그런 강주혁이 보기에 이 〈척살〉이란 작품은 충분히 흥행 가능성이 있었다. 물론 감독의 편집능력에 따라 갈리겠지만, 일단 시나리오만 봐서는 괜찮았다.

주혁이 보던 시나리오를 탁자에 내려놓았다. 그러자 기다렸다는 듯이 김세진이 말을 걸었다.

"근데 강주혁 씨가 어떻게 제 지갑을?"

"버스정류장에서 기억 안 나세요?"

주혁은 굳이 김세진을 말린 것까진 말하지 않았다. 그러자 김세진이 얼굴을 살짝 굳히면서.

"강주혁 씨는 어떻게 지내십니까? 예전에 기사 보니까 잠적하셨다던데."

비아냥거리는 말투였지만, 주혁은 딱히 신경쓰지 않았다.

"그럭저럭 살았어요. 이것도 봐도 되죠?"

"아, 그건!"

주혁은 김세진의 대답이 끝나기도 전에 탁자에 놓인 또 다른 시나리오를 읽기 시작한다. 제목은 〈암살자〉. 첫 장, 둘째 장, 셋째 장. 천천히 시나리오를 넘기는 주혁의 표정이 점점 일그러진다.

'이건 개똥 같은데.'

영화 〈척살〉과 지금 읽고 있는 〈암살자〉의 시나리오 수준 차이가 너무 심했다. 할 말이 너무 많은데, 그냥 흔한 말로 노잼이었다.

'어떻게 이렇게 차이가 나지?'

그때 김세진이 겸연쩍게 웃으며 말한다.

"그 작품 강주혁 씨 이미지 잡고 쓴 겁니다. 제가 직접 주혁 씨한테 가져갔었는데, 보기 좋게 까였죠."

주혁은 김세진을 한 번 쳐다보고, 다시 시나리오로 눈길을 돌렸다.

'당연히 까이지. 누구라도 깐다, 이런 건.'

주혁에게 시나리오를 가져갔다고 하는 걸 보니, 못해도 이 시나리오를 쓴 건 5년이 넘었다는 소리였다. 그렇다면 〈척살〉 시나리오는 최근에 쓴 건가?

주혁은 개똥 같은 〈암살자〉 시나리오를 탁자에 내려놓고는 생각을 정리했다. 일단, 영화 〈척살〉의 시나리오는 눈앞에 있다. 그리고 현재로선 이 영화가 큰 성공을 거둔다는 것을 오직 강주혁만 안다. 그런데 다른 감독 손에 찍히면 폭삭 망한다고 했다. 주혁은 잠시간 탁자에 올려둔 〈척살〉 시나리오를 보다가 언제 타왔는지 커피를 홀짝이는 김세진에게 눈길을 돌렸다.

"이거 어디까지 진행됐습니까?"

"뭐가요?"

"이거요, 〈척살〉."

주혁이 탁자에 놓인 〈척살〉 시나리오를 툭툭 치면서 말을 이었다.

"책 제본도 안 된 거 같은데. 아직 시작도 안 된 겁니까?"

"그건 그냥 초고죠. 진행은 됐었는데 그게…… 아니, 근데 제가 왜 그런 걸 말해야 합니까?"

당연한 반응이 나왔다. 그렇다고 '내가 이 영화의 미래를 알고 있소이다'라고 말한들 믿어줄 리 만무했다. 주혁은 고민에 빠졌다. 이 인간을 어떻게 구워삶아야 할까.

그러다 주혁은 순간 내가 왜 이러고 있나 싶었다. 이제 연기도 안 할 테고, 복귀할 생각도 없었다.

다만 너무 아까웠다. 수많은 작품의 흥행결과를 아는 배우가 있다면 그 배우는 얼마나 크게 성장할 수 있을까? 배우로서 톱에 있던 주혁도 작품 선택만큼은 신중에 신중을 기했다. 하지만 아무리 신중을 기해도 작품의 미래를 알 수 없기에 그저 작품에 따라붙는 조건과 작품 퀄리티로 선택해야 했는데, 그렇게 해서 망한 작품이 한두 개가 아니었다. 작품이 망하면 차기작을 준비하고, 또다시 선택의 기로에 선다. 그런데 지금 주혁에게는 선택의 힌트가, 미래가 들리지 않는가?

'영화를 배우 혼자 찍는 건 아니지.'

영화 한 편을 세상에 내놓기 위해선 수많은 사람이 관여한다. 강주혁은 배우였지만, 배우로서 이 작품에 참여할 생각은 없었다.

주혁은 김세진 감독을 보았다. 아까부터 느낀 거지만 이상하게 김세진 감독은 강주혁을 아니꼽게 대하고 있다.

'구워삶는다고 술술 말해줄 거 같지는 않은데.'

김세진은 말없이 그저 주혁을 쳐다보고 있었는데, 눈빛에서 절절하게 느껴졌다. 이제 그만 가달라고. 주혁은 살짝 아쉬움이 들어 탁자에 놓인 시나리오를 다시 한 번 내려다본다. 그런데.

"응?"

"예?"

주혁의 짧은 목소리에 김세진도 뭔가 궁금한 표정으로 되묻는다. 하지만 주혁은 대답 없이 〈척살〉 시나리오의 표지를 쳐다보고 있다.

— 제작사 : 무비트리

시나리오 표지 끝에 적힌 제작사 이름에 주혁이 살짝 웃음 짓는다. 그러고는 고민 없이 자리에서 일어난다.

"가보겠습니다."

"아, 이건 들고 가세요. 지갑 찾아주신 건 감사합니다."

김세진은 손에 쥐고 있던 흰색 봉투를 주혁에게 내밀었다. 준다는데 굳이 안 받을 이유는 없지. 주혁이 봉투를 받아 패딩 주머니에 대충 넣고는 철문으로 향했다.

주혁은 차에 타자마자 핸드폰을 꺼냈다. 연예계에서 18년 동안 모아둔 번호를 이 핸드폰에 옮겨놨다. 주혁이 짧게 읊조렸다.

"번호가 바뀌었으면 나가린데."

주혁은 연락처 메뉴에서 '무비트리 송사장'을 치고 검색을 눌렀다. 핸드폰 화면에는 한 명의 연락처가 출력됐다.

— 뚜루~ 뚜루~ 뚜루~

첫 번째 시도에는 상대방이 전화를 받지 않았다. 두 번째 시도.

— 뚜루~ 뚜루~ 뚜루~ 뚜루~ 뚜루~ 뚜루~

"야, 강주혁! 뭐야, 너!"

두 번째 시도 만에 송 사장이 전화를 받았다.

"오랜만이네요. 형."

"오랜만? 야, 오랜만?"

"오랜만이지. 보자, 한 5년은 넘었나?"

"이 새끼야! 나는 너 뒈진 줄 알았잖아!"

송 사장의 텐션은 한없이 높았다. 여전한 그의 모습에 주혁이 슬쩍 미소 지으며 대화를 이어갔다.

"형. 그래서 요즘 사업은 어때요?"

"5년 만에 전화해서는 뭘 그런 걸 물어?"

"아니 그냥. 근황이 어떤가 해서."

"똑같지 뭘. 영화판이 언제는 달랐냐?"

"그래도 5년은 넘었는데, 좀 찍었어요?"

"찍긴 뭘 찍어. 1년에 한 작품 들어가는 것도 벅차구먼. 그것보다 뭐야, 갑자기 전화해서는."

"오랜만에 한잔 할까요?"

주혁의 말이 약간 의외였는지 송 사장이 살짝 시차를 두고 대답한다.

"불족?"

"1차 불족에 2차까지 깔끔하게 책임질게요."

"오케이. 언제?"

"지금."

주혁의 짧은 대답에 송 사장이 욕을 퍼부으며 무슨 약속을 이따위로 잡느냐고 했지만, 결국 두 시간 뒤에 무비트리 주변에서 만나자는 결론이 나왔다.

주혁은 천천히 차를 무비트리가 있는 삼성동 쪽으로 몰기 시작했다.

5년 만에 만난 송 사장은 예전 모습은 온데간데없이 폭삭 늙은 상태였다.

"야, 주혁아. 너 수염 길러서 못 알아볼 뻔했다."

"나도 형 늙어서 못 알아볼 뻔했어요."

송 사장이 주혁에게 때리는 시늉을 하다가, 짧게 혀를 차며 소주잔을 채웠다. 짠 소리와 함께 두 남자는 소주를 입에 털어 넣었다.

"크으!"

송 사장은 걸쭉한 추임새를 내뱉으며 족발 한 점을 새우젓에 대충 찍어 입에 넣었다. 주혁은 오이 한 조각을 집으며 대수롭지 않은 듯 물었다. 여기서부터가 중요하다. 티 나지 않게 정보를 끌어내야 한다.

"〈척살〉 엎어졌다면서요?"

대충 찔러보듯 말한 것에 비해 송 사장은 한숨을 내쉬면서 날름 대답한다.

"하— 말도 마라. 요즘 안 그래도 그거 때문에 골치 썩는다, 썩어."

주혁은 속으로 외쳤다.

'빙고!'

송 사장이 탱탱한 족발 한 점을 집어 이번엔 쌈장을 듬뿍 찍어 입에 넣고는 쩝쩝거리며 말을 잇는다.

"근데 그건 어디서 들었어?"

"내가 1, 2년 이 판에 있었어요? 18년인데 그 정도야 알음알음 다 들리지."

구라였다. 그런데 송 사장은 믿는 눈치였다.

"그렇긴 하지. 알 만한 사람들 다 아니까 뭐."

"왜 엎어졌는데요?"

송 사장은 소주잔을 가득 채우더니 홀로 입에 털어 넣었다.

"크으! 처음엔 분위기 좋았어. 시나리오가 재미있기도 했고, 덕분에 주연은 류호준이를 캐스팅했다."

류호준. 강주혁의 머릿속에 류호준이라는 배우는 연기는 괜찮지만, 그저 드라마용 배우였다. 그런 배우들이 있다. 드라마에서는 잘되는데 영화만 오면 죽을 쑤는. 류호준이 딱 그런 케이스였다.

"투자도 잘 나왔고, 잘 진행되다가 조연에서 터졌다."

"조연에서요?"

"너도 알걸?"

뭘 알아? 주혁은 송 사장의 아리송한 말에 대답 없이 추가 설명을 기다렸다. 송 사장은 그때 일이 다시 생각나는지 '어후!' 같은 탄식과 함께 족발 한 점을 입에 넣었다.

"조연으로 캐스팅 확정됐던 배우가 자살해버렸어."

"예? 뭐가 뭘 했다고?"

"자살했다고."

그 순간 주혁의 머릿속에 한 가지 기억이 관통한다.

"혹시 그 배우 이름이 차……."

이름은 송 사장이 대신 답했다.

"차정욱."

"허."

보이스피싱이 처음으로 알려줬던 미래 정보인 차정욱의 자살. 이게 이렇게 이어진다고?

"차정욱 그 친구가 그렇게 가니까 영화 진행이 올스톱된 거지. 우리야 기사 막는다고 이래저래 뛰어다니다 보니까 슬슬 분위기는 안 좋아지고 투자자, 배급사들 발 빼고, 배우들도 도망가고."

"그래서요?"

"그래서는 뭘 그래서야. 뭐 이쪽 바닥이 워낙에 더럽잖냐. 작품이 부정 탔네 어쩌네 하면서 다들 도망간 거지."

주혁이 고개를 끄덕였다. 영화란 게 그렇다. 작은 이슈에도 차후에 관객수가 좌지우지되는 형편이기에 작품 초반엔 그 어떤 구설수도 용납되지 않는다.

"그래서 그거 안 찍게요?"

"방법 있냐? 세진이한테 미안하긴 해도 어쩔 수 없지. 투자가 안 붙는데."

"김세진 감독이랑 친하신가 봐."

"대학 후배야. 최근에 좀 힘들어 보이길래 괜찮은 시나리오 하나 사서 꽂아줬는데 일이 이렇게 틀어질 줄 누가 알았겠냐?"

어? 잠깐만. 주혁이 눈을 크게 뜨고 되물었다.

"잠깐잠깐. 시나리오를 샀다고요?"

"어어."

"그러니까 〈척살〉 그 시나리오를?"

"어어! 그렇다니까."

"그럼, 그거 김세진 감독이 쓴 게 아니라고?"

"쓴 건 딴 놈이지."

주혁은 순간 멍해졌다. 방금까지 빠르게 돌아가던 뇌가 멈춘 기분이었다. 그러거나 말거나 송 사장은 족발을 입에 집어넣기 바쁘다.

"자, 한잔 해."

"예? 아."

얼결에 잔에 소주가 그득하게 채워지는 걸 보며 주혁이 정신을 다잡았다.

'일단 정리를 좀 해보자.'

주혁은 오이 한 조각을 입에 넣었다. 입안에서 나는 아삭아삭 소리를 들으며 빠르게 보이스피싱에서 들은 내용을 떠올렸다. 〈척살〉의 시나리오를 쓴 감독이 영화를 직접 찍으면 적은 제작비로 열 배도 넘는 이익이 난다는 것. 요즘 상업영화에서 5백만, 천만이 심심치 않게 나오고 있지만, 적지 않은 한국 상업영화들이 고전을 면치 못하는 것이 현실이다. 15편 정도가 개봉한다면 그중 한 편 내지 두 편 정도만 흥행해서 수익을 내고, 나머지는 겨우 손익분기점에서 퉁치거나 폭삭 망해서 사라진다. 그렇게 따지면 9백만이란 수치는 굉장한 거다. 문제는 시나리오를 쓴 감독이 직접 찍어야 그 정도 결과가 나온다는 거고, 다른 감독이 찍으면 똥 영화를 내놓는다는 건데.

'그게 김세진 감독이란 거네?'

처음 주혁이 김세진 감독의 사무실에서 영화 〈척살〉 시나리오를 봤을 땐, 철석같이 시나리오 쓴 사람이 김세진 감독이라 여겼다. 하지만 아니었다. 김세진은 똥이었다. 〈척살〉의 시나리오를 쓴 사람이 영화를 찍어야 한다.

주혁은 여전히 쩝쩝거리며 족발을 뜯는 송 사장에게 물었다.

"요즘 영화 천만 넘으면 제작사 수익이 얼마나 돼요?"

"수입?"

송 사장은 주혁의 물음에 들고 있던 족발 뼈를 그릇에 놓고, 물티슈로 손가락을 쓱쓱 닦으며 허공을 바라본다. 머릿속으로 계산을 하는 듯.

"세금, 발전기금 빼고, 부율(극장과 나누는 비율)하고 배급사 줄 거 주고, 제작비랑 투자사 쪽 줄 거 주면…… 대충 봐도 2백억 안짝?"

2백억. 이건 제작사가 가지는 돈이고, 사실 따지고 보면 85억 부어서 천억. 영화 한 편이 여럿 먹여 살리는 거다.

'투자로 살짝 발을 담가봐?'

투자란 본디 불투명한 미래에 돈을 던지는 건데, 강주혁은 미래를 알고 있기에 불투명한 투자가 아니었다. 이익 낼 것을 알고 하는 확실한 투자. 〈척살〉 시나리오를 직접 쓴 감독을 데려다가 영화를 찍게만 하면 그 이후부터는 가만히 앉아서 영화 개봉만 기다리면 된다. 그럼 알아서 돈이 굴러들어오는 형국이었다. 그렇게 생각하자 주혁의 입가에 미소가 젖어들었다.

기분 나쁜 웃음을 짓고 있는 주혁을 보곤 송 사장이 기겁했다.

"야야야. 너 웃는 거 기분 나쁘다? 뭔 생각을 하길래 그래?"

"아무것도 아니에요."

"아닌 게 아닌 거 같아서 그래, 인마."

"그것보다, 형이 시나리오를 살 정도면 꽤 잘빠졌나 봐, 시나리오가? 누가쓴 건데요?"

"아~ 최명훈이라고 있어. 시나리오는 잘빼는데, 요즘 무명감독한테 투자가붙냐? 안 붙지. 김삼봉 감독 알지? 최명훈이 김삼봉 감독 밑에서 조감독 몇 년했지."

최명훈. 일단 주혁은 최명훈이라는 이름을 머릿속에 새겼다. 김삼봉 감독은 주혁도 잘 알고 있었다. 작품을 몇 번 같이하기도 했고, 개인적으로도 친분이 있다면 있는 감독이었다.

"그래요? 그러면 김세진 감독은 어떻게? 나가리?"

"후— 그렇지 뭐. 그놈은 내가 대학 후배라고 계약 끝물에도 작품 꽂아준건데, 별수 없지."

"그럼 영화는 아예 엎어진 거고?"

"좀 기다렸다가 다른 감독한테 각색 넣어서 밀어보든지 해야지. 아니면 나만 엿 먹는 거고."

대충 원하는 정보를 모두 얻었는지, 주혁이 송 사장의 어깨를 토닥이며 소주 한잔을 부추긴다. 이번엔 송 사장이 물었다.

"넌 근데 갑자기 나타나선 〈척살〉에 관심이 많다?"

"없어요, 관심. 그냥 최근 이 바닥 소문 들은 게 그것밖에 없어서."

"그래서? 복귀는 언제 할 거야, 강 배우님?"

"나 이제 연기 안 해요~"

"야, 너는 니 필모 안 아깝냐? 나 같으면 거품 물겠구먼. 18년이야, 18년."

송 사장의 욕 같은 말에 주혁은 쓴웃음으로 대답을 대신했다. 송 사장은 그것만으로 이해했는지 더이상 추궁은 하지 않았다.

"그래서, 그간 어떻게 지냈어?"

그리고 송 사장은 주혁의 인생을 물었다.

"그냥 박혀 살았어요."

"후— 앞으로 뭐해 먹고 살 건데?"

"글쎄요."

"새끼, 웃기는."

이번에도 주혁은 웃음을 지었다. 하지만 이번에는 쓴웃음이 아니었다. 보이스피싱을 받을 수 있는 주혁만이 지을 수 있는 여유의 웃음. 그리고 지금 주혁의 마음속에는 이름 모를 기대감이 피어나고 있었다.

* * *

다음 날 늦은 아침. 눈은 떴지만 주혁은 침대에서 일어나지 못했다. 술을 오랜만에 마시기도 한 데다, 3차까지 달릴 줄은 꿈에도 몰랐다. 때문에 현재 그의 내장 상태는 최악이었다.

"어어어억~"

침대에서 몸을 비틀 때마다 외마디 신음이 흘러나왔다.

한참을 뒹굴뒹굴하며 시간을 보낸 주혁은 겨우 허리만 펴고는 노트북을 집었다. 성천바이오의 주식을 확인할 셈이었다. 일단 인터넷에 들어가 성천바이오에 대한 기사를 확인해봤다.

「성천바이오, 실험 결과 임박!」

성천바이오의 신약 실험 성공에 관한 기사가 안 뜬 것을 보니, 공식발표는 아직인가 싶었다.

"언제쯤 발표하려나?"

작게 읊조린 주혁이 다시금 노트북으로 시선을 돌렸다. 이번은 주식 현황을 확인할 차례였다. 바탕화면에 있는 HTS 프로그램을 실행시켰다.

— 현재 11,005(+15.88%) 금액 163,149,125

— 손익 37,210,750

"허―"

성천바이오의 주식은 이미 꽤 오른 상태였다. 오늘 성천바이오의 주당 금액은 11,005원. 그러니까 성천바이오 주식은 어제 오른 상태로 마감하고, 오늘도 오르고 있다는 소리다.

"아직 기사도 안 떴는데 왜 오르지?"

주식을 모르는 주혁으로서는 황당하기 그지없었다. 보이스피싱이 알려준 성천바이오의 신약 개발 성공 공식발표가 있기도 전에 수익이 4천만 원 가까이 났다.

"참 묘하네."

묘하긴 했지만, 주혁은 확신을 가질 수 있었다.

"이번에 좀 벌겠는데?"

돈 좀 만지겠다는 확신. 공식발표가 나기도 전에 수익이 4천만 원인데, 공식발표가 난다면 얼마나 벌 수 있을까? 주혁 스스로도 궁금했다.

"일단은 묻어두자."

지금도 시시때때로 변하는 숫자를 뒤로하고 HTS 프로그램을 끈 주혁은 다시 침대에 나자빠졌다. 그렇게 잠시 뒤척이던 주혁이 중얼거렸다.

"성천바이오 건은 묻어둔다 치고, 문제는 〈척살〉인데."

성천바이오는 내버려두면 알아서 돈을 벌어다 줄 거다. 그쯤 타이밍 봐서 팔면 되는 거고, 주혁이 직접 움직여야 하는 쪽은 〈척살〉이었다. 〈척살〉의 시나리오를 쓴 감독도 알았고, 상황도 대충 알았다. 그렇다면 엎어진 영화 〈척살〉을 다시 찍게 하려면 어떻게 해야 하느냐? 답은 정해져 있다. 돈이다.

영화란 본디 투자라는 생명수를 받아먹어야 찍을 수 있다. 그럼 그 생명수를 콸콸콸 쏟아지게 하려면? 최정상급 배우를 세팅하면 된다. 당연히 시나리오도 좋아야 하고, 제작사의 네임드나 촬영감독부터 시작해서 수많은 스태프, 배급사 등 너무나도 많은 인원이 투입되지만, 사실상 투자금의 무게를 좌우하는 건 주연배우의 이름이 전부다. 총제작비가 2백억으로 책정된 초 블록버스터급 영화에 연기한 지 1년도 안 된 신인배우가 주연이라면 투자가 들어올까? 미친놈이 아니고서야 절대 투자 안 하겠지.

그러니까 〈척살〉의 시나리오를 쓴 최명훈이라는 감독을 데려올 수는 있어도, 투자금이 없으면 영화를 찍게 만들 수 없다. 그렇다면 최명훈이라는 감독보다 급한 건, 연기할 배우다. 그것도 투자가 들어올 급의 배우. 그런데 배우 캐스팅이 어디 쉬운가? 영화부터 시작해서 드라마, 연극, 뮤지컬 등 연기가 필요한 곳에는 늘 배우 캐스팅부터 몸살을 앓는다. 그래서 어느 분야나 처음은 가장 원하는 얼굴의 배우를 섭외하지만, 실패를 거듭하다 결국 적당한 급에 적당한 선에서 캐스팅을 마무리한다. 아마 〈척살〉도 찍게 됐다면 적당한 급의 배우가 주연을 맡지 않았을까?

이마를 쓸어대며 생각하던 주혁이 작게 읊조렸다.

"그럼 〈척살〉에 누구도 상상 못할 톱 배우를 세팅하면 어떻게 될까?"

그것도 그냥 톱 배우가 아니라, 톱 배우들의 톱 배우. 찍었다 하면 천만은 우습게 넘기는 흥행 보증수표. 드물지만 영화판에는 그런 배우가 존재한다. 배우의 출연만으로 영화의 기대감이 상승하거나 빨리 보고 싶게 만들어주는.

"재미있겠는데?"

무슨 상상을 하는 건지 주혁의 입가에 미소가 흘러넘친다. 미소를 머금은 채 주혁이 핸드폰을 찾았다. 몇 분 동안 침대를 쓸어내고 나서야 겨우 갈색 핸드폰을 찾을 수 있었다. 핸드폰을 든 주혁은 곧장 연락처 메뉴에 들어가 검색창에 이름을 적었다.

— 하성필

현재 영화판에서 티켓파워 1위로 불리는 하성필이 물망에 올랐다. 얼마전에 찍은 영화 〈신의 전쟁〉은 천만을 넘겼고, 차기작으로 찍은 〈건달 선생〉도 8백만을 넘겼다. 영화판에서 배우 하성필을 캐스팅했다 하면 초대박이라는 말이 나올 정도였다.

하지만 강주혁에게는 그저 동료이자 단순한 멍청이에 불과했다. 그에게 전화를 걸었다.

— 뚜루~ 뚜루~ 뚜루~ 뚝!

하성필이 전화를 받았다.

"강주혁? 뭐냐, 너."

하성필은 퍽 어이가 없다는 투였다. 그러거나 말거나 주혁은 담담했다.

"얼굴 좀 보자."

"뒈진 건 아니었나 보다?"

"보시다시피."

"크크크. 하나도 안 변했구먼? 날 왜 보자는 건데?"

"만나보면 알겠지?"

"꺼져라. 너 만나면 부정 타. 나까지 망할 일 있냐?"

하성필의 거친 말을 주혁이 가볍게 무시하며 답했다.

"재미있을 텐데? 너 재미있는 거 좋아하잖아?"

"지랄하네. 너 본다고 내가 재미있을 일이…… 아, 아니다. 재미있는 일이 있을 수도 있겠네."

하성필의 방어적인 태도가 갑자기 바뀌었다. 그러더니 추가로 말을 잇는다.

"내가 문자로 시간 장소 찍을 테니까 그쪽으로 와."

대어가 입질을 시작했다.

잠시 후 주혁의 핸드폰으로 문자 한 줄이 도착했다. 저녁 9시, 장소는 청담동 주변이었다.

"떡밥 물었네."

주혁이 슬쩍 웃었다.

자, 이제 떡밥은 뿌렸고, 떡밥 다음으로 클리어해야 할 것은 〈척살〉의 시나리오를 쓴 최명훈 감독이었다.

"무조건 최명훈 감독이 찍어야 하는데."

무비트리 송 사장에게 최명훈 감독의 번호를 물어보자니, 주혁이 어제 〈척살〉에 대해 너무 물었다. 여기서 최명훈 감독의 번호까지 물으면 의심을 낳을 수 있다. 의심은 피하는 게 좋았다.

머리를 굴리던 주혁에게 문득 송 사장의 말이 어렴풋이 떠올랐다.

'최명훈이 김삼봉 감독 밑에서 조감독 몇 년 했지.'

"김삼봉 감독이라……."

김삼봉 감독은 아무리 강주혁이라 해도 조금 어려웠다. 잠시 핸드폰을 쥐고 고민하던 주혁은 이내 결심한 듯, 문자를 찍기 시작했다.

― 감독님. 안녕하십니까. 강주혁입니다. 긴히 여쭤볼 것이 있어 이렇게 갑자기 연락드렸습니다. 혹시 확인하시고 시간이 괜찮으시다면 연락을 부탁드

립니다.

그리고 전송. 심혈을 기울여 작성한 문자가 떠난 지 몇 분 지나지 않아, 핸드폰이 울렸다. 김삼봉 감독의 전화였다. 강주혁은 숨을 한 번 들이마시고는 전화를 받았다.

"감독님, 안녕하십니까?"

"음."

김삼봉 감독은 여전히 과묵했다.

"여쭤볼 것이 있어 연락드렸습니다."

"그래. 뭔가?"

워낙 과묵한 탓인지, 아니면 딱히 관심이 없는지 김삼봉 감독은 강주혁의 과거에 대해 묻지 않았다. 주혁은 거두절미하고 물었다.

"감독님 곁에서 조감독 하던 최명훈 감독 연락처 좀 알 수 있습니까?"

"뭣 때문에 그러지?"

"확인할 게 있어서 그렇습니다."

"……."

김삼봉 감독은 잠시 침묵을 유지하더니 다시 목소리를 냈다.

"내 문자로 보내지."

"감사합니다."

— 뚝

"후—"

전화가 끊기자 주혁의 입에서 절로 한숨이 나왔다. 김삼봉 감독의 문자는 몇 분 뒤에 도착했다. 주혁은 '감사합니다'라고 답장을 보내고는 도착한 번호로 곧장 전화를 걸었다. 첫 번째 시도는 실패였다. 그리고 두 번째 시도.

"누구십니까?"

전화를 받은 최명훈 감독은 살짝 짜증이 섞인 목소리였다.

"최명훈 감독님?"

"예, 맞아요. 누구십니까."

"반갑습니다. 저 강주혁이라고 하는데요."

"누구요?"

"강주혁이요."

최명훈 감독은 주혁의 이름을 듣고는 잠시 침묵하다 다시 답했다.

"제가 아는 강주혁 씨는 배우 강주혁 씨밖에 없는데, 혹시 그분 맞습니까?"

"네, 그 강주혁 맞습니다."

"아니, 강주혁 씨가 제게 왜 전화를……."

"꼭 말씀드릴 게 있는데. 오늘 만나서 얘기 좀 할 수 있습니까?"

"아니요, 오늘은 안 됩니다."

칼 같은 답변. 주혁은 이 대목에서 최명훈 감독의 성격을 대충 파악했다.

"왜 안 되는지 여쭤봐도 될까요?"

"촬영 중입니다."

촬영 중이라는 말에 주혁의 눈이 살짝 흔들린다.

"작품 들어가신 겁니까?"

"네. 독립이지만."

독립영화. 주혁이 안도의 숨을 내쉬며 다시 물었다.

"제가 촬영장 쪽으로 가겠습니다. 잠시 시간 좀 내주시죠."

"예?! 이쪽으로 오신다고요? 대체 무슨 일이길래."

"만나서 말씀드리겠습니다."

"……."

주혁은 완강했다. 그 완강함에 최명훈 감독이 잠시 뜸을 들이다가 말을 이었다.

"알겠습니다. 촬영장소를 문자로 보내드릴 테니, 도착하면 전화 주세요."

"예. 도착하면 연락드리겠습니다."

몇 분 뒤, 최명훈 감독에게서 문자가 도착했다. 장소는 인천 쪽이었다. 문자를 보자마자 주혁은 고개를 돌려 시간을 확인했다. 12시 33분.

"최명훈 감독 만나고, 밤 9시에 하성필을 만나려면."

지금 출발해야 할 것 같았다. 결정을 내린 주혁은 빠르게 씻은 뒤, 패딩을 챙겨 입었다. 그렇게 현관 쪽으로 이동하다 별안간 우뚝 멈춘다.

"어디까지 올라갈 수 있을까?"

손에 들린 핸드폰을 내려다보며 주혁이 읊조렸다. 이 보이스피싱을 이용해 어디까지 성공할 수 있을까 하는 궁금증. 새삼 상황이 재미있게 돌아간다고 생각했다. 모든 것은 주혁이 보이스피싱을 써먹으면서부터 시작됐다.

"정상보다 훨씬 더 높은 곳."

배우로서, 연기자로서 톱에 올랐던 강주혁은 도착한 그곳이 정상인 줄 알았다. 하지만 아니었다. 더 높은 곳이 존재했다. 그 높은 곳에서 누군가가 주혁을 처참히 무너뜨렸다.

복수? 응징? 주혁에게 그런 것들은 가치가 없었다. 시간 낭비일 뿐. 다만.

"다시 시작하는 거니까 어중간하게는 안 한다."

이왕 다시 시작하게 된 거, 이제 주혁은 남들이 자신을 깎아내릴 수 없는 위치까지 올라갈 생각을 하고 있었다.

"〈척살〉로 시작한다."

확고한 결심을 내뱉은 주혁이 현관문을 열었다.

6. 스캔들

최명훈 감독의 촬영지는 인천역 주변 허름한 공중화장실 앞이었다. 스태프는 대충 열 명 내외로 보였고, 촬영장비도 조촐하기 그지없었다.

독립영화는 상업 자본에 의존하지 않고 감독이 직접 자금을 조달해 진행한다. 물론 영화진흥위원회 같은 기관이나 단체의 제작 지원금을 받거나 크라우드 펀딩을 통해 진행하기도 하지만, 보통의 경우에는 감독이 자금을 직접 조달한다. 그렇기에 상황은 열악할 수밖에 없다.

하지만 최명훈 감독의 촬영장은 상업영화 못지않은 열기가 느껴졌다. 스태프들의 눈이 빛나고 있다. 배우는 세 명 정도 보인다. 그들 역시 스태프 못지않은 열정이 엿보였다. 그중 가장 열성적으로 소리치며 디렉팅을 전달하는 남자가 보였다. 저 남자다. 최명훈 감독은 생각보다 젊어 보였다. 멀어서 얼굴은 잘 안 보였지만, 꽤 큰 키에 검은색 패딩과 갈색 모자를 푹 눌러쓴 모습. 그 모습을 지켜보던 주혁이 촬영장이 잘 보이는 나무벤치에 다리를 꼬며 앉았다. 오랜만에 보는 촬영장 모습, 그곳에서 느껴지는 열정을 강주혁이 턱까지 괴고선 지켜본다.

얼마나 흘렀을까. 최명훈 감독이 스태프에게 소리쳤다.

"자, 10분만 쉬었다 가겠습니다!"

잠시 쉬는 시간을 가지는 건지, 아니면 다음 컷을 위한 재정비 시간인지 모르겠으나, 주혁은 이때다 싶어 벤치에서 일어나 천천히 촬영장 쪽으로 걸었다. 주혁이 촬영장과 세 걸음 정도로 가까워졌을 때, 생수를 들이켜던 배우가 강주혁을 발견하곤 마시던 물을 뿜었다.

"푸푸붑!"

물을 뿜은 배우를 시작으로 한 명씩 강주혁을 알아보고는 여기저기서 수군수군하기 시작했고, 촬영장은 일순 차갑게 굳어버렸다. 모두의 시선이 자신에게 꽂혔지만, 주혁은 담담하게 최명훈 감독에게 말을 걸었다.

"최명훈 감독님?"

스케줄표를 확인하던 감독의 시선이 주혁에게 맞춰진다. 이어서 약간 장난스러운 웃음을 치며 답한다.

"진짜 강주혁 씨네요? 솔직히 반신반의했는데."

"잠시 얘기 좀 하시죠."

"나 참. 무슨 얘기를 하시려고 여기까지 와서…… 이쪽으로."

최명훈 감독은 여전히 방어적이었다. 자리를 이동한 최명훈 감독이 담배를 꺼내 물고는 재촉했다.

"그래서 할 말이 뭡니까?"

"〈척살〉 시나리오 기억나시죠?"

〈척살〉이라는 단어가 나오자 감독의 미간이 살짝 찌푸려진다.

"뭡니까, 지금?"

"〈척살〉 직접 쓰셨다고 들었는데."

"예. 제가 썼죠. 어차피 이젠 제 것도 아닙니다. 팔았어요."

"무비트리에 파셨죠?"

영화 제작사까지 거론되니 최명훈 감독의 경계심이 더욱 깊어진다.

"난데없이 찾아와서 뭐 하자는 겁니까, 지금."

"그 영화 제가 찍게 해드리면 찍으시겠습니까?"

강주혁의 뜬금포에 최명훈 감독의 눈이 커진다. 하지만 이내 진정하고는 다시 말한다.

"장난치러 오셨습니까? 저 같은 생짜 무명한테 누가 투자한답니까? 그리고 배우들도 모험할 리가 없잖습니까? 뭣보다 죄송하지만 수많은 사건 사고가 있었던 강주혁 씨가 그런 말씀을 하시니 전혀 신뢰가 안 갑니다. 그럼."

인사인지 그저 끄덕임이지 알 수 없는 몸짓을 하고서 최명훈 감독이 돌아섰다. 주혁은 감독의 뒷모습을 보며 슬쩍 미소 지었다. 그러고는 최명훈 감독에게 말을 던졌다.

"하성필이면 찍겠습니까?"

우뚝. 최명훈 감독이 그 자리에 멈췄다. 이후 슬며시 주혁을 돌아봤다.

"뭐라고요?"

"주연으로 하성필이 세팅시키면 찍으실 거냐고요."

"말이 됩니까?"

"왜 말이 안 됩니까?"

최명훈 감독은 이제 질렸다는 듯이 고개를 절레절레 흔든다.

"하성필 씨가 미쳤다고 무명감독 영화를 찍습니까?! 하성필 씨 몸값이 얼만지는 알고나 하는 소립니까? 장난도 좀 정도껏 하시죠! 오랫동안 은둔하셨다고 들었는데, 정신이 이상해지신 거 아닙니까?"

강주혁의 예상대로 최명훈 감독이 흥분하기 시작했다. 그래도 주혁은 마지막 한마디를 더했다.

"그런데도 하성필이 하겠다고 하면 찍으시겠죠?"

"좋습니다! 만에 하나 천에 하나 하성필 씨가 찍는다고 하면 제가 찍죠! 예! 당연히 불가능하겠지만!"

"약속하신 겁니다? 무르기 없기?"

"예예~ 이제 그만 돌아가 주세요."

최명훈 감독이 강주혁의 등을 떠밀었다. 떠밀리면서도 주혁은 고개를 돌리고선 '약속하신 거예요?' 같은 말을 계속 던졌다.

마침내 뚜벅뚜벅 걸어가는 강주혁의 뒷모습을 확인한 최명훈 감독이 촬영장으로 돌아오자, 스태프부터 시작해서 배우들까지 몰려들었다.

"뭐예요, 감독님? 강주혁 원래 알고 있었어요?"

"무슨 일로 찾아온 거래요?"

"실물로 처음 봤는데 피지컬 쩔긴 쩐다."

오자마자 질문 폭탄을 받은 최명훈 감독이 양쪽 관자놀이를 꾹꾹 누르면서 답했다.

"몰라. 완전 미친놈이야. 후— 됐고, 촬영 다시 시작하자!"

촬영이 빠르게 재개되는 동안 최명훈 감독은 속으로 생각했다.

'주연으로 하성필? 진심 또라이네, 또라이. 그게 가능하겠냐?'

절대 불가능할 거라고.

* * *

몇 시간 뒤, 청담동 블랙시크.

하성필이 찍어준 주소는 청담동의 고급 룸술집이었다.

"또 술이냐?"

블랙시크의 검은색 간판을 보며 주혁이 미간을 찌푸렸다. 송 사장과 3차까지 달리느라 아직 쓰라린 복부를 슬슬 만지면서 블랙시크의 문을 열자, 고풍스러운 내부 인테리어에 온통 검은색 큐빅 장식이 박힌 카운터가 보였다. 고급스러운 슈트를 빼입은 꽃중년남자 직원이 주혁을 반겼다.

"강주혁 님 반갑습니다. 하성필 님은 1번 VIP실에 계십니다. 이쪽으로."

꽃중년 직원은 모두 알고 있는 듯, 주혁을 안내하기 시작했다. 주혁도 무심하게 남자의 뒤를 따랐다. 남자는 검은색 카펫이 깔린 복도를 따라 맨 끝방 VIP실 앞에서 멈춰 섰다.

"이 방입니다."

손짓으로 방을 가리킨 직원은 90도로 인사하고는 천천히 카운터로 돌아갔다. 그 모습을 잠시 지켜보던 강주혁이 이내 시선을 돌려 VIP실 문을 열었다.

"가, 강주혁?!"

"어떻게 여길?!"

"아, 하성필! 뭐야! 강주혁이 여길 왜 왔어?!"

디근자형 검은색 소파 한가운데에 하성필을 필두로 이민정, 곽도운, 송미정, 도경우, 류진주. 일명 하성필 라인. 대한민국에서 이름만 대면 알 법한 톱배우들이 한자리에 있었다. 아마도, 아니 분명 퇴물이 된 강주혁을 보여주기 위해 하성필이 꾸민 짓일 것이다. 하성필이 준비한 모략 같지도 않은 모략이겠지만, 주혁은 대수롭지 않았다.

'단순한 새끼.'

어느 정도 예상했던 그림이었다.

'하성필이 너는 어차피 내 밥이다.'

주혁은 계산대로 흘러가는 상황에 비릿한 웃음을 지으며 룸 안으로 들어섰다. 그리고는 무심하게 하성필의 맞은편 빈자리에 앉았다. 룸에 모여 있던 톱스타들은 주혁의 움직임에 따라 눈알만 굴릴 뿐, 이렇다 할 행동을 취하는 이가 없었다.

— 달칵

조용한 룸의 정적을 깬 건 하성필이었다. 하성필이 자신을 빤히 쳐다보고 있는 주혁 앞에 빈 글라스를 놓았다.

"놀랐냐?"

"꽤."

주혁이 구라로 친 대답에 하성필이 작게 웃으며 반쯤 비워진 양주병을 들어 주혁의 글라스에 채웠다.

"천하의 강주혁이 돌아왔는데, 다들 너를 보고 싶어 하지 않을까 하는 마음에서 시작된 건데."

"그런 것치고는 다들 내가 오는지 전혀 몰랐단 표정이네."

"크크크, 반전이지 반전. 어때? 니들 전부 놀랐지?"

하성필이 신나게 떠벌리며 주변에 있는 사람들을 한 번씩 쳐다본다. 그러자 룸에 있는 배우들이 썩은 웃음을 지으며 짧게 고개를 끄덕인다. 그 모습에 만족한 듯 하성필의 시선이 다시 주혁에게 맞춰진다.

"다들 너 얼굴은 봐야지. 그래도 다들 한때 '강하단' 소속이었는데."

'강하단', 강주혁의 사모임 이름이었다. 강주혁과 하성필을 필두로 조금씩 배우들이 모여들었고, 대중들은 그 모임을 강주혁 라인이라 부르기 시작했다. 그러다 강주혁이 몰락하고 은둔하자 '강하단' 사모임은 자연스레 하성필 라인으로 바뀌었다. 따지고 보면 하성필 라인은 곧 강주혁 라인이었다.

주혁은 하성필이 양주를 그득 채운 잔을 천천히 들어서 들이켰다. 양주 특유의 묵직한 쓴맛이 목구멍을 타고 넘어갔다. 테이블에 있는 안주는 색색이 다채로운 과일 안주였다. 말없이 수박 한 조각을 집어 씹던 주혁은 그저 하성필이 한심하게 느껴졌다.

'변한 게 없냐.'

몇 년 만에 만난 하성필은 예전과 그대로였다. 과시욕, 소유욕과 더불어 소소하게 장난질 치는 모습이 영락없이 철딱서니 없는 아이 수준.

'그래서 써먹기가 딱 좋아.'

주혁이 하성필을 물망에 올린 이유. 손바닥 위에 놓고 주무르기 편해서였다. 사악하지만, 멍청하게 사악하기에 주혁은 하성필을 첫 번째로 떠올렸다.

'멍청해도 연기는 또 죽이니까.'

운이 좋아 지금의 위치까지 올라온 그저 그런 배우였다면 걸렀을지 모르겠지만 하성필은, 아니 현재 하성필 라인에 있는 배우들은 모두 연기력 하나로 뭉친 사모임이었다.

연예계에선 이미지가 매우 중요하다. 하다못해 연예인들이 사적으로 만드는 이런 사모임 하나에도 돈줄이 생긴다. 무명 신인배우 하나가 이름 있는 사모임에 들었다는 썰이 돌면 궁금해서라도 보게 되는 그런 힘이 생긴다.

"오, 오빠. 어떻게 지내셨어요?"

룸에 있던 배우들은 분위기가 많이 누그러졌음을 느꼈는지 한 명씩 입을 열기 시작했다.

"그냥 살았지 뭐."

"아~ 연락드렸어야 했는데, 저 해외 스케줄 때문에……."

"아니, 괜찮아."

이런 상투적인 대사를 던진 게 송미정. 애초에 얘랑은 작품도 한 적 없고, 그저 인맥에 인맥으로 들어온 애라 별로 친하지도 않았다. 그리고 연예계에서 쌓은 인맥은 결국 소모품으로 전락하는 경우가 많다. 연예인은 이미지로 먹고사는 직업이기에, 상품이 상하면 버리듯 동료 연예인의 이미지가 상하면 빠르게 손절해야 자신의 이미지를 지킬 수 있다.

"그, 그러니까. 참 다들 작품 한다고 바빠가지고 연락을 못 했네."

얘가 도경우.

"오빠, 살이 많이 빠지셨네요. 많이 힘드셨죠?"

얘가 이민정.

다들 이제사 한마디씩 거들기 시작했다. 반면 주혁은 무심했다. 이들에게 딱히 기대를 한 것도 아니었고, 위로를 바라지도 않았으니까.

단 한 명도 강주혁에게 들이닥친 루머에 대해서는 꺼내지 않았다. 그게 그렇다. 사실 이들에겐 강주혁이 당했던 사건들의 진실 따위 중요하지 않다. 스캔들이 터졌고, 강주혁이 몰락했다. 이 정도의 사실과 현실만이 중요할 뿐이다. 손절하면 그뿐. 강주혁도 어느 정도 예상하던 일이었고, 그저 담담하게 대답을 이어갔다.

"저는!"

그런데 느닷없이 끝쪽에 앉아 있는 류진주가 언성을 높이다가 말끝을 흐렸다. 주혁의 시선이 자연스레 류진주에게 꽂혔다. 말없이 주혁을 쳐다보던 류진주의 입이 겨우겨우 열렸다.

"……저는 연락드렸어요. 선배님한테."

"그래?"

"네. 그런데 선배님 핸드폰은 연락할 때마다 꺼져 있던데요?"

"뭐, 그랬지."

주혁의 짧은 대답에 류진주가 미간을 살짝 찌푸렸다. 그 표정 그대로 얼음이 둥둥 떠 있는 양주잔을 들어 원샷한다.

"선배님한테 묻고 싶었어요."

"뭘?"

"그때 기사 난 거 전부 진짜예요?"

강렬하게 묻는 류진주의 커다란 눈이 반짝인다. 그런 류진주를 보고 있던 하성필이 참다못해 '풉!' 하면서 웃음을 터뜨린다.

강주혁의 기억 속에 류진주는 굉장히 억척스러운 배우였다. 신인 시절부터 탄탄하게 연기력을 쌓아서 이젠 내공이 만만치 않은데도 승부욕이 강해서 항상 모자라다 말하는 배우. 곧 작품을 들어갈 예정인지, 머리를 허리까지 길렀다. 어떤 작품에 들어갈지 모르니까 머리는 기른다 쳐도, 평소 관리를 얼마나 하는지 피부가 하얗다 못해 투명하다. 예쁘긴 예쁜데 뭐랄까, 분위기가 굉장히 지적이다. 그런 류진주가 여전히 주혁을 뚫어져라 보고 있었다.

"내가 아니라고 한 기사 안 봤어?"

"봤어요. 그래도 선배님 입으로 듣고 싶어요. 아니죠?"

류진주의 당찬 대답에 주혁이 그녀를 물끄러미 쳐다봤다. 신기했다.

'더러운 연예계에 아직도 이런 애가 남아 있네.'

주혁이 말없이 자신을 쳐다보자 류진주가 대답을 재촉했다.

"대답해주세요."

"뭐, 진짠지 아닌지가 중요하냐? 그냥 그렇게 된 거지."

류진주는 주혁의 심드렁한 대답에 잔에 남은 양주를 마저 입에 털어내고는 자리에서 일어난다.

"진주, 가게?"

하성필의 물음에도 류진주는 별말 없이 그저 청명한 구두 소리를 내며 방을 빠져나갔다. 그게 시발점이 됐다.

"자, 그럼 재미있는 것도 봤겠다, 이만 파할까?"

하성필이 마무리 신호를 보내자, 가시방석에 앉아 있던 하성필 라인의 배우들이 한 명씩 일어나 빠르게 방을 빠져나갔다. 물론 나가면서 주혁에게 한마디씩 던지긴 했으나, 전혀 영양가 없는 말들이었다.

이제 룸에는 하성필과 강주혁만 남았다. 하성필은 여유롭게 다리를 꼬고는 잔을 들어 올리며 말을 이었다.

"그래서, 보자고 한 이유가 뭔데?"

강주혁이 방울토마토를 집어 먹으며 대답했다.

"너 영화 하나 소개해줄까 해서."

"뭐?"

돌아온 대답이 너무 뜬금없었는지, 하성필이 느닷없이 배를 잡고 웃기 시작했다. 그렇게 몇 초쯤 소리 내 웃던 하성필이 광대뼈를 잡으며 답했다.

"아이고 광대 아파. 퇴물새끼가 뭔 소리를 할까 궁금해서 왔더니, 뭐? 영화? 지나가던 개새끼도 웃겠다."

"그렇게 웃기냐?"

"웃기지 그럼 안 웃기냐? 처박혀 살더니 정신이 나갔냐?"

"들어나 보지?"

"지랄하네. 야, 망가졌으면 망가진 채로 나자빠져서 살아. 왜 갑자기 기어 나와서 나대?"

비열한 웃음을 머금은 채 말하는 하성필의 말에 주혁은 무표정으로 방울토마토를 하나 더 집어 먹었다. 그 모습에 하성필이 잔을 내려놓고는 속주머니에서 지갑을 꺼내 들었다.

"계산하면서 추가로 몇 개 더 넣어줄 테니까, 처먹고 꺼져. 앞으로 연락하지 마라. 너랑 같이 있다가 사진이라도 찍히면 그게 무슨 민폐냐? 냄새 나니까 얼쩡거리지 마."

말을 끝낸 하성필이 내가 이겼다는 웃음을 던지며 룸을 빠져나갔다. 주혁은 딱히 그를 잡지 않았다. 아니, 잡을 필요가 없었다. 혼자 남은 넓은 VIP룸에 들리는 소리라곤 무표정의 강주혁이 방울토마토를 씹는 소리뿐이었다.

어느새 네 개째 방울토마토를 입에 집어넣은 강주혁이 패딩 주머니에서 핸드폰을 꺼냈다. 그러곤 다시 하성필의 번호를 찾아 전화를 걸었다. 연결 신호음은 네 번 만에 끊겼다.

"뭐냐? 바짓가랑이라도 붙잡고 빌게? 울면서 빌면 다시 생각해보고."

"광훈이 형은 잘 지내냐?"

한광훈 감독. 주로 코미디 영화를 찍는 걸로 유명한 감독이었다. 강주혁이 뜬금없이 왜 한광훈 감독의 이름을 꺼냈느냐?

"한광훈 감독을 왜 나한테 찾아?"

"예전에 말이다. 광훈이 형 영화가 엎어졌을 때, 내가 술을 한번 사줬거든?"

"……?"

"근데 이 형이 너무 취한 나머지 갑자기 커밍아웃을 해버리더라고?"

하성필은 대답이 없었다. 오직 숨소리만 들려왔다. 그러거나 말거나 주혁이 말을 이어갔다.

"놀랐어. 놀랐는데, 그냥 각자 인생이니까 그러려니 했는데 말이지. 이 형이 갑자기 자기네 모임이 있다면서 찍은 사진들을 보여주는 거야."

"……"

"그 사진에서 내가 누굴 봤는지 알아?"

"누, 누굴 봤는데."

"궁금하면 다시 다소곳하게 돌아와."

"지랄하네! 내가 미쳤다고."

"박 기자 번호가 몇 번이더라."

주혁은 전화를 끊었다. 주혁이 방금 한 말은 진짜였다. 한광훈 감독은 실제로 강주혁 앞에서 취한 김에 커밍아웃을 했고, 실제로 사진도 보여줬었다. 사진에는 흐릿하긴 하지만 하성필로 보이는 사람이 있었다. 그때 주혁은 긴가민가하며 대수롭지 않게 넘겼다. 별 관심도 없었고. 그게 이렇게 쓰일 줄이야.

물론 확실한 건 아니니 하성필이 다시 돌아올지는 미지수. 안 돌아와도 크게 상관은 없었다. 다른 배우를 찾으면 되니까. 근데 만약 하성필이 돌아온다면? 그 자체로 대답을 대신한 것이다. 이제 강주혁이 할 일은 방울토마토나 씹으면서 하성필 뛰어오기를 기다리는 것뿐. 그리고 주혁이 여섯 개째 방울토마토를 입에 넣는 순간.

— 덜컥!

룸을 나갈 때와는 딴판인 표정의 하성필이 돌아왔다. 하성필은 아까 앉았던 자리에 털썩 앉고는 말했다.

"시발. 누굴 봤는데."

하성필이 떡밥을 단단히 물었다. 그리고 주혁의 입가에는 미소가 번졌다.

"놀랐구나?"

"개소리하지 마라. 난 아니라고 했다."

"알아, 아닌 거. 근데 개소린지 아닌지는 박 기자가 판단할 문젠데?"

"……."

하성필은 대답 없이 이빨을 꽈드득 물었다. 그 소리가 반대편에 앉아 있는 강주혁에게까지 들릴 정도였다.

상황이 역전됐다. 지금부터는 강주혁이 갑이고, 하성필은 을이다. 주혁은 다 먹어버린 방울토마토 대신 멜론을 집어먹으면서 말을 이었다.

"성필아. 이렇게 하자."

"……."

"내가 말한 영화를 찍고, 문제없이 영화관에 걸리면 내가 가지고 있는 사진을 넘길게."

구라였다. 주혁이 사진을 가지고 있다는 건 대충 던진 떡밥. 하지만 하성필은 놀라자빠질 뻔했다. 사진을 가지고 있다니? 일단 하성필은 주혁을 찔러보기로 한다.

"내가 믿을 거 같냐? 그리고 사람들이 믿을 거 같아? 어디서 개수작이야."

주혁이 한심하다는 듯 한숨을 내쉬며 말을 던졌다.

"야, 너는 앞에 앉아 있는 나를 보고도 그런 말이 나오냐? 이 바닥에 믿음, 뭐 진실, 그딴 게 어딨어. 그냥 현실만 있는 거지. 네 성향이 어떻든, 그게 옳든 그르든, 대중은 상관 안 해. 그저 자극을 원한다고. 그래서 너도 밝히기 싫은 거 아냐? 그런데 거기다 너를 던지면?"

"……"

"어떻게, 나랑 나란히 손잡고 퇴물배우 소리나 들으면서 살래?"

하성필은 혼란스러웠다. 배우 생활에 접어든 지 15년. 난생처음 겪는 일에 뇌가 제대로 작동하지 않았다. 무엇보다 너무나 무서웠다. 상상이 아니라 실제로 갈기갈기 찢겨서 망해버린 강주혁이 앞에 앉아 있으니까, 자신도 저렇게 될까 생각하니 무서워 미칠 지경이었다.

머리를 감싸 쥔 채 고뇌에 빠진 하성필을 뒤로하고 강주혁이 자리에서 일어나 문 쪽으로 걸어갔다. 그러면서 한마디 던졌다.

"하루 줄게."

"뭐?!"

문을 연 강주혁이 다시 말했다.

"야, 나는 네가 유부녀랑 바람나도 신경 안 써. 맘대로 하고 살아. 대신 영화는 네가 찍어줘야겠다. 영화만 찍으면 돼. 너는 손해 볼 거 없잖아?"

"너…… 너!"

"하루 준다. 지나면 그 사진은 기사에서 볼 거야."

말을 마친 주혁이 룸의 문을 닫았다. 천천히 복도를 따라 걷는 주혁의 입가에 웃음이 걸려 있었다.

'신기하네.'

이 상황이 신기한 게 아니라, 이 상황을 만들어낸 자신이 너무나 신기했다. 그간 대화 한번 못하고 방에 처박혀 산 자신이 변해가는 게 느껴졌다.

"대리 불러드릴까요?"

직원의 질문에 천천히 복도를 걷던 주혁은 고개를 끄덕이며 카운터에서 발렛을 맡겼던 차 키를 받아 주차장으로 향했다. 주혁의 차는 주차장 입구 바로 앞에 주차돼 있다. 주혁은 운전석이 아닌 조수석에 올랐다. 그런데 그 순간.

♬띠리리 띠리리링 띠리리 띠리리링!!!

보이스피싱이 도착했다. 주혁은 차에 탄 채로 전화를 받고는 안내에 따라 1번을 눌렀다.

"들으실 항목의 키워드를 '선택'해주세요!

1번 '밤 9시', 2번 '와인', 3번 '새벽 1시', 4번 '48', 5번…… 다시 듣기는 #버튼을 눌러주세요."

"와인?"

처음으로 보이스피싱의 키워드에서 단어가 등장했다. 주혁은 차오르는 호기심에 곧장 2번을 눌렀다. 여자 목소리가 다시 들려왔다.

"탁월한 선택! 강주혁 님이 선택한 키워드는 '와인'입니다!

톱 여배우 A양이 마약 스캔들에 휘말립니다. 강남에 있는 파티장 루프가든 주인의 제보를 받고 출동한 경찰은 파티에 여러 유명인사가 있었으나 오로지 A양이 마시던 '와인'에서만 마약 성분이 검출되어 사회적으로 큰 파문이 예상된다며 발표를 마칩니다."

"허, 이건 또 뭔."

이번에 들린 미래는 마약 스캔들 소식이었다. 여배우의 마약 스캔들. 흔하진 않지만 그렇다고 전혀 없는 일도 아니었다.

"톱 여배우 A양이라."

보이스피싱을 끊은 주혁은 일단, 주머니에서 미래 정보를 적어둔 수첩을 꺼냈다.

— 영화 〈척살〉 (진행 중)

— 신약 개발 '성천바이오' (진행 중)

수첩에는 여전히 두 가지 미래 정보가 적혀 있었다. 주혁은 수첩에 끼워둔 펜을 들어 미래 정보를 추가했다.

— 톱 여배우 A양, 마약 스캔들 (진행 미정)

이제 주혁의 수첩에는 총 세 가지 미래 정보가 적혔다. 메모를 마친 주혁이 갑자기 고개를 갸웃하며 혼잣말을 했다.

"써먹을 수 있으려나?"

마약 스캔들 정보를 어떻게 써먹을지 막막하긴 했다. 영화 〈척살〉은 주혁의 전문 분야였고, 이익이 나는 구조를 정확하게 알고 있다. 그리고 성천바이오 같은 경우, 주혁이 주식은 잘 모르지만 미래 정보에 따라 주식을 사고팔면 이익이 난다. 그런데 이번 정보는 좀 막막했다.

"그래도 혹시 모르니까."

일단은 적어둔다. 까먹고 살다가 어느 날 TV 뉴스에서 접하는 지나가는 미래일지 모르나, 진짜 혹시 모르니까.

* * *

다음 날, 강주혁의 아침잠을 깨운 것은 시끄러운 벨 소리였다.

……♬띠리리 띠리리링 띠리리

♩띠리리 띠리리링 띠리리 띠리리링!!!

비몽사몽에 벨 소리가 짧게 울리다가, 어느새 번뜩 잠에서 깬 주혁의 귓가에 정확하게 꽂혔다. 눈가를 비비며 강주혁이 핸드폰 화면을 확인했다.

*070-1004-1009

아침부터 걸려온 전화는 보이스피싱이었다. 여전히 보이스피싱 타이밍은 중구난방이었다. 주혁은 시끄럽게 울려대는 핸드폰을 손에 쥐고는 패딩 주머니에서 수첩을 꺼낸 후에 전화를 받았다.

"'브론즈' 단계의 주인이신 강주혁 님 안녕하세요!

강주혁 님의 유료서비스 '브론즈'의 남은 횟수는 총 27번입니다. '유료서비스'를 경험하며 인생역전에 더욱 가까워지길 기원합니다! 계속 진행을 원하시면 1번을 눌러주세요."

이미 수첩을 펼쳐놓고, 필기 준비도 마친 주혁이 1번을 눌렀다.

"들으실 항목의 키워드를 '선택'해주세요!

1번 '밤 9시', 2번 '1층', 3번 '새벽 1시', 4번 '48', 5번……"

어제 저녁에 들은 2번 '와인' 키워드가 '1층'으로 바뀐 것 빼고는 어제와 같았다. 주혁은 별 고민 없이 1번을 눌렀다. 이미 바뀐 2번 키워드를 빼고, 나머지 키워드들을 눌러 전부 새로운 키워드로 바꿀 생각이었다.

"탁월한 선택! 강주혁 님이 선택한 키워드는 '밤 9시'입니다!

체감온도가 영하 22도까지 떨어지는 등 느닷없는 강추위가 몰려옵니다. 기상청은 3월 14일 '밤 9시'를 기점으로 갑자기 추워진 한파에 다음 날 전국에 한파주의보를 내립니다."

— 뚝

"예?"

보이스피싱이 끊기자마자 주혁은 날짜를 확인한다. 오늘은 3월 15일.

"뭐 이딴 정보를……"

방금 보이스피싱이 알려준 미래 정보로 주혁이 써먹을 수 있는 것은 오직 하나였다. 현재 밖이 매우 춥고, 곧 기상청이 한파주의보를 내린다는 것.

"이런 쓸데없는 정보도 섞여 있다는 거지?"

하루하루 새로운 모습을 보여주는 보이스피싱에 새삼스레 강주혁은 유료 서비스인 '브론즈'로 처음 넘어갔던 날에 들었던 멘트가 생각났다.

"강주혁 님의 '브론즈' 단계는 다음 단계로 넘어가기 위한 일종의 연습, 튜토리얼 정도로 생각하시면 되겠습니다."

주혁이 헛웃음을 지으며 핸드폰을 침대에 툭 던졌다. 아무래도 보이스피싱은 아직 보여줄 게 많은 모양이었다.

아침부터 쓸모없는 정보를 들은 주혁은 평소보다 훨씬 더 무심한 표정으로 노트북을 켰다. 그러고는 HTS 프로그램을 실행시켰다. 그런데.

"뭐?"

주식 현황을 확인한 주혁의 눈알이 터질 듯 커졌다.

— 성천바이오 14,825주

— 매수 8,495 금액 125,938,375

— 현재 14,400(+29.73%) 금액 213,480,000

— 손익 87,541,625

"8천?!"

분명 어제 아침만 해도 손익 3천만 원을 넘는 수준이었다. 거기다 현재 성천바이오의 주가는 완벽한 상한가다. 거의 꽉 찬 29%. 주혁은 노트북 화면을 멍하니 바라보다, 다급하게 인터넷에 접속했다. 처음에는 실시간 검색어에 신약 개발 관련 단어가 안 보이는 듯했으나, 주혁이 마우스를 가져다 대니 실시간 검색어 6위부터 '성천바이오', 8위 '신약 개발', 11위 '성천바이오 개발', 15위

'신약물질' 등 성천바이오의 신약 개발 소식이 야금야금 치고 올라오고 있었다. 검색어를 확인한 주혁은 현재 시각을 확인했다. 10시 10분. 이번엔 수첩을 열어 성천바이오 관련 정보를 확인했다.

— 성천바이오 신약 개발 중, 췌장암 동물에 투여, 부작용 없이 암 조직이 감소됨. 공식발표 아침 9시 30분 시작, 9시 56분에 끝남.

"발표했구나."

「성천바이오 상한가, "췌장암 환자들의 희망 열었다"」

「성천바이오, '신약 물질' 췌장암 유효성 평가 공개」

이미 기사는 폭발 직전이었다. 쓸모없는 보이스피싱 정보 때문에 침체했던 주혁의 기분이 성천바이오 한방으로 말끔하게 해소되었다. 제대로 터진 상한가 덕분에 성천바이오의 현재 주가는 14,400. 흐뭇한 표정으로 주식 현황을 바라보던 주혁이 말했다.

"얼마나 오를지 기대되네."

첫날 장 열린 지 한 시간도 안 돼서 곧장 상한가다. 어쩌면 내일도, 그다음 날도 계속 상한가일지 모른다. 흔히들 말하는 2연상, 3연상. 그게 지금 주혁에게 현실이 될지도 모른다. 주혁은 미련 없이 HTS 프로그램을 끄면서, 옆에 놓인 수첩에 단어 하나를 추가했다.

— 신약 개발 '성천바이오' (진행 중, 공식발표 터짐.)

이제 성천바이오는 이대로 묻어두다가 타이밍 봐서 팔고, 수첩에서 지워내면 된다. 정리를 마친 주혁은 입가에 미소를 띠면서 주방으로 향했다. 아침부터 이것저것 터지다 보니 왠지 모를 허기가 느껴졌다. 하지만 냉장고 안에도 찬장에도 먹을 거라곤 즉석밥과 3분 카레가 전부였다.

"장을 보든가 해야지."

미련 없이 냉장고를 닫은 주혁은 침대에 놓인 핸드폰을 들어 올렸다. 아침은 배달로 해결할 모양이다. 그 순간.

🎵띠리리 띠리리링 띠리리 띠리리링!!!

또 한 번 전화가 울리기 시작했다. 갑자기 울린 터라 주혁이 깜짝 놀라 하마터면 핸드폰을 떨어뜨릴 뻔했다.

"안 되지, 이게 어떤 핸드폰인데."

가까스로 핸드폰을 다시 잡은 주혁은 발신번호부터 확인했다.

─ 하성필

"크크. 아주 똥줄이 탔지."

비릿한 웃음을 지으며 주혁이 전화를 받았다. 하성필은 뭐가 급한지 주혁이 전화를 받자마자 말을 쏟아내기 바빴다. 실력 좋은 MC를 방불케 했다. 주혁은 그저 하성필이 쏟아내는 말을 듣고만 있었다. 아니, 정확하게 말하자면 오른쪽 귀로 듣고 왼쪽 귀로 줄줄줄 흘러나왔다. 죄다 영양가가 1도 없었기에 대답할 가치도 없었다. 연신 쓸데없는 소리를 늘어놓던 하성필이 어느 순간 강주혁이 대답하지 않는다는 것을 눈치채고 물었다.

"왜 대답이 없냐?"

"대답할 시간이나 주고 얘기해. 그러니까 핵심이 뭔데?"

"거래……를 하자."

"거래?"

하성필이 내민 거래라는 카드에 주혁은 속으로 꽤 감탄했다. 하긴 5년이나 지났으니 인간이라면 발전이라는 게 있어야지.

"그래, 거래. 아무래도 상판을 보면서 진행해야 할 것 같은데."

주혁은 순간 머리를 빠르게 굴렸다.

'하성필이 내민 거래를 손쉽게 받아줘도 되나?'

상대가 어떤 꿍꿍이를 가지고 거래를 요청하는지는 미지수다. 그래도 아직

까진 아쉬운 건 하성필 쪽일 거다.

"글쎄. 별로 안 당기는데?"

"왜? 너도 원하는 게 있으니까 나를 끌어들이는 거 아니냐?"

"……."

하성필의 말에 주혁은 침묵을 택했다. 할 말이 없어서라기보다는 내버려두면 똥줄이 타서 알아서 말해줄 것 같아서였다. 그리고 실제로 하성필은 떠벌리기 시작했다.

"나도 생각 많이 했다. 너는 내 비밀을 잡고 있고, 동시에 내가 필요하다. 아니냐? 니가 어제 말한 영화만 찍으면 신경 안 쓰겠다는 말, 나로서는 믿기 힘들다. 네가 언제 터뜨릴지도 모르는데 불안해서 살겠냐? 나도 뭔가 하나 쥐고 있어야지."

틀린 말은 아니었다. 사실 강주혁으로선 굳이 하성필이 아니어도 배우는 많았다. 국내에 하성필 비슷한 급의 배우가 드물긴 해도 없는 건 아니었으니까. 하지만 적어도 주혁은 하성필의 인성은 별개로 치더라도 연기력 하나만큼은 인정하고 있었다. 그리고 무엇보다 애가 재미있지 않은가? 무슨 일이든 재미가 있어야 흥미가 돋는 법이다. 적당히 튕겼으니, 이젠 당근을 줄 차례다. 적당한 완급조절은 필수니까.

"좋아. 상판 보고 얘기를 해보자. 대신에."

"대신에?"

"주소 보낼 테니까 내 집으로 와. 내 집에서 얘기하자."

"집이 어딘데?"

"분당. 주소 보낼 테니까 바로 와."

"뭣?! 야, 그게 무슨 개소……."

하성필이 다급하게 소리쳤지만, 주혁은 대수롭지 않게 전화를 끊어버렸다.

이어서 문자로 그에게 주소를 전송했다. 그런 다음 강주혁은 그새 꽤 깨끗해진 집안을 본래대로 어지럽히기 시작했다.

몇 시간 뒤, 문 두드리는 소리에 도어락을 풀어주니, 하성필이 씩씩거리며 들어왔다. 표정만으로 녀석의 속내를 파악할 수 있었다. 이맛살을 찌푸리며 좁아터진 월세방을 역겨운 표정으로 거닐기 시작했다. 하성필은 생각보다 훨씬 심각한 현장을 보고 헛구역질을 할 뻔했다. 퀴퀴한 냄새 하며 바닥에 널브러진 쓰레기들, 햇빛 한 줄 안 들어오는 방안, 세 걸음만 걸으면 끝에서 끝이 닿는 좁아터진 평수, 숨 막히는 공기. 하성필이 손으로 입을 막았다. 현실인가?

"시발…… 이게 마구간이지 사람 사는 곳이냐?"

"말이 심하네."

"야, 강주혁! 너 진짜 여기 산다고? 여기서 5년 동안 처박혀 살았다는 거냐, 지금?"

"당연하지. 그보다 구두 좀 벗어라."

하성필은 머리부터 발끝까지 깔끔한 슈트 차림이었다. 블루 색상에 짙은 청록색 줄이 그어져 있는 상하의 세트에 시커먼 구두를 신었다. 그 구두를 신고 월세방을 활보했다.

"왜 구두를 신고 들어오냐? 남의 집에."

"아니, 이게 지금 말이…… 강주혁이 이런 곳에서 산다고?"

하성필은 좁아터진 방을 이리저리 둘러보면서도 경악과 두려움이 뒤섞인 미묘한 표정으로 혼잣말을 내뱉었다. 강주혁은 만족스러웠다. 어느 정도 주혁이 의도한 반응이었다. 현실을 보여주고 싶었달까? 몰락한, 정상에서 갈기갈기 찢겨서 바닥으로 내쳐진 퇴물 톱스타의 말로를 보여주고 싶었다.

사람이 같은 실수를 반복하는 이유는 실수하더라도 본인의 인생에 큰 타격이 없기 때문이다. 하지만 실수했을 때 본인에게 닥치는 처절한, 지옥 같은 결과를 직접 두 눈으로 본다면 다르다.

'아, 엿 되겠구나.'

이런 각성과 함께 뭐 빠지게 노력하게 된다. 그것을 지금 하성필이 강렬하게 느끼고 있었다. 자신도 까딱 잘못하면 이런 마구간 같은 데서 살지도 모른다는 두려움. 그리고 그 카드를 다름 아닌 강주혁이 쥐고 있다는 현실. 강주혁의 월세방을 둘러보던 하성필이 짧은 한숨을 내쉬면서 얼굴을 감쌌다.

"하— 오지게 걸렸네."

그런 하성필을 보던 강주혁이 슬쩍 웃음 지으며 답했다.

"아침 전이지? 나도 아직인데. 나가서 밥이나 먹으면서 얘기하자."

"후— 밥 같은 소리 하네."

그러거나 말거나 주혁은 롱패딩을 챙겨 입고 하성필의 어깨를 툭 치고는 나가자는 시늉을 했다. 계속 한숨만 푹푹 쉬던 하성필은 관자놀이를 꾹꾹 누르며 주혁을 따라나섰다. 처음엔 근처 국밥집에 갈까 했는데, 하성필이 한사코 고개를 저었다.

"너랑 같이 있는 거 광고할 일 있냐?"

듣고 보니 틀린 말은 아니기에 주혁은 핸드폰으로 룸이 있는 한정식집을 검색했다. 그때야 하성필은 마지못해 고개를 끄덕였다.

"사장님, A세트 두 개 부탁드립니다."

"네. 감사합니다."

종업원에게 강주혁이 대충 윗줄에 있는 메뉴를 주문하는 동안 하성필은 얼굴을 가리기 바빴다. 종업원이 주문을 받고 방을 나가서야 하성필의 똥 씹은 표정이 보였다.

"그래서, 말해봐. 무슨 거래?"

하성필은 주혁의 무심한 말투에 말없이 노려보기만 하다, 이내 입을 열었다.

"알려줄게."

"뭘 알려줘?"

"니가 그렇게 된 이유."

방안의 분위기가 일순 차갑게 굳었다. 그때.

"식사 나왔습니다."

종업원이 반찬을 세팅하기 시작했다. 식탁에 음식이 하나씩 채워지는 동안 강주혁과 하성필은 말없이 눈을 마주치고 있었다.

"맛있게 드세요."

종업원이 세팅을 끝내고 방을 나감과 동시에 하성필이 입을 열었다.

"궁금하지 않냐? 니가 왜 그렇게 한순간에 바닥에 내쳐졌는지?"

어느새 비열한 웃음을 내비치며 신난 듯 말하는 하성필에 비해 주혁은 무표정하게 차를 한 모금 마셨다. 반응이 없자 하성필이 말을 덧붙였다.

"설마 아무 이유 없이 니가 그렇게 됐다고 생각하는 건 아니지?"

강주혁이 마시던 차를 내려놓으며 답했다.

"그러니까 요점만 말해, 요점만."

"니가 그렇게 된 이유, 쓰레기처럼 살아가게 만든 사람. 알려줄 테니까 사진 넘겨."

무슨 소릴 하는가 싶었는데, 강주혁을 한순간 퇴물로 몰락하게 만든 스토리를 사진과 교환할 생각인 모양이었다. 단, 하성필도 모든 정보를 넘길 생각은 아니었다. 적당한 선에서 지울 건 지우고 넘겨도 강주혁의 귀가 솔깃할 거라 생각했다.

'뺄 건 빼야지.'

하성필이 방금 보고 왔던 강주혁의 집은 그저 가축이 사는 곳 같았다.

'그딴 마구간에서 5년을 처박혀 살았어. 예상이야 했지만, 그 정도일 줄이

야…… 복수심이 없을 리 없다.'

하지만 된장찌개를 떠먹는 강주혁의 눈빛에는 영혼이 없었다. 아니, 감흥이 없다고 해야 하나? 하성필은 의아했다.

'왜 반응이 없지?'

하성필도 나름대로 마음을 단단히 먹고 나왔다. 죽을 때까지 비밀로 가지고 갈 일이었는데, 자신이 생각지도 못했던 걸 강주혁이 틀어쥐고 있었다. 해서 그 일을 던져줄 참이었다. 전말을 듣고 강주혁이 뜯어먹을 수 있게. 그런데 포악하게 뜯어먹어야 할 강주혁이 엉뚱하게 방금 나온 생선튀김이나 뜯어먹고 있다. 참다못한 하성필이 말했다.

"야. 제대로 들었냐? 너 그렇게 된 이유를 알고 있다니깐?"

속이 답답한 하성필에 비해 강주혁은 별수롭지 않게 된장찌개를 떠먹는다. 그 모습에 하성필이 순간 짜증이 치밀어 또다시 말을 뱉으려는 찰나, 강주혁이 짧게 말을 던졌다.

"니가 착각하고 있는 게 있어."

"뭐? 뭔 착각?"

그릇에 쥐똥만큼 담겨서 나온 콩나물을 집으며 주혁이 입을 열었다.

"오! 콩나물무침 맛있네."

"아니, 무슨 착각을 하고 있는데, 내가?"

콩나물을 씹으며 강주혁이 하성필과 눈을 마주쳤다. 하성필은 순간 소름이 돋았다. 강주혁의 눈빛이 생명 없는 듯 너무 무심했기 때문.

"왜 내가 모른다고 생각해?"

"……!"

하성필의 눈동자가 순간 확장됐다. 그러거나 말거나 강주혁의 말은 계속 이어졌다.

"고작 그거냐? 하성필. 말해봐. 고작 그거 말해주면 내가 거래에 응할 줄 알았냐?"

"지, 진짜 알고 있다고?"

"당연하지. 물론 세세하게 아는 건 아니지만 대충은 알고 있지. 그리고."

말을 하다 만 강주혁이 생선튀김의 살을 발라서 간장에 찍었다. 그 모습을 하성필이 초조하게 바라보다 못 참겠는지 소리쳤다.

"그리고 뭐!"

느닷없는 고성에 강주혁이 하성필의 눈을 보며 살짝 미소 지었다. 그러면서 담담하게 말했다.

"그 일에 너도 관여했다는 것도 알아."

하성필이 순간 오함마로 뒤통수를 맞은 듯 눈을 크게 떴다. 말문도 막혀버렸다. 강주혁이 입꼬리를 말아 올리며 들었던 젓가락을 내려놓았다.

"걱정하지 마. 너 어떻게 안 해, 인마. 거래고 나발이고 영화만 찍어. 그럼 사진 넘긴다. 알겠냐?"

꿀 먹은 벙어리가 된 하성필을 두고 강주혁이 자리에서 일어나 방문을 열었다. 그러다 순간 어제 블랙시크에서 하성필이 중간에 나가면서 했던 말이 떠올랐다. 문을 열고 나가던 주혁이 고개를 돌려 하성필을 불렀다.

"야, 하성필."

허공을 멍청하게 보던 하성필의 시선이 천천히 주혁에게로 맞춰졌다.

"여기 계산은 내가 할 테니까, 처먹고 꺼져. 오늘 안에 전화해라. 지나면 얄짤 없다."

문이 닫혔다. 이제 방에는 하성필만 남았다. 하성필은 강주혁이 사라진 문 쪽을 멍청하게 바라보고만 있었다. 저도 모르게 혼잣말이 튀어나왔다.

"어떻게 알았지?"

— 우우우웅

그 순간 하성필의 핸드폰에 문자가 도착했다.

— 한파 주의, 외출자제, 빙판길 위험. 건강에 유의하시기 바랍니다.

한파주의보였다.

그날 저녁 하성필에게 전화가 왔다.

"한다."

"오, 잘 생각했어."

"생각? 무슨 선택지나 있었냐? 그래서, 앞으로 어떻게 하면 되는데?"

"일단 스탠바이하고 있어. 시작할 때가 되면 내가 따로 전화할 테니까."

"알았다…… 근데."

"왜?"

"너 진짜 그 일 다 알고 있냐?"

어정쩡하게 물어오는 하성필 때문에 강주혁은 하마터면 웃음이 터질 뻔했다. 이렇게 담이 작은데 어떻게 그 일에 가담했을까.

"안다고 달라지는 건 없어. 쫄지 마라. 딱히 그 일 가지고 뭘 할 생각 없으니까. 넌 영화만 찍어. 그거면 돼."

"……일단 알았다."

그렇게 전화가 끊겼다. 침대에 핸드폰을 던진 강주혁이 냉장고를 열어 냉수를 들이켰다. 시원하게 냉수를 넘긴 주혁이 혼잣말을 했다.

"거치적거리면 그때 치워도 되겠지."

복수나 응징 따위에 낭비할 시간이 없었다. 다만, 살다가 또는 우연히 마주친다면 철저하게 짓밟는다. 하는 김에 보이면 처리하고, 안 보이면 딱히 열 내면서 움직이지 않는다는 느낌. 주혁은 침대에 몸을 던졌다.

* * *

이후부터는 시간이 빠르게 흘렀다. 최명훈 감독의 독립영화 촬영이 막바지라는 정보에 강주혁은 조금 기다리기로 했다. 독립영화의 촬영은 영화 시간에 따라 다르긴 하지만, 보통 2회차나 3회차에 마무리된다. 현재 〈척살〉 영화의 기본세팅은 마친 상태. 그러니.

"일단은 성천바이오에 집중할까?"

성천바이오의 주가는 하루하루가 상한가였다.

— 현재 18,700(+30%) 금액 277,227,500

— 손익 151,289,125

2연상. 그리고 다음 날.

— 현재 24,300(+30%) 금액 360,247,500

— 손익 234,309,125

3연상. 성천바이오 주가는 미친 듯이 치솟고 있었다. 사람들의 반응도 엄청났다. 돈이 곱절로 늘어나는 상황이 강주혁은 그저 신기했다.

— 현재 31,200(+28.43%) 금액 462,540,000

— 손익 336,601,625

4연상. 강주혁은 하루에 한 번 잠깐 확인할 뿐이었고, 그때마다 돈이 곱절로 뛰어 있었다.

"이걸 언제 팔아야 하지?"

문제는 팔아야 하는 타이밍이었다. 하루가 멀다고 주가가 뛰는데 지금 팔면 안 될 것 같았다. 그런데 또 주식이라는 게 언제나 오르리라는 법도 없다. 성천바이오에 무슨 문제라도 터지면 강주혁이 들고 있는 주식은 휴지조각이 될지 모른다.

"보이스피싱도 안 오고. 쯧!"

이상했다. 워낙 중구난방이긴 했지만 그래도 하루에 한 번씩은 왔는데, 며칠째 보이스피싱 소식이 없다.

"무슨 법칙이 있는 건가?"

머리를 싸매고 강주혁이 생각해보지만, 마땅한 답이 나오진 않았고 시간만 갈 뿐이었다. 그리고 다음 날 마침내.

— 현재 40,300(+29.16%) 금액 597,447,500

— 손익 471,509,125

5연상. 5연상이 터졌다.

"6억……."

HTS 프로그램이 도출한 숫자를 강주혁은 그저 멍하니 바라보고 있었다.

"이거 안 떨어지는 거 아니야?"

성천바이오 주가는 연일 상한가였다. 떨어질 기미도 없었고, 사람들도 그렇게 판단하고 있었다. 적어도 강주혁이 검색해본 바로는 그랬다. 말 그대로 사람들이 성천바이오에 미쳐 있었다. 그리고 그 순간.

♬띠리리 띠리리링 띠리리 띠리리링!!!

노트북 옆에 있던 핸드폰이 울렸다.

*070-1004-1009

"드디어 왔네."

강주혁이 안내 멘트를 들으며 빠르게 1번을 눌렀다. 이번 키워드는 이랬다.

1번 '시장', 2번 '13', 3번 '저녁 8시', 4번 'A', 5번……."

"키워드가 전부 바뀌었어?"

확실했다. 매번 선택한 키워드만 바뀌더니 이번에는 전부 바뀌었다.

"혹시……."

강주혁은 순간 직감했다.

"미래가 아니라서?"

보이스피싱은 미래를 알려준다. 하지만 보이스피싱이 알려줄 미래가 현실에서 일어난다면 더 이상 미래가 아니다. 그렇다면 이미 실현된 키워드는 보이스피싱에서 없어지고, 새로운 미래의 키워드가 생성되는 게 아닐까?

일단 주혁은 보이스피싱에 다시 듣기 #을 눌렀다. 혹시라도 끊기면 큰일이니까. 그런 다음 곧장 수첩에 방금 들은 키워드들을 적었다.

— 1번 '시장', 2번 '13', 3번 '저녁 8시', 4번 'A'

"언제나 그랬지만 키워드 자체는 참 쓸모없을 거 같단 말이지."

말을 하는 도중에 강주혁이 1번 키워드를 선택했다. 큰 이유가 있다기보다는 1번부터 4번까지 차례대로 눌러볼 작정이었다. 언제나 그랬듯 여자 목소리가 흘러나왔다.

"탁월한 선택! 강주혁 님이 선택한 키워드는 '시장'입니다!

코스닥 '시장'에서 연일 상한가를 올리고 있는 성천바이오. 동물 실험을 한 결과 부작용 없이 췌장암 조직을 줄였다고 발표한 성천바이오가 신약 개발 임상시험에 필요한 시약 제조를 위탁하는 계약을 체결해, 상한가의 기세를 이어갑니다."

"오!"

대충 들어도 고급정보였다. 신약 물질에 대한 동물 실험이 성공적이었다고 발표한 성천바이오.

"임상시험은 사람을 대상으로 하는 시험이지?"

혼잣말을 하던 강주혁이 앞에 놓인 수첩을 다시 집어 들었다. 그리고 성천바이오에 대한 정보를 추가했다.

— 신약 개발 임상시험에 필요한 시약 제조를 위탁하는 계약을 체결, 상한

가 이어감.

강주혁의 얼굴에 미소가 피었다.

"팔았으면 어쩔 뻔했냐."

대수롭지 않게 선택한 '시장' 키워드가 정말 딱 필요한 미래 정보를 알려줬다. 강주혁이 검색창에 성천바이오 관련 기사를 검색했다.

"기사는 아직 안 떴네."

보이스피싱에서는 계약 체결까지 상한가 기세를 이어간다고 말했다. 그렇다면 계약 체결 발표까지는 성천바이오 주가가 연일 오른다고 판단해야 할 것이다. 아직 더 오른다는데 팔면 미친놈이지. 딱 그 정도 생각으로 마음 가볍게 노트북을 덮은 강주혁은 핸드폰을 들어 누군가에게 전화를 걸었다.

"왜."

누군가 했더니 하성필이었다. 누가 들어도 퉁명스럽다고 느껴질 목소리로 전화를 받은 하성필에게 강주혁이 담담하게 답했다.

"슬슬 시작하자."

"……영화 말하는 거냐?"

"어. 영화. 너 무비트리 제작사 어딘지 알지?"

"안다."

"거기로 어……."

전화를 받다 말고 강주혁이 시간을 확인한다.

"지금이 10시니까, 점심 먹고 2시까지 와."

"무비트리 어디로?"

"사장실."

"바로?"

"어, 바로."

하성필의 물음에 답하는 강주혁은 1초의 머뭇거림도 없었다. 덕분에 하성필이 잠깐 침묵하다 이내 대답했다.

"……하— 알았다."

전화를 끊고 강주혁은 세수를 시작했다. 며칠 지났으니 최명훈 감독의 독립 영화는 아마 촬영이 끝났을 테고, 고민이었던 성천바이오도 한숨 돌렸다.

이제 본격적으로 영화 〈척살〉의 제작을 시작할 차례였다.

* * *

영화 제작사 무비트리 사장실. 송 사장이 굳은 표정으로 앉아 있었다. 그때 사무실 문이 열렸다.

"사장님, 안녕하십니까."

"어어. 최 감독 오랜만이야? 바쁜데 미안해."

"아, 아닙니다. 그런데 무슨 일로?"

송 사장이 멀뚱히 서 있는 최명훈 감독에게 앉으라 손짓했다. 그 손짓에 최명훈 감독이 고개를 갸웃하면서도 일단 소파에 앉았다. 송 사장이 말을 이었다.

"최 감독, 강 배우 알지? 강주혁."

"예?!"

순간 최명훈 감독의 머리에는 배우 강주혁이 아니라 또라이 강주혁이라는 단어가 떠올랐지만 억지로 말을 삼켰다.

"아, 네. 알죠. 며칠 전에 찾아왔었습니다."

"그래? 왜?"

"아니, 뭐…… 오래 은둔하고 지내셔서 그런지 약간 정신상태가 이상해 보이던데요."

"하하. 은둔하기 전에도 그랬어 갠. 요즘 최 감독한테 관심이 많더라고."

"저한테요?"

"어어. 오늘도 강 배우가 최 감독 좀 불러달라고 전화가 왔어. 그래서 불렀지. 이제 올 때가 됐는데."

강주혁이 온다는 말에 순간 짜증이 난 최명훈 감독이 미간을 찌푸리며 입을 열려던 찰나, 사무실 문이 다시 열렸다.

"오, 다 계시네요."

"강주혁 씨. 뭡니까, 대체."

강주혁을 본 최명훈 감독이 다짜고짜 따지고 들자 송 사장과 인사 겸 악수를 하던 강주혁이 대뜸 답했다.

"뭐긴 뭡니까? 사전미팅이지."

"무슨 미팅이오?"

"〈척살〉 사전미팅이죠."

"뭐라고?"

"뭐라고요?!"

가만히 듣고만 있던 송 사장과 얼굴이 잔뜩 일그러진 최명훈 감독이 이구동성으로 소리쳤다. 그 모습에 강주혁이 미소 지으며 답했다.

"왜 그렇게 놀라요들. 영화 원데이 투데이 찍는 것도 아니면서."

눈과 입을 동그랗게 벌린 송 사장이 이내 정신을 차리더니 현실을 알려주기 시작했다.

"야야야, 주혁아. 너 무슨 소릴 하는 거야, 지금. 그거 엎어졌다니까? 투자가."

송 사장의 말을 잘라먹고 강주혁이 끼어들었다.

"투자가 붙으면 되는 거잖아요?"

"무슨 수로?"

"파이낸싱(작품에 제작비를 투자할 투자자를 찾는 것)이야 주연배우만 확실하면 바로 박히잖아?"

"그 주연배우가 없다고 지금! 이 미친놈아!"

강렬하게 외친 송 사장의 뒤를 최명훈 감독의 목소리가 따라붙었다.

"저번에도 찾아오셔서 저더러 〈척살〉을 찍으라니 마니, 하성필이면 찍겠냐고 하더라고요. 나 참 난감해서 진짜."

송 사장의 눈이 또 한 번 커진다.

"누구? 하성필? 그 하성필?"

"네. 그 하성필."

커진 눈 그대로 송 사장이 강주혁을 쳐다본다.

"……야, 주혁아. 너 괜찮냐? 요즘 스트레스 많아?"

"요즘 꽤 재미있는데요?"

"저는 이만 가보겠습니다. 앞으로 이런 식으로 부르지 마세요."

"아, 최 감독, 미안해."

강주혁의 얼굴을 쳐다보며 걱정하던 송 사장이 잔잔하게 버럭한 최명훈 감독을 보며 미안해했다. 대충 고개를 끄덕이고 돌아서는 최 감독에게 강주혁이 넌지시 말을 던졌다.

"최 감독님."

"……왜요."

"하성필이 데려오면 찍는다는 말 기억나요?"

"기억은 납니다. 근데요?"

최명훈 감독의 되물음에 강주혁은 대답 없이 그저 슬쩍 미소만 지었다.

"하—"

그 모습에 최명훈 감독은 질렸다는 듯 고개를 절레절레 흔들며 문 쪽으로 걸어갔다. 그런데.

— 벌컥

"아, 시발! 깜짝…… 어?"

"어?"

격하게 놀란 최명훈 감독과 그 모습을 지켜보다 문밖에 서 있던 남자를 본 송 사장이 같은 억양, 같은 표현으로 벙쪘다. 티켓파워로 국내 최정상급 배우 하성필. 그가 복도에 멀뚱멀뚱하게 서 있으니 황당할 수밖에.

한참을 복도에 서 있어 짜증이 났는지 하성필은 편하게 앉아 있는 강주혁을 한번 쏘아보더니, 이내 영업용 웃음으로 최명훈 감독에게 악수를 청했다.

"감독님? 맞으시죠? 반갑습니다. 하성필입니다."

여전히 멍청한 얼굴로 하성필을 보던 최명훈 감독이 순간 번뜩 정신을 차리더니 내민 손을 붙잡았다.

"아? 네. 반갑…… 아니 근데 여길 어떻게?"

"일단 앉으시죠. 제가 좀 오래 서 있었거든요."

하성필이 성큼성큼 소파로 직진하더니 강주혁 옆에 앉았다. 눈앞의 하성필을 아직도 못 믿겠다는 듯 쳐다보고 있는 송 사장에게 강주혁이 시선을 던졌다.

"엎어진 거 다시 세울 수 있잖아요? 얘 정도면."

"어? 다, 당연하지! 하성필 씨 정도면 엎어진 게 아니라 없어진 거라도 다시 찍을 수 있지! 아니, 무조건 찍어야지!"

가뭄에 단비라도 내리는 양 행복한 표정을 짓는 송 사장을 뒤로하고 강주혁이 여전히 문 앞에 서 있는 최명훈 감독에게 시선을 주었다.

"감독님?"

"에? 예?"

"하성필 데려왔으니까 이제 찍으세요, 〈척살〉."

"아…… 근데 그걸 제가 정할 수 있는 게."

"일단 여기 와서 앉으세요."

의자로 손짓한 강주혁 덕분에 얼어 있던 최명훈 감독의 몸이 풀렸다. 천천히 소파에 앉은 최 감독을 쳐다보던 강주혁이 모두에게 말하듯 얘기했다.

"정리해드릴게요. 형, 아니 송 사장님. 최명훈 감독님이 〈척살〉 찍는다는 전제하에 하성필을 꽂는 겁니다. 감독님, 이 영화 무조건 감독님이 찍어야 합니다. 그리고 저도 참여합니다."

"뭐? 너는 뭐로 참여할 건데?"

옆에서 가만히 듣고 있던 하성필이 살짝 목소리를 높이며 물었다.

"프로듀서 겸 투자자?"

"푸핫! 투자? 야, 마구간 같은 데 사는 놈이 무슨 투자냐?"

하성필이 지껄이든 말든 사뿐히 그 말을 무시한 강주혁이 모든 진행의 핵심인 송 사장에게 눈을 맞췄다.

"어때요? 제작사, 감독, 주연배우, 투자자. 다 모였는데 이제 찍어야지?"

어느새 돌아가는 분위기를 파악한 송 사장이 입이 찢어져라 웃었다.

"크크크. 무슨 지랄 같은 상황인지 모르겠는데. 이거 안 찍으면 등신이지. 고!"

"그 누구였죠? 김세준? 김세진? 하여튼 그 감독이 진행한 프리(프리프로덕션)는 전부 털고, 처음부터 다시 가야 돼요."

"그래야겠지."

강주혁이 최명훈 감독을 다시 봤다.

"감독님, 오신 김에 송 사장님이랑 오늘 계약서 쓰시고 시나리오 검토 한번 하세요. 안 보신 지 오래됐죠?"

"아, 그렇죠. 근데 제가 진짜 찍습니까? 사장님, 진짜 찍어도 됩니까?"

송 사장이 빙그레 웃으며 답한다.

"최 감독, 상업 입봉 축하해. 입봉작 주연이 하성필, 그림만 잘 뽑으면 되겠어!"

벌써 기대감에 부풀어 올랐는지, 송 사장의 표정이 상기돼 있다. 그 모습을 보며 강주혁이 생각했다.

'이제 9백만은 확정. 이후부터가 중요한데.'

강주혁은 보이스피싱이 말한 9백만에 만족하지 않았다.

'두 배는 불려야지.'

"일단 감독님 시나리오 확인 후에 세부 제작일정, 예산 잡아서 파이낸싱 바로 진행하죠."

영화 〈척살〉의 제작이 본격적으로 시작됐다.

집으로 돌아가는 길, 대리기사에게 운전대를 맡기고 강주혁은 조수석에 몸을 실었다.

"출발하겠습니다."

"네."

대리기사가 조심스레 차를 출발시킨다. 동시에 강주혁의 입에서 짧은 숨이 빠져나온다.

"푸후—"

영화 제작에 관한 얘기가 길어진 데다, 기분이 좋아진 송 사장의 한잔하자는 제안으로 새벽까지 마셨다. 어느덧 새벽 2시 20분.

'할 게 많아.'

이제 겨우 영화 제작의 첫발을 내디뎠을 뿐이었다. 술자리에서 거론된 문제점이 많았다. 첫째로 최명훈 감독은 무명, 이쪽 바닥에 발이 넓지 않았다. 결과적으로 내로라하는 메인 스태프를 모으기 힘들다. 물론 제작사 측에서 모아줄 수도 있지만, 손발이 맞겠냐는 문제가 있었다. 거기에다 영화 〈척살〉은 주연배우, 즉 하성필의 원맨쇼 영화라 여주 분량이 조연급이었다. 캐스팅이 어렵다는 문제가 거론됐다.

그밖에도 문제점은 많았지만, 시작이 반이라고 했다. 현재로선 첫 삽을 뜬 것만으로 만족해야 했다.

차는 어느덧 분당 주변으로 들어섰다. 창밖을 멍하니 내다보던 강주혁이 얼굴을 감싸며 관자놀이를 꾹꾹 눌렀다. 그때였다.

♫띠리리 띠리리링 띠리리 띠리리링!!!

보이스피싱이었다. 강주혁은 전화를 받으며 반대쪽 주머니에 들어 있던 수첩을 꺼냈다.

— 영화 〈척살〉 (진행 중)

— 신약 개발 '성천바이오' (진행 중)

— 톱 여배우 A양, 마약 스캔들 (진행 미정)

"들으실 항목의 키워드를 '선택'해주세요!

1번 '아침 11시', 2번 '13', 3번 '저녁 8시', 4번 'A', 5번……"

강주혁이 수첩에 오늘자 키워드를 추가했다. 키워드는 1번만 바뀌었고, 나머지는 같았다. 주혁은 어제 1번부터 차례대로 누른다고 결정했기에 자연스레 2번을 누르려 했다. 그런데.

'A?'

주혁의 손가락이 멈추었다.

수첩에 적힌 A양. 그리고 키워드 4번 'A.'

'에이 설마.'

설마? 아니겠지. 그럼에도 주혁의 손가락은 본능적으로 4번을 눌렀다.

"탁월한 선택! 강주혁 님이 선택한 키워드는 'A'입니다!

마약 스캔들로 큰 파문을 일으킨 톱 여배우 'A' 양이 여배우 류진주인 것으로 밝혀집니다."

뭐?

"류진주라고?"

* * *

강주혁이 침대에서 눈을 떴다.

"그새 잠들었네."

새벽에 집에 들어와서 생각 좀 한다는 게 그대로 잠들어버린 모양이었다. 어제와 똑같은 모습으로 잠에서 깬 강주혁은 부스스 일어나 입고 있던 패딩을 옷걸이에 걸었다.

잠시 후, 찜찜했는지 꽤 공들여 씻고 나온 강주혁이 젖은 머리를 탈탈 털면서 침대로 돌아왔다. 침대에 널브러진 채로 똑같이 널브러져 있는 노트북을 켰다. 시간은 아침 11시. 주혁은 HTS 프로그램부터 열었다. 성천바이오에 주혁이 부은 돈은 어제보다 1억이 늘어나 있었다. 그런데 주가 상승 폭이 좀 낮았다.

"좀 부담되긴 하네."

현재 성천바이오의 주당 가격은 46,700원. 아무리 슈퍼파워 호재라 해도 가격이 부담되면 적은 돈으로 거래하는 개미들은 빠진다. 슬슬 가격이 부담되는 수준까지 올라오자, 주가가 서서히 진정되는 듯 보였다. 하지만.

"또 터질 거니까 뭐."

아직 터지지 않은 미래 정보. 이 정보가 세상에 터지면 성천바이오의 주가는 다시 오를 거다. 그때까지 주혁은 지켜보기만 하면 된다. HTS 프로그램을 끈 강주혁은 머리를 벅벅 긁으며 새벽부터 생각하던 고민거리를 펼쳤다.

— 마약 스캔들로 큰 파문을 일으킨 톱 여배우 'A' 양은 류진주

"이걸 어떡하나."

솔직히 이니셜로만 정보를 들었을 땐, 그저 수첩에 적어둔 미래에 지나지 않았다. 가벼웠다. 이니셜만 가지고는 사건을 확인하는 것도 힘들뿐더러, 가장 중요한 것이 빠져 있었다. 동기부여. 물론 여배우는 불쌍하지. 불쌍하더라도, 연예계라는 곳은 이런 일이 비일비재하다. 하나하나 쫓아다니면서 일을 해결할 수 없었다. 강주혁이 해결사도 아니고.

그런데 이니셜만 알려주던 보이스피싱이 이번엔 이름까지 알려줬다. 이러면 얘기가 좀 달라진다. 이니셜만으로 사건을 봤을 때는 감정이입이 크게 되지 않는다. 그런데 실명이 있고, 하필 강주혁과도 잘 아는 사람의 이름이라면? 심지어 류진주는 최근에 본 적도 있다. 블랙시크에서 류진주가 했던 말들이 주마등처럼 스쳤다.

"저는 연락드렸어요. 선배님한테."

"선배님한테 묻고 싶었어요."

"그때 기사 난 거 전부 진짜예요?"

"선배님 입으로 듣고 싶어요. 아니죠?"

착한 아이였다. 그런 인성을 지녔으니 그 자리까지 올랐겠지. 강주혁은 고민했다. 방관, 무관심은 무섭다. 그 누구보다 강주혁이 가장 잘 알고 있었다. 어찌어찌 회복은 했지만 그 역시 정신질환에 걸렸고, 바닥까지 추락했으니까. 저 마약 스캔들이 터지면 류진주의 배우 생활은 끝이다.

한참을 생각하던 강주혁이 이내 인터넷에 류진주를 검색했다. 톱 여배우답게 수많은 기사와 카페, 블로그 등이 검색됐다. 당장 기사를 봐서는 아직 마약에 관한 사건이 터진 건 없다. 인형 같은 몸매, 공항패션, 화보 촬영 등의 기사들이 걸려 있을 뿐이었다.

　"흠……."

　강주혁이 스크롤을 쭉 올려서 류진주의 프로필을 확인했다.

　"빅엔터?"

　소속사가 낯익었다. FNF로 갈 줄 알았던 김재형이 막판에 이적한 곳이 빅엔터테인먼트였다. 그 미래 정보를 듣고, 강주혁은 처음 주식에 손을 댔다.

　"묘한 곳에서 이어지네?"

　본능적으로 묘함을 느낀 강주혁이 빅엔터테인먼트와 류진주의 관계를 검색하기 시작했다. 몇 분 동안 검색해본 결과, 강주혁은 재미있는 사실을 발견했다.

　「15년 동안 몸담았던 소속사와 재계약 안 해. '류진주'와 FNF엔터의 속사정은?」

　"얘가 FNF에 있었어?"

　애초에 류진주는 오랫동안 FNF엔터에 소속되어 있었다. 그러다 최근에 빅엔터테인먼트로 이적한 모양이었다.

　"왤까?"

　자그마치 15년이다. 검색해보니 류진주가 이번 연도로 데뷔한 지 16년이라 그랬으니, 따지고 보면 FNF에서 다 키워냈다는 건데.

　"왜 나왔지?"

　뭔가 확실하게는 아니지만, 냄새가 났다. 그냥 본능이었다. 누군가 큰 그림을 그리고 있는데, 그 그림의 완성본을 강주혁만 먼저 본 느낌? 아니, 보이스피싱이니까 들었다고 해야 할 테지만. 어쨌든 누군가 류진주를 나락으로 빠뜨릴 큰 그림을 그리고 있다는 느낌이 강하게 들었다.

"그냥 전화로 알려줘?"

그럴 경우 미친놈 취급을 당하거나, 욕을 먹거나 둘 중 하나다. 너의 미래를 내가 알고 있다고 하면 세상에 어떤 사람이 믿어줄까? 게다가 혹여나 말해준 사건이 실제로 일어나면 그건 그것대로 골치 아프다. 의심은 없는 편이 낫다. 머리를 벅벅 긁어대던 주혁이 수첩을 다시금 정독한다.

— 톱 여배우 A양의 마약 스캔들, 강남에 있는 파티장 루프가든 주인의 제보, 파티에 여러 유명인사가 있었으나 오로지 A양이 마시던 '와인'에서만 마약 성분이 검출됨, 사회적으로 큰 파문이 예상.

— 마약 스캔들 'A'양은 류진주

일단 핵심을 파악한다. 류진주가 강남의 파티장 루프가든에서 마신 와인, 거기서 마약이 검출된다. 여러 유명인사도 있다지만, 딱히 필요 없는 정보 같다. 현재 주혁이 신경쓰는 건, 강남에 있다는 루프가든.

수첩을 검지로 툭툭 치던 주혁이 중얼거렸다.

"살짝 한번 보기나 해볼까?"

어차피 영화 〈척살〉은 최명훈 감독의 독립영화 마무리 편집과 시나리오의 틀을 짜기 전까진 강주혁이 당장 할 일은 없었다. 이내 결심이 선 듯, 강주혁이 침대에서 일어나 핸드폰과 수첩 그리고 차 키를 챙기곤 현관문을 열었다.

루프가든은 강주혁의 집에서 한 시간 정도 걸렸다. 외관상 5층짜리 건물 전체를 파티장으로 사용하는 것 같았다. 1층에 걸린 루프가든 간판 빼곤 다른 간판은 보이지 않았다.

"흠……."

딱히 이상한 점은 안 보였지만, 주혁은 일단 루프가든의 건물 사진을 찍어 두기로 했다. 차 안은 점점 추리 수사물의 분위기가 풍기기 시작했다.

— 찰칵! 찰칵!

전체 한 번, 입구 한 번 나눠서 사진을 찍고 있는데 마침 루프가든 입구에서 회색 정장을 빼입은 남자 한 명이 빠르게 계단을 내려왔다. 차 안에서 그를 유심히 보던 주혁의 입이 열렸다.

"어디서 많이 봤는데? 이름이······."

결정적으로 이름이 생각나지 않았다. 스포츠머리로 짧게 자른 스타일 하며 저 뭉개진 얼굴. 분명 본 적 있는 남잔데, 신경 안 써도 되는 인물이었나? 혹시 몰라 남자의 모습도 사진에 담았다. 차 안에서 찍는 거라 소리가 안 들리겠지만, 혹시나 싶어 강주혁은 최대한 수그리며 찍어댔다.

그때였다. 남자가 차 안으로 몸을 반만 집어넣어서 무언가 꺼내더니 다시 차 문을 닫았다. 그러고는 다시 계단을 척척척 올라갔다.

"와인?"

순간 강주혁의 본능이 반응했다. 길쭉한 와인 박스를 들고 올라가는 남자의 모습을 재빨리 사진으로 찍었다. 이후 남자가 건물 안으로 사라지자, 강주혁이 수첩을 꺼내 들었다.

"와인······ 루프가든 주인······."

수첩에 적힌 미래 정보를 확인하며 주혁이 읊조렸다. 그러곤 이내 자신이 중요한 정보를 누락시켰다는 것을 알아차렸다. 바로 루프가든 주인의 제보.

"어떻게 알고 제보했지?"

내부야 어떻게 돼 있는지 모르겠지만, 어쨌든 와인에 마약 성분이 있다는 걸 주인이 알 리가 없지 않은가? 시끄럽다거나, 사람들이 이상하다고 하면서 신고할 수야 있지만, 여긴 파티장이다. 사람들이 이상한 게 당연했다. 점점 냄새가 강렬해진다. 물론 아닐 수도 있지만.

"확실히 해둘 건 해둬야지."

주혁은 파티장의 주인도 확인해봐야겠다고 생각하며 건물 안으로 사라진 남자를 기다렸다.

얼마나 기다렸을까? 건물 안으로 사라졌던 남자가 계단을 두세 개씩 건너 뛰면서 내려왔다. 약속에 늦었는지, 계단을 다 내려온 남자가 차에 타자마자 시동을 걸고 차를 움직였다. 남자의 차가 출발하고, 몇 초 뒤 주혁도 천천히 남자의 차를 미행하기 시작했다. 남자의 차는 강남역을 지나, 청담역 방향으로 움직였다. 도로에 차가 많아서 몇 번이고 놓칠 뻔했으나, 용케 잘 따라가는 중이었다.

남자의 검은색 세단은 건물 사이사이 골목길을 들어가기 시작했고, 강주혁은 너무 바짝 붙지 않는 선에서 따라붙었다. 그리고 마침내 남자의 차가 섰다. 건물이 많긴 했지만, 딱히 눈에 띄는 상호는 없었다.

"잘못 짚었나?"

살짝 불안한 마음에 강주혁은 남자의 차를 주시했다. 남자는 잠깐 차에서 무엇을 하는지 내리지 않고 있다가 몇 분이 지나서야 차 문을 열고 밖으로 나왔다. 핸드폰을 귀에다 붙이고 어디론가 뛰어들어갔다. 남자가 들어간 곳은 편의점이었다.

— 톡톡톡

강주혁이 초조했는지 운전대를 검지로 치기 시작했다. 편의점으로 들어간 남자는 살 것이 많았는지 금방 나오지 않았다.

— 톡톡톡톡

그럴수록 운전대를 치는 검지는 빨라졌다.

10분 정도 흘렀을까? 드디어 남자가 뭔가 가득 담긴 흰 봉투를 차에 던지듯 두고서, 차에 올랐다. 남자의 차는 지체없이 출발했다. 여기에 정차한 것은 편의점에 들르기 위함이었나 싶었다. 구불구불 좁은 골목길을 계속 파고들던 남자는 이윽고 주차장이 완비된 길쭉한 건물에 멈춰섰다.

"씨!"

남자가 갑자기 멈춰선 바람에 주혁은 건물을 지나칠 수밖에 없었다. 어느 정도 안전거리를 확보하고 차를 갓길에 세운 주혁이 차에서 내려서, 건물을 확인했다.

"이건 또 뭐야?"

'빅엔터테인먼트'라는 간판이 걸린 건물에 남자는 흰 봉투를 들고 들어가고 있었다.

"뭐가 어떻게 돌아가는 거야?"

남자가 건물을 다시 나온 건 한참 뒤였다. 들고 들어갔던 흰 봉투 없이 양손 모두 자유로운 상태. 건물을 나오자마자 남자는 다시 차를 타고 어디론가 움직이기 시작했다.

"또 어딜 가?"

차 안에서 동태를 살피던 강주혁의 미간에 깊숙한 주름이 졌다. 귀찮기는 하나 어쨌거나 지금은 쫓아야 했다. 강주혁이 따라붙은지도 모르고 남자의 검은색 세단은 우회전 좌회전을 반복하며 갈 길을 재촉했다.

10분 정도 달렸을까? 이윽고 남자의 세단이 우회전 깜빡이를 켰다. 속도가 천천히 줄어들고, 차단봉이 내려져 있는 건물 주차장으로 차의 앞부분을 밀어 넣었다. 강주혁도 20미터 정도 떨어진 곳에 차를 정차하고 상황을 지켜보았다. 차단봉에 막힌 남자는 전화를 걸면서 차에서 내렸다. 몇 분 정도 통화를 하는데, 건물에서 건장한 남자 두 명이 등장했다. 남자와는 서로 아는 사이인지 두런두런 인사까지 나눴다.

강주혁은 차를 정차한 순간부터 남자를 찍어대기 바빴다. 건물 주차장에서부터 건장한 남자들, 그래 가드라고 칭하자, 건장한 가드들과 대화하는 모습까지 모두 사진에 담아냈다. 이윽고 편하게 몇 마디 나누던 남자는 가드들의 도움으로 차단봉을 통과해 건물 주차장에 주차를 마쳤다. 건물 주차장에는 커다란 밴이 보였다. 흔히 연예인들이 탄다는 그 밴. 주차를 마친 남자는 가드들의 안내를 받으며 건물 안으로 들어갔다. 그때.

— 빵빵, 빵!

남자가 건물로 들어가는 모습까지 주혁의 핸드폰에 담기는 순간 뒤에서 경적이 크게 울렸다. 주혁은 창문 밖으로 손을 내밀어 미안함을 표현한 뒤, 액셀을 천천히 밟았다. 그리고 방금 남자가 들어간 건물 앞을 스치는 순간.

"저건 또 뭐야."

건물 입구에 선명하게 박힌 상호가 눈에 들어왔다.

— FNF entertainment

"어쩐지 밴이 많더라니."

FNF엔터의 건물을 지나고, 유턴 구간에서 차를 돌린 주혁이 빅엔터테인먼트로 방향을 잡았다. 이유는 간단했다.

"뭐 하는 새끼지."

일단 저 남자의 정체가 궁금했다. 빅엔터에도 들어갔다가 FNF엔터에도 들어갔다. 거기다 류진주의 마약 스캔들이 발생하는 루프가든에도 갔고. 처음엔 긴가민가 정도였는데, 지금은 좀 확신에 가까웠다.

"분명 관련 있다, 저놈."

문제는 강주혁이 저 남자의 이름조차 모른다는 것. 방금 저 남자가 들어갔으니 FNF에 가서 묻는 건 말이 안 되고, 남은 것은 빅엔터였다. 주혁은 속도를 내기 시작했다.

다시 도착한 빅엔터테인먼트. 이번에는 갓길이 아니라 빅엔터의 주차장에 당당하게 차를 댄 강주혁이 곧바로 건물에 들어섰다. 건물 크기에 비해 1층 로비는 좁아 보였다. 아, 물론 건물 크기에 비해 작다는 거지 결코 코딱지만 하다는 뜻은 아니다. 좁아 보여도 카페테리아, 대기룸 등 있을 건 다 있었다.

"흠······."

로비를 둘러보던 강주혁을 불러세운 건, 안내 직원의 물음이었다.

"어떻게 오셨나요?"

등 뒤에서 들려온 청명한 목소리에 강주혁이 몸을 휙 하니 돌렸다. 그런 강주혁을 보자 사무적인 미소를 짓고 있던 안내 직원의 눈이 커진다. 아무래도 엔터 쪽에 종사하고 있으니 강주혁을 한눈에 알아본 것.

'아, 마스크.'

여직원의 반응을 보고 나서야 강주혁이 차에 두고 온 마스크를 떠올렸다.

'쯧, 상관없나?'

어차피 마스크 쓰고 무언가를 물어보는 게 더 수상해 보인다. 생각을 마친 강주혁은 거침없이 안내 직원에게 다가갔다. 워낙 당당하게 다가오는 바람에 안내 직원의 표정이 미묘하다. 웃는데 찡그리는 표정이랄까? 입은 웃는데 입 위로는 찡그린다는 표현이 적당하겠다. 어느새 손만 뻗으면 닿을 거리로 가까워진 두 사람. 먼저 입을 연 것은 강주혁이었다.

"저 죄송한데 뭐 좀 여쭤볼게요."

"네?! 아, 네, 말씀하세요."

처음에야 살짝 당황한 듯 보였으나, 안내 직원은 곧장 프로다운 모습으로 응대를 시작했다. 강주혁이 핸드폰을 꺼내 들며 물었다.

"저 혹시 이 사람 여기서 일합니까?"

남자의 사진 수십 장 중 가장 선명한 사진을 골라 얼굴만 확대해서 안내 직원에게 내밀었다. 안내 직원은 무턱대고 들이미는데도 당황하지 않고 미소를 유지한 채 핸드폰을 들여다보았다. 그리고 일순 눈빛이 흔들렸다. 그 찰나의 흔들림을 파악한 주혁이 다시 물었다.

"일합니까?"

"아, 네. 저희 홍보팀장님이시네요."

홍보팀장? 안내 직원이 앞에 있음에도 강주혁은 딱히 신경쓰는 기색 없이 눈알을 굴리며 생각에 빠진다. 그 모습을 보다 못한 안내 직원이 다시 말을 던졌다.

"약속은 잡으셨나요? 안내해드릴까요?"

"아, 아니요. 괜찮습니다. 혹시 이분 성함 좀 알 수 있습니까?"

주혁의 물음에 안내 직원은 반사적으로 입을 열었다가 다시 닫아버린다.

"죄송한데, 제가 말씀드릴 수는 없을 거 같네요."

안내 직원은 잘못한 것도 없는데 고개를 숙였다. 강주혁은 괜찮다며 손사래를 쳤다. 중후한 목소리가 들린 건 그때였다.

"무슨 일이야."

등 뒤에서 들려온 목소리에 강주혁이 고개를 돌렸다. 박찬규, 빅엔터의 사장이 서 있었다. 강주혁도 오래전 박찬규 사장과 몇 번 본 적이 있어 얼굴은 얼핏 아는 정도였다. 50대 중후반, 적당한 키에 새치 하나 없는 진갈색 머리, 깔끔한 슈트. 누가 봐도 기업의 사장 같은 모습.

박찬규 사장은 강주혁을 보자 살짝 표정 변화는 있었지만, 딱히 큰 리액션이 나오진 않았다. '우와, 강주혁이네?' 같은 느낌보다는 '강주혁이 여기 왜 있어?' 같은. 딱 그 정도의 표정으로 박찬규 사장이 물었다.

"강주혁 씨 오랜만이죠? 근데 여긴 왜?"

섣불리 대답이 나오지 않았다. 그도 그럴 게 아직 확실한 게 하나도 없기 때문. 현재로서 확실한 건 류진주의 마약 스캔들이 터진다는 것뿐이었다. 그리고 빅엔터테인먼트의 홍보팀장이라는 그 남자는 무조건 류진주의 마약 스캔들과 관련이 있을 것 같았다. 그런데 그 남자가 사건의 주모자인가? 아닐 것이다. 한낱 운반책이나 사냥개 포지션일지도 모를 일. 파헤친다면 지금부터가 시작일 테고, 얼마나 많은 배후가 있을지 알 수가 없다. 그건 강주혁이 누구보다 잘 알고 있었다.

당해봤으니까.

혼자 힘으로는 한계가 있다. 거기다 강주혁은 얼굴이 알려진 공인. 차라리 지금까지 알아낸 것과 보이스피싱을 통해 들은 미래 정보를 적당히 섞어서, 앞에 있는 박찬규 사장에게 던지는 게 더 확실한 해결이 날지도 모른다. 알아낸 거라고 해봐야 개뿔 없지만, 강주혁은 박찬규 사장을 보며 입을 열었다.

"얘기할 시간 좀 되십니까?"

"누구? 나랑?"

"네."

"허허. 나랑 무슨 얘기를 해요?"

"들어보시면 아시겠죠?"

둘 간에 묘한 긴장감이 흘렀다. 그 긴장감을 먼저 깬 것은 박찬규 사장이었다. 그가 대답 없이 엘리베이터 쪽으로 움직였다.

"따라와요."

강주혁은 박찬규 사장을 따라 엘리베이터에 몸을 실었다.

사장실에 도착한 박찬규 사장은 강주혁에게 자리에 앉으라고 손짓했다. 그러면서 한쪽에 있는 소형 냉장고에서 캔커피를 꺼내 주혁 앞에 내려놓고는 반대쪽 소파에 가 앉았다.

"그래서, 나한테 할 말이 뭔가요?"

박찬규 사장은 굉장히 젠틀했다. 강주혁은 속으로 감탄하며 답했다.

"류진주, 빅엔터 온 지 얼마나 됐습니까?"

"진주는 왜…… 설마? 안 돼! 당신은 우리 진주랑 안 돼!"

젠틀함을 유지하던 박찬규 사장이 한순간 무너졌다. 강주혁은 그저 '이 미친 인간이 뭐라고 지껄이는 거야?' 같은 표정으로 무너진 박찬규 사장을 무심하게 쳐다보았다. 한동안 사무실에 정적이 흘렀다.

마침내 분위기를 파악한 박찬규 사장이 '큼, 흠' 거리더니 다시 말을 이었다.

"우리 진주에 대해서는 왜 묻나?"

우리 진주? 조금 전 류진주의 이름만 듣고 버럭하는 모습도 그렇고, 류진주를 우리 진주라고 표현하는 것도, 그리고 류진주의 이름이 나올 때마다 짓는 저 걱정이 가득 담긴 표정. 박찬규 사장이 얼마나 류진주를 아끼는지 느껴지는 대목이었다. 강주혁은 한결 마음이 편해진 상태로 박준규 사장 앞으로 핸드폰을 내밀었다.

"이분 아십니까?"

난데없이 핸드폰을 받아든 박찬규 사장이 화면을 내려다보더니 작게 대답했다.

"알지. 우리 홍보팀장인데? 이 친구가 왜요? 이 친구 사진을 왜 찍었지?"

"그분 사진 찍은 곳이 루프가든이라는 파티장인데, 혹시 아십니까?"

"어디?"

"루프가든."

루프가든이란 말을 듣자 박찬규 사장이 핸드폰에 찍힌 사진을 빡 집중해서 보기 시작한다. 혼잣말도 내뱉는다.

"아니, 이 친구가 여길 왜?"

"거기 무슨 행사가 예정돼 있습니까?"

"……."

"사장님."

"어, 어?"

"루프가든에서 앞으로 행사 예정이 있냐고요."

"아, 아니 며칠 뒤에 진주 생일이라, 겸사겸사 김재형 씨 환영회도 한 번에 하려고 예약을……."

그렇군. 강주혁이 이제야 대충 이해가 된다는 식으로 고개를 끄덕였다. 그리고 하나 확실히 짚고 넘어갈 것도 있었다.

"홍보팀장이 루프가든 앞에서 사진이 찍힌 게 사장님이 그렇게 놀랄 정도로 이상한 일입니까?"

"그렇지. 시킨 적이 없으니까. 얘가 거기에 갈 이유가 전혀 없어."

"그렇군요. 사장님 사진을 옆으로 넘기면서 쭉 한번 보세요."

박찬규 사장은 사진을 한 장씩 넘기면서 이마 주름이 자글자글 생기기 시작했다.

"아니 이 친구, FNF는 왜 간 거야?"

이윽고 마지막 사진까지 확인을 끝낸 박 사장이 강주혁에게 이해를 도와달라는 듯 쳐다보자, 강주혁이 자초지종을 설명하기 시작했다. 물론 진실 80%, 사기 20%를 섞어서.

"홍보팀장은 두 차례 루프가든을 출입했고, 그중 한 번은 그냥, 한 번은 박스에 포장된 와인을 챙겨 들고 올라가더군요. 몇 분 뒤 루프가든에서 나온 다음 온 곳이 이곳 빅엔터테인먼트고, 여기서 나가자마자 FNF로 이동했습니다."

그리고 강주혁이 한 박자 쉬었다가 제일 중요한 문제를 던졌다.

"그리고 제 생각에는 홍보팀장이 들고 있던 와인에는 마약이 섞여 있었고, 타깃이 아마 류진주가 아닐까 합니다."

"뭐?!"

"누군가 류진주를 사냥하고 있는 거죠."

"서, 설마······."

강주혁은 자신이 아직 확실히 파악하지 못한 부분에 대해서는 설명을 아꼈다. 대신 한 가지 제안을 했다.

"루프가든의 주인을 족치면 뭐가 나와도 나올 겁니다."

여기까지 말하고 강주혁은 박찬규 사장의 반응을 살폈다. 사실 이 정도까지 말해줬으면 소속사의 사장으로서 반응은 몇 가지 없다. 강주혁을 미친놈 취급하거나 솔깃하거나. 하지만 박찬규 사장의 반응은 미묘했다. 처음에야 강주혁의 말을 듣고 놀랐지만, 지금은 굉장히 침착해 보였다. 뭐랄까, 어느 정도 예상을 했다는 표정이랄까? 그 표정으로 박찬규 사장은 강주혁이 찍어온 홍보팀장의 사진을 연달아 보았다. 찬찬히 지켜보던 강주혁이 입을 열었다.

"어떻게 처리하실 겁니까?"

"······일단 홍보팀장부터 만나봐야지."

한숨을 내쉬며 답한 박찬규 사장이 핸드폰을 강주혁에게 넘겨준다.

"주혁 씨. 사진 좀 보내줄 수 있겠어요?"

"그거야 어렵겠습니까? 다만 사장님, 처음과 달리 묘하게 침착하시네요?"

"······내가 자네에게 하나하나 다 설명해줘야 하나?"

"그럴 필요는 없죠. 그저 전 정보를 드렸는데 류진주를 못 구하면 어쩌려나 싶어서."

"구해야지. 내가 그 아이 거기서 벗어나게 하려고 얼마나 노력했는데······ 구해야지."

흠. 박찬규 사장의 반응을 보니 아무래도 FNF엔터와 빅엔터 그리고 류진주 사이에 무슨 깊숙한 스토리가 있는 게 분명했다. 그렇다고 강주혁은 이들의 과거를 꼬치꼬치 캐물을 생각도 없거니와 큰 관심도 없었다. 연예계에 몸 담은 인물 중에 스토리 없는 사람이 어딨겠어? 강주혁은 그저 박찬규 사장을 담담하게 쳐다볼 뿐이었다. 이어진 정적. 그리고 그 잠깐의 정적을 깬 건 박찬규 사장이었다.

"그런데…… 주혁 씨는 이 일을 어떻게 알고 캐고 다녔어?"

강주혁이 싱긋 웃었다.

"제가 사장님께 하나하나 다 설명해줘야 합니까? 중요한 건 그게 아닐 텐데요."

"……."

숱한 루머를 겪은, 이제 퇴물이 돼버린 강주혁의 말이라 설득력이 있었는지 어쨌는지 모르지만, 박찬규 사장은 다시 침묵했다. 뭔가를 결단하는 듯. 그리고 그 생각을 이어받은 듯이, 강주혁이 말했다.

"흐지부지되게 진행하시면 류진주만 다칩니다."

"알고 있어."

"아뇨. 모르시는 거 같은데요? 홍보팀장부터 만나신다면서요? 지금 그럴 시간이 있습니까? 만약 이 일을 꾸민 배후가 눈치채고 모든 증거를 치우면 어찌하시려고요?"

"……."

"그렇게 되면 당장은 조용해지겠지만, 언젠가 또 류진주를 흠집 내려고 할 겁니다. 어영부영하면 류진주만 다쳐요."

연예인의 스캔들 기사에는 대중의 관심도가 매우 높다. 반면 스캔들의 해명 기사는 보는 사람만 보기 때문에, 스캔들이 터지면 그게 사실이든 아니든 쌓아온 이미지가 한순간에 무너진다. 특히 여배우라면 더욱 치명타다. 무너진 이미지는 회복이 안 된다. 엎질러진 물이라는 게 가장 잘 어울리는 동네가 바로 연예계다. 당장 눈 가리고 아옹 하듯 류진주의 마약 사건만 덮는다면 언젠가 같은 일이 또다시 발생할 거다. 뿌리를 찾아야 한다.

"제가 보기에 FNF엔터가 류진주를 끌어내리기 위해 이 일을 꾸몄고, 거기에 던지기 선수로 빅엔터 홍보팀장을 끌어들인 것 같은데, 당연히 홍보팀장이랑 FNF가 입을 안 맞춰놓았겠습니까? 아마 이중 삼중으로 빠져나갈 구멍을 만들어놨겠죠. 핵심은 루프가든 주인입니다. 그리고 증거품인 와인. 그 와인을 내미는 홍보팀장이 찍힌 CCTV."

"왜 FNF가 류진주를 끌어내리려 한다고 생각하나?"

"그냥 직감입니다."

"……자네 좀 묘하게 변했군."

박찬규 사장의 말에 강주혁이 슬쩍 웃었다. 그 모습에 박찬규 사장이 고개를 절레절레 흔들며 다시 말한다.

"그래, 계속 얘기해봐요."

"홍보팀장은 루프가든의 CCTV와 증거품인 와인을 확보한 다음에 그것들을 바탕으로 털어야죠. FNF는 제가 찍은 사진과 증언, 증거들을 모아서 터시면 되겠네요. 물론 사장님이 개인적으로 모아둔 게 있으시면 같이 버무려서 시간차 폭격하셔도 되고."

"내가 왜 따로 자료를 모아놨다고 생각해요?"

"없으면 말고요. 그럼 좀 부족하긴 하겠네요. FNF를 털기에."

대수롭지 않게 말했지만, 아마 박찬규 사장은 FNF를 공격할 자료를 개인적으로 모아두고 있었을 거다. 적어도 강주혁은 그렇게 생각했다. 빅엔터의 박찬규 사장은 류진주를 힘들게 빼냈다고 했다. 대충 보기에도 류진주를 많이 아끼는 것 같고. 아까 류진주 때문에 버럭할 때는 얼핏 아버진가 싶을 정도였으니까. 그런 사람이 아무 준비도 없이 류진주를 빼냈을 리 없었다. 더군

다나 류진주에 이어 김재형을 연타로 빼 왔는데 FNF가 가만히 있을 거라 생각한다면 그건 그거대로 그릇이 작은 거겠지. 그릇이 작은지 큰지는 이제 지켜보면 될 일이다. 강주혁이 할 말을 다 했는지 자리에서 일어났다.

"명함 주세요. 사진 보내드릴 테니까."

일어난 강주혁을 올려다보던 박찬규 사장이 속주머니에서 명함지갑을 꺼냈다. 그 속에서 명함을 한 장 빼내 강주혁에게 전했다. 명함을 건네받은 주혁은 이내 몸을 돌려 문 쪽으로 걸었다. 그러다 멈칫. 할 말이 생각났는지, 다시 박찬규 사장을 돌아봤다.

"칼자루 쥐여드렸으니까, 확실하게 도려내세요. 어영부영 싸움이 길어지면 그렇게 예뻐라 하시는 류진주만 다치니까."

"자네가 내 입장이라면 어떻게 하겠어?"

어느새 젠틀한 모습으로 돌아온 박찬규 사장이었다. 어느 정도 마음의 정리가 된 모습에 강주혁이 미소 지으며 답했다.

"세상에 엔터 회사는 많아요. 한둘 없어진다고 티 안 나."

"인상적인 답변이군. 그래서 내게 쥐여준 칼자루, 얼마를 생각해요?"

아, 그러고 보니 탐정 놀이에 빠져 있느라 흥정할 부분을 생각 못했다. 순간 멈췄던 머리를 빠르게 굴리며 박찬규 사장을 멍청하게 보는 강주혁. 그 모습이 박찬규 사장에게는 퍽 신선했던 모양이다.

"생각을 못했던 건가, 아니면 안 했던 건가?"

여유로운 미소로 놀려먹는 박찬규 사장을 보며 주혁은 속으로 혀를 찼다. 에라 모르겠다. 주혁은 받았던 명함을 들어 올리며 말했다.

"제가 사장님 필요할 때 한 번 써먹게 해주세요, 그럼."

"날 써먹어?"

"네. 대신에 뭐든지 하셔야 합니다."

"재미있는 제안이군. 근데 주혁 씨 원래 이런 분위기였나?"

"몰라요. 바뀌었나 보죠, 뭐. 하여튼 내가 사장님 필요할 때 한 번 써먹는다, 그걸로 퉁?"

"……그렇게 합시다."

"명색이 김재형이고 류진주고 줄줄이 톱스타 데리고 있는 사장님께서 한 입으로 두말은 안 하시겠지."

"그래. 약속하지. 어떻게, 계약서라도 받아 갈 텐가?"

계약서는 개뿔. 옅은 웃음을 내뱉으며 강주혁이 사장실 문을 열었다. 그리고 마지막 한마디를 던졌다.

"아, 류진주한테는 내 얘기 하지 마세요. 뭔가 쪽팔리니까."

그 길로 집으로 돌아온 강주혁은 가장 먼저 박찬규 사장에게 사진들을 추려서 전송했다. 앞으로 박찬규 사장이 어떻게 일을 진행할지 기대감이 피어올랐다. 주혁은 패딩 주머니에서 미래 정보가 적힌 수첩을 꺼내 들어 마지막 줄 내용을 살짝 바꾸었다.

— 영화 〈척살〉 (진행 중)

— 신약 개발 '성천바이오' (진행 중)

— 톱 여배우 A양, 마약 스캔들 (~~진행 예정~~), (박찬규 사장 지켜보기)

내용을 수정한 강주혁이 수첩을 대충 내려놓고는 침대에 널브러진다. 오늘 하루가 피곤했는지, 금세 잠에 빠져들었다.

* * *

다음 날 아침, 눈을 뜬 강주혁이 오랜만에 TV를 틀었다. 보이스피싱을 받기 전에는 매일같이 눈 뜨면 TV부터 틀었는데, 몇 주 만에 튼 것인지 리모컨을 잡은 손이 어색할 정도였다. 어쨌거나 캄캄하던 TV 화면은 재빠르게 색깔들을 출력했다.

"사실! 제가 서영이에요!"

"뭐?! 서영이는 죽었어!"

막장으로 치닫고 있는 아침드라마. 드라마의 장면은 충격적이었지만, 강주혁의 입꼬리가 씰룩댄다.

"안 죽었어요! 이렇게 돌아왔잖아요."

"얼굴이 다르잖아?!"

"전신 성형을 했어요."

"뭐?!"

여자주인공의 폭탄 발언을 끝으로 화면이 멈추고, 관계자들 자막이 밑에서 위로 올라가기 시작한다. 드라마가 끝나자 곧이어 아침 뉴스가 시작된다.

"여러분 안녕하십니까. 오늘 첫 소식은 희소식으로 시작하겠습니다. 신약 물질로 부작용 없이 췌장암 조직을 줄였다고 발표한 성천바이오가 신약 개발 임상시험에 필요한 시약 제조를 위탁하는 계약을 체결했다고 공식 발표했습니다. 미국 식품의약처 인증 의약품 제조 업체인 P사와……."

강주혁이 침대에서 몸을 벌떡 일으켰다.

"드디어 떴다."

보이스피싱이 알려준 대로라면 성천바이오의 주춤하던 주가가 오늘부터 다시 상한가를 칠 것이다. 주혁이 시간을 확인했다. 시간은 아침 8시 55분.

정신을 차리기 위해 재빠르게 세수를 하고, 주혁이 노트북을 열었다. 대충 인터넷 기사나 실시간 검색어를 확인하니 얼추 시간이 9시 10분. 보고 있던 인터넷 창을 내린 강주혁이 HTS 프로그램을 클릭했다.

그리고 주식 현황을 확인했다.

— 성천바이오 14,825주

— 매수 8,495 금액 125,938,375

— 현재 59,700(+28.94%) 금액 885,052,500

— 손익 759,114,125

제대로 터졌다. 상한가. 총금액이 거의 9억에 가까웠다. 강주혁의 입가에 미소가 걸렸다. 성천바이오의 슈퍼파워 상한가는 이것이 끝이 아니었다. 계약 체결 발표가 있던 날 상한가로 마감한 성천바이오의 주가는 다음 날 두 번째 상한가를 맞았다.

"11억."

사람들이 미친 듯이 손을 뻗고 있었다. 소위 말해서 팔면 등신이라 불릴 만큼. 이 정도의 폭발적인 관심도라면 내일도 틀림없이 3연상을 칠 기세였다. 잠시 주춤했던 성천바이오의 상한가 릴레이는 강주혁에게 보이스피싱의 존재도 잠시 잊게 했다. 그리고 저녁이 찾아왔다. 강주혁은 기분 좋은 마음으로 무비트리의 송 사장에게 전화를 걸었다. 연결 신호는 얼마 안 가 끊겼다.

"어, 주혁아."

"형. 최명훈 감독 어쩌고 있어요?"

"며칠간 편집실에 처박혀서 안 나오더니 어제 기어 나와서 찍었던 독립, 편집 다 했다더라."

"그럼 〈척살〉 시나리오는 언제 긁는다는데?"

"어제는 시체처럼 자더니, 오늘은 종일 작업 중이야. 곧 연락 갈 거다."

"알았어요. 연락해줘요."

"오케이~"

자연스레 전화를 끊으려는 찰나, 송 사장이 다급하게 강주혁을 불렀다.

"야야야! 주혁아!"

"어? 왜요?"

"너 소식 들었냐?"

"소식?"

"어어. 못 들었어? 너 박 기자랑 친하잖아? 몰라?"

전화를 받는 강주혁의 미간이 살짝 찌푸려진다.

"뭘 몰라~ 확실하게 얘길 해야 알죠."

"아하, 하하. 모르냐? 그럼 내일 아침에 인터넷으로 확인해봐. 엄청 재미있는 일이 있어."

뭐야, 이 인간? 못 알아들을 말을 하더니 송 사장이 '그럼!' 하면서 전화를 끊어버린다.

"이 형이 미쳤나."

송 사장이 말한 재미있는 일은 다음 날 아침에 확인할 수 있었다.

1. FNF엔터테인먼트

2. FNF마약

3. FNF 마약게이트

실시간 검색어를 점령한 FNF엔터테인먼트.

"도려냈군."

순간 강주혁이 박찬규 사장을 떠올리며 1위 검색어를 클릭했다. 그러자 언제부터 걸려 있었는지는 모르나, 수많은 기사와 관련 블로그들이 출력되었다.

「'FNF엔터테인먼트' 마약 게이트의 실체!」

「[뉴스M] FNF 게이트의 시작〈1〉」

뉴스 및 기사들은 인터넷 페이지를 넘길 때마다 갱신되었다.

「자수한 김모씨, "나는 그저 FNF가 시키는 대로 했을 뿐"」

「일명 '던지기' FNF의 공격은 누굴 향했는가?」

이미 댓글 창은 포화상태.

— 이제야 실체가 밝혀지는가...

— 시발ㅋㅋㅋㅋ양아치 집합소.

— 예전부터 유명했음 FNF. 이슈가 안됐다뿐이지.

— 마약왕. 백퍼 집유로 나옴.

「연습생의 폭로, FNF는 '마약파티'도 한다!」

「'FNF 게이트' 첫 기소 직원, 마약 투약 혐의 인정」

FNF가 세상에서 소멸하는 순간이었다. 담담하게 노트북을 쳐다보던 주혁이 옆에 놓여 있는 수첩을 집어 들었다. 그리고 수첩 사이에 끼워둔 펜을 들어서 적힌 내용을 수정했다.

— 영화 〈척살〉 (진행 중)

— 신약 개발 '성천바이오' (진행 중)

— 톱 여배우 A양, 마약 스캔들 (진행 미정), (박찬규 사장 지켜보기), (일단 해결)

7. 손절

시간이 갈수록 FNF엔터테인먼트와 관련된 기사와 대중의 반응은 전쟁을 방불케 했다. 오전까지만 해도 그저 검색사이트의 뜨거운 화제 정도였던 FNF 마약 게이트는 점심쯤 되자, 인터넷 어딜 클릭해도 보이기 시작했다.

이게 바로 인터넷의 무서운 점이다. 흔히들 말하는 검색사이트 3사의 메인 기사는 물론이고, 하다못해 커뮤니티 사이트에 올라오는 게시글, 블로그, 카페 등 어디 하나 FNF 마약 게이트가 빠진 곳이 없었다. 실망한 대중과 실망했던 대중의 단결.

그쯤 되자 TV 방송에서도 너나 할 것 없이 보도를 쏟아냈고, 너튜브에 인기 급상승 동영상은 1위부터 5위까지 FNF 마약 게이트 관련으로 도배됐다. 동영상의 내용은 대부분 명탐정 코난 수준이었다. 추측과 예상이 난무했다. 방송매체와 온라인 등으로 퍼져나간 FNF 마약 게이트는 이미 진창이었으나, 대중은 FNF엔터테인먼트를 진창에 빠뜨리는 정도로 만족하지 않았다. 대중을 기만한 벌은 이제부터 시작이었다.

1차전이 온라인과 방송매체였다면 2차전은 오프라인과 SNS가 무대였다. 신문, 잡지, 하다못해 FNF엔터테인먼트의 사옥에 걸린 현수막에도 대중의 분노가 표출됐고, 제2의 현실이라 부르는 수많은 SNS에선.

— 죄송합니다. FNF했습니다!

— FNFUCK!

'FNF' 자체가 신조어로 등장하면서, 모든 부정적인 욕설에 포함되는 신기한 현상이 발생했다. 여기까지 클릭에 클릭으로 파도 타듯이 넘어온 강주혁은 턱까지 괴고선 구경 중이었다.

"그 아저씨 아주 작정을 했네."

빅엔터테인먼트의 박찬규 사장. 칼자루야 강주혁이 쥐여준 것이지만, 칼자루를 손에 쥐고 FNF엔터테인먼트의 머리끄덩이를 싸잡아서 바닥으로 질질질 끌어당기고 있는 선봉장은 박찬규 사장이겠지. 류진주 사건이 불을 지핀 것인지 아니면 강주혁이 쥐여준 칼자루가 시발점이 된 것인지는 알 수 없으나, 하여튼 박찬규 사장이 각성한 것은 분명했다. 그런데 의문이었다.

"이 정도 자료가 있었는데 왜 가만히 있었지?"

분명 박찬규 사장은 류진주를 FNF에서 빼내기 위해 엄청난 노력을 했다고 했다.

"이만큼이나 있었으면 그냥 뿌렸으면 쉬웠을 텐데?"

현재 FNF 게이트는 온전히 마약 관련 사건만 터지고 있는 게 아니었다. 빠르게 연타를 치듯, 탈세부터 시작해서 성매매, 불법도박 등으로 사건들이 연달아 터지고 있었다. 대부분 제보에서 시작되거나 대뜸 기사가 터지면서 사건 조사가 본격화되는 모양인데, 그렇다면 박찬규 사장이 시간차를 두고 뿌리고 있다고 봐도 무방했다. 왜 지금까지 가만히 있었을까.

"뭐, 나랑은 상관없지."

강주혁은 이내 의문을 털어버린다. 칼자루를 박찬규 사장에게 넘겨준 이후부터 강주혁은 그저 구경꾼일 뿐이었기에. 쉽게 말하면 시놉시스는 강주혁이 썼지만, 그 시놉을 보고 시나리오를 쓰고 있는 건 박찬규 사장이라는 뜻. 그런데 그 시나리오가 너무 재미있게 흘러갔다. 첫날부터 이 정도다. 지금부터 이슈를 넘어 사건으로, 사건에서 사회적인 문제로 발전될 것이고, 그럼 슬슬 경찰과 검찰이 나서겠지.

"아 벌써."

FNF 게이트를 구경하느라 시간 가는 줄 몰랐다. 어느새 시간은 아침 10시 40분을 넘기고 있었다. 주혁이 만족스러운 표정으로 인터넷을 끄고 HTS 프로그램을 켰다. 이어서 주식 현황을 확인했다.

— 현재 99,400(+28.93%) 금액 1,473,605,000

— 손익 1,347,666,625

3연상. 성천바이오가 기어코 3연상을 해내고야 말았다. 역시 존버가 답이었다. 현재 강주혁의 증권통장에 꽂힐 돈만 14억이 넘어갔다.

"크……."

주혁은 자기도 모르게 소주 한잔 먹어야 나올 법한 탄성을 내뱉었다.

"얼마 만이냐, 십억 단위 돈을 본 게."

대단히 만족스러운 표정으로 HTS 프로그램을 끈 주혁은 그대로 핸드폰을 들었다. 성천바이오 주가가 미친 듯이 치솟음에 따라, 실시간으로 확인해야 할 필요성을 느낀 강주혁이 뒤늦게 증권사 전용 MTS(모바일로 주식거래하는 프로그램) 앱을 깔았다. 자질구레한 절차를 끝내고 MTS 프로그램에 접속해본다. 당장은 복잡해 보였으나, 이내 적응을 끝낸 강주혁은 TV를 켤 작정으로 리모컨을 집었다. 그 순간 전화벨이 울렸다.

"보이스피싱."

벨 소리를 듣자마자 주혁이 보이스피싱이구나 직감했지만, 발신자는 송 사장이었다. 살짝 실망하긴 했지만, 이쪽도 중요한 일정이니 곧장 받았다.

"형."

"어, 주혁아. 우리 사무실로 좀 나와라."

"최명훈 감독, 시나리오 검토 끝났구나."

"어어. 방금 들고 나왔다. 일단 책 대본 빼기 전에 보고 미팅 한번 하자."

"바로 갑니다."

"아! 하성필 배우님은 안 오셔도 돼!"

"배우님은 무슨. 알겠어요. 나만 갑니다."

강주혁은 하성필에게 시나리오 검토가 끝났으니 준비하고 있으라는 문자를 보낸 후, 나갈 채비를 마쳤다. 그러다 문득 깨달았다.

"나 만날 후드에 패딩만 입는 거 아닌가?"

물론 누구에게 잘 보이고 싶다거나 멋을 부린다기보다는 어차피 인생 새로 시작하는 거, 자기관리도 해야겠다는 생각을 한 것이다.

"슈트 있던가?"

강주혁이 월세방을 둘러보지만, 그런 게 있을 리 만무.

"흠……."

짧게 숨을 내뱉으며 강주혁이 현관문을 열었다. 앞으로 사야 할 것들을 머릿속으로 정리하면서.

* * *

같은 시각, 빅엔터테인먼트 사장실.

디귿자형 소파 중앙에 박찬규 사장을 필두로 직원들로 보이는 남자들이 앉아서 사장의 지시를 듣고 있다.

"이제 시작이니까, 자네들이 힘 좀 써줘."

"예, 사장님!"

박찬규 사장의 마무리에 직원들 모두 꿋꿋하달까, 아니면 의지가 불탄다고 해야 하나, 대답에 힘이 실려 있다. 그런 모습이 만족스러웠는지, 박찬규 사장이 뒷주머니에서 지갑을 꺼낸다.

"자, 이걸로 오늘 전체 회식 한번 해요."

"아, 감사합니다! 저…… 근데 한도는 얼마까지?"

"허허허. 박 팀장 이 사람아. 양껏 써, 양껏."

그때 사장실 문을 열고 늘씬한 여자가 들어왔다. 류진주였다. 회의 중이던 모두의 시선이 그녀에게 꽂혔다.

"자, 그럼 여기까지 하죠."

박찬규 사장의 마무리로 직원들이 각자 수첩을 챙겨 사장실을 빠져나갔다. 어느새 사장실에는 박찬규 사장과 류진주만 남았다. 사람들이 나가자 류진주가 문을 닫았고, 박찬규 사장이 먼저 입을 열었다.

"봤구나?"

"응. 봤어요."

"기분이 어때?"

"……"

싱긋 웃고 있는 박찬규 사장과 비교하면 류진주는 모호한 표정이다. 슬픔과 기쁨이 공존하는 듯한 표정. 그러다 끝내 눈물 한 방울이 떨어진다. 그러면서 던지는 한마디.

"……너무 시원해요. 좋아. 좋아서 미치겠어."

"그, 그래? 근데 진주야. 말이랑 얼굴이 따로 노는데."

"쿨쩍! 몰라요! 좋은데 눈물 나."

너무 좋아도 눈물이 난다고, 지금 류진주의 눈물은 슬퍼서 흘리는 눈물이 아니었다. 몇 분간 훌쩍이던 류진주는 박찬규 사장이 내미는 티슈로 코를 한 번 시원스럽게 팽 풀더니 진정한다.

"근데 어떻게 된 거야? 터뜨리기엔 증거가 부족했잖아요."

갸웃하는 류진주의 얼굴을 박찬규 사장이 가만히 보다가 대답했다.

"우리 쪽도 사냥개가, 아니 야생늑대가 있더군."

"응? 사냥개? 늑대? 무슨 소리예요?"

"생각지도 못한 놈이 물어온 것 때문에 시작할 수 있었어."

"누군데요?"

"말해주지 말라더라."

"왜! 알려줘요. 응? 나도 알고 싶어."

어느새 울기를 그친 류진주의 눈이 반짝반짝 빛난다. 박찬규 사장은 특히나 그 눈빛에 약했다. 저 크고 반짝이는 눈이 쳐다보며 애원하자 박찬규 사장은 마치 딸바보 아버지가 된 것마냥 술술 불기 시작했다.

"……강주혁."

강주혁이란 이름이 거론되자마자, 류진주가 자리에서 벌떡 일어났다.

"어?! 누구?"

"왜 그렇게 놀라. 수상하다, 류진주?"

"아, 너무 뜬금없는 이름이 튀어나와서. 진짜 선배님이 도와줬어요?"

"그래. 그 친구 덕분에 시작할 수 있었어. 근데 진주야. 넌 왜 강주혁만 선배님 선배님 부르냐?"

"……선배니까."

박찬규 사장이 한숨을 내쉰다.

"아니야. 너 다른 선배 배우들 만나면 전부 오빠라 하잖아?"

어째 분위기가 이상하게 흘러가는지 류진주가 대화의 흐름을 바꾸었다.

"아니 근데 선배님이 갑자기 왜?"

"모르지. 그 친구야 활동할 당시에도 안하무인이었으니 그 속을 누가 알아. 근데 그 친구 어딘가 변했어."

류진주는 몇 주 전 블랙시크에서 만났던 강주혁을 떠올렸다. 그녀가 보기엔 강주혁은 예전 그대로였다. 박찬규 사장이 말을 이었다.

"당연히 그런 일을 겪었으니 사람이 변할 만도 하지만, 갑자기 무슨 영화를 제작한다고 하질 않나. 최근에 하성필이랑 붙어먹었다는 소리도 있고."

머릿속에 강주혁이 가득하던 류진주가 순간 멈칫하더니 되물었다.

"영화요? 영화를 제작해?"

"그래. 좀 수상해서 알아봤다. 뜬금없이 영화라니. 하여간 그 친구 묘해."

경청하던 류진주의 표정도 묘하게 변했다.

* * *

제작사 무비트리에 도착한 강주혁은 곧바로 사장실로 향했다. 사장실에는 아무도 없었다.

"뭐야, 사람 불러놓고 어디 갔어."

바로 그때, 강주혁 뒤쪽에서 누군가 외쳤다.

"야! 주혁아. 이쪽!"

목소리에 돌아보니 송 사장이 유리문에 얼굴만 빼꼼 내밀어 강주혁에게 손짓하고 있었다. 주혁이 유리문을 열고 들어가니, 길쭉한 책상에 많은 의자가 놓여 있는 리딩실이었다. 상석에 송 사장이, 그 옆에 최명훈 감독이 웃으며 앉아 있었다. 다크서클은 턱밑까지 흘러내리는데 웃고 있으니 좀비 같아 보였다. 그 좀비가 강주혁에게 말을 걸었다.

"오랜만입니다."

최명훈 감독이 내미는 손을 맞잡으며 강주혁도 미소 지었다.

"고생 많으셨습니다."

"하하, 행복한 고생이죠."

어느새 최명훈 감독이 강주혁을 대하는 태도가 달라졌다. 당연했다. 독립 영화 찍던 무명감독을 단숨에 상업영화 메인 감독으로 만들었으니, 최명훈 감독에게는 은인이나 다름없었다. 악수하던 손을 놓고 강주혁이 송 사장의 오른쪽에 자리했다. 송 사장이 종이 뭉텅이를 내밀었다.

"읽어봐."

— 〈척살〉

— 시나리오 최명훈

— 제작사 무비트리

— 공동 제작 강주혁(예정)

— 투자 강주혁(예정)

〈척살〉 시나리오 완성본. 표지 맨 끝에 네임펜으로 적힌 글귀가 강주혁의 눈길을 사로잡았다. 살짝 놀란 강주혁이 말없이 송 사장을 쳐다봤다. 그러자 송 사장이 어깨를 으쓱했다.

"너 아니었으면 분쇄기에 밀렸을 거였어. 참여할 거면 제대로 해야지."

"아니, 그게 아니라 네임펜이라니 너무 없어 보이지 않아요?"

강주혁이 슬쩍 웃으며 던지는 농담에 송 사장이 껄껄 웃었다.

"임시야, 임시. 책 대본 나오면 깔끔하게 박힐 거다. 그보다 너 사업자는 냈냐? 뭘 하든 사업체는 만들어야지?"

아, 맞아. 강주혁이 아차 싶었다. 영화 제작이나 투자나 결국 사업이기에 사업자를 등록해야 했다.

'이럴 줄 알았나 뭐.'

생전 사업이라곤 몰랐던 강주혁이었다. 그러나 딱히 대수롭지 않게 대답했다.

"이제 해야지. 모르는 거 있으면 물어볼게. 좀 알려줘요."

"그래. 대신 공짜는 아니다. 나도 바빠."

"언제는 1년에 영화 하나 들어가기도 힘들다며?"

송 사장이 억지로 화를 참는지 그저 웃는 표정으로 눈만 껌뻑이며 강주혁을 쳐다보다가 주제를 바꾼다.

"제작은 그렇다 치고, 너 투자는 어떻게 할 거야? 얼마나 부을 건데?"

"아, 그건……."

그 순간, 전화가 왔다. 주혁이 번호를 확인했다.

*070-1004-1009

'왔다!'

강주혁이 다급하게 "나 잠시 전화 좀!" 하며 리딩실을 빠져나와 복도에서 전화를 받았다. 그리고는 안내에 따라 재빠르게 1번을 누르며 수첩을 꺼내 들었다. 며칠 전 적어두었던 키워드들을 확인하기 위함이었다.

— 1번 '아침 11시', 2번 '13', 3번 '저녁 8시', 4번 'A'

'여기서 A를 선택했었지?'

주혁의 생각을 끝으로 핸드폰에서 여자 목소리가 흘러나왔다.

"들으실 항목의 키워드를 '선택'해주세요!

1번 '아침 11시', 2번 '13', 3번 '저녁 8시', 4번 '가짜', 5번……."

키워드는 며칠 전 선택했던 'A'를 제외하곤 전부 똑같았다. 그나저나.

"가짜?"

호기심이 동한 강주혁이 4번을 눌렀다.

"탁월한 선택! 강주혁 님이 선택한 키워드는 '가짜'입니다!

성천바이오가 신약 개발 초창기부터 산업자원부로부터 연구개발기금 약 40억 원을 받은 것으로 확인됩니다. '가짜' 약 논란이 불거진 해당 제품 개발에 국민 혈세가 투입됐다는 사실이 드러나면서, 국민들은 정부가 '가짜' 약 개발에 결과적으로 혈세를 투입했다며 강력하게 항의합니다."

눈알이 튀어나올 듯 커진 강주혁의 입이 열렸다.

"가짜 약?"

강주혁은 다급하게 MTS 앱을 실행시켰다.

— 현재 99,900(+29.58%) 금액 1,481,017,500

성천바이오 주가는 오전에 확인했을 때보다 1% 정도 더 올라 있었다. 주혁이 이번엔 인터넷을 켜서 성천바이오를 검색했다. 핸드폰 화면이 검색결과를 뱉어내자 주혁이 엄지로 화면을 슥슥 터치하면서 결과를 확인한다.

"아직은 괜찮아."

검색결과만 보면 성천바이오는 아직 뜨거웠다. 여전히 기사들은 성천바이오를 떠받드는 듯한 내용이었고, 주식을 파악하는 블로그나 카페 등도 성천바이오의 주식에 열광하고 있었다. 그런데 가짜 약이라니.

주혁이 패딩 주머니에서 수첩을 꺼냈다. 나열된 목록 중 해결된 류진주 마약 사건은 지우고, 성천바이오의 미래 정보를 적어둔 부분에 방금 들은 내용을 추가했다.

— 성천바이오가 산업자원부로부터 연구개발기금 40억 원을 받은 것으로 확인. 국민들은 정부가 가짜 약 개발에 혈세를 투입했다며 항의.

추가한 내용을 적은 주혁이 그 자리에 서서 한 글자, 한 글자 곱씹기 시작했다. 몇 번이나 반복해서 읽어본 결과.

"핵심은 가짜 약이네."

내용상 가짜 약 논란이 터진 후의 미래 정보 같았다. 어떤 방식으로 일어날지는 모르지만 어쨌든 가짜 약 논란이 터지고 연구개발기금 논란까지 터지면 성천바이오 주식이 휴지조각이 된다는 건 확실했다. 문제는 언제 터질지는 모른다는 것. 물론 한참 후에 터질 수도 있지만, 그건 그것대로 문제였다. 〈척살〉의 촬영시기는 아무리 늦게 잡아도 3개월 뒤. 성천바이오 주가는 현재야 폭발적이지만 분명 언젠가 안정권에 접어들 테고, 까딱 매도 시기를 놓치면 빛 좋은 개살구가 될지 모를 일. 만약 논란이 반년 뒤에나 일어나면?

"피똥 싸는 거지."

그럼 반대로 참고 기다린다면? 논란이 터진 다음에 대처하는 건 이미 늦었다는 소리다. 주식은 가지고 있다고 돈이 되는 게 아니다. 주식을 매도, 즉 팔아야 돈이 되는 거다. 그것도 해당 기업의 호재가 뜨거울 때 매도해야 빠르게 팔린다. 논란이 터졌거나 논란거리가 찌라시로 돌면 주가는 폭락한다. 그 상황을 상상하는 것만으로도 오금이 저렸다.

어쨌거나 성천바이오의 주식은 언제 터질지 알 수 없는 뜨거운 감자가 돼버렸다. 더는 고민할 필요가 없었다. 강주혁은 곧바로 리딩실의 문을 열었다.

"나 잠시 화장실 좀."

송 사장이나 최명훈 감독의 대답을 듣기도 전에 주혁은 리딩실 문을 닫고, 화장실이 아닌 복도 끝 휴게실에 들어갔다. 휴게실에 사람이 없는 것을 확인한 주혁은 재떨이 앞에 있는 플라스틱 의자에 앉아서 MTS를 실행시켰다.

"후—"

깊게 숨을 내쉰 강주혁은 곧장 주식 매도에 돌입했다. 만오천 주에 가까운 양을 한 번에 던지진 않고, 대충 잡히는 대로 던졌다. 성천바이오에 대한 사람들의 관심이 폭발적이라, 주혁이 던지는 주식은 순식간에 팔려나간다.

— 매도체결, 매도체결, 매도체결

마치 '나도 살래! 나한테도 팔아!'라는 듯 집어간다. 주식이 팔려나갈 때마다 마치 축하한다고 말해주는 듯, 핸드폰이 '지잉, 지잉, 지잉' 울렸다. 주혁은 이름 모를 쾌감을 느꼈다. 핸드폰 진동이 한 번씩 울릴 때마다 통장에 억 단위 돈이 꽂힌다고 생각해보라. 주혁은 웃음을 머금으며 빠르게 주식을 던졌고, 어느새 강주혁이 들고 있던 성천바이오의 모든 주식은 돈으로 바뀌었다. 결과적으로 강주혁의 통장에는.

— 1,476,574,448

14억이란 돈이 꽂혔다. 돈이 조금 빠진 듯 보였으나 세금이라 생각했다. 실제로 돈이 지급되는 건 3일 뒤가 되겠지만, 어쨌든 14억이란 돈이 생겼다.

"음……."

핸드폰을 패딩 주머니에 집어넣으며 주혁이 고민에 빠졌다. 애당초 성천바이오의 정보를 들었을 땐 14억이라는 어마어마한 돈이 생길지 몰랐다.

"일단, 〈척살〉 투자금."

투자금을 얼마나 부어야 할까? 어차피 투자금 회수는 1년 뒤에나 가능할 거다. 일차적으로 영화가 개봉되고 영화관에서 내려가야 수익금을 배분할 테니, 2차 판매인 온라인과 VOD 판매 등은 배제한다 쳐도 1년은 넘게 걸린다. 기본적인 생활비와 비상금 정도는 챙겨두는 게 타당했다. 거기다.

"또 보이스피싱이 주식 정보를 줄지도 몰라."

느닷없이 주식 관련 정보를 듣게 됐을 때, 주식 살 돈 정도는 챙겨두는 게 좋을 것 같았다. 이래저래 생각을 정리한 주혁이 결론을 내렸다.

"투자로 10억."

우수리 없이 딱 10억. 이것도 영화판에서는 어마어마한 투자금이다. 실제로 메이저급 은행이나 중견기업에서 투자할 때 보통 5억에서 10억 사이로 투자금을 정하는데, 강주혁은 개인으로 10억을 투자하는 거니 큰 금액이라 볼 수 있다. 보이스피싱이 알려준 〈척살〉의 미래 정보에는 제작비가 85억이라 했다. 이렇게 따지면 강주혁이 영화 한 편 찍어내는 총제작비 중 10%가 넘는 비율을 투자하는 셈이었다. 그것도 아직 사업자도 안 낸 개인이 말이다.

마음이 편안해진 주혁이 다시 리딩실로 향했다. 기다리다 살짝 짜증이 났는지 송 사장은 강주혁이 리딩실에 들어오자마자 소리쳤다.

"몇 년 치 똥을 묵혀서 쌌냐!"

"아, 미안미안. 어디까지 얘기했죠?"

최명훈 감독의 어깨를 잡고 미안함을 표한 주혁이 아까 앉았던 자리에 다시 앉았다. 주혁이 자리에 앉자, 송 사장은 기다렸다는 듯이 제작 이야기를 이어간다.

"투자금! 투자 얼마나 할 거냐고, 인마!"

"10억 정도 할까 봐요."

"뭐?! 얼마?"

송 사장과 더불어 최명훈 감독의 눈이 휘둥그레진다.

"10억이오."

"야, 이 미친! 장난치지 말고."

"이 타이밍에 내가 장난쳐서 뭐해?"

"진짜?! 진짜 10억 한다고?"

"네, 진짜. 뭐, 싫어요? 싫으면 말고."

강주혁이 장난으로 자리에서 일어나려고 하자, 송 사장이 냅다 일어나 강주혁의 팔뚝을 잡는다.

"사랑하는 투자자님. 제가 실언했습니다. 앉으시지요."

"투자금 싫다는 제작사 사장은 또 처음입니다만."

"무슨! 제가 요즘 기가 허해서 자꾸 헛소리가 들리거든요. 그래서 되물어본 겁니다. 이해 부탁드립니다, 투자자님."

송 사장의 빠른 태세전환을 지켜보던 최명훈 감독의 웃음이 터졌고, 강주혁도 미소를 지으며 다시 자리에 앉았다. 송 사장이 다시 웃는 표정으로 말을 이었다.

"시나리오 읽어보시죠. 투자자님. 잘빠졌습니다."

"그만 해요. 몇 절까지 할 거야, 대체."

낄낄거리는 송 사장을 뒤로하고 강주혁이 완성된 〈척살〉 시나리오 첫 장을 펼쳤다. 주혁에게는 안 들렸지만, 최명훈 감독은 묘한 긴장감에 침을 삼켰다.

첫 장, 둘째 장, 셋째 장.

잘나가던 배우 시절부터 수많은 시놉과 시나리오를 읽었던 강주혁이었다. 누구보다 리딩 실력이 탁월했다. 빠르게 넘어가는 종이. 어느덧 주혁이 40장 정도를 넘겼을 때쯤 입이 열렸다.

"재밌어요."

"후—"

순간 최명훈 감독에게서 안도의 한숨이 터져나왔다. 강주혁이 물었다.

"이거 시놉 어딨어요?"

"아, 시놉 맨 뒤에 같이 껴뒀어요."

주혁이 시나리오 맨 뒷장을 뒤적이더니 빠르게 읽어나갔다.

〈척살〉의 주 내용은 사실상 복수였다. 하성필이 맡을 주인공 태수. 태수는 킬러였고, 영혼 없이 사람을 죽여나간다. 그러던 어느 날, 여느 때와 똑같이 죽일 목표가 핸드폰에 도착하는데, 어린 여자였다. 태수는 빠르게 목표에 접근한다. 그런데 그녀가 태수를 보자마자 말한다.

"오빠?"

태수는 당황한다. 죽은 줄로만 알았던 자신의 동생이 살아 있다는 것에. 그러면서 자신에게 죽일 목표를 전달하는 일명 '회사'의 비밀을 파헤치고, 복수하는 내용. 그렇다고 스토리처럼 무작정 무거운 내용도 아니었다. 라이트하게 중간중간 코미디 요소와 로맨스가 적절하게 버무려진 인스턴트 영화. 최명훈 감독이 쓴 시놉시스만 봐도 얼마나 공을 들였는지 알 수 있었다. 당연했다. 영화 파이낸싱에 필요불가결 요소는 시놉시스, 배우, 예산서, 감독 정도로 꼽을 수 있다. 현재 〈척살〉의 주연배우는 국내 최정상급 배우 하성필. 반면 감독인 최명훈은 무명이기에 시놉시스에 힘을 줄 수밖에 없다. 주연이 하성필이고, 시놉시스가 잘빠졌다면 감독이 무명인 것은 어느 정도 상쇄가 될 것이다.

시놉시스를 읽으며 주혁이 입을 열었다.

"제작일정 나왔어요?"

대답은 송 사장이 했다.

"세부적인 건 아직이야. 일단 예상 예산서만 나왔다. 여기."

송 사장이 투명 파일을 내민다. 시놉을 보던 주혁이 파일을 받아서 펼친다. 이것저것 정신없는 숫자들이 적혀 있는데, 이런 걸 본다고 주혁이 알 리가 없다. 그는 곧장 맨 끝으로 넘어간다.

— 총제작비 5,850,000,000

"58억…… 이거 마케팅 비용은 어떻게 한 거야? 합친 거예요?"

"아니, 그건 따로 봐야지. 대충 20억 정도 합치면 될 거다."

순수 제작비 58억과 마케팅 비용 20억을 합치면 78억. 보이스피싱에서 알려준 제작비는 85억이다. 영화라는 게 초기 예상 제작비대로 딱 떨어질 수가 없다. 물론 줄어들기도 하지만, 통상 제작비는 늘어나기 마련이다.

'새삼 대단하네.'

순수 제작비 58억으로 9백만을 만들 영화 〈척살〉. 거창한 CG나 대단한 세트가 없는데도 9백만이면 가성비 톱에 속하는 영화다. 예산서를 확인한 주혁이 물었다.

"일정은 어떻게 짰어요? 하성필 가지고 파이낸싱부터?"

"안 되지. 일단 여주랑 기본적인 캐스팅은 확정하고, 파이낸싱 정해지면 그 다음부터 스태프, 세부일정 정할까 한다."

"그러니까, 캐스팅부터?"

"그렇지."

투자사 대부분이 시나리오와 함께 주요 캐스팅 안을 요구하기 때문에 배우 캐스팅은 파이낸싱에서 거의 필수요건이다. 강주혁이 최명훈 감독을 보며 물었다.

"감독님은 생각한 배우들 있어요?"

"아, 저는 솔직히 하성필 씨면 충분합니다."

그때 송 사장이 끼어들었다.

"안 되지. 하성필이 혼자 멱살 잡고 끌고 갈 순 없잖아. 힘들어서 안 돼."

송 사장의 말에 최명훈 감독이 고개를 끄덕였고, 강주혁이 이어받았다.

"그럼 일단, 성필이가 주연이니까 걔랑 같이 주요 캐스팅은 따로 미팅을 진행하죠. 형이랑 감독님, 하성필, 캐스팅팀 이렇게."

"좋아, 그럼 에……."

송 사장이 핸드폰을 꺼내 날짜를 확인하더니 다시 말을 꺼낸다.

"우리 쪽에서 일차적인 캐스팅보드를 만들고, 일정은 거기에 맞춰서 잡는 게 어때?"

"여주는? 감독님은 여주 생각해봤어요?"

"그게…… 아직."

머리를 긁적거리던 송 사장이 일단 결론을 짓는다.

"여주가 골치긴 한데. 일단 찾아봐야지. 그렇게 하자고, 캐스팅부터."

1차 미팅이 끝난 후부터 강주혁은 바쁘게 움직였다. 정리할 게 많았다. 무비트리 측과 최명훈 감독이 캐스팅 예상도를 그리는 동안, 강주혁은 가장 먼저 하성필을 불러내 상황설명과 더불어 캐스팅 단계부터 참여하라고 못 박았다. 하성필은 의아해했다. 배우가 캐스팅 단계부터 참여하는 경우는 많지 않기 때문이다. 물론 감독이 처음부터 최상급 배우 한 명을 놓고 시나리오를 썼다거나, 그 배우의 조건 중 캐스팅에 참여하고 싶다는 의사가 있다면 참여시키지만, 보통은 작품에 캐스팅된 전체 배우가 처음 만나는 날은 대본 리딩 날이다. 그때 첫인사를 나눈다. 배우들은 각자 이미 누가 캐스팅됐으며 감독은 누군지, 스태프는 어떻게 구성됐는지 등 모든 부분을 따져보고 계약서에 사인했기에 큰 잡음 없이 모여든다. 즉 배우 자신이 자의적으로 결정을 내렸다는 소리. 배우는 작품을 선택하는 순간부터 캐릭터에 집중한다. 작중 캐릭터에 자신을 투영하고, 최선을 다해 캐릭터를 만들어낸다.

반면 하성필의 경우는 다르다. 까놓고 말하면 강주혁에 의해 등 떠밀려서 사인했다. 연기를 대충 할 가능성이 있었고, 주연배우가 연기를 대충 하면 그 썩은 물은 천천히 흘러내려 작품 전체가 썩는다. 강주혁은 그런 사태를 방지하고자, 하성필에게 영화 제작에 처음부터 참여시킨 거였다. 처음에야 툴툴거리겠지만, 시간이 지나고 〈척살〉 제작에 자신의 손때가 여기저기 묻어 있다면 사명감 또는 오기 같은 게 생겨나서 딱히 말 안 해도 미친 듯이 연기할 테지.

"자, 다음으로."

다음은 개인사업자를 내는 문제와 사무실 그리고 강주혁의 반지하 월세방이었다.

"좀 올라가고 싶은데."

지금 사는 월세방이 딱히 불편진 않았다. 다만 햇볕이 드는 곳으로 가고 싶었다. 사람이 환경의 동물이라고, 한번 밖으로 나오니 침침한 방이 갑갑하기 그지없었다.

강주혁은 인터넷과 부동산을 오가며 사무실로 쓸 상가와 오피스텔을 알아보다 정자역 주변 상가를 점찍었다. 3000/150. 40평에 기본 옵션은 달려 있기에, 주혁은 사무실을 한번 둘러보곤 곧장 계약을 진행했다. 그러고는 주변에 살 집도 계약했다. 아파트 형식의 17층짜리 오피스텔 9층, 전세 1억 6천. 꽤 오래되긴 했지만 20평에 이만하면 괜찮다 싶었다.

이어서 개인사업자를 냈다. 상호는 '보이스프로덕션.' 딱히 의미를 뒀다기보다, 보이스피싱에서 보이스를 따와서 지은 게 다였다. 상호야 뭐, 나중에 바꿔도 되니까.

어느 정도 일이 정리된 시점에 송 사장에게 전화가 걸려왔다.

"얼추 잡혔다. 내일 진행할까?"

"그래요. 그럼 하성필은 내가 전화할게."

"오케이~"

미팅 일정이 잡혔다.

다음 날 무비트리 사무실. 송 사장은 말끔해진 강주혁을 보고 외쳤다.

"아니 누구세요?!"

"장난치지 마요, 형."

"이야, 누군가 했네. 정장 뽑았네? 수염도 밀고. 진즉 그렇게 하고 다녔어야지. 그 잘생긴 얼굴 계속 썩혀두길래 달라고 할 뻔했잖아."

강주혁은 송 사장의 말을 무시하면서 미소 짓고 있는 최명훈 감독과 악수를 했다. 악수를 나누는 틈에 최명훈 감독도 한마디 거들었다.

"아직 짱짱하시네요. 천생 배우를 하셔야 하는 얼굴인데 아까워서 어째요."

최 감독의 위로에 강주혁이 슬쩍 미소 지으며 답한다.

"뭘요. 배우 말고 딴 거 하면 되죠."

회의실에는 수많은 파일과 종이들이 있고, 한쪽에는 플라스틱 컵이 쌓여 있었다. 대충 봐도 여기서 얼마나 밤을 새운 건지 짐작이 갔다.

"후—"

회의실 상황을 보고, 마음을 단단히 먹은 주혁이 회색 재킷을 벗어 의자에 걸쳤다. 흰색셔츠의 끝 단추 두 개 정도 풀고서 주혁이 자리에 앉았다. 그때 회의실 문이 다시 열렸고, 잔뜩 멋을 낸 남자가 들어왔다. 남자를 보고 주혁이 한마디 던졌다.

"왜 이렇게 늦게 왔냐?"

"얼마나 늦었다고 잔소리야. 감독님, 사장님 늦었습니다."

하성필의 사과에 송 사장이 대수롭지 않은 듯, 의자를 빼주며 앉으라는 손 짓을 했다. 의자에 앉은 하성필이 다시 입을 열었다.

"저는 보기만 하면 됩니까?"

"뭔 소리야. 일해야지. 형, 오늘 얘 계약서 사인까지 끝내요."

"그래그래. 아주 좆대로 하세요."

하성필이 투덜거렸다. 이윽고 송 사장이 회의실 풍경을 흐뭇하게 지켜보며 첫 시작을 알렸다.

"좋아좋아! 시작해보자고! 일단 이거 하나씩 가지고, 보면서 가보자. 우리 이거 만든다고 캐스팅팀 갈았다, 갈았어."

강주혁이 파일 첫 장을 펼쳤다. 배역 이름이 적혀 있고, 그 옆으로 적당한 배우들이 나열돼 있다. 캐스팅 위시리스트, 그러니까 '캐스팅 제안 우선순위' 정도로 말할 수 있다. 이 리스트에 들어 있는 배우의 판단은 무조건 유명하고 몸값이 하늘을 날아다니는 비싼 스타들로 구성하는 드림 캐스팅이 아니다. 주어진 예산, 현실적인 테두리 안에서 조금 욕심을 내는 정도로 캐스팅을 진행한다. 거기다 현재 유행과 대중의 니즈도 잘 파악해야 한다.

송 사장이 브리핑을 시작했다.

"일단, 주연 하성필."

자신이 불리자 어깨를 으쓱하는 하성필이 물었다.

"박현주? 현주가 이거 한답니까? 걔 지금 드라마 들어간다고 하던데?"

웬일로 답변은 최명훈 감독에게서 나왔다.

"일단 넣어보는 거죠. 근데 드라마 들어가면 라이브라 힘들긴 하겠네요."

최명훈 감독이 대답하자 송 사장이 턱을 긁적이며 여주 물망에 오른 배우들을 나열한다.

"일단 박현주, 김주은, 최소라 정도가 적당해. 너무 급이 높지도 않고, 그렇다고 너무 낮지도 않아. 그런데 연기력은 수준급이니까."

송 사장의 브리핑에 강주혁도 고개를 끄덕였다. 대충 나열된 배우들은 아무리 높게 잡아도 B급 정도. 말이 여주지 영화 〈척살〉에서 여주의 비중은 조연에 가깝다. 즉 주연이 하성필이어도, 여주에 톱스타를 올릴 순 없단 뜻이다. 그러니 이 정도 여배우들만으로도 충분하다.

다음으로 여동생 배역을 맡을 배우. 강주혁은 이 여동생 '소희'라는 배역이 매우 중요하다고 판단했다. 흔히들 감초 역할 또는 서사의 핵심이라 부르는데, 대사나 등장은 적지만 존재감이 폭발하는 역할이다. 그런데 내정된 배우들이 별로 마음에 들지 않았는지, 주혁이 미간을 찌푸리며 입을 열었다.

"소희가 20대 후반도 아니고, 이제 갓 고등학교 졸업한 열아홉 아니야? 이거 나이가 너무 튀잖아요?"

심각한 얼굴로 송 사장이 답했다.

"그렇긴 한데, 그 나잇대에 연기 잘하는 애들이 없어. 죄다 연기를 연기처럼 하니까. 쪼도 심하고. 소희는 대사보단 대부분 표정이나 감정 연기로 찍어 눌러야 하는데, 연기가 안 되면 연령대가 맞는다고 무슨 소용이냐."

틀린 말은 아니었다. 다만 너무 아쉬웠다. 〈척살〉이 개봉하면 틀림없이 대중들은 이 '소희'라는 배역에 빠져들 거다. 그만큼 매력적인 캐릭터.

'누구 없나. 좀 신선한……'

주혁이 고민을 할 때, 송 사장이 한마디 거들었다.

"일단 오늘은 여주만 픽스합시다. 남주, 여주만 픽스해서 바로 투자, 배급 던지자고. 우리 시간 없어요. 미팅이 줄줄이야. 벌써 소식 듣고 전화가 미친 듯이 온다고."

송 사장이 말을 잠시 끊고 하성필을 쳐다보며 말을 이었다.

"다 우리 하성필 배우님 덕분입니다."

"하하. 제가 뭘."

말로 표현은 안 해도 하성필의 표정은 이미 송 사장의 칭찬에 심취해 있다. 강주혁은 그 모습을 보며 슬쩍 웃기만 할 뿐이다.

'저 정도 뽕은 넣어줘야지.'

주연배우는 빛나는 부분도 많지만, 자신이 맡은 작품이 망했을 때의 책임 감도 뒤따른다. 어느 정도 치켜세워주는 건 문제될 게 없었다.

하성필의 어깨가 넘실거리자, 흐뭇해하던 송 사장이 다시 진지한 표정으로 말했다.

"일단 지금 세 명 넣었는데, 전부 안 되면 그 밑으로 추호정, 소이, 황수정. 이렇게 생각해보자."

"급이…… 확 떨어지네요."

말 그대로였다. 방금 송 사장이 말한 대비책 배우들은 얼굴은 아는데 이름을 모르거나 아니면 걸그룹, 드라마 몇 번 찍은 정도의 배우들이었다.

"성필 씨, 여주 역할이 애매해서 그래요. 어디 내밀기가 미안해. 역할 비중도 작은데, 행여나 망하기라도 하면 필모 망가진다고 손도 안 대요."

역시나 초기 미팅 때 거론됐던 여주 캐스팅 문제가 골치였다. 명색이 여자 주인공이고, 영화 크레딧에 두 번째로 올라갈 여주지만, 말 그대로 말만 여주인 배역. 회의실은 순식간에 적막에 빠져들었다. 초기 투자를 위해선 여자주인공까지는 든든하게 맞추는 게 좋을 테지만, 안 되면 안 되는 대로 투자배급사의 급을 낮추더라도 갈 길을 가야 했다.

강주혁이 마음먹고 입을 열려는 순간.

— 똑똑

회의실에 노크 소리가 울렸다. 이어서 문이 살짝 열리더니 데스크 안내 직원이 얼굴을 빼꼼 내밀었다.

"저…… 사장님. 누가 찾아오셨는데요?"

송 사장이 고개를 갸웃한다.

"오늘 일정 잡은 거 없는데. 잠깐 기다리시라 해. 차 좀 드리고."

하지만 직원은 부동자세로 말을 이었다.

"그게…… 그럴 수가 없어요."

"왜? 누군데 그래."

"지금. 우왓! 안 돼요. 지금 회의 중이라."

뒤에 누군가가 있는지 직원이 뒤를 돌아보며 말했고, 직원 뒤쪽에서 살짝 중후한 목소리가 들려왔다.

"잠시면 됩니다."

목소리를 들은 송 사장이 고개를 갸웃하며 직원을 불렀다.

"왜 그래. 일단 들어오시라 그래."

"아, 네."

회의실로 우락부락하다는 표현이 어울리는 남자가 걸어들어왔다. 짧은 스포츠머리에 검은색 니트, 남색 롱패딩을 입은 남자는 회의실로 들어오자마자 주변을 둘러보며 인사했다.

"안녕하세요."

남자의 인사에 회의실 안은 더욱 적막해졌다. 다들 '뭐 하는 새끼지?' 같은 표정으로 남자를 쳐다볼 뿐이다. 참다못한 강주혁이 물었다.

"누구십니까?"

남자는 우람한 몸을 움직여 강주혁에게 성큼성큼 다가오더니, 느닷없이 손을 꽉 붙잡았다.

"엇?"

주혁이 당황했다. 그러거나 말거나 남자는 지그시 강주혁을 쳐다보며 살짝 고개를 끄덕였다. 마치 고마움을 표시하듯이. 한참이나 주혁의 손을 잡고 흔들던 남자는 이내 속주머니에서 명함을 꺼내 책상에 올렸다.

"작품 들어가신다고 들었습니다."

책상에 놓인 명함을 집으며 주혁이 속으로 생각했다.

'산적? 아니 산적 두목쯤 되나?'

풍기는 오라와 행색이 딱 그랬다. 남자를 멍하니 보며 명함을 집던 주혁의 눈이 커졌다.

— 빅엔터테인먼트 박필수 실장

명함을 본 주혁이 저도 모르게 중얼거렸다.

"빅엔터?"

남자는 그저 주혁을 보며 웃을 뿐이었다. 그때 송 사장이 슬슬 다가와서 말을 걸었다.

"저…… 누구신지?"

"작품 찍으러 왔습니다."

"그, 그대가 누구신데요?"

"저는 매니접니다."

"예? 매니저가 무슨 연기를."

송 사장의 물음에 남자가 고개를 갸웃하며 말했다.

"아하하. 아뇨, 저 말고 류진주가 할 겁니다."

"아~ 그렇죠. 전 또 하하하…… 예?! 누구요?"

"류진주요."

"그 류진주요?"

"하하하. 네, 그 류진주요."

송 사장의 얼굴이 미묘하게 구겨지며 강주혁을 쳐다봤고, 이미 강주혁은 깊은 한숨을 내쉬며 얼굴을 감싸고 있었다. 그와 동시에 회의실 안으로 더플 코트에 후드를 껴입은 류진주가 들어왔다. 칙칙하던 회의실이 단숨에 환해진 다. 그녀가 회의실을 한번 슥 둘러보더니 강주혁에게 시선을 멈추었다.

"선배님, 안녕하세요."

잠시 류진주를 쳐다보던 강주혁이 다시금 한숨을 푹 내쉬면서 얼굴을 감 쌌다.

"하— 그 아저씨 입 겁나 싸네."

꿍얼거리는 강주혁과 달리 송 사장과 최명훈 감독 그리고 하성필은 느닷없 이 나타난 류진주를 빤히 쳐다보고 있다. 그 류진주는 강주혁을 빤히 내려다 보고 있고.

"선배님."

그녀의 부름에도 강주혁은 그저 얼굴에 마른세수하다 겨우겨우 한숨을 내쉬며 답한다.

"왜."

"저 이 영화 할래요."

"예?! 진짭니까? 아니 진주 씨가 왜 갑자기."

조용히 듣고 있던 송 사장이 화들짝 놀랐다. 하성필은 재미있게 돌아간다 는 듯이 입에 웃음이 걸렸고, 최명훈 감독은 류진주를 힐끔힐끔 쳐다보고만 있다.

"네. 저 이 영화 하고 싶어요."

무슨 일이 벌어지고 있는 건지 정확하게 파악하지는 못했으나, 송 사장은 일단 냅다 잡고 보자는 식으로 당장 대답한다.

"그럼요. 진주 씨가 하고 싶으면 해야죠! 하하하. 이게 무슨 일이야."

송 사장의 말에 류진주가 그제야 강주혁에 있던 시선을 다른 사람들에게 던지며 말했다.

"너무 하고 싶어서, 소식 듣자마자 달려……."

"안 돼."

강주혁이 류진주의 말을 끊어냈다. 모든 사람의 시선이 그에게 꽂혔다.

"아니, 주혁아. 그게 무슨."

"형. 우리 제작비 기억 안 나요? 꼴랑 그거 가지고, 하성필이랑 류진주를 어 떻게 돌려. 너무 비싸. 가뜩이나 조연, 조단역들 많은데."

"제작비야 더 땡기면."

제작비? 많으면 좋지. 다만, 제작비가 늘어난다는 것은 손익분기점이 높아 진다는 것과 같다. 결과적으로 모두에게 분배되는 이익이 줄어든다는 것. 그 것만이 아니다.

"여주 분량이 꼴랑 요만큼인데, 거기다가 류진주를? 가성비 생각 안 하시 나 봐."

제작이라는 게 그렇다. 톱스타? 좋지. 문제는 비중은 쥐똥만큼인데 그 배역을 맡은 배우가 톱스타라면 가성비가 너무 안 좋다. B급 배우로 몇천이면 끝날 것이 갑자기 열 배 이상 뛰는 거다. 거기다 사실 톱스타의 진짜 출연료는 러닝개런티에서 판명 난다. 영화가 7백만을 넘었다고 치고, 손익분기점이 2백만이면 총 5백만. 출연료 5억에 러닝개런티 한 명당 100원. 대충만 잡아도 10억이다. 두 명이면 20억. 영화 〈척살〉의 흥행 여부를 모른다면야 류진주를 두 팔 벌려 환영하겠지만.

'9백만이 확정인데, 굳이.'

이미 성적을 알고 있는 강주혁으로서는 류진주라는 카드가 썩 좋아 보이지 않았다.

반대를 예상치 못했는지 류진주가 강주혁을 쳐다보며 입술을 살짝 깨문다. 그러자 잠자코 지켜보던 송 사장이 진화에 나섰다.

"그래도 일단 얘기를……."

"형. 형도 잘 알잖아요. 내가 출연료만 가지고 이러는 게 아니야. 이거 백 프로 간섭 들어와요. 투자배급사에서. 처음에야 안 그런 척하겠지만, 결국 여주 분량 수정해라, 돈 뺀다 어쩐다 할 게 뻔하잖아?"

문제는 비단 류진주의 출연료만 있는 게 아니었다. 투자배급사 또는 투자사의 간섭. 물론 투자사 입장에서는 영화에 톱스타가 두 명이나 캐스팅돼 있으면 홍보하기 편하다. 기사 제목에 하성필, 류진주 이름만 박아서 내보내면 되니까. 당연히 홍보 효과도 좋을 테고, 입소문도 빠르게 난다. 그런데 영화 뚜껑을 열었더니, 류진주가 거의 안 나오네? 말이 여주지 조연보다 못하네? 슬슬 류진주의 팬들 사이에서 말이 돌 것이다.

그럼 귀찮은 일이 생긴다. 없던 악플이 달릴 테고, 기자들은 신나서 기사를 써제낀다. 어쩌면 '류진주, 감독과 불화설' 따위의 유언비어가 퍼질지도 모를 일. 초반부터 이런 귀찮은 일들이 하나둘 생겨나고 쌓이다 보면 영화 흥행에도 악영향을 끼친다. 그리고 투자자들은 그런 일을 원치 않는다. 따라서 간섭을 한다. 여주 비중을 늘려라, 방향성을 수정해라, 이렇게 부탁한다, 저렇게 부탁한다. 아마 모르긴 몰라도, 최명훈 감독은 무명이라 이런 투자자의 간섭에 흔들릴 가능성이 컸다. 강주혁이 가장 걱정하는 부분이었다.

결과적으로 〈척살〉 흥행의 핵심은 최명훈 감독이었다. 하성필이야 최명훈 감독과 무비트리의 관심을 끌기 위한 전략이었고, 사실상 최명훈 감독이 가장 중요한 핵심. 그렇기에 강주혁은 최명훈 감독의 멘털을 챙겨야 했다.

그런 최명훈 감독은 정작 딱히 의견을 피력하지 않고 잠자코 지켜보는 중이었고, 송 사장은 강주혁의 말이 하나 틀린 게 없기에 말문이 막혀버렸다. 하성필이야 여전히 킥킥거릴 뿐이고. 한 명 한 명의 얼굴을 보던 주혁은 다시금 입술을 잘근 씹은 류진주에게 시선을 맞췄다.

'아깝긴 해.'

결코 류진주가 부족하다거나, 문제가 있어서가 아니었다. 이 바닥에서도 유명한 하성필 라인에 들 정도의 연기력에, 저 미친 미모까지. 뭐 하나 빠지지 않는 최고의 배우다. 그렇기에 강주혁은 류진주가 이 조건을 받아들일 수 없다고 생각했다. 출연료도 현저하게 줄어들 테고. 톱 여배우로서는 여러모로 받아들이기 힘들 테지. 류진주의 고뇌하는 표정으로도 느껴졌다. 강주혁은 류진주의 고민을 빨리 해결해주기 위해 입을 열었다.

"류진주, 괜찮아. 이렇게까지 안 해도 되고, 다음에 내가……."

그런데 이번에는 류진주가 강주혁의 말을 잘라먹었다.

"맞춰볼게요."

"뭐?"

주혁의 눈빛이 살짝 흔들렸다. 그러거나 말거나 류진주가 말을 이었다.

"조연급 출연료로 맞추면 되잖아요. 그리고 투자사 문제는 내 계약서에 비중 관련해서 건드리지 못하게 조항을 넣으면 되잖아요? 그렇죠, 감독님?"

"에?! 아, 그, 그러면 나중에 잡음도 없고, 좋은 방법 같은데요."

"그렇지! 그러면 되겠네! 진주 씨, 아주 명석하네요?"

최명훈 감독과 송 사장이 신명 나게 맞장구치는 틈에 하성필이 류진주에게 물었다.

"야, 진주야. 너 이거 왜 그렇게까지 하려고 하는 거냐?"

"오빠는 이거 왜 하는데요?"

"음, 뭐. 그렇게 됐지."

"저도 뭐 그렇게 된 거죠."

하성필이 슬쩍 웃으면서 못 말린다는 듯 고개를 절레절레 흔들었다. 그 모습을 잔잔하게 보던 류진주가 강주혁과 눈을 마주쳤다.

"선배님, 됐죠? 또, 뭐 문제없잖아요."

"……하— 니 맘대로 해라. 맘대로 해."

짝짝짝! 송 사장이 박수를 치고, 최명훈 감독은 책상 아래쪽에서 남몰래 주먹을 불끈 쥐었다. 하성필은 어느새 관심 없어졌는지 핸드폰을 들여다보고 있었다.

결정이 났으니 빨리 움직여야 했다. 강주혁이 송 사장을 보며 말했다.

"형, 그럼 오늘 우리 주연배우님들 출연료 개런티 확정지어서 사인받지 뭐."

"그래! 그러자!"

"계약서 끝내면 바로 제안서 만들어서 파이낸싱 진행하자고요."

생각지도 못한 류진주 캐스팅 확정. 영화 〈척살〉은 투자를 받기 위한 조건 충족으로 급물살을 타기 시작했다.

송 사장이 영화 〈척살〉의 제안서를 투자, 배급사에 돌리는 동안 강주혁은 사무실부터 정리했다. 필요한 가구나 가전기기가 한둘이 아니었다. 덕분에 강주혁은 오랜만에 쇼핑리스트를 작성해, 하나씩 지워나가며 사무실을 채우기 시작했다. 노트북부터 시작해서 책상, 소파 그리고 탕비실에 들어가는 각종 주방용품 등.

"이런 것도 나름 재미있네."

사무실을 채워나가는 재미가 쏠쏠한 모양인지, 강주혁은 사무실을 꾸미는 데 꽤 심혈을 기울였다. 덕분에 어느 정도 모양새가 나는 사무실 중앙에 선 주혁은 꽤 만족스러운 표정으로 빙글 둘러보았다. 그러다 짧은 읊조림.

"확실히 혼자 있으니까 넓긴 넓네."

40평이 넘는 사무실이 모양새는 잡혔지만, 사람이라곤 강주혁 혼자였기에 느낌 자체는 휑했다.

"일 좀 많아지면 직원 뽑아야 하려나?"

이 부분은 송 사장에게 묻는 게 빠르겠다고 정리할 즈음, 전화가 왔다. 송 사장이었다.

"형."

"어. 주혁아! 대박 났다!"

"대박?"

"어어! 다들 난리다, 난리. 투자하고 싶다고!"

"잘됐네요. 한 번씩 전부 간 볼 거지?"

"당연하지. 일단, 미팅 다섯 개는 잡혔다."

전화를 받는 주혁의 입가에 미소가 걸렸다.

"힘 좀 써줘요. 송 사장님 명성 어디 안 갔죠?"

"그럼 인마! 아, 맞아. 너한테도 말할 게 있어."

"응? 뭔데요?"

핸드폰 건너편의 송 사장이 종이를 넘기면서 통화하고 있는지, 팔락팔락 종이 넘기는 소리가 났다.

"MV e&m 알지?"

"거길 누가 몰라. 거기서도 왔어요?"

"가장 욕심 내고 있어."

"허—"

주혁의 입에서 짧은 탄성이 터져 나왔다. MV e&m. 국내 3대 투자배급사로, 영화 투자와 배급까지 모두 통으로 운영한다. 물론 영화 제작이나 매니지먼트 사업도 뻗쳐나가고 있지만 주 종목은 투자배급이다. 몸집이 큰 만큼 소위 블록버스터급이나 거장이라 표현되는 감독의 영화에나 참여하지, 자잘한 영화에는 손도 안 대는 편이다.

'근데 왜 욕심을 내지?'

고개를 갸웃하며 강주혁이 의문을 가질 때, 핸드폰에서 송 사장의 말이 이어졌다.

"근데 MV e&m에서 미팅날 너도 보고 싶어 한다."

"나를?"

"당연하지, 인마. 너 이제 어엿한 제작 참여에 투자자야. 그런데 너가 누구냐? 강주혁이잖아. 투자배급사 입장에선 파격적인 홍보 효과라 생각하고 있겠지."

"그래서 나를 부른다?"

"어어."

어찌 보면 당연했다. 어느 투자사나 배급사든 강주혁이 이 영화의 제작과 투자에 참여했다는 말을 들으면 일단 호기심에 만나는 보겠지. 그리고 강주혁 자체를 마케팅 수단으로 이용할 수도 있다. '은둔하던 강주혁 영화 제작 참여!'나 '영화 〈척살〉의 투자자 강주혁?' 따위의 기사를 쏟아내면 사람들의 관심이 쏠릴 테고 자연스럽게 영화 홍보도 될 거다. 아마 MV e&m도 그 생각에 강주혁을 불러냈을 가능성이 컸다.

"미팅 언젠데요?"

"내일 점심이야. 어때?"

영화 제작에 기둥이 될 투자자. 그들을 만나는 게 뭐가 어렵겠는가.

"어쩌고 자시고 할 게 있나. MV e&m인데 가야지."

"크크크, 오케이. 그럼 내일 사무실로 와! 같이 출발하자."

"알았어요."

다음 날, 고급한식집 앞 주차장. 송 사장의 차에는 조수석에 강주혁, 뒷좌석에 제작 PD인 박경수가 타고 있었다. 제작 PD는 보통 기획 PD와 현장 PD로 나뉘는데, 무비트리처럼 몸집이 작은 제작사는 사실 구분이 무의미하다. 거의 모든 일에 동반한다고 생각하면 되는데, 쉽게 말해 '감독이 영화를 찍는 데 불편함 없는 환경을 만드는 것'이 제작 PD의 할 일이다. 또한 영화 촬영이 끝난 이후 배급사와 마케팅 전략도 의논하기에 송 사장은 MV e&m과의 미팅에 박 PD를 동행시켰다.

"늦었다, 늦었어. 빨리 들어가자. 다들 기다리고 있을 거야."

"얼마나 늦었다고. 천천히. 형! 형!!"

송 사장은 뭐가 급한지 차를 주차하자마자 입구로 뛰어갔다. 그 모습을 보며 강주혁이 한숨을 내쉬었고, 박경수 PD가 웃었다.

"하하. 사장님 요즘 들뜨셨어요."

"들떠요?"

"네. 얼마 만인지 모르겠어요. 저렇게 열정적인 모습. 덕분에 저만 아주 죽어납니다. 살살 좀 부탁드려요."

박경수는 자리가 자리인 만큼 정장을 말끔하게 차려입고 있다. 그에게 강주혁이 슬쩍 웃어 보이며 대답했다.

"제가 뭐 한 게 있나요."

"하하하. 저희도 알 건 다 압니다. 괜히 숨기지 않으셔도 돼요. 열심히 하겠습니다, 투자자님."

두런두런 얘기를 나누는 사이 어느새 송 사장은 예약이 잡힌 방에 들어갔는지, 입구에서 보이지 않았다. 대신 직원이 방을 안내했다.

"이쪽입니다."

복도 끝쪽 가장 커 보이는 방에 노크한 후 문을 열었더니 싱글벙글한 표정의 송 사장부터 40대로 보이는 남자 두 명, 50대 정도의 남자 한 명, 그리고 상석에.

"후배님, 오랜만이야?"

유명 원로배우 장춘성이 앉아 있었다. 강주혁이 까딱 인사하며 속으로 뇌까렸다.

'저 아저씨가 왜 여기서 튀어나와? 음주운전 걸려서 못 나오고 있는 거 아니었나?'

강주혁이 갸웃하는 사이, 50대로 보이는 남자가 입을 열었다.

"송 사장, 오랜만입니다."

"하하하. 그러게요. 어디 보자, 〈온정〉 이후로 처음 뵙네요."

남자는 송 사장과 안면이 있는지 인사를 나누더니, 이내 강주혁에게 시선을 던졌다.

"그나저나 놀랐어요. 그렇지, 박 팀장?"

지금 말하고 있는 남자가 MV e&m의 영화사업부장 김원태.

"그러니까요. 제안서를 보는데 얼마나 놀랐는지. 하하하. 바로 부장님께 보고드리러 뛰어갔다니까요."

부장의 부름에 곧장 화답하는 남자가 영화사업부 마케팅팀 팀장 박선구. 팀장 옆에 앉아 있는 남자는 팀장의 부사수 정도로 보였다. 팀장의 대답이 끝나자, 그 바통을 사업부장이 이어받았다.

"확실히 화제성이 있겠어요. 이제 우리나라 영화도 제작부터 스토리가 있어야 해. 대중들이 얼마나 똑똑한데. 이제 잘나가는 배우 한둘 박아둔다고 홍보가 되는 게 아니야."

마케팅 팀장은 옳으신 말씀이라며 고개를 끄덕였고, 그쯤에 송 사장도 동의하며 입을 열었다.

"맞는 말씀입니다. 제안서를 보셨다시피, 지금 분위기가 좋습니다. 하성필, 류진주 캐스팅에 시나리오도 잘빠졌어요. 거기다 우리 제작, 투자를 겸하는 주혁이까지."

송 사장이 옆자리에 앉아 있던 강주혁의 어깨를 툭 치며 말하자, 경청하던 마케팅 팀장이 고개를 끄덕이며 대답했다.

"아주 좋은 전략이라 제안서를 보자마자, 이건 되겠다 싶었습니다. 시놉도 재미있고. 초기에 하성필, 류진주로 눈길 좀 사로잡다가, 중후반부에 강주혁 씨 스토리로 밀어내면 다른 영화들은 끽소리도 못하겠어요."

"아, 주혁이를 전면에 세운다는 건가요? 그럼 대중이 잘 받아들일까요?"

마케팅 팀장의 표정이 살짝 미묘해졌다.

"노이즈 마케팅이죠. 입소문은 노이즈 마케팅만 한 게 없어요. 물론 양날의 검이긴 합니다. 우리 쪽도 피해를 감수해야 하죠. 그래서 말인데……."

말끝을 흐리던 마케팅 팀장이 지금까지 조용히 앉아 있던 장춘성을 슬쩍 쳐다본다. 순간 강주혁이 생각했다.

'오호, 끼워 팔겠다?'

팀장의 연설에 부장이 팔짱을 끼면서 아주 흡족한 표정을 지었다. 이어서 MV e&m의 부장과 팀장은 송 사장에게 제작 계획부터 시작해서 앞으로의 진행 방향성, 그리고 조연부터 조단역까지 캐스팅에 관해 물었다. 송 사장의 대답은 한결같았다.

아직 확실히 결정된 바 없다.

말을 이리저리 빙빙 돌려가며 답했지만, 속뜻을 해부하면 결국 결정된 게 없다는 것이었다. 투자가 급한데 왜 이런 실없는 대답을 했는가? 바로 강주혁의 요청이 있었기 때문.

'형. 다른 건 몰라도, 앞으로의 방향에 관해 물어올 때 우리는 입을 다물자.'

송 사장은 의아했지만, 강주혁의 생각은 간단했다. 투자사 쪽이 영화 내부의 일을 자세하게 알기 시작하면 착각을 시작한다. 자신들도 제작에 참여하고 있다는.

그럼 슬슬 목소리가 커진다.

그럼 귀찮아진다.

주혁은 궁극적으로는 투자사도 손에 움켜쥐어야 한다고 생각했다. 송 사장도 그 의견에 납득했기에 지금 이렇게 실없는 대답을 뱉어내는 것이다.

MV e&m은 송 사장의 대답을 들으며 중간중간 자기들끼리 작게 말을 나누기도 하고, 다시 질문을 이어가며 대화를 이끌었다. 재미있는 건, 강주혁에게는 한마디도 말을 걸지 않는다는 것이었다. 마치 얼굴마담을 세워놓고 그에 대해 감상평을 늘어놓는 것처럼 하더니 끝. 그저 수많은 홍보 수단의 하나인 것마냥 한마디도 걸지 않았다.

'이것 봐라?'

상황이 재미있게 흘러가자 강주혁은 살짝 미소를 지으며 지켜보았다.

강주혁과 비슷하게 입을 다물고 있는 사람이 한 명 더 있었다. 장춘성 또한 처음 강주혁에게 인사를 던진 이후로 팔짱을 낀 채 상석에 앉아 입을 다물고 있다. 가끔 차도 마시면서, 여유롭게 웃기도 한다. 뭘까? MV e&m이 장춘성을 끼워 팔려고 데리고 나온 것 같긴 한데, 아무 액션이 없다. 주혁은 이상했지만, 일단 지켜보기로 했다.

강주혁이 장춘성에 대해 의문을 품고 있을 즈음 MV e&m과 송 사장과의 대화는 어느덧 결말로 치닫고 있었다.

"송 사장님. 말씀 잘 들었어요. 에— 일단, 박 팀장."

사업부장이 마케팅 팀장에게 눈짓을 주니, 팀장이 따로 챙겨온 파일을 송 사장에게 내밀었다. 파일을 받아 펼쳐본 송 사장의 눈이 커졌고, 그 모습을 조용히 지켜보던 사업부장이 말을 이었다.

"아까도 말씀드렸다시피, 욕심이 나요. 허허허. 그래서 나도 좀 빨리 움직였어. 송 사장님 지금 여기저기 간 보고 계실 텐데, 내가 그 시간을 좀 단축해드릴까 해요."

사업부장이 잠시 뜸을 들이자, 송 사장이 침을 꿀꺽 삼킨다. 그렇게 몇 초간 침묵을 지키던 사업부장이 다시 말을 이어간다.

"이렇게 합시다. 송 사장님. 여기저기 간 보지 마시고, MV e&m이 전체 투자금을 대는 건 어때요? 보셨다시피 추가 투자금까지 총 70억 보고 있어요. 이거 대충 말하는 거 아니야. 결재까지 떨어진 사항이에요."

전체 투자금. 한눈에 봐도 송 사장의 당황이 느껴졌다. 영화 투자금을 한 곳에서 몰빵하는 일은 드물지만 없는 일은 아니다. 단, 이름값이 드높은 감독이나, 대형 영화사가 제작할 때나 가능한 일이다. 지금 영화 〈척살〉은 아무리 톱 배우 두 명을 세팅했다 한들, 제작하는 곳은 몸집이 작은 무비트리에 감독은 무명. 그런 곳에 투자사가 전체 투자금을 몰빵하는 일은 거의 없다고 봐도 무방하다. 그런데 지금 MV e&m이 전체 투자금을 댄다고 말하고 있다.

거기다 추가 투자금까지. 보통 추가 투자금은 영화가 크랭크인하고 촬영이 시작되다가 중후반부에 제작비가 부족할 때, 제작사 측에서 투자사를 만나 빌다시피 해서 받아온다. 즉 추가 투자금은 제작 초기에 얘기를 나누지 않는다.

'세게 나오네.'

사업부장의 강공에 강주혁이 속으로 생각했다.

'추가 투자금에…… 장춘성이라…….'

슬슬 퍼즐이 맞춰지기 시작했지만, 주혁은 일단 상황을 더 지켜보기로 했다. 마침내 송 사장이 말했다.

"하하하, 굉장합니다. 이런 제안을 처음 받아봐서. 알겠습니다. 긍정적으로 검토하겠습니다."

송 사장의 대답에 사업부장이 비릿한 웃음을 던졌다.

"송 사장님, 좀 헷갈리시나 봐요. 나 지금 긍정적으로 검토하라고 투자제안서 보여드린 거 아니야. MV e&m과 같이 갔으면 해서 보여드린 거지."

"예?"

"우리가 원래는 김삼봉 감독 차기작 논의 중이었어요. 근데 그거 송 사장님 제안서를 보고 막판에 엎었어. 욕심나서. 근데 만약 우리랑 안 하시면 당연히 김삼봉 감독 차기작에 부을까 해요."

김삼봉 감독. 강주혁은 최명훈 감독의 연락처를 묻기 위해 어렵사리 연락했던 김삼봉 감독을 떠올렸다. 사업부장이 웃음기 담긴 말투로 덧붙였다.

"이 〈척살〉 시나리오를 쓴 감독이 김삼봉 감독 밑에 있던 친구라면서요?"

너구리 같은 인간이네. 역시 대기업의 사업부장답게 머리 굴리는 게 보통이 아니었다.

'대충 어떤 와꾸를 잡고 왔는지 알겠네.'

지켜보던 강주혁은 상대편의 계획이 슬슬 보이기 시작했다. 그럼에도 한 가지 풀리지 않는 의문은 장춘성. 무심하게 장춘성의 얼굴을 쳐다보던 강주혁이 사업부장과 송 사장의 대화에 뜬금없이 끼어들었다.

"그러니까 송 사장님. 간 보지 마시……."

"저기요. 궁금한 게 있는데요."

대답하는 이는 없었다. 그저 강주혁을 쳐다보고 있을 뿐. 그럼에도 아랑곳없이 강주혁이 말을 이었다.

"장 선배님은 여기 왜 나와 계신 겁니까?"

갑자기 자신이 거론돼서 심기가 불편했는지, 장춘성의 미간이 살짝 찌푸려졌다. 대답은 사업부장이 아닌 마케팅 팀장에게서 나왔다.

"아, 장 선생님이 식사를 안 하셨다고 하셔서요."

미친 소리 하고 자빠졌네. 어이없는 답변에 강주혁이 웃으며 팀장을 쳐다보았다.

"식사하러 오셨다고요?"

"그, 그렇죠."

강주혁의 시선이 다시 장춘성에게 맞춰졌다.

"선배님. MV e&m 소속이셨어요?"

그 누구도 대답하지 않았다. 그저 불편한 기류만 흐를 뿐. 어찌 보면 대답보다 더욱 확실했다. 무언의 긍정. 장춘성은 큼큼거리며 차를 마셨고, 사업부장은 매우 심기가 불편한지 '여긴 니가 낄 자리가 아니야' 같은 표정이었다. 마케팅 팀장은 부장의 눈치를 보기 바빴고, 송 사장은 그저 강주혁에게 분위기를 맡기는 느낌이었다.

'대충 알겠네.'

지금까지 굴러가는 상황과 장춘성, 김삼봉 감독. 모든 퍼즐이 강주혁의 머릿속에서 맞춰졌다. 강주혁은 자신을 아니꼽게 노려보고 있는 사업부장을 쳐다보며 입을 열었다.

"그러니까, 이 작품으로 세탁을 시키겠다?"

"아니 주혁 씨, 무슨 말을."

사업부장이 처음으로 정색을 했다. 주혁은 그러거나 말거나 차를 한 모금 마시곤 그의 말을 끊어냈다.

"아뇨. 아닙니다. 할 말도 다 오간 거 같은데 대충 정리하시죠? 여기서 결정하는 것도 말이 안 되고. 그렇죠, 선배님?"

강주혁은 여전히 팔짱을 끼고 있는 장춘성을 웃으며 쳐다봤다. 그러자 장춘성이 슬쩍 미소 지으며 흥미롭다는 듯 강주혁을 쳐다보다 말했다.

"인상 깊군."

"뭐가요?"

"자네 어딘가 좀 변했어. 뭐, 그래, 김 부장. 이 친구 말이 틀린 건 아니야. 여기서 결정짓는 건 말이 안 되지. 이만 일어나지."

장춘성이 자리에서 일어나려 하자, 강주혁이 그를 올려다보며 말을 던졌다.

"식사는 안 하시고요? 식사하러 오셨다면서요."

장춘성은 그저 웃으며 방을 나갈 뿐이었다. 그 뒤를 마케팅 팀장이 급히 따라나섰고, 사업부장이 마지막으로 자리에서 일어났다. 그러면서 한마디.

"송 사장님, 저는 이거 꼭 하고 싶네요. 이게 잘 안 되면…… 참 내가 난감해져. 응?"

"예? 아, 네."

대답을 들은 사업부장의 시선은 천천히 강주혁으로 옮겨붙었다. 그렇게 몇 초를 쳐다보더니 이내 방을 빠져나갔다. 문이 닫히자, 박경수 PD가 숨을 턱 하고 내뱉었다.

"푸하! 숨 막혀 죽는 줄 알았네."

송 사장이 외쳤다.

"야! 주혁아! 뭐야! 뭔 소리야?"

"일단, 밥부터 먹자. 나 배고파."

잠시 후, 식탁에는 진수성찬이 차려졌다. 박경수 PD도 배고팠는지 허겁지겁 먹기 바빴고, 강주혁도 한술 뜨기 시작했다. 하지만 송 사장은 영 안 넘어가는지 숟가락을 식탁에 탁 내려놓더니 다시 물었다.

"주혁아. 뭔데? 이제 말 좀 해봐라."

그의 물음에 강주혁은 소고기뭇국을 후루룹 먹으며 답했다.

"우리 협박당했어."

"어? 협박? 우리가 협박을 당했어?"

고개를 끄덕이던 주혁이 이번에는 무말랭이 하나를 집어 밥 위에 올린다.

"어, 협박."

"무슨 협박?"

그때 옆에서 허겁지겁 밥을 씹던 박경수 PD가 말을 추가한다.

"저도 얼핏 느끼긴 했는데, 진짜였나 보네요."

"뭐야? 왜 나만 못 느꼈어?"

여전히 어리둥절한 송 사장의 모습에 강주혁이 짧은 한숨을 뱉으며 숟가락을 내려놓았다.

"아까 봤지? 장춘성 그 아저씨."

"어어. 봤지?"

"그 아저씨 몇 년 전에 음주운전으로 자숙 중이야. 근데 여기 왜 왔겠어?"

대답은 박경수 PD가 했다.

"배우 던지는 거죠."

"맞아요. 우리 영화로 세탁시키려는 거야. 추측이긴 한데, 중간에 거론됐던 김삼봉 감독, 아마 MV e&m은 처음에 김삼봉 감독 작품에 투자하면서 장춘성을 끼워팔려고 했을걸?"

"그게 잘 안 됐겠죠."

강주혁이 박경수 PD를 쳐다본다.

"와. 뭐야, 형. 직원 잘 뒀네?"

"하하하. 감사합니다."

"하여튼 잘 안 되던 찰나에 우리 제안서를 받았을 거야. 봤더니 어? 겨우 투자금이 50억? 근데 하성필이랑 류진주네? 하면서 관심을 가졌겠지."

이번에도 추가설명은 박경수 PD가 했다.

"거기다 강주혁 씨도 계시니까."

"그렇죠. 제작비 꼴랑 50억인 영화에 하성필, 류진주가 합류한 것도 신기한데, 영화 제작과 투자에 내 이름이 박혀 있으니까, MV e&m은 짱구를 겁나 굴렸겠지."

송 사장이 고개를 갸웃한다.

"무슨 짱구?"

박경수 PD가 한숨을 내쉰다.

"하— 사장님. 생각해보세요. 이거 개봉하면 사람들 눈에 음주운전 걸린 장춘성이 보이기나 하겠어요? 제가 보기엔 강주혁 씨가 훨씬 눈에 보일 거 같은데. 사건의 급이 다르잖아요. 아, 죄송해요."

순간 아차 싶었는지 박경수 PD가 강주혁을 보며 사과한다.

"아뇨, 괜찮아요. PD님 말이 맞아. 나를 총알받이로 세우려고 생각했을 거야. 꿩 먹고 알 먹고야. 화제성도 얻고, 장춘성도 숨길 수 있지. 마케팅적으로도 뿌릴 게 많고, 제작비도 싸고, 배우 세팅도 잘돼 있는 데다 시놉도 재미있어. 탐이 나, 안 나?"

"……난다. 탐이 나겠어."

이제야 조금 이해가 갔는지 송 사장이 고개를 끄덕였다. 그러다 번뜩 뭔가를 떠올리고 다시 물었다.

"협박은? 협박은 무슨 소리야?"

시금치를 집던 강주혁이 대뜸 답했다.

"말했잖아. 김삼봉 감독. MV e&m 입장에선 탐이 나니까 조사를 해봤겠지. 근데 최명훈 감독이 김삼봉 감독 밑에 있던 조감독이었네? 생각해봐요. 만약 우리가 쟤네 제안을 거절하고 다른 투자배급사와 손을 잡는다고 치면 MV e&m이 김삼봉 감독 작품으로 간다고 했잖아."

"그랬지."

"그렇게 되면 백 프로 쟤네는 개봉 시기를 우리랑 맞춘다고. 그리고 기사 내겠지. 뭐 '김삼봉 감독! 제자 최명훈 감독과 격돌?' 같은 시답지 않은 기사 뿌리면서 대결 구도 잡는 거야. 최명훈 감독 멘털이 안 흔들리겠어요? 하늘 같은 스승과의 대결이라는데."

눈알을 이리저리 굴리던 송 사장이 이내 주먹을 꽉 쥐며 말했다.

"그리고 스크린도 죄다 먹어버리겠네?"

깍두기를 오도독 씹던 강주혁이 허공을 보며 무심하게 답했다.

"뭐, 그럴 수도 있겠네. 대기업인데 뭔들 어렵겠어. 하여튼 와꾸를 다 짜고 왔어. 장춘성도 끼워팔고, 제작비도 싸니까 이득이라 생각했겠지. 어차피 그 아저씨 재기시켜야 하는데, 싼 게 낫지. 우리가 거절 못하게 방법도 짜왔고. 그 너구리 같은 영감, 일 잘하더라."

"그러니까 거절하면 김삼봉 감독한테 몰빵해서 〈척살〉을 지우겠다? 장춘성 복귀 못 시켜도 그렇게 하겠다는 소리잖아."

어느새 식사를 마친 강주혁이 물을 한잔 들이켜며 답했다.

"너구리 영감 나갈 때 한 말 못 들었어요? 잘 안 되면 지가 참 난감하다잖아. 우리 코 꿰였어."

"망할! 어쩌지?"

물이 부족했는지 강주혁이 박경수 PD에게서 추가로 받으면서 말했다.

"뭘 어째? 저렇게 이빨 드러내고 덤벼드는데, 어떻게 나오는지 좀 지켜봐야지. 함부로 움직이면 쟤네 어떻게 나올지 알 수 없으니까."

그리고 그 순간, 식탁에 올려둔 핸드폰이 울리기 시작했다. 강주혁은 재빨리 액정을 확인했다.

*070-1004-1009

"형, 나 전화 좀."

강주혁이 재빨리 핸드폰을 집어서 방을 빠져나와 전화를 받았다. 이미 손에는 수첩이 들려 있었고, 저번 보이스피싱에서 들었던 키워드들이 적혀 있다.

— 1번 '아침 11시', 2번 '13', 3번 '저녁 8시', 4번 '가짜'

주혁이 수첩에 적힌 키워드들을 읽고 있을 때, 핸드폰에서는 여자 목소리가 흘러나왔다.

"들으실 항목의 키워드를 '선택'해주세요!

1번 '아침 11시', 2번 '13', 3번 '저녁 8시', 4번 '새벽 5시', 5번……."

4번만 바뀌었다. 저번에 선택한 '가짜' 빼곤 전부 같았다.

"2번 빼곤 전부 시간이네."

잠시 고민하던 주혁이 2번 '13'을 눌렀다.

"탁월한 선택! 강주혁 님이 선택한 키워드는 '13'입니다!

G-NEO게임즈의 신작 모바일게임 '13'인의 용사가 국내와 중국에서 오픈과 동시에 초대박 행렬을 이어갑니다. G-NEO게임즈에 모바일게임 '13'인의 용사의 초대박은 잠시 주춤했던 국내 게임 시장에 새로운 활력을 불어넣는

계기가 됩니다."

주혁은 수첩에 정보를 적어가기 시작했다. 그러면서 짧게 읊조렸다.

"돈 냄새가 나는 정보네."

수첩에 메모를 마친 주혁은 자신이 적은 미래 정보를 다시 한번 확인했다.

— 영화 〈척살〉 (진행 중)

— G-NEO게임즈 모바일게임 '13인의 용사' 대박 (진행 중)

— G-NEO게임즈의 신작 모바일게임 '13인의 용사.' 국내와 중국에서 오픈과 동시에 초대박. '13인의 용사'의 초대박으로 주춤했던 국내 게임 시장 활기.

수첩에 적힌 정보를 주혁은 적어도 두세 번은 연달아 읽는다. 류진주의 마약 사건 이후로, 보이스피싱이 알려주는 정보에 자신이 빠뜨리는 부분이 없는지 확인하기 위해서였다.

"일단 오케이."

무비트리로 돌아가는 차 안에서 강주혁의 말수는 극명하게 줄어들었다. 송 사장이 조용한 주혁을 보고 왜 그러냐며 몇 번 말을 걸긴 했으나, 강주혁은 바쁜 일이 있다며 핸드폰에 얼굴을 처박았다.

— 잔액 1,285,574,448

현재 강주혁의 재산은 13억에 가까웠다. 물론 이 중 10억은 〈척살〉 투자금으로 빠지겠지만 당장 투자까지 진행된 건 아니니 13억. 이 재산을 전부 증권사 통장으로 옮긴 주혁이 MTS 앱을 켰다. 그러고는 곧장 G-NEO게임즈를 검색했다.

— G-NEO게임즈 30,100(-1.63%)

G-NEO게임즈의 주가는 평범했다. 일단 침착하게 다시 인터넷을 켰다. G-NEO게임즈를 검색해볼 작정이었다. 역시 기사 몇 개가 눈에 띄었다.

「G-NEO게임즈, 4월 3일 나오는 신작 모바일게임 영상 공개」

「자동 위주의 모바일 MMORPG 신작 '13인의 용사' G-NEO게임즈 날아 오르나」

기사를 읽던 주혁은 기사의 댓글들도 확인한다. 현재 이 게임에 대한 관심도를 확인할 수 있었다.

— 역대급 똥망작.

— 동네북 태석이 왕서방 돈 먹튀 각.

— 태석아 제발 게임 좀 똑바로 만들어라!!

"아주 개판이네."

G-NEO게임즈의 이미지는 거의 바닥을 치고 있었다. 그 바람에 강주혁이 자기도 모르게 혼잣말을 뱉었는데, 그걸 듣고 송 사장이 되물었다.

"어?! 뭐가 개판이야?"

"아니야, 아무것도."

"뭐여?"

다시 핸드폰으로 시선을 돌린 강주혁이 날짜를 확인했다. 오늘은 4월 1일.

'이틀 뒤 오픈인데, 반응이 구려서 주가가 살짝 내려간 건가?'

댓글과 주가만으로 현재 '13인의 용사'라는 모바일게임이 얼마나 기대치가 낮은지 알 수 있었다.

'근데 어떻게 대박을 치는 거야?'

뭐, 상관없지. 강주혁이 굳이 그 미래까지 걱정해줄 필요는 없었다. 그저 보이스피싱이 알려주는 정보를 이용하면 그뿐. 주혁은 곧장 매수 메뉴를 눌렀다.

'전부 붓자.'

게임 오픈일은 이틀 뒤. 국내와 중국에서 초대박이 터진다고 했으니, 상한가를 치는 데 넉넉하게 일주일 정도. 강주혁이 송 사장을 불렀다.

"형. 내 투자금은 주요 투자사 정해진 다음에 넣어도 되지?"

217

"그렇지. 어차피 지금 MV e&m 투자 건으로 최 감독이랑도 얘기해봐야 하고, 어차피 배급투자 결정되기 전엔 움직이지도 못하니까."

"한 일주일 여유 되겠지?"

"후반부 투자금은 더 늦어도 상관없지."

"알았어."

대답을 들은 강주혁은 고민 없이 매수 주문을 넣기 시작한다.

— 매수체결, 매수체결, 매수체결

G-NEO게임즈 미래가 폭삭 망할 것을 예감했는지 누군가 주식을 뭉텅뭉텅 팔고 있었다. 몇 분 뒤, 주혁은 3억에서 5억까지 나눠서 G-NEO게임즈의 주식을 사들였다. 중간중간 매수체결 속도가 느려지기도 했지만, 결과적으로 주혁의 재산으로 최대한 살 수 있는 부분까지는 샀다.

— G-NEO게임즈 42,568주

— 매수 30,200(-1.31%) 금액 1,285,553,600

13억 가까이 돈을 붓고 보니, G-NEO게임즈의 주가가 살짝 회복됐다. 그즈음 송 사장의 차가 무비트리 주차장에 도착했다. 차에서 내린 주혁은 곧바로 박경수 PD에게 고생했다고 인사하고, 송 사장에게도 말했다.

"최명훈 감독님이랑 얘기 잘해보고, 내부적으로 잘 확인해서 알려줘요."

"넌 어떤데?"

어느새 바로 앞으로 다가온 송 사장이 심각한 표정으로 강주혁의 의중을 물었다. 하지만 심각한 송 사장에 비하면 강주혁은 담담했다.

"뭐, 지켜봐야 한다고 생각해. 배우 하나 끼워서 터는 거야 문제없지만, 그게 장춘성인 건 문제가 되지. MV e&m 정도면 배급부터 홍보 마케팅 짱짱하긴 한데, 글쎄? 상황을 좀 지켜보자고요."

"난 니가 전면에 나서는 게 좀 걱정돼서……."

— 짝!

"아!"

팔짱을 낀 채 근심 가득한 표정으로 말끝을 흐리는 송 사장의 등짝을 후려친 강주혁.

"송 사장님, 괜찮아요. 〈척살〉 제작이랑 투자 참여하면서 내가 이런 일 생각 안 해봤겠어? 내가 1~2년 욕먹고 살았나, 뭐. 괜찮으니까 형은 제작에만 힘써줘요. 혹시 모르니까 투자배급사 미팅 들어온 건 전부 만나보시고."

"후— 너가 그렇게 말하면 나도 괜찮긴 한데. 쯧! 하여튼 결과 나오면 전화할게."

"예~ 갑니다. 이제."

손을 흔드는 송 사장을 뒤로하고, 강주혁이 자신의 차에 올라탔다.

자신의 사무실로 돌아온 주혁은 곧바로 소파에 몸을 뉘었다. 자연스럽게 한숨이 터져 나왔다. 그 길로 주혁은 탁자에 놓인 노트북을 배 위에 올리곤 MV e&m에 관해 검색을 시작했다. 가장 먼저 MV e&m 공식사이트가 눈에 띄었다. 드라마, 영화, 음악, 애니메이션, 매니지먼트 등 독립된 사업부로 운영되고 있었고, 그간 투자하거나 제작한 작품 수천 편이 넘어갔다. 그중 매니지먼트 사업부는 신생에 속했다.

"대충 5년쯤 한 건가."

소속된 연예인들은 20명 내외였다. 그중 가장 끗발 날리는 건 오늘 만난 원로배우 장춘성이었고, 나머지는 대부분 그저 그런 배우들이었다.

"이래서 그렇게 기를 쓰고 살리나? 흠……."

확실히 MV e&m 영화사업본부가 〈척살〉에 관심을 가진 건 많은 우연이 겹쳐진 결과였다. 지금 그들이 투자하거나 제작한 영화들만 봐도 느껴졌다. 대부분 백억대가 가뿐히 넘어가는 블록버스터나 누가 봐도 톱 배우들이 줄줄이 나오는 영화뿐. 평소 같았으면 〈척살〉에 관심도 가지지 않았겠지.

그리고 투자배급사는 몸집이 클수록 이미지메이킹이 확실하게 돼 있다. 흥행한 영화가 많으니까. 대중은 그 영화에 제작이나 투자를 MV e&m이 한 것을 기억할 테고, 나중에는 MV e&m 로고만 보고도 영화에 대한 기대감이 높아진다. 어쨌거나 MV e&m이 투자배급을 맡아준다면 무비트리 입장에서는 나쁠 게 없었다.

한참을 검색하던 주혁이 노트북을 덮었다.

"그래도 뭔가 찜찜하단 말이지."

장춘성의 이미지 세탁. 아니, 정확하게 말하면 슬쩍 발을 담가 복귀 각을 잡는다는 건데. 주혁은 이 부분이 영 탐탁지 않았다. 영화 〈척살〉이 세탁기도 아니고, 장춘성의 복귀작으로 선정된 것이 짜증 났다. 그것도 이 영화는 대박을 터뜨리는데.

"투자사야 바꾸면 되는데."

투자 자체는 문제가 아니었다. 투자사야 국내에 널렸으니까. 아니면 강주혁이 직접 벌어다 쏟아내면 된다. 진짜 문제는 배급과 마케팅. MV e&m이 작정하고 〈척살〉을 방해하면 끝도 없이 추락할 거다.

"뭔가 있으면 어떻게 해보겠는데."

하지만 MV e&m 영화사업팀과 매니지팀을 공격할 무기가 없었다.

"쯧!"

현재로선 짜증스럽게 혀를 찰 수밖에 없었다.

다음 날. 무비트리와 하성필, 류진주는 〈척살〉의 출연 계약서를 작성했다.

하성필은 출연료 7억에 러닝 100원.

류진주는 출연료 1억에 러닝 50원.

강주혁은 류진주와 계약 직전에 다시 한 번 확인을 했다.

"너 진짜 이걸로 괜찮냐?"

"괜찮아요. 선배님이 안 괜찮으신 거 같은데요?"

류진주는 전혀 신경쓰는 눈치가 아니었다. 그리고 하성필에게는 특별히 좋은 일을 할 기회를 선사했다.

"하성필."

"왜?"

"너 기부를 그렇게 좋아한다며."

"뭔 개똥 같은 소리…… 너 설마."

강주혁이 하성필을 보며 웃었다.

"영화 마케팅 시점에 출연료 기부하자."

"너!"

"왜~ 좋잖아? 이미지도 좋아지고, 영화 홍보도 되고. 너 돈 많을 거 아냐. 왜, 싫냐?"

"……."

그렇게 하성필은 강주혁의 전혀 강압적이지 않은 제안으로 좋은 일을 하게 됐고, 류진주의 계약도 원만하게 마무리됐다.

문제는 투자배급사였다. 송 사장은 MV e&m의 미팅 이후로 여러 투자배급사를 만났지만, 조건 맞는 곳이 없었다. 아니, 어쩌면 MV e&m에서 압력을 줬을지도 모른다. 실제로 미팅을 잡았다가 발 뺀 투자사도 상당수였고, 그나마 미팅을 진행한 투자사는 금액이 너무 적었다. 송 사장이 한탄했다.

"방법이 없다, 방법이. 저쪽에서 저렇게 작정하고 나와버리니까."

길게 한숨을 쉬는 송 사장에게 강주혁이 짧게 물었다.

"MV e&m 라이벌 회사가 VIP픽쳐스 맞나?"

"그렇지. MV e&m 정도면 VIP픽쳐스 정도는 되야 싸움이 되지? 왜?"

"아니 뭐, 그냥."

재차 확인했을 뿐이었다.

그리고 다음 날. 4월 3일. G-NEO게임즈의 모바일게임 '13인의 용사'가 오픈하는 날이었다. 게임 오픈 시간은 9시.

주혁은 눈을 뜨자마자 인터넷에 접속했다. 오전 10시였다. 하지만 딱히 G-NEO게임즈 관련 기사가 뜬 건 없었다.

"하긴 이제 오픈한 지 한 시간밖에, 어?"

혹시나 하는 마음에 MTS에 접속한 주혁이 멈칫했다. 그럴 수밖에 없었다.

— G-NEO게임즈 42,568주

— 매수 30,200 금액 1,285,553,600

— 현재 38,900(+28.81%) 금액 1,655,895,200

— 손익 370,341,600

기사 한 줄 안 났는데 상한가가 터져 있었다. 한 방에 4억.

"뭐가 어떻게 된 거야?"

바로 그때, 전화가 울렸다.

"아이 씨! 깜짝이야."

급작스러운 전화에 하마터면 핸드폰을 얼굴에 떨어뜨릴 뻔했다. 간신히 핸드폰을 다시 붙잡은 주혁이 발신자를 확인했다.

*070-1004-1009

주혁이 재빨리 전화를 받았다. 언제 챙겼는지 강주혁의 손에는 이미 수첩이 있었다.

— 1번 '아침 11시', 2번 '13', 3번 '저녁 8시', 4번 '새벽 5시'

수첩에 적힌 지난 키워드를 확인한 주혁은 계속 듣기 위해 1번을 눌렀고, 터치음을 끝으로 여자 목소리가 들렸다.

"들으실 항목의 키워드를 '선택'해주세요!

1번 '아침 11시', 2번 '3년', 3번 '저녁 8시', 4번 '새벽 5시', 5번……."

역시나 키워드는 2번만 바뀌었고 전부 같았다.

"3년이라……."

주혁은 이번까지 2번을 선택하고, 다음부터 시간 키워드들을 하나씩 바꾸자고 마음먹었다. 그래서 이번엔 2번 키워드.

"탁월한 선택! 강주혁 님이 선택한 키워드는 '3년'입니다!

한때 떠들썩했던 미투 운동이 한 신인 여배우의 폭로로 재점화됩니다. 그녀는 원로배우 장춘성에게 연습생 시절 '3년'간 성희롱을 심하게 당했다고 발표합니다. 이를 시작으로 많은 유명 원로배우들의 악행이 줄줄이 밝혀집니다."

강주혁이 조용히 이죽거렸다.

"이 아저씨 봐라?"

8. 단절

전화가 끊긴 핸드폰을 내려놓은 주혁은 수첩을 꺼내 들었다. 중요한 정보인 만큼 까먹지 않게 확실하게 적어야 했다.

— 신인 여배우가 장춘성에게 연습생 시절 3년간 성희롱을 당했다고 폭로. 이를 시작으로 유명 원로배우들의 악행이 줄줄이 밝혀짐.

메모를 끝낸 강주혁은 턱을 괴고 생각에 빠졌다.

"언제 터지는 거지?"

사건이 터진다는 건 알겠는데, 언제쯤 터진다는 정보가 없다. 살짝 힌트라도 있다면 파악을 해보겠지만, 힌트라곤 일절 들리지 않았다. 이렇게 되면 꽤 귀찮아진다.

"당장 내일 터질 수도 있어."

또는 1년 뒤에 터질 수도 있다. 언제 터져도 이상할 게 없는 상황.

"버리긴 해야겠네."

어쨌든 장춘성을 시작으로 미투 운동이 재점화되는 사실은 명백했다. 보이스피싱 정보는 틀린 적이 없었으니까. 그러니 장춘성은 확실히 거르고 봐야 했다.

자, 장춘성을 거른다 치면 앞으로 어떤 일이 벌어질까? 강주혁은 침대에서 일어나 거실로 몸을 옮겼다. 손에는 수첩을 쥐고 그 수첩을 내려다보면서, 거실을 이리저리 돌아다녔다. 판단을 잘해야 했다. 지금 상황에 장춘성을 거르면 당연히 MV e&m과 척지게 된다.

"투자금이야 내가 대면 되는데."

MV e&m과 척지게 되면 가장 가까운 미래에 터지는 문제는 투자금이 아니라 배급 문제였다.

"흠……."

짧은 한숨을 내쉰 강주혁이 공기가 갑갑했는지 창문을 열었다. 뚝 떨어진 아침 기온에 차갑다 못해 싸늘한 바람이 주혁의 볼을 때렸다. 갑작스러운 온도 변화에 주혁은 몸을 살짝 떨면서도 문을 열어둔 채 혼잣말을 뱉었다.

"배급사라……."

배급사는 영화 산업에서 권력의 중심이라고 봐도 과언이 아니다. 영화는 결과적으로 상품이다. 상품은 고객들에게 팔아야 수익이 나고, 상품을 팔려면 시장에 걸어야 한다. 영화를 시장에 내거는 게 바로 배급사다. 배급사가 하는 일은 많지만, 통으로 보자면 두 가지로 좁혀진다. 마케팅과 상영관 확보. 쉽게 말해서 제작한 영화를 대중에게 알리고, 그들이 영화를 볼 수 있는 상영관을 마련하는 일. 아무리 영화가 잘빠졌어도 마케팅이 잘 버무려지지 않으면 고객들은 영화의 존재조차 모를 가능성이 크다. 쥐도 새도 모르게 사라지는 거다. 반대로 영화를 보고 싶은데 상영하는 기간이 짧거나 상영관이 적으면 보고 싶어도 못 보는 경우가 부지기수.

즉 배급사의 힘이 영화의 흥망을 결정한다. 그리고 MV e&m은 국내 투자 배급사 중 톱 3에 드는 대기업이다. 강주혁이 그들을 척지면 MV e&m은 무조건 〈척살〉을 바닥으로 끌어 내리려 할 것이다.

"이것들을 어떻게 쳐내지? 버려야 하나."

장춘성의 미투 파문이 터질 때까지 버티는 건 어떨까? 조용히 버티다 파문이 터지면 MV e&m은 정신없는 시간을 보낼 것이 확실했다. 강주혁이 장춘성을 거르면 MV e&m은 분명 다른 영화에 장춘성을 끼워 팔 테고, 그 영화의 홍보와 마케팅이 어느 정도 진행됐을 때 사건이 터져주는 게 최고의 시나리오다. 그러다 장춘성의 파문이 터지면 영화 촬영 올스톱에 장춘성의 하차, 회사 이미지도 추락, 영화 이미지 박살. 이 밖에도 수많은 문제가 생길 테고, 그 정도면 강주혁이 제작하고 있는 〈척살〉은 보이지도 않을 것이다.

"무비트리랑도 얘기를 해봐야겠어."

얼추 생각을 정리한 주혁이 송 사장을 떠올렸다. 어쨌든 메인 제작사는 무비트리다. 물론 보이스피싱 정보를 말할 수는 없지만, 대충 얼버무려서 MV e&m을 척지게 하는 것부터 시작하자 싶었다.

그리고 때마침, 송 사장에게 전화가 왔다.

"형. 타이밍 좋네."

"엉? 뭔 소리야?"

"아니야."

"싱겁게 뭐야. 아니, 그것보다 우리 회의해야겠다."

무비트리도 발등에 불이 떨어진 것은 마찬가지.

"안 그래도 전화하려고 했어요. 내일 오전 중으로 들어갈게."

"아냐! 너 인마 사무실 냈는데 내가 한번 가봐야지."

"오, 그건 꽤 괜찮은 생각인데?"

"그래. 문자로 좌표 찍어. 내일 10시 괜찮냐?"

"10시 괜찮고, 내일 형만 와요."

"왜? 박 PD랑 같이 가려고 했는데."

"그냥, 그런 게 있으니까 형만 와요."

의아해하긴 했지만 송 사장은 별생각 없이 알았다며 전화를 끊었다. 제작 PD인 박경수를 믿고 안 믿고를 떠나서, 내일 강주혁이 송 사장에게 전할 말은 아는 사람이 적을수록 형편이 좋았다.

이 건은 됐고, 이번에 확인해볼 사안은 G-NEO게임즈.

"왜 상한가지?"

핸드폰으로 다시 G-NEO게임즈에 대해 검색해봐도 '대박'이라는 글자가 박힌 기사 한 줄이 없다. 이상했다.

강주혁은 다시 MTS를 실행시켜 G-NEO게임즈의 주가를 확인했다.

― 현재 39,200(+29.81%) 금액 1,668,665,600

― 손익 383,112,000

그새 1%가 올랐다. 덕분에 몇십 분 만에 천만 원이 불어났다.

"워―"

확실히 성천바이오 때와는 투자한 금액이 달라서 그런가, 실시간으로 돈이 쌓인다. 그런데 아무리 생각해도 이상했다. 물론 호재가 터질 건 확실하다.

"근데 그 호재가 아직 안 터졌잖아?"

그러나 아무리 생각해봤자 주식 초짜인 강주혁의 머릿속에서 답이 나올 리 만무. 결국 강주혁은 증권시장 관련 게시판을 확인했다. 답은 여기서 찾을 수 있었다.

― G-NEO똥임즈 왜 상한가임?

― 호재도 없는데 상한가? 저런 거 주우면 한강 직행.

― 형이 알려준다. (내일)

그리고 제일 마지막 부분에.

― 왕서방국에서 터짐.

― 중국오픈 당일 날 대박 터졌단다. 빨리 주워라.

"중국에서 먼저 터졌나?"

확실히 국내에선 아직 대박 소식이 없고, 서버 점검 중이라면 중국이 먼저 터졌다고 볼 수 있었다. 소식 빠른 사람들이 주식을 쓸어 담았고, 그래서 상한가를 쳤다? 꽤 타당성 있는 얘기였다. 만약 중국에서 먼저 터졌다면 국내에서도 곧 기사가 뜨겠지.

그리고 그 호재는 당일 저녁에 확인할 수 있었다.

「G-NEO게임즈 상한가 왜인가 했더니? 中에서 초대박」

「국내 서버점검 끝낸 '13인의 용사'」

「서버 열린 '13인의 용사' 국내 접속자 급증」

"터졌네."

댓글에서 봤던 내용이 맞았다. 중국에서 먼저 터졌기에 상한가를 친 거였다. 기사를 확인한 주혁은 왠지 모르게 꿀잠을 잘 수 있을 것 같았다.

다음 날. 주혁은 사무실에 도착하자마자 핸드폰을 들었다. 송 사장이 오기 전에 G-NEO게임즈의 주가를 확인해야 했다.

― 현재 49,600(+27.51%) 금액 2,111,415,368

― 손익 825,861,768

"크―"

무리 없이 2연상이 터졌다. 총금액이 21억.

"이쯤 되니까 현실인가 싶네."

현실감각이 떨어지는 기분이었다. 하루 자고 일어났는데 8억이 불어났다. 그냥 눈만 감고 떴는데 말이다.

주혁이 핸드폰을 보며 미소 짓고 있을 때, 사무실의 문이 벌컥 열렸다.

"나 왔다!"

송 사장이 손에 큼지막한 화분을 들고 왔다.

"시작했는데 이런 거 하나쯤은 있어야지."

"사무실만 내고 아무것도 안 했는데요, 뭘."

화분을 받아든 주혁이 송 사장에게 소파에 앉으라는 손짓을 한다.

"뭐. 커피? 차? 뭐 마실래요?"

"뜨끈한 커피 부탁드려요."

"커피 오케이."

해봤자 인스턴트커피지만 주혁 딴에는 신경써서 물 조절을 한다.

"이야— 사무실 넓다?"

사무실을 대충 둘러보던 송 사장이 감탄을 지른다.

"아직 반도 못 채웠어. 여기요."

송 사장이 커피 한 모금을 넘길 때, 주혁이 다이어리를 펼쳤다. 그러자 송 사장이 마시던 커피를 내려놓더니 이내 자세를 바로잡고는 입을 열었다.

"MV e&m이 압박을 준다."

다이어리에 연신 무언가를 적으면서 주혁이 답했다.

"슬슬 그러겠지?"

"시간 끄는 것도 이제 한계야. 어떻게 하면 좋겠냐?"

"송 사장님은 어떻게 하고 싶은데?"

"솔직히 얘기해도 되냐?"

"그럼요."

잠시 입맛을 다시던 송 사장이 탁자에 놓인 커피를 한 모금 더하고는 다시 말했다.

"까놓고 말해서 제작사 입장에선 MV e&m 정도면 두 팔 벌려 환영이다.

니가 껴 있어서 지금 스톱 걸어둔 거지. 그리고 이 바닥에서 배우 꽂는 거? 비일비재하잖아. 아니, 대부분 그러잖아."

"그렇죠."

"난 개인적으로 장춘성 그 사람 세탁 좀 시켜주더라도 MV e&m 정도면 괜찮다고 생각해. 아니, 괜찮은 게 아니라 어마어마한 거다, 이거."

제작사 입장에서 당연했다. 특히나 무비트리는 중소기업에 가깝기에 MV e&m 같은 대기업과 일할 경우가 극히 드물다. 열변을 토한 송 사장이 숨을 들이마시면서 커피를 다시 한 모금 했고, 그의 말을 이해한 주혁은 다이어리에 또다시 무언가를 적다가 이내 툭 하고 말을 던졌다.

"형. 형한테 세 가지 정도 말할 게 있어요."

"뭔데?"

"그 전에, 우리 제안서 투자배급사에 돌릴 때 VIP픽쳐스는 안 보냈나?"

"아, 저번에 니가 물어봤던 거기? 그짝 지금 작품 들어가는 게 많더라. 그래서 그쪽은 제외. 왜?"

"일단 혹시 모르니까, 그쪽도 제안서 보냅시다. 끝에 코멘트 하나 달아서 보내줘요."

송 사장이 고개를 갸웃하며 답한다.

"무슨 코멘트?"

"투자금 10%도 상관없으니, 계약하자? 그 정도만. 아, 그리고 MV e&m 쪽도 보냈다 정도?"

담담하게 말하는 주혁을 보며 송 사장이 심각한 얼굴로 팔짱을 낀다.

"싸움 붙이려고?"

"싸움은 무슨. 그냥 진짜 혹시 모르니까. 솔직히 그쪽은 별 기대 안 해요."

"음— 일단 오케이. 지금 박 PD한테 준비하라고 톡 보내둘게."

곧장 핸드폰을 꺼내 톡을 보내는 송 사장을 보며 주혁이 계속 말을 이었다.

"일단, 가장 먼저 말할 건."

여전히 톡을 보내는 송 사장이 계속하라는 손짓을 보내며 답한다.

"어어. 말해. 듣고 있어."

"내가 〈척살〉 메인 투자자를 할까 해요."

멈칫. 송 사장이 손을 멈추고 강주혁을 쳐다봤다.

"메인?"

"응. 그렇지."

"얼마나?"

송 사장의 물음에 강주혁이 잠시 허공을 바라보며 암산을 때리다가, 대충 답했다.

"몰라. 한 30억쯤? 더 될 수도 있어."

"30억?!"

얼마나 놀랐는지, 송 사장이 자리에서 벌떡 일어났다.

"뭘 그렇게 놀라."

"너 같으면 안 놀라겠냐?"

"앉아봐. 아직 안 끝났어요."

송 사장이 마지못해 자리에 다시 앉자, 주혁이 천천히 입을 열었다.

"그리고 MV e&m은 손절하자."

"주혁아. 그건."

송 사장이 입을 여는데 주혁이 잘랐다.

"장춘성, 그 아저씨 사건이 하나 터질 거야."

"무슨 사건?"

"자세한 건 몰라. 여튼 소문이 돌아. 근데 이게 꽤 신뢰가 높은 제보야."

강주혁이 말한 소문은 보이스피싱을 말하는 거였고, 그걸 송 사장이 알 리 없었다.

"형. 우리 장춘성 끼고 크랭크인했다가 중간에 사고 터지면 죄다 똥 싸는 거야. 알죠?"

"……그렇긴 하지. 너, 확실한 거야?"

"가능성이 꽤 커요. 내가 좀 신뢰도 높은 제보를 듣는 곳이 있어."

"어딘데?"

"디쓰패치?"

"진짜?!"

"아니, 가짜."

순간 송 사장이 주먹을 올렸고, 강주혁이 재빨리 자리를 피했다.

"너 일로 와."

"형, 침착해요. 여튼 장춘성이 걸러야 돼."

씩씩거리던 송 사장이 심호흡을 두세 번 하더니 이내 진정한다.

"그래, MV e&m은 거른다 치자. 그다음 알려줄 건 뭔데? 세 가지라매."

주혁은 장춘성에 대한 미투 운동 정보를 떠올렸다. 그중 맨 마지막 줄.

— 이를 시작으로 유명 원로배우들의 악행이 줄줄이 밝혀짐.

장춘성이 터지면 이어서 줄줄이 다른 유명 원로배우들의 미투가 터진다는 뜻이었다.

'근데 그게 누군지 모른단 말이지.'

장춘성을 거르고 다른 유명 원로배우를 꽂는다 해도 미투가 터질 위험성이 있다는 뜻. 한마디로 모든 유명 원로배우가 위험했다. 잠시간 강주혁이 말이 없자, 송 사장이 재촉했다.

"야! 왜 말을 하다 끊어! 세 번째 뭐냐고."

그의 재촉에 주혁이 천천히 고개를 들며 답했다.

"형. 우리 조연, 조단역 전부 무명으로 갑시다."

"뭐라고?!"

눈알이 튀어나올 듯, 송 사장이 소스라치게 놀란다. 당연했다. 송 사장은 결국 제작자니까. 많게는 두 명, 적게는 한 명 정도는 무명으로 가도 크게 상관없지만 조연부터 조단역에 이르기까지 모두 무명으로 간다는 게 이 바닥에선 생각하기 힘든 일이었다.

"그게 무슨 미친 소리야?"

"장춘성 그 아저씨 말고도 유명한 원로배우들 줄줄이 사건 터진다는 제보도 있어."

"줄줄이 터진다고?"

"응. 줄줄이."

예상치 못한 답변이었는지, 송 사장이 머리를 쓸어넘겼다. 당장은 이해가 어려운 듯 보였다. 그 모습을 보던 주혁이 말을 이었다.

"근데 사건이 터진다는 것만 알지, 정확하게 누군지는 몰라. 여러 명이긴 할 텐데."

"누군지는 모른다?"

"그렇죠."

"근데 사건 터지는 건 안다?"

"알지."

송 사장은 숨을 내쉬며 급해진 마음을 진정시켰다. 그 틈에 강주혁이 자신이 짜둔 계획을 말했다.

"마케팅으로 이용하면 어떨까 싶어."

"마케팅?"

"응. 사건 터질 걸 아는데, 굳이 위험을 무릅쓰고 유명 원로배우들 쓸 순 없 잖아."

"터진다는 게 확실하다면 그렇지."

"확실해요."

"음……."

턱을 매만지며 잠시 생각에 빠졌던 송 사장이 이내 손을 내리면서 말했다.

"니가 어디서 그런 제보를 받는지 모르겠지만, 만약 그 제보가 확실하다 하 더라도, 굳이 전부 무명으로 갈 필요가 있어?"

"저번 미팅 때 무비트리에서 만든 캐스팅보드 보니까, 적어도 일곱 명 이상 은 유명하거나, 대중들이 이름은 몰라도 얼굴은 아는 원로배우들이었어."

"그렇지. 〈척살〉 내용이 내용이다 보니까, 나이 많은 배역이 많지."

팔짱을 끼며 고개를 끄덕이는 송 사장. 그를 빤히 쳐다보던 주혁의 몸이 앞 으로 쏠렸다.

"만약 그 선배들 전부 사건 터져서 줄줄이 엮이면 그 똥 누가 치워? 우리 치울 수 있어요?"

"모, 못하지. 야, 상상만 해도 오싹하다. 으……."

"오싹한 그 상상이 현실이 되면 우리 진짜 풀 뜯어야 해. 우리만 풀 뜯나? 최명훈 감독부터 시작해서 형네 무비트리 직원들, 하성필, 류진주."

"아! 그만, 그만!"

머리를 쥐어뜯으며 고뇌하는 자세로 송 사장이 소리쳤다. 그 모습에 슬쩍 웃음을 뱉는 강주혁의 자세는 한결 여유로워졌다.

"근데 다행히 우리는 미연에 방지할 수 있어. 사건 터질 걸 알잖아요? 모르 긴 몰라도, 아마 빠른 미래에 이 바닥에 피바람이 불 거야. 엎어지는 영화가 수두룩할 거라고."

"근데 그 와중에 우리는 살아남는다?"

"그렇지. 수많은 영화가 줄줄이 사건 터지고 갈리는 틈새에서 우리만 튼튼하게 살아남는 거야."

꽤 흥미로웠는지 송 사장의 표정이 일순 변했다. 주혁은 그 순간을 놓치지 않았다.

"거기서 마케팅을 이용하는 거지. 사건이 터지면 대중들이 영화판을 씹고, 외면하면서 욕하겠죠."

"음."

"근데 피바람이 부는 와중에 〈척살〉 저 영화는 조연부터 조단역까지 전부 무명을 쓴다더라, 신인 발굴에 힘쓴다, 하성필이 출연료 전액 기부했다더라, 같은 말들이 돌면 그 틈새에서 〈척살〉만 빛나지 않겠어요?"

"하성필 씨 기부 그거 장난 아니었어?!"

"당연히 기부시켜야지. 형이 몰라서 그렇지 하성필이 기부 좋아해."

"아, 그래?"

놀라던 송 사장의 표정이 다시금 편안해졌고, 이어서 흠 같은 숨을 뱉으며 고개를 끄덕였다.

"시나리오 괜찮은데?"

"그러니까 제작발표 기사 날릴 때, 〈척살〉은 주요 주연들 빼곤 전부 무명으로 간다고 약을 좀 치자는 거지. 하성필이 출연료 전액 기부한다는 것도 같이 얹어서."

"그렇지. 우리야 니가 메인 투자자로 나서면 무명으로 간다고 해도 돈을 빼느니 어쩌니 지랄발광은 안 들어도 되겠고."

송 사장에 말에 강주혁이 피식했다.

"왠지 앞으로 나한테 지랄발광하지 말란 소리로 들리는데. 내가 너무 생각이 깊은 거죠?"

"하하하. 그럼 인마. 형이 설마 하늘 같은 투자자한테 지랄발광이라니?"

겸연쩍은 웃음을 날리며 종이컵을 집는 송 사장을 강주혁이 실눈을 뜨며 쳐다보았다.

"하여간에. 여튼 우리로선 좋은 점이 한두 가지가 아니야. 사건도 피할 수 있고, 이미지도 좋아지는 데다가, 제작비도 한참 줄일 수 있지. 거기다 당장은 모르겠지만, 혹시 알아요? 무명배우들이 유명해져서 형한테 은혜 갚는다고 나중에 작품 같이하자고 할지?"

"하하하! 그럼 당연히 좋지."

상상만으로도 즐거운지 송 사장이 너털웃음을 터뜨렸다. 한참을 웃던 송 사장이 말을 이었다.

"그러니까 전부 무명으로 가겠다는 거지? 주연 밑으로는 싹 다?"

"사실 나이 좀 되는 배역들만 갈면 되겠지만, 기왕 이렇게 된 거 전부 무명으로 가자. 간판은 하성필이 류진주면 돼. 대중들이 배우 보러 만 원 넘는 티켓 끊는 게 아니잖아? 스토리 보러 오는 거지. 배우는 연기만 잘하면 돼. 무명이고 톱스타고 상관없이. 무명 중에서도 분명 연기 끝내주게 하는 배우가 있을 거야."

만족스러운지 송 사장이 이내 고개를 끄덕였다.

"좋다. 이 시나리오대로만 실현되면 진짜 대박 터지겠어."

대박? 순간 강주혁은 실소가 터졌다.

'어차피 〈척살〉은 대박 터져, 형.'

하지만 입 밖에 내진 않았다.

"그래. 뭐부터 시작할까?"

"일단, MV e&m부터 손절해야지."

"그쪽에서 가만히 있을까?"

"아니? 아까 말한 지랄발광을 걔네가 하겠죠."

생각만으로 골치가 썩는지, 송 사장이 관자놀이를 꾹꾹 눌렀다.

"근데 당장은 뭘 어떻게 하진 못할 거야. 우리는 MV e&m 손절하고, 존버한다. 현재는 그것만 집중하자고요."

"그렇게 조용조용히 움직이자, 이거지?"

"그렇죠."

MV e&m이 당장 어떤 방해공작을 펼칠 가능성은 적었다. 물론 〈척살〉이 본격적인 촬영에 들어가고, 마케팅에 배급까지 진행된다면 움직이겠지만. 아직은 프리프로덕션 단계이니 바로 어떻게 하진 못할 것이다. 결론을 내린 주혁이 펼쳐놨던 다이어리를 덮으며 말했다.

"형은 오늘 들어가는 대로 최명훈 감독부터 주요 스태프들 모아놓고 회의를 진행해줘요. 사건이나 뭐 그런 세세한 내용은 빼고, 그냥 적당히 현재 상황만 전달해줘. 그리고 앞으로 어떻게 할 것인지에 대해서도."

"그래. 그래야겠지."

"그게 끝나면 본격적으로 전체 스태프를 모아보자고요. 이제 속도 좀 내야지. 모으면서 당연히 우리의 방향성도 알려줘야 되고, 그걸 듣고도 하겠다는 친구들만 모으면 되겠지?"

"그쪽은 내가 알아서 할게."

영화판에서 잔뼈가 굵은 송 사장이었다. 강주혁이 하나하나 말하지 않아도, 대충 눈치만 주면 바로 알아들어서 편했다.

"최명훈 감독, 이제 콘티 작업 들어가야죠? 조만간 일차적으로 투자금 5억 쏠게요. 그걸로 일단 시작하자."

"계속 그렇게 나눠서 보낼 거야? 아님?"

"시기 봐서 딱 떨어지면 한 방에 보낼게. 지금은 일단 5억 먼저."

어디서 돈이 나는 걸까? 송 사장은 살짝 강주혁이 내는 투자금의 출처가 궁금했지만, 이내 생각을 접었다. 최근 강주혁의 행보를 보면 무언가 예전에 송 사장이 알던 강주혁이 아니었다.

"그래. 알았어. 그럼 무명배우들은 어떻게 진행할 생각이냐? 나는 적당히 소속사에 소식 돌려서."

"소속사 쪽은 안 되죠."

대답이 칼 같았다.

송 사장이 말한 것처럼 하는 게 보통이다. 조연이나 조단역에 새로운 인물이 필요하다 싶으면 오디션 일정을 여러 소속사에 돌린다. 그게 편하고 확실한 방법이니까. 안 그래도 제작사는 할 일이 많으니, 어찌 보면 어쩔 수 없는 선택이다.

"왜 안 돼?"

"이미 소속사에 들어가 있는 배우들은 신선함이 떨어져. 그렇잖아요? 대중들은 빨라. 백 프로 검색해볼 거고, 검색했는데 배우들 프로필에 소속사가 다 박혀 있으면 재미가 없잖아요, 재미가."

"그럴 수도 있겠네."

"아예 검색했는데 프로필이 전혀 없는 게 차라리 낫지."

"음."

풀었던 팔짱을 다시 끼며 송 사장이 고심에 빠졌다. 강주혁은 그 고민을 조금이나마 덜어주기 위해 말을 이었다.

"일단, 형네 캐스팅팀 직원 하나 붙여줘요. 내가 연극 쪽 좀 돌아볼게."

"발로 뛴다?"

"중요 배역에 넣을 배우만."

"바로?"

"아니. 제의만 하고 오디션 진행해야죠."

어느 정도 고민이 해결됐는지, 송 사장의 표정이 약간 풀렸다.

"좋아. 그럼 먼저 초기 투자금 받으면 일정계획 한번 잡아보자."

"알았어요. 얼추 잡히면 다시 연락 줘요."

꽤 힘겨웠던 회의를 끝낸 송 사장과 강주혁은 순간 강력한 공복감을 느꼈다. 시간이 벌써 12시를 향하고 있었다.

"주혁아. 우리."

"짜장면?"

"얼른 중국집에 전화 안 드리고 뭐해?"

"탕수육도?"

"너 자꾸 당연한 소리를 그렇게 하냐."

잠시 뒤 송 사장과 강주혁은 짜장면과 탕수육 세트를 흡입했고, 송 사장이 통통해진 배를 문지르며 주혁의 사무실을 나섰다. 돼지로 변해버린 송 사장을 보낸 강주혁은 그 길로 G-NEO게임즈 주가를 확인했다.

― 현재 50,900(+29.85%) 금액 2,166,711,200

― 손익 881,157,600

G-NEO게임즈에 사람들이 미쳐 있었다. 그새 2% 정도가 올랐고, 그 2%의 차이로 5천만 원이 불어나 있다.

"내일 5억 정도만 정리하자."

미소를 지으며 주혁이 MTS를 껐고, 이어서 연락처 메뉴를 검색해 어딘가로 전화를 걸었다. 신호는 세 번 만에 끊겼다.

"안녕하십니까. 감독님."

"음."

김삼봉 감독이었다. 여전히 말수는 적었다.

"드릴 말씀이 있는데, 내일쯤 찾아봬도 되겠습니까?"

"나한테 말인가?"

"예."

"……."

잠시 김삼봉 감독이 침묵을 지켰다. 다시 그의 음성이 들린 건 10초 정도 흐른 뒤였다.

"울림 영화사."

"예?"

"자네가 찾아온다며? 나 울림 영화사에 있다고."

"아, 알겠습니다. 죄송한데 시간은 언제쯤이 편하십니까?"

"아무 때나 오게."

"그럼 출발 전에 연락드리겠습니다."

"음. 직원한테 말해두겠네."

그렇게 전화가 끊겼다. 주혁은 전화가 끊긴 핸드폰을 가만히 내려다보았다. 내일 김삼봉 감독을 만나 할 말들을 정리하는 듯. 강주혁은 아무래도 이 판에 김삼봉 감독이 끼어드는 게 맘에 걸렸다.

"괜히 불똥 튀면 안 되니까."

이 싸움은 온전히 강주혁과 MV e&m의 싸움이기에, 괜히 다른 인물이 다치면 안 됐다. 최명훈 감독의 멘털을 생각해서라도 김삼봉 감독이 이 판에 끼어들면 여러모로 골치가 아팠다. 게다가 김삼봉 감독은 괜찮은 감독이다. 주혁은 어린 시절 김삼봉 감독의 작품에 참여해 많은 것을 배웠다. 그렇기에 지금까지 김삼봉 감독에게 극존칭을 사용하는 것이다.

할 말을 대충 정리했는지, 주혁이 발길을 돌렸다. 오늘은 사무실에 더는 볼

일이 없었다. 오피스텔로 향했다.

　다음 날 아침, 9시 40분. 눈을 뜬 강주혁이 곧바로 MTS를 실행시켜 주식 현황에 들어갔다.

　─ 현재 64,400(+26.53%) 금액 2,741,379,200

　─ 손익 1,455,825,600

　"27억……."

　헛웃음이 나왔다. 강주혁이 원래 부었던 12억이 27억으로 불어 있었다. 한동안 멍하니 핸드폰을 쳐다보던 주혁은 이내 정신을 차리고, 5억 정도의 주식을 던졌다.

　─ 매도체결, 매도체결, 매도체결

　주혁이 던진 주식은 순식간에 사라졌다. 사람들이 지금 G-NEO게임즈에 얼마나 열광하는지 확인할 수 있는 대목이었다.

　─ G-NEO게임즈 34,568주

　─ 매수 30,200 금액 1,285,553,600

　─ 현재 64,400(+26.53%) 금액 2,226,179,200

　─ 손익 940,625,600

　8천 주, 정확하게 515,200,000원을 팔았다. 대충 5억. 주혁은 희미한 미소를 지으며 기지개를 켰다.

　"으그극!"

　오늘 할 일이 많았다. 먼저 김삼봉 감독을 만나 얘기를 나눠야 했고, 이어서 무비트리에 들를 생각이었다. 그런데.

　♬띠리리 띠리리링 띠리리 띠리리링!!!

　느닷없이 전화벨이 울렸다.

"왔나?"

순간 보이스피싱인줄 알았다. 하지만 아니었다.

"처음 보는 번혼데."

그러거나 말거나 핸드폰은 계속 울렸고, 주혁은 고개를 갸웃하며 전화를 받았다.

"여보세요."

"나야, 후배님."

"누군데요?"

핸드폰 너머의 남성이 슬쩍 웃으며 답했다.

"나라고, 장춘성."

장춘성의 전화였다.

"제 번호는 어떻게 아셨습니까?"

강주혁이 대뜸 묻자 장춘성이 살짝 짜증이 묻어난 목소리로 답했다.

"후배님, 인사는 밥 말아 드셨나?"

"제가 인사는 얼굴 보면서 하는 타입이라서요."

"크큭. 여전히 건방지구먼."

주혁은 건방지다는 말에 딱히 대답하지 않았다. 잠시간 침묵을 지키던 장춘성이 말을 이었다.

"참, 곤란해."

"뭐가 말입니까?"

"방금 전화를 받았는데 말이야? 무비트리에서 MV e&m 제안을 거절했다던데."

'형이 움직였구나.'

송 사장은 얼핏 보면 사람 좋고 느긋해 보이지만, 한번 결정한 일은 미루는 법이 없었다. 아마 주혁과 얘기를 끝내곤 바로 MV e&m 측에 전화했을 가능성이 컸다. 슬쩍 미소 지으며 주혁이 답했다.

"그래서요?"

"무비트리처럼 조막만 한 곳이 MV e&m 투자배급을 거절한다? 내 머리로는 이해가 되지 않아서 말이지."

"그래서 제가 이해를 시켜드려야 합니까?"

"아니, 지금 후배님 목소리를 들으니까 알겠어. 아무래도 자네 입김이 컸던 모양이군."

이번에도 딱히 주혁은 대답하지 않았다. 그러자 장춘성이 짧은 한숨을 내쉰다.

"허, 참. 후배님 정도 되는 사람이 모르지 않을 텐데 말이야."

"제가 뭘 모릅니까?"

"이 바닥이 좁다는 걸."

장춘성의 말투가 묘하게 협박하는 듯 변했다. 그 모습이 강주혁에겐 그저 우스웠다.

'곧 골로 가실 분이 남 걱정은.'

18년이다. 강주혁이 이 바닥에 발을 들인 지가. 그간 수많은 미친 인간들을 만나왔고, 장춘성 정도면 양반이다. 이렇게 친히 경고하려고 전화도 해줬으니까. 주혁의 마음을 알 리 없는 장춘성이 근엄한 목소리로 말을 던졌다.

"내가 말이야. 연기 아카데미 사업을 한 지가 꽤 됐어. 그런데 그 새파란 애새끼들도 벌써 파벌을 나누고, 지들끼리 편을 가른단 말이야."

"그렇습니까?"

"이 바닥은 안 변해. 그 새파란 애새끼들이 성장하고 나면 그 밑으로 또 비슷한 애새끼들이 가득 차. 반복이야, 반복."

"이 바닥이 참 좁긴 좁죠."

뭐가 즐거운지 장춘성이 기분 나쁜 웃음을 지으며 답한다.

"그래 맞아. 좁지. 난 후배님이 나와 비슷한 처지를 경험해봐서, 날 좀 이해해줄 줄 알았는데 말이지. 아니었나 봐."

"선배님. 저는 전부 사실이 아니었고, 선배님은 진짜였잖습니까? 엄연히 다르죠. 그러게 술을 좀 작작 드시지 그러셨어요."

"……그냥 넘어가진 않을 거야."

"기대하겠습니다."

전화가 신경질적으로 끊겼다. 주혁이 혼잣말을 뱉었다.

"징징거리기는."

무언가 엄포를 놓긴 한 거 같은데, 솔직히 주혁에게는 '왜 날 선택하지 않았어!' 따위의 징징거림으로 들렸다. 그걸 듣고 나니, 더욱더 김삼봉 감독의 영화에 장춘성이 낙점되면 안 된다는 생각이 강해졌다. 장춘성이 김삼봉 감독의 영화에 캐스팅됐다가는 스승 김삼봉 감독과 제자 최명훈 감독의 인연이 지저분하게 찢어질 가능성이 컸다. 강주혁은 곧장 김삼봉 감독에게 출발한다는 문자를 보냈다.

울림 영화사의 문을 여니 사무실 직원들 시선이 모두 주혁에게 꽂혔다. 강주혁을 보고 수군거리는 사람들도 있었고, 그저 멍하니 쳐다보는 사람도 보였다. 주혁은 바로 앞에 보이는 직원에게 말을 걸었다.

"저, 죄송한데, 오늘 김삼봉 감독님을 만나기로 했는데요. 혹시 어디 계십니까?"

"예? 아, 예. 이쪽으로 오세요."

자기에게 말을 걸 줄 몰랐는지 직원이 흠칫했지만 이내 정신을 차리고 강주혁을 안내하기 시작했다. 이윽고 그녀가 복도 끝에서 멈춰선다.

"여기 계세요."

"감사합니다."

리딩실로 보이는 방이었다. 길쭉한 책상과 수많은 의자가 놓인. 김삼봉 감독은 그 책상 중간쯤에 앉아 있었다. 강주혁이 문을 열고 들어오자 살짝 눈길을 던지긴 했으나, 이내 보던 시나리오를 계속 본다. 김삼봉 감독의 반대편에 강주혁이 자리하며 인사했다.

"안녕하십니까, 감독님."

"음."

여전히 말수가 적었다. 거기다 김삼봉 감독은 주혁이 기억하던 모습과 많이 달라져 있었다. 희끗희끗한 머리하며 그새 주름이 확 늘었다. 벌써 5년 넘게 못 뵈었으니까.

"건강은 좀 어떠십니까?"

"괜찮네."

그제야 보던 시나리오를 책상에 내려놓은 김삼봉 감독은 코끝에 걸친 안경을 통해 강주혁을 쳐다보았다.

"자넨, 얼굴 괜찮아 보이는군. 그래, 할 말이 뭔가."

김삼봉 감독의 물음에 강주혁은 책상에 올려진 시나리오를 힐끔 보다, 이내 본론으로 들어갔다. MV e&m과 있었던 일, 미팅에서 나눴던 대화들, 최명훈 감독 등에 대해. 물론 전부 말할 필요는 없으니 최대한 김삼봉 감독과 최명훈 감독이 관련된 사항만 전달했다.

"이미 거절한 사항이야."

"압니다. 다만 MV e&m이 더 좋은 조건을 제시할 수도 있는 거니까요. 그리고."

"음?"

"장춘성 선배님. 안 좋은 소문이 많습니다. 앞으로 또 어떤 사건이 터질지도 모릅니다."

"……."

강주혁의 말에 김삼봉 감독은 잠시 침묵을 지켰다. 그러다 팔짱을 끼더니 화제를 바꿨다.

"명훈이."

"예?"

"명훈이 건져 올린 게 자네라지?"

영화판은 좁은 만큼 소문이 매우 빠르다. 영화 자체가 수많은 스태프가 관여하는 예술이기 때문에 발 없는 말이 천 리 간다는 속담이 가장 잘 어울리는 곳이기도 하다.

"명훈이에게 뭘 봤기에 건졌나?"

"우연히 최명훈 감독의 시나리오를 봤습니다. 당장 찍고 싶을 정도로 잘빠졌고, 그의 독립영화 촬영 현장을 봤는데 분위기가 좋았습니다. 열정이 넘치는, 상업과 비교해도 부족하지 않았습니다."

대답을 들은 김삼봉 감독의 표정이 순간 밝아졌다. 다시 무표정으로 돌아오긴 했지만.

"고맙네."

"예?"

느닷없는 감사 인사에 주혁이 살짝 당황하며 물었다. 하지만 김삼봉 감독은 말없이 책상에 올려둔 시나리오를 만지작거릴 뿐이었다.

'무슨 사연이 있나?'

하긴, 최명훈 감독은 김삼봉 감독 밑에서 7년을 굴렀다고 들었다. 뭐가 있어도 있었겠지. 하지만 주혁은 딱히 묻지 않았다. 잠시 정적이 흘렀다.

정적을 먼저 깬 것은 김삼봉 감독이었다.

"명훈이는 판단이 빨라. 그리고 소화 능력이 괜찮아. 그림을 잘 뺄 거야."

"예. 잘 알겠습니다."

대답을 마친 강주혁이 자리에서 일어났다. 할 말은 다 했다고 판단했기 때문이다. 여전히 앉아 있는 김삼봉 감독에게 깊게 인사하고 유리문을 잡았을 때, 뒤에서 목소리가 다시 들려왔다.

"자네. 배우로서 복귀는 안 하나?"

유리문을 잡은 채로 강주혁이 고개만 돌려 답했다.

"……안 할 생각입니다."

"아깝게 됐군."

김삼봉 감독의 대답에 주혁은 슬쩍 미소 지으며 리딩실을 나섰다.

이후부턴 시간이 빠르게 흘렀다. 이틀 뒤 통장에 돈이 꽂히자마자, 주혁은 무비트리에 투자금 5억을 송금했다. 송 사장에게 전화가 온 것은 송금한 지 5분이 채 되지 않았을 때였다.

"투자자님! 초기 투자금 확인했습니다!"

"투자자는 개뿔. 회의는 어땠어요?"

"일단 전부 상황은 이해했다. 그리고 하성필 씨하고 류진주 씨한테는 말 안 하는 게 좋겠어."

"당연하지. 걔네는 연기만 하면 돼, 연기만."

"그래. 그렇지. 그럼 바로 움직이자. 일단 나는 스태프들 확실하게 짤 테니까, 너는 우리 캐스팅팀 정 팀장이랑 움직여. 걔도 보는 눈은 확실해."

"연락처 보내줘요."

"아니, 그냥 정 팀장보고 전화하라고 할게."

그리고 몇 분 뒤 정 팀장이라는 캐스팅 팀장에게 전화가 왔다. 그와 주혁은 전화로 간단하게 브리핑을 나눴고, 만날 약속을 잡았다.

영화 〈척살〉 제작에 속도가 붙었다. 무비트리는 무비트리대로 스태프를 꾸리느라 정신없었고, 그사이 최명훈 감독이 시나리오의 콘티(스토리보드라고도 하며, 시나리오를 더욱 세밀하게 그림으로 표현하는 것)를 마무리했다. 곧 완성된 대본이 나올 예정이었다. 그 소식을 들은 주혁이 송 사장에게 요청했다.

"형. 우리 대본 뺄 때, 좀 많이 빼자."

"왜?"

"단역부터 출연하는 모든 배우한테 주자고. 쪽대본 주지 말고. 의미가 있잖아."

"크크, 일단 접수."

출연하는 모든 배우에게 대본을 주고 싶었다.

그러는 와중에도 G-NEO게임즈의 주식은 미친 듯이 치솟았다.

— 현재 83,400(+29.51%) 금액 2,882,971,200

— 손익 1,597,417,600

3연상. 그리고 다음 날.

— 현재 104,500(+25.30%) 금액 3,612,356,000

— 손익 2,326,802,400

중국에서 초대박 친 '13인의 용사'의 상승률은 어마어마했다. 무비트리에 쏜 초기 투자금 5억은 순식간에 회복됐다. 하지만 중국과 달리 국내에선 분위기가 살짝 미적지근했다. 슬슬 팔아볼까? 그러나 오전 G-NEO게임즈 공식 홈페이지에 뜬 이벤트 소식을 본 주혁은 생각을 접었다.

— 용사 여러분 환영합니다. 용사분들의 뜨거운 관심 덕분에 '13인의 용사'가 기분 좋은 출발을 할 수 있었습니다. 감사한 마음에 9월 오픈 예정이었던 대규모 이벤트를 앞당겨 진행하기로 하였습니다. 필드 곳곳에 랜덤으로 배치

된 전설의 염원을 모으시면 13번째 무기로 교환하실 수 있습니다. 자세한 내용은 상세페이지를 확인하세요! 13번째 무기는 국내와 중국을 통틀어 선착순 1만 개로 제한합니다. 서두르세요! (본 이벤트는 국내와 중국에서 동시에 진행됨을 알려드립니다.)

이 이벤트가 유저들의 승부욕을 자극하면서 빠르게 퍼져나갔다. 덕분에 게임은 국내에서도 폭발적인 반응을 얻기 시작했다.

— 중국이랑 싸움 붙이는 건가?

— 밤샘각.

— 장담하는데 1만개 중 9999개 한국이 가져감.

— 무슨 소리? 전부 우리꺼임.

반응을 확인한 주혁은 G-NEO게임즈의 주식이 한동안은 상승곡선을 그릴 거라는 확신을 했다. 매도 타이밍을 잘 잡아야겠지만, 당장은 괜찮았다.

약속된 날 오전에 무비트리의 캐스팅팀 정환수 팀장을 만났다. 얼굴부터 통통한 몸매까지 흡사 곰돌이 푸 같은 인물이었다.

"안녕하십니까. 정환수 팀장입니다."

"반갑습니다."

"일단 말씀하신 대로 소극장 위주로 스케줄을 잡았습니다."

소극장으로 스케줄을 잡은 것은 강주혁의 요청이었다. 연극판도 빈부격차가 심한 곳이다. 유명한 공연을 하는 극단에는 연극판에서 이미 내로라하는 배우들도 많았기에 피해야 했다. 대신 스태프가 부족해 출연하는 배우들도 궂은일을 나눠서 할 정도로 열악한 소극장 공연을 선택했다.

오늘 선택해야 할 배역은 총 다섯 개. 〈척살〉 내용상 '회사'라는 집단의 사장 역, 주인공과 대적하는 반대세력 킬러 역으로 세 명, 그리고 주인공의 회상

씬에 등장할 아버지 역으로 한 명. 그밖에도 조단역을 포함한 배역은 많았지만, 연기 아카데미에 소식을 돌려 몇몇을 캐스팅하고, 오디션도 진행하면서 픽스할 작정이었다.

"일정이 빡빡합니다. 가시죠."

캐스팅 과정은 공연을 보고 배우를 만나고 오디션 정보를 전달하는 일의 반복이었다.

"어떻게 그럴 수가 있습니까!"

마스크를 쓴 강주혁이 정 팀장과 배우의 연기를 확인한다. 먼저 강주혁이 배우의 호흡, 발성, 감정, 대사전달력, 그리고 가장 중요한 대범함 등을 파악한다. 지금껏 소극장에서 연기해온 배우다. 갑자기 카메라 앞에 서면 떨리는 게 당연할 거고, 따라서 배우 파악에 대범함을 포함했다. 얼마나 당당하게 무대에서 연기하는가.

"내가?! 내가 했다고? 웃기지 마! 당신이잖아!"

배우가 자신의 배역을 얼마나 치밀하게 분석했는지, 대사에 정확한 의미와 감정이 실렸는지, 그리고 그 대사의 딕션, 강세, 완급 등을 살핀다.

그런 말이 있다.

"와, 대사 귀에 팍팍 박히네."

흔히들 연기 잘하는 배우에게 느끼는 부분인데, 대사에 리듬감을 부여하고 강약을 조절하는 것. 단어 하나하나 꼭꼭 씹다 뱉어내듯이 확실한 발성 또한 중요한 요인이다.

거기다 주혁은 탈, 그러니까 마스크가 평범한 것을 원했다. 많은 감정을 담을 수 있는, 단 한 줄의 대사만으로 모든 것을 표현할 수 있는 얼굴.

역시나 연극판에는 인재가 많았다.

"저분."

강주혁이 공연 중에 괜찮은 배우가 보이면 정 팀장에게 말하고, 정 팀장이 배우에게 오디션 정보를 전달한다. 첫날에만 20명 가까이 오디션 제안을 보냈다. 날이 어둑해질 즈음 마무리된 시점에 정 팀장이 입을 열었다.

"크, 빡세네요."

"오늘 고생하셨습니다."

"뭘요. 투자자님이 고생하셨죠."

"……저를 왜 투자자라고?"

"사장님이 그렇게 부르라고."

순간 주혁이 송 사장을 떠올리며 주먹을 말아쥔다. 그 모습을 보지 못한 정 팀장이 지금껏 제의를 넣은 배우들 명단을 확인하며 말했다.

"확실히 배우가 보는 눈은 좀 다르네요."

"예?"

"아, 아닙니다."

"식사하고 갈까요?"

"좋죠."

신나게 대답하는 정 팀장이 주변을 둘러보다 이내 콩나물 국밥집을 가리킨다. 강주혁도 고개를 끄덕였고, 둘은 일사천리로 콩나물 국밥집으로 발길을 돌렸다. 시간이 애매해서인지 국밥집에 손님은 많지 않았다. 주문을 받으러 온 종업원에게 정 팀장이 국밥 두 개를 주문하고 물을 따른다. 가득 찬 물 컵을 강주혁이 받아들며 감사함을 표하는 순간, 벽에 걸린 TV에서 뉴스 앵커의 목소리가 들려왔다.

"다음 뉴스입니다. 최근 불거진 가짜 약 논란의 중심인 성천바이오에서 공식입장을 발표했습니다. 성천바이오는 신약 물질 발견 당시……"

성천바이오라는 말이 들리는 순간 주혁이 TV 쪽으로 고개를 휙 하니 돌렸다. 그 모습에 정 팀장이 고개를 갸웃하며 물었다.

"바이오 쪽 관심 있으세요?"

그럴 리가 있나. 그저 터질 게 터졌구나 싶어서 확인해본 것이었다. 잠시 TV를 쳐다보던 주혁이 슬쩍 웃으며 답했다.

"아뇨. 그냥 확인해봤어요."

그렇게 주혁이 미소 지으며 대답하는 순간, 핸드폰이 울렸다. 보이스피싱이었다. 정 팀장에게 양해를 구한 강주혁은 그대로 국밥집을 빠져나와 수첩을 꺼내며 전화를 받았다.

― 1번 '아침 11시', 2번 '3년', 3번 '저녁 8시', 4번 '새벽 5시'

수첩에 적어둔 지난 키워드들을 확인한 주혁이 천천히 1번을 눌렀다.

"들으실 항목의 키워드를 '선택'해주세요!

1번 '아침 11시', 2번 '28', 3번 '저녁 8시', 4번 '새벽 5시', 5번……."

주혁은 저번에 결정한 대로 시간 키워드들을 바꿀 생각에 1번 '아침 11시'를 눌렀다.

"탁월한 선택! 강주혁 님이 선택한 키워드는 '아침 11시'입니다!

G-NEO게임즈 모바일게임 13인의 용사 측이 공식 홈페이지에 '아침 11시'경 발표한 대규모 이벤트에 대해 중국 유저들의 불만이 가중됩니다. 자국 특혜 이벤트라는 불만으로 목소리를 높이며 그에 따라 이벤트 오픈일로부터 3일 뒤 중국 유저들 사이에서 13인의 용사 게임 삭제 운동이 벌어집니다."

전화가 끊겼다. 방금 들은 정보를 강주혁이 곱씹어본다. 분명 G-NEO게임즈의 악재 정보였다.

"이 이벤트라는 거 나도 본 거 같은데."

분명 그도 해당 이벤트 페이지를 본 기억이 났다.

"그게 어딜 봐서 자국 특혜 이벤트냐? 알 수가 없네."

어찌 됐건 중국 쪽에서 이벤트 오픈일로부터 3일 뒤 게임 삭제 운동이 일어난다는 것이 팩트였다. 주혁은 게임사 홈페이지에 들어가 이벤트 일정을 확인했다. 이벤트 시작일은 내일 오전 10시부터.

"내일 바로 정리하자."

주식에 대해 잘 알진 못했지만, 몇 번 해본 결과 가장 크게 느낀 건 뜨거울 때 손을 털어야 한다는 거였다.

결론을 내리고 다시 국밥집으로 들어가니, 국밥은 이미 나와 있고 정 팀장의 국밥은 이미 반쯤 비어 있었다.

"아! 투자자님, 얼른 드세요. 다 식겠네."

"그 투자자란 말 좀 하지 마세요. 먹다 체하겠네."

슬쩍 농담을 던진 강주혁도 자리에 앉아 국밥을 뜨기 시작했다.

다음 날, 다른 날과 다르게 새벽부터 눈이 떠졌다. 강주혁은 눈을 뜨자마자 G-NEO게임즈에 대한 검색을 시작했다.

"아직은 괜찮아."

다행히 아직 중국 유저들이 게임을 헐뜯는 소식은 없었다. 긴장감에 손바닥을 마주 비비던 주혁이 침대에서 일어나 화장실로 향한다. 주식 장이 열리기 전에 일단 씻자는 생각에서였다.

그리고 몇 시간 뒤, 9시 48분.

— 현재 124,000(+18.67%) 금액 4,286,432,000

— 손익 3,000,878,400

42억이었다. 10억대였던 돈이 금세 40억이 됐다. 막상 40억 정도 되는 주식을 털 생각을 하니 손이 떨려왔다. 하지만 지체할 시간은 없다. 주혁은 3억부터 시작해서 5억, 다시 3억, 천천히 뭉텅이로 털었다. 당연히 누군지는 알 수 없지만, 강주혁이 던지는 주식은 금세 팔려나갔다.

― 매도체결, 매도체결, 매도체결

"중국 뽕이 좋긴 좋구나."

분명 현재 G-NEO게임즈에 관심 있는 사람들은 중국 파워를 생각하고 주식을 사들이고 있을 것이다. 강주혁의 매도 때문인지, 주가는 넘실넘실 파도를 쳤다. 살짝 떨어지면 금세 회복되고, 살짝 오르면 금세 원점으로 돌아온다. 파도치는 숫자와 퍼센트를 보며 강주혁은 매도 작업을 반복했다. 마침내 깔끔하게 주식을 처분한 그는 웅크렸던 몸을 쭉 펴며 기지개를 켰다.

"으그극!"

강주혁의 통장에 박힐 돈은 우수리 떼고 42억 정도. 얼추 〈척살〉 전체 투자금에 맞춰진 금액. 물론 차후 배급 단계에서 대두되는 마케팅비 20억가량이 남았지만, 그쪽은 장춘성의 문제가 해결될 때까지 미뤄둬야 했다. 주식 처분을 마친 주혁이 나갈 채비를 했다. 오늘은 무비트리에 가봐야 했다.

강주혁이 무비트리의 문을 열자, 송 사장이 며칠 밤을 새운 것인지 턱까지 내려온 다크서클을 달고선 나타났다.

"왔냐?"

"형. 죽는 거 아니지? 영화 들어가기 전에 죽으면 안 돼요."

"나도 이거 개봉 전엔 안 죽을 거다. 일단 이쪽으로."

간단하게 인사를 나누고 송 사장이 본인의 사무실로 안내했다. 사무실에 도착해 주혁이 소파에 앉자, 송 사장은 커피를 탁자에 내려두며 곧장 본론으로 들어갔다.

"일단, 스태프는 다 꾸렸다."

사실 영화라는 영역 자체는 스태프가 꾸려져야 본격적으로 시작할 수 있다. 초반 감독 결정과 투자배급사 결정 그리고 주요 배우 캐스팅이 완료되면 스태프를 꾸리는데, 김삼봉 감독 사단처럼 애초에 이름값이 높은 감독은 고정 스태프가 정해져 있기에 큰 고생을 안 하지만, 최명훈 감독처럼 무명이면 얘기가 다르다. 며칠 만에 폭삭 늙어버린 송 사장의 얼굴이 모든 것을 설명하고 있었다. 아마 꽤 고생했을 거다. 폭삭 늙어버린 송 사장이 말을 이었다.

"일단 최 감독 포함 연출팀은 콘티 가지고 제작 회의 들어갔고, 제작팀은 가장 급한 오디션 일정 작업에 들어갔다. 적당히 정리되면 촬영 스케줄부터 뽑을 거야."

영화에는 수많은 스태프가 동원된다. 송 사장이 언급한 연출팀, 제작팀을 포함하여 촬영팀, 미술팀, 음향팀, 분장팀 등 어마어마한 인력을 쏟아부어야 한다. 그 수많은 스태프가 오직 촬영 스케줄 하나만 보고 한뜻으로 움직인다. 물론 여러 가지 급작스러운 사태가 발생하기 일쑤여서 촬영 스케줄 그대로 지켜나가긴 어렵지만, 최대한 지켜나가야 차후 문제를 그나마 줄일 수 있다. 따라서 프리프로덕션 기간인 지금 진행하는 일들이 꼼꼼하고 단단해야 한다. 브리핑을 들은 주혁이 고개를 끄덕이며 물었다.

"오디션은 언제쯤 진행해요?"

"일단 빨라도 다음 주."

"흠."

"오디션은 나, 최 감독, 박 PD, 정 팀장 볼 거고, 너는 어떡할래? 참여할래?"

"좀 보고. 근데 엔간하면 나도 포함해서 진행해줘요, 일단은."

"오케이."

주혁의 대답을 들은 송 사장이 다이어리에 지금까지 논의한 내용을 적었다. 그때 주혁이 번뜩 떠오른 것이 있는지 입을 열었다.

"아, 그 VIP픽쳐스 제안서 보내봤어요?"

"어? 어어. 보냈고, 아직 회신을 못 받았어."

"스읍, 역시 안 되나. 아, 2차 투자금 며칠 뒤에 쏠게."

"어, 안 그래도 물어보려고 했다. 이번엔 얼마나?"

"30억."

"30어······어? 30억?!"

"응. 30억. 뭘 그렇게 놀라. 내가 메인 투자자 한다니까."

눈을 동그랗게 뜬 송 사장이 머리를 긁으며 새삼 입맛을 다셨다.

"아니, 아는데 막상 들으니까 좀 놀랍네."

"오디션 일정 픽스되면 연락 주시고."

할 말을 끝낸 주혁이 남은 커피를 원샷하며 자리에서 일어서는데 송 사장이 붙잡았다.

"너, 소희 어떡할 거야?"

소희. 강주혁이 〈척살〉의 시나리오를 봤을 때, 중요하게 생각했던 배역 중하나였다. 주연 하성필이 맡을 태수 역의 여동생 역으로 대사는 많지 않지만, 작품 속 서사가 확실하고 배역 중 가장 매력적인 캐릭터. 류진주가 맡은 혜정 역도 매력적이지만, 강주혁이 볼 때 〈척살〉 영화에 소희라는 배역이 살면 더욱 분위기를 고조시켜줄 거라 판단했다.

"연극 쪽엔 없었어."

"그럼?"

"소희 역할은 무명, 신인 할 거 없이 받아보자. 아카데미 쪽하고 소속사 전부 오디션 일정 나오면 뿌리지 뭐."

"일단, 오케이. 식사 안 하셨지, 투자자님?"

"그거 좀 하지 말라고."

"투자자님을 투자자님이라 부르지 그럼 뭐라 불러? 가자. 꽃게탕 어때?"

꽃게탕이 벌써 눈앞에 아른거리는지 송 사장이 기분 좋게 강주혁의 어깨에 팔을 둘렀다. 그때 주혁의 품속에서 전화가 울렸다. 눈치 좋은 송 사장은 받고 오라는 시늉을 하며 먼저 걸어갔다.

전화에 찍힌 숫자는 보이스피싱 번호였다. 전화를 받자 언제나 그렇듯 녹음된 듯한 여자 목소리가 흘러나왔고, 주혁에 손에는 수첩이 들려 있었다.

— 1번 '아침 11시', 2번 '28', 3번 '저녁 8시', 4번 '새벽 5시'

저번 키워드를 확인한 후, 그가 1번을 눌렀다.

"들으실 항목의 키워드를 '선택'해주세요!

1번 '할머니', 2번 '28', 3번 '저녁 8시', 4번 '새벽 5시', 5번……"

원래 같으면 이번에도 시간으로 된 키워드를 선택해야 했지만.

"할머니?"

1번 키워드를 듣자마자 주혁의 호기심이 극에 달했다. 그의 손은 이미 1번으로 움직이고 있었다.

"탁월한 선택! 강주혁 님이 선택한 키워드는 '할머니'입니다!

다큐 독립영화로서 312만이라는 이례적인 관객수를 동원한 영화 내 어머니 박점례에서 '할머니' 역을 맡은 김점숙 씨가 영화로 벌어들인 수익 전액을 결식아동을 위해 기부합니다."

"그렇단 말이지?"

새로운 정보를 내뱉은 핸드폰을 품속에 집어넣은 주혁이 수첩을 수정했다. 오전에 G-NEO게임즈의 주식을 모두 털었기에 수첩에서 G-NEO게임즈 관련 정보는 지우고, 새로운 정보를 써넣었다.

— 영화 〈척살〉 (진행 중)

— 장춘성 미투 운동 (진행 중)

— 다큐 독립영화, 〈내 어머니 박점례〉 (진행 중)

― 다큐 독립영화로서 312만을 동원한 영화 〈내 어머니 박점례〉, 할머니 역을 맡은 김점숙 씨가 영화로 벌어들인 수익 전액을 결식아동을 위해 기부.

"그나저나 대단한데?"

다큐 독립영화로 312만. 상업영화로 치면 제작비 30억 정도 들어간 영화가 관객수 천만을 찍는 것과 비슷하다. 독립영화는 보통 적게는 5백만 원에서 많게는 5억까지도 제작비가 들어가는데, 상영관도 잡기 힘든 독립영화가 312만을 찍는다는 것은 불가능에 가깝다.

"찾아볼까?"

호기심이 동한 주혁이 핸드폰으로 인터넷을 켰다. 곧바로 핸드폰 화면에는 검색사이트가 열렸고, 강주혁이 영화 제목으로 검색어를 쳤다. 사실 큰 기대는 안 했다. 아직 제작 자체를 안 했을지 모르고, 행여나 제작에 들어갔다고 해도 독립영화라 기사가 나올 리 만무했다.

그런데 다큐 독립영화치고 많은 양의 기사가 나왔다.

"꽤 많은데."

이상했다. 기자들은 대중이 관심 없는 기삿거리에는 눈길도 안 준다. 그런데 다큐 독립영화에 이 정도의 기사가 나왔다는 것은 이 영화에 무언가 군침흘릴 만한 소스가 있다는 뜻. 점점 커지는 궁금증에 주혁은 엄지로 핸드폰 화면을 슥슥 밀어내면서 기사 제목들을 확인했다. 그러다 멈칫. 그의 손가락이 갑작스레 멈췄다.

"뭐?"

눈이 단숨에 확장된다. 이유는 간단했다.

「'음주운전' 장춘성, 독립영화로 스크린 복귀」

「저예산 영화로 복귀하는 장춘성 "아직도 반성 중"」

「'내 어머니 박점례' 제작 기간만 11개월 예상」

"이게 뭐."

기사를 읽던 주혁이 핸드폰을 집어넣고, 수첩을 꺼내 들었다. 욕보다 사태 파악이 먼저였다.

"일단, 이 독립영화는 대박이 터져."

보이스피싱이 알려준 대로라면 이 〈내 어머니 박점례〉는 초대박이 터진다. 그런데.

"거기에 장춘성을 뿌리네."

지금껏 장춘성의 미투 사건이 터지길 기다리고 있었는데, 어처구니없는 타이밍에 등장했다. 거기다 기사에 복귀 확정이라는 멘트가 있는 걸 보니, 이미 계약서 사인까지 끝난 게 아닌가 싶었다.

"김삼봉 감독이 거절해서 이쪽 노선을 탔나?"

MV e&m의 판단 자체는 나쁘지 않았다. 초심으로 돌아가겠다는 말 좀 박아주고, 상업이 아닌 독립을 찍으면 나름 받아들이는 대중들도 생길지 모른다. 게다가 〈내 어머니 박점례〉라는 영화. 딱 봐도 눈물이 줄줄 흐를 것 같은 타이틀이다. 거기다 관객수가 312만이라고 했으니 장춘성이 연기만 잘하면 복귀각이 제대로 잡힐 거다. 그리고 가장 큰 문제는.

「'내 어머니 박점례' 제작 기간만 11개월 예상」

바로 이 부분.

"까딱 잘못하면 겹치겠어."

여차하면 〈척살〉의 개봉 시기와 맞아떨어질지도 모른다. 뭣보다, 그때까지 미투 사건이 안 터진다면? 물론 독립영화 〈내 어머니 박점례〉의 촬영 중간 장춘성의 미투 사건이 터져서 배우가 바뀔지도 모르지만.

영화는 구설수에 약하다. 주연배우 한 명이 스캔들 또는 사건 사고가 터지면 성적에 막대한 영향을 미친다. 상업영화는 물론이고 독립영화는 오죽할까. 그런데 보이스피싱에선 312만이나 동원한다고 했다. 영화가 아무 문제 없이 성공할 수도 있다는 뜻. 즉 제작 기간만 11개월이라는 독립영화 〈내 어머니 박점례〉가 개봉할 때까지, 장춘성의 미투 사건은 안 터질 가능성이 컸다. 그렇게 되면 똥 싸는 건 강주혁이었다. 만약 〈척살〉 개봉 때까지 장춘성의 미투 사건이 안 터지고, 이어서 MV e&m이 〈척살〉을 망가뜨린다? 그러면 장춘성의 미투 사건이 뒤늦게 터진다 해도 아무짝에도 소용이 없다. 이미 〈척살〉은 망했을 테니까. 결국.

"직접 터뜨려야 되나?"

상황이 변했다. 장춘성의 추락을 조용히 기다리기엔 위험성이 너무 컸다. 강주혁이 직접 움직여야 했다.

다음 날, 이른 아침부터 강주혁이 사무실 문을 열었다. 아직은 밖이 어두침침했기에 사무실의 분위기는 을씨년스럽다. 주혁이 옅은 한숨을 뱉고는 그 표정 그대로 품에서 수첩을 꺼내, 영화 〈척살〉을 제외한 미래 정보를 곱씹는다.

— 신인 여배우가 장춘성에게 연습생 시절 3년간 성희롱을 당했다고 폭로. 이를 시작으로 유명 원로배우들의 악행이 줄줄이 밝혀짐.

— 다큐 독립영화로서 312만을 동원한 영화 〈내 어머니 박점례〉, 할머니 역을 맡은 김점숙 씨가 영화로 벌어들인 수익 전액을 결식아동을 위해 기부.

"일단 핵심은 저 신인 여배운데."

하지만 정보가 부족해서 당장 누군지 알 수가 없다.

"가정을 해보자."

강주혁은 두 가지 미래 정보를 토대로 스토리를 만들기 시작했다.

"자신을 괴롭히던 장춘성이 다큐 독립영화를 찍고, 그 영화가 잘돼서 복귀 각이 잡히니까, 신인 여배우가 억울함에 3년간 성희롱당한 것을 폭로, 그래서 미투 운동이 재점화된다?"

물론 보이스피싱에서는 독립영화에 대한 정보를 미투보다 나중에 알려줬지만, 현실에서 발생하는 순서는 뒤바뀔 수 있다. 보이스피싱은 순전히 강주혁이 선택하는 키워드에 따라 미래 정보를 알려줄 뿐이니까.

강주혁이 자세를 바로 하며 노트북을 켰다. 기사를 확인할 생각이었다. 최근 것은 빼고, 2010년부터 작년까지. 확실히 영화판에서 잔뼈가 굵은 인간이라 기사는 홍수처럼 쏟아졌다. 주혁은 천천히 1페이지부터 기사 제목을 읽어가며 넘어갔다.

1페이지, 2페이지, 3페이지, 이어서 4페이지. 별다른 게 없다. 기사를 보던 주혁이 짧게 혀를 차며 다음 페이지로 넘어간다.

5페이지, 6페이지……11페이지, 12페이지. 멈칫.

12페이지에서 강주혁의 손이 멈춘다.

"허!"

12페이지에 걸려 있는 기사 제목을 본 주혁이 헛웃음을 뱉었다.

「MV e&m의 신생 매니지먼트를 살려라! 배우 장춘성부터 시작」

「MV e&m 부사장 장필수, 배우 장춘성의 동생? 금수저 집안」

"어쩐지 겁나 거드름 피우더라니."

이런 든든한 뒷배가 있을 줄이야. 주혁은 MV e&m과 미팅했을 때를 떠올렸다. 어째서 그 자리에서 장춘성이 왕처럼 굴었는지, 왜 그렇게 여유만만이었는지가 단박에 이해가 갔다. MV e&m이 대배우 장춘성을 위해 투자까지 하며 복귀를 밀었던 건, 단순히 배우 한 명의 신분세탁이 아니라 부사장 가족의 신분세탁을 위해서였다.

"가만 있었으면 MV e&m에 아주 박살이 났겠네."

그리고 그 순간.

♬띠리리 띠리리링 띠리리 띠리리링!!!

주혁의 말이 끝나자마자 책상에 올려둔 전화가 울렸다.

*070-1004-1009

강주혁이 재빨리 전화를 받아 곧바로 1번을 눌렀다.

"들으실 항목의 키워드를 '선택'해주세요!

1번 'J', 2번 '28', 3번 '저녁 8시', 4번 '새벽 5시', 5번······."

키워드들을 들은 주혁은 잠깐 고민하다가, 원래 계획대로 시간 키워드 4번을 누른다.

"탁월한 선택! 강주혁 님이 선택한 키워드는 '새벽 5시'입니다!

강하영이 '새벽 5시'경 사망한 채로 가족들에게 발견됩니다. 가족들은 강하영이 미투 폭로 이후 심적으로 매우 고통받는 상태였으며 장춘성에 대한 강력한 처벌을 원한다 말합니다."

전화가 끊기자마자 강주혁이 자리에서 벌떡 일어나며 짧게 읊조린다.

"강하영."

막혔던 속이 뻥 뚫리는 기분이었다. 잠시 핸드폰을 들고 있던 강주혁이 세상 빠른 몸짓으로 검색창에 강하영을 검색했다. 가장 먼저 프로필이 눈에 띄었다. 사진은 걸려 있지 않았고, 이름과 기초적인 정보만이 나열돼 있다.

"최근엔 쭉 쉬었네."

최근 작품은 없는 상태. 데뷔 자체가 얼마 되지 않아서 작년쯤 했나 싶었다. 주혁은 빠르게 프로필을 확인했다. 그리고 프로필 중간쯤.

— 소속사 : FNF엔터테인먼트

잠시 잊고 있던 FNF엔터테인먼트가 튀어나왔다. 프로필을 보며 머리를 굴리던 주혁이 이내 어딘가로 전화를 걸었다. 신호는 두 번 만에 끊겼다.

"선배님?"

"어, 류진주. 통화돼?"

"어, 네네."

류진주가 살짝 놀란 말투로 답했다. 놀랄 만도 했다. 강주혁이 류진주에게 직접 전화한 건 처음이었으니까.

"너 혹시 강하영이라는 친구 알아? FNF에 있던데."

물어보면서도 강주혁은 살짝 긴장했다. 오랫동안 FNF에 몸담았던 류진주가 강하영을 모르면 일이 좀 귀찮아진다. 일일이 찾아야 하니까.

"강하영? 하영이는 왜요?"

하지만 다행히 류진주는 강하영을 아는 듯했다.

"아, 걔 번호 좀…… 아니다. 너 오늘 내 사무실 좀 올 수 있냐? 급한데."

"네?! 지금요? 아."

고민하는지 어쨌는지 몇 초간 부스럭 소리가 들리더니 류진주가 답했다.

"주소 찍어주세요. 지금 바로 가요?"

"어? 어어. 바로 오면 고맙긴 한데, 스케줄 없어?"

"오늘 없어요. 쉬는 날. 톡으로 주소 보내주세요."

그러더니 류진주가 전화를 끊어버린다.

"뭐지."

뭐가 됐든 강주혁은 류진주에게 사무실 주소를 보냈다.

"'아무래도 같은 여자가 편하겠지."

만약 강하영을 만난다 해도, 강하영이 방어적으로 나올 가능성이 있다. 거기다 강주혁을 믿어줄지도 미지수고. 하지만 류진주라면 같은 여자라 마음도 편할 테고 안면도 있으니 일이 한층 부드럽게 흘러갈 것이다. 류진주를 기다리는 동안 강주혁은 보이스피싱에서 들은 키워드와 강하영에 대한 미래 정보를 메모했다.

그러고 한 시간 반쯤 지났을까? 류진주가 사무실 문을 열었다. 통 넓은 후드에 모자, 마스크, 거기다 알이 큰 안경까지. 잠시 그녀를 쳐다보던 주혁이 소파에 앉으라는 손짓을 했다. 우물쭈물 소파에 앉은 류진주에게 주혁은 녹차 한잔을 건네며 바로 본론으로 들어갔다.

"장춘성 그 아저씨, 아무래도 여배우들 건드리고 있는 것 같아. 그것도 신인들만."

첫마디에 물꼬를 튼 주혁은 적당히 류진주가 이해할 수 있는 정도까지만 걸러서 말했다. 장춘성과 자신의 관계, 〈척살〉과 MV e&m의 상황, 해서 장춘성의 뒷조사를 했고 성희롱을 일삼고 있다는 정보를 입수, 그 과정에서 강하영을 알았다는 것까지. 물론 살짝 거짓말을 붙였지만 상관없겠지.

"개새끼."

조용히 얘기를 듣던 류진주의 반응은 쌈박했다.

"변태 새끼. 그럼 그 새끼 어떡하실 건데요?"

"매장시켜야지."

"당한 게 하영이 혼자…… 아니, 그런데 선배님은 어떻게 아셨어요? 저번에 저도……."

"뭐, 제보받는 곳이 있어. 지금 그게 중요한 건 아니잖아. 강하영 잘 알아?"

"……알긴 알아요."

"일단 불러."

강하영은 미투 폭로 이후 사망한다. 심적인 고통을 받았다고도 했고, 아마 일이 틀어지거나 그랬겠지. 보이스피싱에서는 강하영이 3년간 성희롱을 당했다고 발표한다고 했지, 장춘성이 망했다는 말은 없었다. 힘이 없어서. 강하영은 무명에 가까운 신인 여배우. 그녀에게 든든한 뒷배가 있을 리가 없으니까. 사건을 발표했더라도 금방 묻혔을지 모른다. 심적인 고통, 우울증, 큰 결심을 했는데도 그 결과가 좋지 못했고, 나락으로 빠지는 게 장춘성이 아닌 자신이라는 것을 비관한 자살. 강주혁은 그 기분을 아주 잘 알고 있었다.

"일단, 가볍게 할 말이 있다는 식으로 부르고, 너가 한번 얘기해봐. 나는 나가 있을 테니까. 얘기 나눌 때 힘이 돼주겠다는 말도 꼭 하고."

고개를 끄덕이는 류진주는 이미 강하영에게 전화를 걸고 있었다. 매우 의욕적인 모습. 아까부터 봤는데, 약간 넘치게 반응한다.

'얘도 뭔가 있나.'

"응, 하영아. 나야."

강주혁이 살짝 의문을 가질 때, 류진주와 강하영의 통화가 시작됐다.

강하영이 사무실 문을 노크한 것은 점심때가 지날 무렵이었다. 강주혁이 문을 열자, 강하영으로 보이는 여자가 순간 헉 소리를 냈다. 당황하는 기색이 역력했다. 전혀 예상치 못한 인물이었을 테니까. 강하영은 단발머리에 검은색 모자를 쓰고, 전체적으로 가벼운 외출복 차림이었다. 강주혁은 슬쩍 비켜나며 지나갈 공간을 만들어주었다.

"류진주, 안에 있어요."

"네, 네?! 아."

우물쭈물 강하영이 문을 지나자, 강주혁은 사무실을 나와 문을 닫았다. 이제부터는 밖에서 시간을 때워야 했다.

얼마 뒤. 류진주에게서 톡이 왔다.

— 선배님. 얘기 끝났어요.

톡을 받자마자 주변을 배회하던 강주혁이 사무실로 발길을 돌렸다.

사무실 분위기는 우중충했다. 강하영은 울고 있었고, 류진주는 그녀를 토닥여주는 중. 그 모습에 강주혁이 순간 멈칫했지만, 류진주가 고개를 살짝 끄덕거렸기에 어렵사리 반대쪽 소파에 앉았다. 울고 있는 강하영을 대신해 류진주가 상황 설명을 해주었다.

"시작은 아카데미서부터였나 봐요."

강하영을 토닥이며 말을 잇는 류진주의 설명은 이랬다. 연기를 배우기 위해 강하영은 3년 전 장춘성이 운영하는 아카데미에 등록했고, 악연이 거기서부터 시작됐다는 것. 그때부터 최근 아카데미를 나올 때까지도 심하게 성희롱을 당해왔다고. 연기를 알려준다는 명목으로 몸을 만지는 것 이외도 문자, 전화 등 수많은 방법으로 그녀를 괴롭혔다고 했다. 얘기를 끝낸 류진주가 마무리 멘트를 쳤다.

"진짜 개새끼."

가만히 강하영을 지켜보던 강주혁이 작게 말을 걸었다.

"강하영 씨."

"……네."

강하영은 대화는 할 수 있는 정도로 진정된 상태였다.

"힘드셨을 텐데, 어떻게 참으셨어요."

강하영이 잠시 침묵한다. 그러다 이내.

"협박……당했어요. 앞으로 다시는 연기 못 할 거라고. 정말 터뜨리고 싶었는데, 세상 사람들에게 전부 터놓고 싶었는데…… 너무 무서웠어요."

"제가 도와드리겠습니다. 장춘성을 아주 나락으로, 다시는 얼굴 들고 다니지 못하게 할게요. 한번 힘내주실 수 있겠어요?"

강하영은 이미 류진주에게 비슷한 말을 들었는지 놀라는 기색 없이 눈물을 닦아내며 자세를 바로 했다. 코도 한번 훌쩍이면서.

"저 시간을 좀 주세요. 준비할 게 있어요."

그녀의 눈빛에는 어느새 의지가 가득했다.

강주혁이 장춘성의 미투 사건을 파헤치고 있는 동안 무비트리의 송 사장도 바쁜 일정을 소화해야 했다.

가장 급한 것이 배우 확정. 원래 같으면 조단역까지는 소속사에서 프로필을 받고, 얼추 연기 된다 싶으면 감독과 얘기해서 픽스한다. 소속사에서 배우를 데리고 왔다는 건 어느 정도 기본기가 잡혀 있다는 뜻과 같았다. 물론 개중에 개판인 배우도 있긴 있지만, 시간이 돈인 바닥이다. 조단역까지 세세하게 캐스팅할 여력이 안 된다. 하지만 영화 〈척살〉은 메인투자자 겸 제작자로 참여한 강주혁이 핸들링하고 있다. MV e&m까지 척진 마당에 강주혁까지 빠져나가면 〈척살〉은 엎어진다. 물론 그럴 리 없다는 건 알지만, 송 사장은 누구보다 현 상황을 냉정히 파악하고 있었다.

오늘은 바로 그 오디션이 진행되는 날이었다. 오늘 결정할 배역은 자잘한 조단역들과 비중이 작은 조연급이었다. 이미 무명배우들의 프로필을 받아 한 차례 걸러낸 상태. 현재는 1차 프로필에서 통과한 무명배우들의 2차 오디션. 그런데도 꽤 많은 인원이 남았다.

"들어오시라고 해."

송 사장이 캐스팅팀 직원에게 지시를 내렸다. 오디션을 진행하는 인원은 송 사장, 정 팀장, 박 PD 그리고 최명훈 감독. 자신이 연출할 영화에 연기할 배우를 처음 보는 자리인 만큼 최명훈 감독의 눈빛이 이글이글 불타올랐다.

잠시 후, 문이 열리더니 다섯 명이 뭉텅이로 들어왔다. 진행직원이 각자에게 종이 한 장씩 나눠주었다. 오늘 오디션 종목은 지정연기. 종이에 적힌 대사를 각자 역량에 맞게 치면 된다.

"최철진 씨부터 시작하세요."

시작은 가장 왼쪽부터.

"네놈이 결국 모든 것을 망쳤어! 너 이 개자식! 눈빛부터 쓰레기……."

"네, 잘 봤습니다. 밖에서 꼭 차비 수령하세요."

10초 컷. 아쉽지만 사람이 너무 많았다. 첫 줄부터 배역과 동떨어진 연기를 펼친다면 빠르게 치고 넘어가야 했다. 대사 한 줄의 무거움이 가장 절실하게 느껴지는 곳이 바로 오디션장이다.

차비 지급은 강주혁의 요청이었다. 어떤 직업이든 배고픈 법이지만, 배우로서 주혁은 그들을 존중하고 싶었다. 적은 돈이지만 〈척살〉에 대해 좋은 기억을 만들고 싶다고나 할까?

"잘 봤습니다."

오디션은 빠르게 진행되었다.

"네, 잘 봤습니다."

한 팀이 끝나면 다음 팀, 또 다음 팀. 송 사장을 비롯한 심사위원들은 각자 괜찮았던 배우의 프로필에 동그라미를 그렸다.

"다음 팀이 마지막인가?"

"네."

"후― 빨리 진행하자, 그럼."

송 사장이 한숨을 크게 내뱉으며 직원을 재촉했다. 이윽고.

"끝났지?"

"예! 끝났습니다."

복도에서 진행을 맡고 있던 직원이 소리쳤다. 드디어 마지막 팀까지 모두 끝났다. 그 소리에 하루 종일 달려온 송 사장과 최명훈 감독, 정 팀장, 박 PD가 짠 듯이 모두 기지개를 켠다. 송 사장이 입을 연 것은 그때였다.

"자자, 다음다음."

여기서 끝이 아니었다. 모두의 의견을 취합하여 최종적으로 배우를 정해야 했다. 송 사장이 먼저 움직였고, 그를 따라 나머지 인원들이 줄줄이 회의실로 모였다. 각자 합격점을 준 지원자의 프로필을 모두 모아 겹치는 프로필이 있는지, 또는 겹치지 않은 배우가 있다면 그 이유 등을 설명하며 밤을 지새운다.

오랜 상의 끝에 조단역 포함 최종 합격 여섯 명이 나왔다. 그때 합격자 프로필을 보던 최명훈 감독이 모두에게 물었다.

"아까 다 검은색 펜으로 통일한 거 아닙니까? 이거 빨간색 동그라미는 누가?"

대답은 캐스팅팀 정 팀장이 했다.

"강주혁 씨가 연극 쪽 돌면서 뽑은 배우들을 제가 따로 체크해둔 겁니다."

"진짜요?"

대답을 들은 최명훈 감독의 눈이 동그랗게 커지더니 한 번 더 물었다.

"이번 오디션에 몇 명이나 왔는데요?"

"여섯 명이오."

최명훈 감독이 빨간색 동그라미가 쳐진 프로필을 확인했다.

"지금 뽑힌 배우 프로필에 전부 빨간색 동그라미가 있네요?"

"네. 그렇더라고요."

합격 프로필은 총 여섯 개. 그 프로필에는 모두 빨간색 동그라미가 있었다. 프로필을 물끄러미 바라보던 최명훈 감독이 다시 물었다.

"그러니까, 강주혁 씨가 뽑은 배우가 전부 합격했다는 겁니까? 나는 누군지도 몰랐는데?"

이번에도 대답은 정 팀장이 했다.

"그러니까요. 그렇더라고요."

결과적으로 이번 오디션에는 서로 짠 듯, 강주혁이 소극장 쪽에서 뽑은 배우들이 모두 합격했다. 사정을 들은 최명훈 감독은 살짝 멍하니 합격자들의 프로필을 바라볼 뿐이었다.

이후로도 무비트리 일정은 오디션의 연속이었다. 조단역과 달리 조연은 짧으면 3차, 길면 5차까지도 오디션을 진행한다. 그만큼 중요하기 때문이다.

"잘 봤습니다."

이윽고 마지막 배우의 연기가 끝나면서 오디션이 끝났고, 모두 기다렸다는 듯 한자리에 모여든다. 원래 같으면 3차 오디션까지 진행했어야 할 스케줄이었지만 이번에는.

"이건 뭐, 더 보고 할 것도 없겠네."

합격자 대부분 강주혁이 고른 배우들이었고, 나머지는 수준이 한참 미달이었다. 결국 조단역부터 조연까지 강주혁이 캐스팅한 무명배우들이 확정됐다. 만약 강주혁이 소극장을 돌며 캐스팅 작업을 하지 않았다면 몇 번의 오디션을 통해 고른다고 많은 시간을 허비했겠지. 송 사장이 자랑스럽게 말을 던졌다.

"역시 투자자님. 아직 감이 살아 있네."

"그러게요. 배우를 오래 해서 그런가? 보는 눈이 확실하신 거 같아요."

최명훈 감독부터 시작해서 모두 송 사장의 말을 거들었다.

이제 남은 배역은 하나. '소희.' 소희 역을 빼곤 배우 세팅이 완료됐기에 무비트리는 속도를 높였다. 제작팀은 각종 계약을 진행했고, 연출팀과 협조해 세부적인 예산을 책정했다. 연출팀은 감독이 짠 1차 콘티를 가지고 세부 디테일이나 기술적 자문 등을 받아 최종 콘티를 만들기 위해 박차를 가했다. 기본적으로 연출팀과 제작팀은 서로 합심해야 하기에 지속적인 제작 회의를 통해 기초단계를 탄탄하게 만들어간다.

이쯤 되자 주혁은 배급사를 생각해야 했다. 슬슬 제작발표 시기였다. 초반 보도자료를 뿌려 잠재적 관객을 확보해야 했다. 이후 지속적인 광고와 행사 등을 통해 영화 개봉까지 대중의 관심을 이끌어내야 하는데, 이게 배급사가 초반에 하는 일이었다.

걸리는 것 없이 배급사를 구하려면 빨리 장춘성을 치워야 했지만.

"슬슬 전화 올 때가 됐는데."

강하영에게는 소식이 없었다.

하지만 그날 저녁.

♬띠리리 띠리리링 띠리리 띠리리링!!!

전화가 울렸다.

"네. 하영 씨."

"준비됐어요."

강하영이 결단을 내렸다.

9. 다큐

강주혁의 사무실에 강하영, 류진주가 모였다. 다시 만난 강하영의 표정은 단단했고, 한결 편해진 모습이었다. 그에 반해 류진주는 오히려 마치 자기 일인 양 표정에 화가 서려 있었다.

'그래도 쟤가 있어서 다행이네.'

강하영과 얘기를 나누고 있는 류진주를 쳐다보며 강주혁이 내심 안심했다. 예민한 부분이 많았다. 만약 류진주가 없었다면 강주혁이 일을 진행하는 데 제약이 많았을 것이다.

"하영 씨."

류진주와 대화하던 강하영이 고개를 돌려 강주혁을 쳐다보았다.

"네."

"익명으로 시작하겠지만, 어쩌면 얼굴이 알려질지도 모르고, 싸움이 길어질 수도 있어요."

"각오했어요."

"마음 독하게 먹으셔야 해요."

"네. 진주 선배님이 많이 도와주신다고 했고, 더는 저 같은 연습생이 안 나왔으면 좋겠어요."

강하영은 의지를 굳힌 듯 보였다. 그런 그녀를 측은하게 바라보던 류진주가 손을 잡아준다. 그 모습을 물끄러미 바라보던 강주혁이 탁자 옆, 강하영이 챙겨온 종이가방을 보며 물었다.

"근데 하영 씨, 그 가방은?"

"아!"

이제야 생각이 났는지 종이가방을 강주혁에게 내밀었다.

"그동안 모은 거예요."

고개를 갸웃하던 강주혁이 종이가방의 내용물을 확인했다. 내용물은 간단했다. 종이 몇 장과 핸드폰.

"이거 혹시."

대답은 강하영이 아니라 류진주 쪽에서 나왔다.

"그 개자식 하영이만 그렇게 한 게 아니었어요. 그 종이는 다른 친구들이 적어준 거고, 핸드폰에는 하영이가 그동안 모은 증거들."

씩씩거리며 대답하는 류진주의 말을 들은 주혁은 먼저 종이 몇 장을 꺼내서 읽었다. 진술서 같은 느낌이었다. 강하영과 비슷한 성희롱을 당한 연습생들이 자신은 어떻게 당했으며 어떻게 아카데미에서 도망쳐 나왔는지에 대해 상세하게 적고 있었다. 그런 진술서가 총 네 장. 읽어내려가던 강주혁이 저도 모르게 내뱉었다.

"미친 새끼네, 진짜."

장춘성은 아카데미에서 하라는 연기는 안 가르치고 미친 짓을 일삼고 있었다. 얼굴을 잔뜩 찌푸린 채 주혁이 세 번째 진술서를 읽어갈 때, 가만히 있던 강하영이 작게 말했다.

"걔네는 인터뷰까진 할 수 있다고 했어요. 이미 연기를 포기한 친구들도 있어서 얼굴을 공개하진 못하지만, 최대한 도와준다고 말해줬고요."

"그렇군요."

고개를 끄덕이던 주혁이 이번에는 핸드폰을 들어 강하영을 쳐다봤다.

"아! 그 핸드폰에 톡 온 거, 아카데미에서 녹음한 거랑 전화 녹음한 거 대부분 다 있어요. 지금은 그 핸드폰 안 써요."

증거가 들어 있는 핸드폰, 강하영과 비슷한 짓을 당한 연습생들의 진술서. 강주혁은 탁자에 놓인 핸드폰과 진술서를 보면서 천천히 입을 열었다.

"스노우볼을 굴려볼까 해요."

눈이 살짝 커진 강하영이 되물었다.

"스노우볼이오?"

"네. 스노우볼. 작은 눈덩이를 천천히 굴려서, 마지막에는 감당 못할 큰 눈덩이로 만들 겁니다."

그때 류진주가 불쑥 끼어들었다.

"저는 뭘 하면 돼요?"

"솔직히 말하면 이제부터는 너희 사장이 필요해."

"우리 사장님?"

"그래. 빅엔터테인먼트 사장."

강하영과 류진주는 이해 못하겠다는 듯이 강주혁을 쳐다봤다. 그 모습에 강주혁이 탁자에 놓인 진술서를 톡톡 치면서 말을 이었다.

"시작은 이 진술서로. 실체 없는 소문 정도로 기사를 돌리면 MV e&m 쪽은 아마 며칠이면 기사를 막겠지. 저쪽이 진술서에 신경쓰는 동안 이 핸드폰에 있는 증거들을 시간을 충분히 두고 하나씩 터뜨려."

"한 방에 하는 게 좋지 않아요?"

류진주가 의문을 내비쳤지만, 강주혁은 고개를 저었다.

"너희 사장이 하는 거 봤잖아? 한 방에 뿌리는 건 안 좋아. 시선이 너무 분산되고, 앞에 터졌던 기사들이 너무 빨리 묻혀. MV e&m을 정신 못 차리게 해야 돼."

하나씩 천천히. 사건 하나가 마무리될 때쯤 다른 사건을 터뜨려주고, 연속해서 천천히 뿌린다는 전략. 증거를 하나씩 던지면서 점점 장춘성이 꼼짝 못 하게 목을 움켜쥐는.

"스노우볼은 너희 사장, 그러니까 박찬규 사장이 굴리는 거지."

류진주의 눈이 커졌다.

"사장님이오?"

"그래. 저번에 보니까 조용조용 티 안 나게 잘 치더라. 그리고 하영 씨."

가만히 듣고 있던 강하영이 흠칫 놀라며 대답했다.

"네?!"

"나 궁금한 게 하나 있는데."

"아, 네."

"프로필 보니까 소속사가 FNF던데?"

강하영이 고개를 갸웃하다 이내 무슨 소린지 알겠다는 듯이 답했다.

"아아, 그거 수정 안 된 거예요. 저 한 달 전에 거기랑 계약 끝났어요."

"왜요?"

"지금 회사가 너무 난리통이고 거기다가…… 사실 회사에 한 번 말했었어요. 성희롱당했다고, 힘들다고."

"그런데요?"

"이 바닥이 다 그렇다고. 버티라고만 했어요. 그때 너무 화가 나서……."

그 나물에 그 밥, 딱 어울리는 표현이 아닐까? 강하영의 말을 들은 류진주는 개 같은 회사 어쩌고 하면서 노발대발을 시작했다.

"어쨌든 핵심은 포커스가 오로지 강하영 씨에게만 맞춰져야 해."

강주혁이 박찬규 사장까지 필요하다고 한 이유는 굉장히 간단했다. 이 스노우볼을 강주혁이 직접 굴렸다가는 자칫 대중의 시선이 분산될 수 있었다. 자신이 노출되는 거야 상관없지만, 스노우볼의 힘이 빠지는 건 곤란했다.

계획을 설명한 강주혁은 곧 류진주와 강하영을 데리고 빅엔터를 찾았다. 그리고 박찬규 사장에게 현재까지의 상황과 앞으로의 계획을 제안했다. 상황을 들은 박찬규 사장이 강하영을 측은하게 바라보다가도, 장춘성을 욕하며 노발대발한다. 거기에 FNF엔터까지 껴 있으니, 폭발 직전이었다.

'둘이 아주 똑같네.'

박 사장이 방어적으로 나온다면 강주혁은 저번 류진주 마약 사건으로 얻은 박찬규 사장 1회 이용권을 사용할 생각이었다. 그러나.

"그래서 내가 어떻게 하면 되나."

류진주 버프를 받고, 지금까지의 상황에 폭발한 박찬규 사장이 깔끔하게 합류했다.

다음 날, 강주혁은 박찬규 사장에게 사건을 터뜨릴 시기와 대략적인 구도를 잡아서 전달했다. 시작은 당일 저녁부터. 강하영의 멘털은 류진주가 맡기로 했고, 주혁은 무슨 일이 생기면 무조건 연락하라는 말도 잊지 않았다.

"다음은."

영화 〈척살〉 쪽. 소희 역을 빼면 대부분의 캐스팅이 완료돼 제작에 박차를 가하는 중이었다. 주혁은 틈틈이 송 사장과 연락하며 제작에 관여했다.

"형. 소희 역 오디션 일정 잡았어요?"

"어어, 잡았다. 다음 주 월요일."

"아, 오케이. 그날 저도 무조건 참석합니다."

"당연히 그러셔야지. 생각해보니까, 우리 〈척살〉 배우님들 대부분을 투자자님이 꽂았더라고."

생각해보니 그랬다.

"아, 뭐. 그런가? 여튼 형. 배급사에 제안서 한 번 더 쭉 돌립시다."

"아아, 그거 작업하고 있다."

"이제 조용조용히 안 해도 되니까. 우리 상황 전부 설명해서 보내도 돼요."

"MV e&m이 가만히 있을까?"

"그건 걱정하지 말고, 이제 맘 편히 움직여도 돼."

오늘 저녁이 되면 MV e&m은 정신없을 테니까. 송 사장과 통화를 마친 주혁은 장춘성과 다큐 독립영화의 상태를 확인하기 위해 인터넷을 켰다. 그런데.

1, 게임 삭제 운동

2, G-NEO게임즈 중국

3, 중국 게임 삭제 운동

G-NEO게임즈 관련 단어들이 실시간 검색어를 석권하고 있었다.

"터졌네."

G-NEO게임즈를 검색해보니 역시나.

「'13인의 용사' 중국서 삭제 운동」

「중국서 벌어진 '13인의 용사' 삭제 운동, G-NEO게임즈 주가 하락」

이미 G-NEO게임즈 주식에 손 털고 나온 주혁은 그저 몇 개의 기사를 더 클릭해볼 뿐이었다.

그리고 그날 저녁, 장춘성에 관한 기사가 하나둘 뜨기 시작하더니 몇 시간 뒤 장춘성의 이름이 실시간 검색어에 보이기 시작했다. 장춘성의 지옥행 열차가 서서히 움직인 것이다. 스노우볼이 굴러가자 기사들이 쏟아졌다.

「한 커뮤니티 사이트에 올라온 성희롱 사연, 장춘성이 만졌다」

「MV e&m 측 "사실 확인 중"」

기사가 속도를 높이자, 대중의 관심이 쏠리기 시작했다. SNS부터 시작해 카페, 블로그, 커뮤니티 등 장춘성의 성희롱 이야기로 칠해지기 시작했다.

— 미친 변태 새끼.

— 아직 확실한 건 아니지 않음?

— 윗댓글 혹시 장춘성?

— 시발할배 작작 좀 하지.

어느새 실시간 검색어에는 온통 장춘성으로 물들기 시작했다.

「MV e&m "올라온 글 조작 가능성 있어"」

「장춘성 측 "루머일 뿐" 일축」

MV e&m이 발 빠르게 움직였는지, 해명기사가 몇 보이긴 했다. 하지만.

「장춘성 성희롱 파문, 미투 운동 재점화되나?」

「'성희롱' 장춘성, 원로배우의 민낯」

「"자세 잡아준다며 만졌다" 장춘성 성희롱 파문」

기자들이 맛있는 먹잇감을 놓칠 리 없지. 해명기사보다 장춘성을 겨냥한 공격성 기사가 열 배는 넘게 쏟아졌다. 그에 따라 대중의 관심도는 더욱 증폭되고 있었다. 그러나 장춘성 죽이기는 이제 시작일 뿐. 상황을 지켜보던 주혁이 슬쩍 웃음 지었다.

"아주 가루가 되겠네."

첫날인데 이 정도다. 앞으로 2연타, 3연타, 4연타가 줄줄이 터지면 장춘성은 다시는 대한민국에서 얼굴 들고 다니지 못할 거다. 실제로 다음 날부터 연타로 증거가 터져 나오기 시작하자, 장춘성 진영은 입을 다물고 깊숙이 숨어들었다.

이번에 터뜨린 건 장춘성이 강하영에게 보냈던 변태적인 문자 내용들. 실질적인 증거가 나오기 시작하자, 막연히 기사를 쓰던 기자들과 대중이 장춘성을 물어뜯기 시작했다. 그렇게 굴리던 스노우볼이 어느 정도 커졌을 때, 또 하나의 증거를 터뜨리고, 지나면 또 다른 증거를 터뜨린다. 시간차 공격.

「연습생부터 신인 여배우까지 성희롱, 장춘성 카톡 내용 일파만파」

「"만지고 싶다" 장춘성, 연습생 상습 성희롱 '파문'」

추가 증거인 녹취파일이 아직 남았음에도 이미 장춘성은 나락에 빠져 있었다. 생각보다 대중의 분노가 컸다. 마침내.

「장춘성, 미투 운동 재점화. 너도나도 제보 중」

지금껏 입을 다물고 있던 성희롱 피해자들이 하나둘 나타나면서 이미 불타고 있는 장춘성에게 기름을 콸콸 부었다.

"알아서 굴러가네."

이쯤 되니 커질 대로 커진 스노우볼은 알아서 굴러가기 시작했다.

* * *

같은 시각. 최명훈 감독은 최종 콘티를 완성한 후, 확정된 시나리오를 토대로 장소 헌팅에 나섰다. 장소 헌팅은 시나리오의 스토리가 전개될 장소 및 시대, 공간, 촬영 여건 등을 초기에 확인해야 하기에 신중히 결정해야 한다. 여기엔 촬영감독과 조명감독, 또는 미술팀이 따라붙었고.

무비트리 홍보팀에서는 배급사가 정해지는 대로 넘길 홍보자료와 광고 등을 정리하느라 여념이 없었다. 연출팀과 제작팀은 최종 제작 회의에서 촬영 계획표와 예산표를 마무리했다.

진행을 점검하던 송 사장이 기분 좋은 소식을 전하기 위해 강주혁에게 전화를 걸었다.

"어. 형."

"투자자님, 드디어 입질이 왔습니다."

"그거 좀 하지 말라…… 뭔 입질?"

"배급사."

"아, 다 돌렸어요? 어디 입질 왔는데?"

"VIP픽쳐스가 물었어."

VIP픽쳐스? 살짝 놀란 주혁이 되물었다.

"갑자기? 저번엔 조용했다며."

"어어. 아직 미팅은 안 잡았는데, 대충 들어보니까 배우 세팅이 좋고, 주연 빼고 전부 무명으로 가는 게 재밌다나?"

"그건 구라 같은데."

"내가 볼 땐, 투자금 대비 이익이 날 것 같아서 아니겠냐?"

VIP픽쳐스는 MV e&m과 견주는 대형 투자배급사다. 그런 곳에서 아무 조사 없이 〈척살〉에 냉큼 투자할 리 없었다. 분명 어딘가에서 돈 냄새가 나니까 물었겠지.

"일단 미팅 일정 잡아봐요."

"오케이! 내일 오디션 있다. 알지?"

"알아요. 아침에 들어갈게."

다음 날, 소희 역을 맡을 여배우 오디션이 있는 날이었다. 무비트리는 아침부터 시작된 오디션으로 말 그대로 인산인해였다. 소속사와 아카데미, 연극 등 여기저기 소식을 뿌렸으니 당연했다. 이미 1차 프로필에서 걸렀음에도 강주혁은 종일 자리에 앉아서 배우들의 연기를 봐야 했다.

"잘 봤습니다."

한 명의 연기가 끝나면.

"네. 잘 봤어요."

다음 사람, 다음, 다음. 인원이 많았기에 속도를 높여야 했다. 시간은 오후 3시. 이미 점심을 훌쩍 넘은 시간임에도 오디션은 한창 진행 중이었다. 하지만 도통 주혁의 눈에 드는 배우가 없었다. 연기를 괜찮게 해도 탈이, 그러니까 이미지가 튀고, 탈이 괜찮으면 연기가 개똥 같았다.

결국 늦은 저녁, 오디션이 모두 끝난 시점까지 소희 역을 맡을 배우는 나타나지 않았다. 정적이 흐르는 오디션장에서 강주혁이 심각한 표정으로 검지로 책상을 두드리기 시작했다. 송 사장이 그 모습을 슬쩍 곁눈질했다.

"왜? 없었어?"

"그러게. 없네."

한숨을 내쉬며 답하는 강주혁에게 송 사장이 속내를 털어놓았다.

"근데 알지? 오늘 뽑아야 돼. 더 미뤄지면 차질 생긴다."

"알지. 대충 이 다섯 명 중에……."

강주혁이 그나마 괜찮았던 배우의 프로필을 송 사장에게 건네는 순간.

— 덜컥!

오디션장 문이 괴팍하게 열렸다. 강주혁을 포함한 송 사장, 정 팀장, 박 PD의 시선이 일시에 입구 쪽에 꽂혔다.

"어머, 문이 왜 이렇게 세게 열렸지. 아, 안녕하세요. 선배님."

류진주였다. 쟤가 여긴 또 왜. 고개를 갸웃하며 강주혁이 물었다.

"네가 여긴 왜 왔어. 무슨 일이라도 생겼어?"

"아뇨. 오디션장에 오디션 보러 오지 뭐 하러 와요."

"뭔 오디션?"

"예?! 진주 씨! 그게 무슨 말."

되물은 건 강주혁이었고, 놀라 소리친 건 송 사장이었다.

"오디션 보러 왔어요."

"그러니까 그게 뭔 소리."

답답함에 강주혁이 살짝 목소리를 높일 때, 류진주가 문밖에 서 있던 여자의 손목을 잡아당겼다. 그러자 류진주 옆으로 예쁘장하게 생긴 여자가 나타났다. 교복인지 셔츠인지 모를 옷을 입고서.

"내가 아니라 얘가 볼 거예요."

"뭘를?"

"오디션이죠! 뭐겠어요."

강주혁이 류진주 옆에서 무표정으로 서 있는 여자를 쳐다봤다.

"누군데?"

그 질문을 기다렸다는 듯이, 류진주가 빙그레 웃으며 답했다.

"하영이 동생이에요."

강하영 동생? 강주혁의 시선이 다시금 류진주 옆에 있는 강하영 동생에게 꽂힌다. 뭐랄까, 일단 표정이 없었다. 무표정이긴 한데, 무표정 같지 않은 그 오묘한 경계선의 표정. 뚱한 건지 낯을 가리는 건지 알 수가 없다. 강하영 동생은 그저 강주혁을 말똥말똥 쳐다보고 있을 뿐이었다.

"뭐해. 인사드려야지."

류진주가 강하영 동생의 등을 살짝 치면서 재촉했다. 그제야 그녀는 흠칫 놀라며 냅다 허리를 숙였다.

"……안녕하세요. 강하진입니다."

강하진. 허리까지 오는 긴 생머리에 쌍꺼풀 없는 매우 동양적인 미인상이었다. 원래 말수가 없는지, 인사 외에는 어떤 말도 하지 않았다. 잠시간 그녀를 쳐다보던 주혁이 먼저 말을 던졌다.

"그거 교복?"

"네."

"강하진 씨, 학생이에요?"

"……아니요."

그러고 침묵. 보통 이 정도 상황이면 뭔가 덧붙이는 설명이 나와야 하는데, 강하진은 그저 교복 셔츠 끝자락을 만지작거릴 뿐이었다. 송 사장과 정 팀장, 박 PD 역시 강하진을 뚫어져라 보고 있고, 류진주는 그런 그녀를 마치 동생처럼 사랑스럽게 쳐다보고 있다. 하는 수 없이 주혁이 다시 물었다.

"그럼 강하진 씨 몇 살 된 거예요?"

"스무 살이오."

"근데 교복은 왜?"

"언니가 캐릭터에 맞춰서 입고 가라고 해서…… 제가 입던 교복이에요."

말하지 않았으면 고등학생으로 착각할 외모였다. 많아야 고2 정도? 송 사장이나 다른 사람들도 놀란 기색이었다. 강주혁이 이번에는 류진주에게 시선을 돌렸다.

"뭔데 이거. 설명해봐."

"며칠 전에 하영이 집에 데려다주는데, 얘가 밖에서 기다리고 있는 거예요. 그래서 인사를 하는데 얘 보자마자 완전 소희가 보였어요. 우리 지금 소희만 뽑으면 된다면서요. 그래서 연기를 한번 시켜봤죠."

"그래서?"

"그냥 보시면 알아요."

의미심장한 웃음을 날리는 류진주. 그 모습에 강주혁은 절로 한숨이 나왔다. 그래. 뭐, 수백 명 봤는데, 한 명 더 본다고 죽기야 하겠어? 강주혁이 입구 주변에서 쭈뼛거리고 있는 진행직원에게 고개를 끄덕였다. 오디션 대본을 줘도 된다는 뜻.

"여기요. 보고 하셔도 되고, 여기 이 부분 독백 대사 하시면 돼요."

진행직원이 강하진에게 오디션 대본을 넘기면서 간략한 설명을 끝냈다. 담담하게 대본을 받아든 강하진은 한번 슥 보더니 타박타박 중앙으로 걸어왔다. 그리고 강주혁이 앉은 곳에서 세 걸음 정도에서 멈춰섰다.

"……할까요?"

대답은 강주혁 옆에 있던 박 PD가 대신했다.

"네. 편하게 시작하세요. 긴장되시면."

"오빠."

'긴장되시면 심호흡하셔도 돼요.' 박 PD가 하려던 말이었다. 하지만 강하진이 느닷없이 연기를 시작했다.

"거기 가면 다시…… 아니, 돌아올 수는 있는 거야? 말해봐. 입 꿰맨 사람처럼 왜 말을 안 해. 대답해. 말 좀. 제발."

담담하게 연기를 이어가는 강하진. 점점 분위기가 고조됨에 따라 턱을 괴던 송 사장이 자세를 바로 했고, 정 팀장이나 박 PD의 표정도 달라졌다. 뭣보다 그녀를 바라보는 강주혁의 눈빛이 일순 바뀌었다. 독백을 치는 강하진의 행동은 투박하기 그지없었다. 그저 허공을 바라보며 대사를 치고 있을 뿐.

근데 묘하게 끌렸다.

그리고 쪼가 없다. 흔히 신인들에게 자주 볼 수 있는, '나 지금 연기하고 있습니다!' 따위의 느낌이 전혀 없다. 거기다, 교복을 입어서 그런가? 점점 그녀가 소희로 보이기까지 했다.

"……저, 끝났어요."

어느새 연기가 끝났는지, 강하진이 조심스레 말했다. 정적이 흘렀다. 그저 모두 그녀를 쳐다보고만 있을 뿐.

― 팔락

그때 강주혁이 오늘 처음으로 오디션 대본 뒷장을 넘기면서 말을 던졌다.

"하진 씨. 뒷장도 한번 해봐요."

"네."

뒷장을 펼친 강하진이 한번 훑어보더니 이내 연기를 시작했다. 잠시 뒤. 두 번째 연기를 끝낸 강하진이 어색하게 오디션 대본을 만지작거리고, 그런 그녀를 강주혁이 빤히 쳐다보았다. 캐스팅팀 정 팀장이 말을 꺼낸 건 그때였다.

"잘 봤어요, 하진 씨. 뭐 좀 물어볼게요."

"네."

"여기 분명 지문에는 '절규하며'라고 돼 있잖아요? 근데 왜 그렇게 담백하게 대사를 쳤어요?"

정 팀장의 질문에 강하진은 자신의 손에 들려 있는 대본에 눈길을 주더니 대답했다.

"잘 모르겠어요. 그냥 제가 소희라면 이 상황에 절규하기보단 절박했을 것 같아서……."

"오빠를 보내기 무서워서?"

"보낸 다음 혼자가 된 시간이 무서울 것 같았어요."

다음 질문은 조용히 강하진을 쳐다보던 강주혁이었다.

"연기, 원래 좀 했었나?"

"네. 언니 연기연습할 때 몇 번 받아줬어요."

"끝?"

"……끝인데."

세상에. 웃음이 나왔다. 평생 제대로 된 연기연습도 안 해봤다는 얘긴데.

— 드륵

순간 강주혁이 자리에서 일어났다. 모두의 시선이 강주혁에게 쏠렸다. 그러거나 말거나 주혁은 강하진 앞에 섰다. 강주혁의 어깨에 닿을까 말까 한 강하진은 그저 주혁을 올려다볼 뿐이었다. 가까이서 보니 분명 강하영과 많은 부분이 닮았다. 하지만 분위기가 다르다. 강하영이 좀 통통 튀는 느낌이라면 이쪽은 탄산 빠진 콜라 같은 분위기.

"언니, 하영 씨는 뭐래요?"

뒤에 있는 사람들에게는 안 들리게끔, 딱 강하진에게만 들릴 정도로 작게 말했고, 그걸 들은 강하진은 대수롭지 않게 답했다.

"그냥 잘하고 오래요."

"근데, 진짜 잘해버렸네."

"네?"

눈을 동그랗게 뜬 강하진이 강주혁을 쳐다봤고, 주혁도 잠시간 눈을 마주치다 여전히 입구 쪽에서 의미심장하게 웃는 류진주에게 시선을 돌렸다.

'어때요. 내 말 맞죠?'

입 밖에 내지 않았지만 류진주의 눈빛이 말하고 있었다. 픽 웃어버린 주혁이 제자리로 돌아가, 의자에 걸쳐놓은 슈트 재킷을 챙겼다.

"송 사장님. 계약은 맡겨도 되지? 나, 갑니다."

처음엔 어리둥절하던 송 사장은 강주혁의 속뜻을 알아채고는 웃는 얼굴로 답했다.

"그래. 오늘 수고했다."

그리고 여전히 멀뚱히 서 있는 강하진에게도 한마디 던졌다.

"열심히 해요."

"네?"

소희 역을 강하진이 맡는 순간이었다.

집으로 돌아가는 차 안. 운전대를 잡은 주혁이 연신 하품을 했다.

"이제 좀 정리됐네."

장춘성을 완벽하게 정리한 건 아니지만, 그 정도로 찢기고 있으면 회생 불능에 가까웠다. 혹시라도 무슨 반전으로 다시 일어난다 해도, 주혁에게는 아직 던질 게 많았다. 다만 강하영의 익명성은 가급적 지켜주고 싶었다. 그러니 장춘성은 닥치고 나락을 기어다니는 게 딱 좋은 상황이다.

"후— 이제 배급사만."

이제 〈척살〉도 확실히 틀이 짜였다. 흔히 프리프로덕션이라 부르는 기초 작업은 거의 마무리 단계고, 이제 배급만 잡으면 촬영 바로 전 단계인 대본 리딩과 워크숍.

"요즘에도 워크숍을 하는지 모르겠네."

예전에는 본격적인 영화 촬영 전 스태프 전체가 워크숍을 갔었다. 물론 강주혁이 이 바닥에서 활동했을 때니까, 오래전이다.

— 끼익

신호에 다시 걸렸다. 주혁이 눈을 비비며 또다시 늘어지게 하품을 했다.

"어떻게 돌아가고 있나."

사거리 신호여서 오래 걸릴 거라 느낀 주혁이 핸드폰을 꺼냈다. 장춘성의 현재 상태. 강주혁은 시간 날 때마다 장춘성의 스노우볼을 체크했다.

「"가슴 만지고, 새벽에도 불러내" '영화계 대부' 장춘성 폭로 이어져」

「'장춘성 쇼크' 영화계 빨간불」

이제 검색창에 장춘성을 치면 성희롱 또는 미투라는 꼬리표가 붙어 다녔다. 강주혁의 계획대로 굴러가는 스노우볼은 멈출 줄 모르고 빠르게 커지고 있었다. 주마다 새롭게 터지는 증거들로 이미 그는 회생 불가 상태였다.

"평생 처박혀 살아야겠네."

그것도 얼마 남지 않았다.

다음 날, 사무실에 도착하자마자 주혁의 전화가 울렸다. 발신자는 송 사장.

"어. 형."

"VIP픽쳐스 미팅 잡혔다. 이번에는 너랑 나랑만."

"박 PD는?"

"야, 이제 〈척살〉 애들 못 빼. 바빠서."

본격적으로 제작에 들어갔으니 스태프 한 명 한 명 미친 듯이 뛰어다니고 있을 테지.

"언젠데?"

"내일모레, 시간은 어~ 너는 한 저녁 8시쯤 맞춰서 와. 장소는 톡으로 찍어 줄게."

"아, 따로 먼저 만나시나?"

"어어. 일 얘기는 사무실에서 따로 하고, 식사할 때 너랑 잠깐 얘기하고 싶다더라."

"흠. 일단 오케이."

사이사이 종이 팔락거리는 소리. 서류를 보면서 통화하는지 종이 넘기는 소리가 나더니 이내 송 사장이 덧붙였다.

"어, 그리고 첫 대본 리딩 일정 나왔다. 톡으로 보내줄게."

"벌써 나왔어?"

"하하하. 그러니까. 애들이 겁나 빨라. 일에 굶주렸나? 해서 첫 촬영도 좀 빨라질 거야."

주혁이 살짝 미소 지으며 답했다.

"알았어요. 또 무슨 일 있으면 연락 줘."

전화를 끊은 주혁은 그대로 자리에 앉아 책상 위 노트북을 켰다.

일단, 장춘성은 멸망했다. 강주혁의 계획대로 음성 녹취파일을 가장 마지막인 오늘 터뜨렸고, 잠시 주춤했던 기사들이 다시 쏟아져 나왔다.

「'장춘성' 성희롱 시인, 평생 속죄하며 살겠다」

"속죄는 개뿔."

어쨌건 이제 장춘성은 국내에서 얼굴 들고 다니진 못하겠지.

"강하영 씨도 만나봐야겠네."

그간 고생했을 강하영의 상태도 확인해봐야 했다. 당장은 좀 쉬어야겠지만, 꽤 씩씩한 편이니 곧 괜찮아지겠지.

자, 이러면 자연스럽게 장춘성이 출연하려 했던 다큐 독립영화 〈내 어머니 박점례〉가 남았는데, 사실 좀 막막하긴 했다. 투자금이 빵빵한 것도 아니고, 상업영화도 배우 하나가 이렇게 큰 사건이 터지면 올스톱되는데 독립영화는 오죽할까. 이미 엎어졌어도 수십 번은 엎어졌을 텐데.

"감독을 찾기가 어렵단 말이지."

이 바닥에서 십수 년 생활하던 강주혁이지만, 독립영화 감독까지는 세세하게 알지 못했다. 거기다 다큐 독립영화다. 다큐멘터리 독립영화와 일반 독립영화는 엄연히 다른 장르기 때문에 더욱이 감독 찾기가 어렵다.

일단 영화 제목인 〈내 어머니 박점례〉로 정보의 결을 넓혀 나갔다. 하지만 장춘성의 미투 사건이 워낙 컸던 모양인지, 많은 정보는 없었다. 그나마 건진 게 감독 이름, 류성원. 곧장 검색했지만 허탕이었다. 얼마나 정보가 없었는지 류성원 감독으로 검색되는 게 아니라, 류성원 따로 감독 따로 검색될 정도였다.

"글렀네."

인터넷으로 확인하긴 그른 듯 보였다. 슬쩍 한숨을 내쉬며 인터넷 창을 끄려던 그때. 마지막쯤 걸려 있는 웹페이지 제목.

― 다큐 영화 〈내 어머니 박점례〉 스태프 급구

아르바이트를 주선하는 사이트였다. 주혁은 홀린 듯 웹페이지를 클릭했다. 올린 지 꽤 오래됐는지 이미 마감된 정보였지만, 다행히 본문은 아직 확인할 수 있었다. 내용은 대충 하루 정도 촬영 준비를 도와주면 된다는 느낌이다. 스크롤을 쭉 내렸다. 이런 아르바이트 페이지는 보통 마지막에 연락처를 적어두니까. 아니나 다를까, 본문 마지막 줄에서 답을 찾을 수 있었다.

— 연락처 010-7777-8888/ 감독 류성원

산삼이라도 발견한 듯한 표정의 강주혁이 재빨리 핸드폰을 집었다.

몇 시간 뒤, 강주혁의 사무실 문이 열렸다.

"계십니까."

문을 열고 들어온 남자는 40대 중후반에 몸 전체가 오동통한 모습이다. 표정 자체는 뭔가 상당히 선해 보이는 마스크. 남자를 확인한 주혁이 자리에서 벌떡 일어나 손을 내밀었다.

"반갑습니다. 류성원 감독님."

"……와, 진짜 강주혁 씨네요."

얼떨결에 손을 맞잡은 류성원 감독은 보고도 믿기지 않는 듯 강주혁을 빤히 쳐다본다. 당연했다. 이렇게 갑자기 강주혁이 튀어나올지 누가 알았을까? 대충 악수를 끝낸 주혁이 류성원 감독을 소파로 안내했다. 자리에 풀썩 앉은 류성원 감독이 말을 이었다.

"저는 처음 강주혁 씨 전화 받고 긴가민가했습니다. 보이스피싱 같은 건가 싶었는데."

보이스피싱이라는 단어에 주혁이 살짝 움찔했지만 이내 미소를 지으며 담담하게 답했다.

"다행히 잘 찾아오셨네요."

"아, 네. 분당 주변은 자주 와서. 저…… 근데 전화로 말씀하신 게 진짭니까?

아, 죄송합니다. 도저히 안 믿겨서."

겸연쩍게 머리를 긁는 류성원 감독. 그를 가만히 지켜보던 주혁이 천천히 답했다.

"그 전에, 요즘 상황이 어떻습니까? 영화, 듣기에 다큐멘터리 독립이라고 들었는데."

"……엎어졌죠. 아니, 이게 갈렸다고 해야 하나. 미투 터져서 그나마 제작 지원받으려고 했던 것도 날아가고, 장춘성 씨랑 소속사도 발 빼고 솔직히 욕밖에 안 나오는 상황입니다. 그때 제안을 받지 말았어야 했는데. 후—"

강주혁 앞이라 튀어나오는 욕을 참는 표정이 역력한 류성원 감독. 생각할수록 열받는지 긴 한숨으로 감정을 조절한다.

"말씀드린 기획서 좀 볼 수 있습니까?"

"아, 네네. 가지고 왔습니다."

류성원 감독이 들고 온 서류가방에서 종이뭉치를 꺼내 강주혁에게 전했다. 다큐 독립영화 〈내 어머니 박점례〉의 기획서였다. 기획서를 받아든 주혁이 천천히 첫 장을 넘겼다. 그런데 초반부터 막혔다.

— 할머니 역 : 박혜순

'이름이 이게 아니지 않나?'

재빨리 품속에서 수첩을 꺼내든 강주혁. 적어둔 미래 정보를 확인했다.

— 다큐 독립영화로서 312만을 동원한 영화 〈내 어머니 박점례〉, 할머니 역을 맡은 김점숙 씨가 영화로 벌어들인 수익 전액을 결식아동을 위해 기부.

'왜 이름이 달라?'

비슷한 것도 아니고, 전혀 다른 이름.

'뭐지? 이러면 이거 완전 나가린데.'

이름을 번갈아 보던 주혁이 류성원 감독을 살짝 찔러보았다.

"죄송한데 이거 말고 다른 작품도 있습니까?"

"예? 아, 없는데. 왜 그러시는지."

없다고? 강주혁은 대답에 자연스러운 구라를 살짝 섞었다.

"제가 소문으로 듣던 작품이 아닌 것 같습니다. 분위기가 다르다고 해야 하나. 진짜 없습니까?"

없으면 아주, 매우 곤란했다.

"아, 혹시…… 그거 말씀하시는 건가?"

"그거요?"

류성원 감독이 머리를 긁적이며 답한다.

"우리가 원래 기획한 게 다른 작품이긴 했습니다."

"우리요?"

"아아, 한 명이 더 있었습니다. 원래 같이했는데, 장춘성 씨 때문에 그 친구는 안 한다고 빠졌죠. 이 다큐 영화도 그 친구가 기획한 건데 장춘성 씨 때문에 제목만 남고 싹 뜯어고쳤습니다."

장춘성의 개입, 그리고 제목 빼고 싹 뜯어고쳤다? 분명 투자 및 홍보를 빌미로 자기 입맛에 맞춰서 고쳤겠지. 강주혁이 본능적으로 물었다.

"혹시 두 분이 안 좋게 되신 건?"

조심스레 들어온 질문에 류성원 감독이 손사래를 쳤다.

"아니, 아닙니다. 그 친구가 워낙 다큐만 고집하는 친구라. 지금 고쳐진 기획서 보시면 아시겠지만, 거의 일반 예술영화에 가깝습니다. 출연하시는 할머님도 배우시고, 독립은 하기 싫다고 빠진 거죠."

"감독님은 어떠십니까?"

"저요? 하하하. 저는 잡식이라, 뭐든 상관없긴 하죠. 다큐도 좋아하고 독립도 좋아합니다."

허허롭게 웃는 류성원 감독을 잠시 쳐다보던 주혁이 손에 들린 기획서로 시선을 돌리며 입을 열었다.

"그 빠졌다는 분, 만나뵐 수 있습니까? 고치기 전 작품 기획서도 좀 보고 싶네요."

"아, 그 친구를요? 네, 지금 전화해보겠습니다."

핸드폰을 꺼내든 류성원 감독이 어딘가로 전화를 걸어 자초지종을 설명하기 시작했다.

한 시간 뒤.

기다리는 동안 주혁은 류성원 감독으로부터 이런저런 상황을 전해 들었다. 대충 상황은 이랬다. 애초 기획했던 작품으로 여기저기 투자제의를 넣었는데, 뜬금없이 장춘성 측에서 연락이 왔다고 했다. 누가 봐도 이미지 세탁을 위한 출연. 그래도 이들 입장에선 꽤 큰 기회로 보였을 테지. 하지만 처음부터 삐걱거렸다. 장춘성 측이 자신의 분량이 적다는 핑계로 작품 전체를 뜯어고치기 시작한 것. 그 바람에 같이 제작하던 친구와 길고 긴 상의 끝에 친구는 빠지게 됐다는 스토리였다. 그다음 장춘성의 미투가 재점화된 거고. 이후부턴 안 봐도 비디오. 장춘성이 바로 잠적하고, 투자고 나발이고 무산됐겠지. 그 상황에 강주혁에게 전화가 왔다는 것.

얼추 상황을 이해한 주혁이 고개를 끄덕였다. 다급하게 사무실 문이 열린 건 그때였다.

"어헉, 허헉, 죄, 죄송합니다. 늦었습니다."

얼마나 급하게 왔는지, 아무렇게나 쓴 모자에 숨을 헐떡거리는 남자가 뛰어 들어왔다. 앞에 앉아 있는 류성원 감독과 비교하면 상당히 말랐다. 허수아비를 연상케 하는 모습.

"괜찮습니다."

아직 숨을 고르고 있는 남자에게 강주혁이 손을 내밀었다.

"강주혁입니다."

"와— 저 실물로 처음…… 아니, 저는 최철수라고 합니다."

자신을 최철수라 소개한 남자는 류성원 감독과 비교하면 한참 젊어 보였다. 대충 30대 초반? 강주혁과 비슷한 또래. 악수하던 손을 놓은 주혁이 류성원 감독의 옆자리를 권하며 자리에 앉았고, 주뼛거리던 최철수가 소파에 궁둥이를 붙이자마자 강주혁이 입을 열었다.

"사정은 대충 들었습니다. 바로 본론이라 죄송한데, 기획서 좀 볼 수 있습니까?"

"예? 아, 네!"

다부지게 대답한 최철수가 메고 온 가방에서 꾸깃꾸깃한 기획서를 꺼내 주혁에게 건넸다. 구겨진 기획서가 살짝 민망한지, 종이를 슬쩍 펴면서.

"하하. 이게 한참 전에 작성한 거라…… 급하게 나온다고 새로 만들진 못했습니다."

"괜찮습니다."

구겨진 기획서를 받은 주혁은 곧장 내용을 읽어내려간다.

— 할머니 역 : 김점숙

'이게 맞아.'

티내진 않았지만, 주혁은 속으로 쾌재를 불렀다. 그러고는 천천히 기획서를 읽어내려갔다.

〈내 어머니 박점례〉라는 작품은 100% 다큐멘터리 독립영화였다. 류성원 감독이 보여준 기획서와는 전혀 다른 방향성.

"출연하시는 김점숙 할머니는 실제 인물입니다."

강주혁이 기획서를 읽어갈 때 최철수가 보충설명을 붙였다.

"다큐 TV프로인 〈사람극장〉에 출연하셨는데, 손자 손녀가 안타까운 사고로 세상을…… 그 프로를 보자마자, 할머님의 인생을 담고 싶었습니다."

대사나 다음 행동이 정해져 있는 극영화와 다르게 다큐 영화는 실제 인물의 일상을 카메라에 담는다. 그 때문에 찍는 대상에게 감독으로서 신뢰를 주고, 경계를 풀도록 하는 게 중요하다. 그렇게 세상에 나온 다큐 영화는 비록 소수지만 영화를 본 관객들에게 주인공의 삶을 대변, 즐거움과 기쁨, 희열, 고통과 슬픔, 좌절 등 감정을 전달하고, 느낄 수 있게 해준다.

"할머님께 허락은 받았습니까?"

"물론입니다. 간만에 사람들 만나고 좋다고 환하게 웃으셨는데, 엎어지는 바람에……."

기획서를 다 읽은 주혁이 천천히 탁자 위에 올리면서 입을 열었다.

"기획서대로 찍으셨으면 좋겠습니다."

"네. 저도…… 예?!"

기획서를 툭툭 치며 주혁이 담담하게 답했다.

"예상 제작비 빼셨습니까?"

"아, 네. 빼긴 했는데."

"말씀해보세요."

최철수가 잠시 류성원 감독을 쳐다보다 이내 입을 열었다.

"최소…… 1억 2천 보고 있습니다."

"제가 전부 투자하겠습니다. 이후 추가되는 제작비까지 책임질 테니까, 이대로만 찍어주세요."

브레이크 없는 주혁의 직진에 최철수와 류성원의 눈이 휘둥그레졌다.

"그리고, 작품 내레이션하고 이 도우미 역할은 정하셨습니까?"

"아, 아뇨. 시작도 하기 전에 갈린 거라."

얼떨떨하게 대답하는 최철수, 그에 반해 주혁은 무언가 생각에 빠진 듯 기획서를 빤히 쳐다보았다. 그러다 이내 말을 꺼냈다.

"이렇게 한번 해보시죠."

주혁의 말을 최철수와 류성원이 경청했고, 좋은 생각이라며 고개를 끄덕였다.

다음 날, 강주혁은 류성원과 최철수와 정식 계약서를 작성하고, 그 길로 투자금을 전달했다. 이어 무비트리에 2차 투자금 송금. 〈척살〉 투자금이 총 35억 정도, 독립영화 투자금 1억 2천. 이로써 상업영화와 독립영화 두 편에 메인 투자자로 이름을 올렸다. 주혁에게 남은 돈은 대충 11억.

그리고 아침에서 점심으로 넘어가는 시간부터 영화판에 피바람이 불기 시작했다. 장춘성이라는 폭탄이 터짐으로써 급작스러운 2차 미투 운동이 점화된 것이다.

「"나도 성희롱 피해자다" 연습생 A양 유명 원로배우 '박철우' 지목」

「부인하던 박철우, 성희롱 사실로 밝혀져」

「김건수에게 당했다? 불붙은 '미투'」

「국내 영화계 '성추문' 몸살, "가해자는 늘 교묘하게 존재해"」

유명 원로배우에 대한 미투가 하나둘 터지더니 이내 줄줄이 밝혀지고, 그들이 출연한 영화들도 하나둘 엎어지기 시작했다.

「미투 터진 '김판서', 출연하던 영화 올스톱」

「"박찬걸이 성추행", 개봉중단 사태」

「2차 미투 사태에 영화계 벌벌」

그야말로 살얼음판. 그나마 투자 들어가던 영화도 엎어지기 일쑤였다. 왜? 모든 영화에는 유명 원로배우들이 포함되어 있었으니까. 투자사들은 결코 위험을 무릅쓰지 않는다. 물론 이미 계약이 체결된 영화들이야 몸을 사리면서 촬영을 진행하겠지만, 시놉 단계의 영화들은 모두 중단됐다. 대중의 시선은 따가웠고, 신뢰는 바닥을 쳤다. 자신들이 믿었던, 응원하던 배우들의 배신. 그 여파가 영화판의 생계까지 위협한 것. 자업자득이었다.

그렇게 2차 미투 운동이 활활 불타오를 무렵, 늦은 점심쯤에 강하영과 강하진이 주혁의 사무실을 찾았다. 강주혁이 따로 불렀기 때문.

'이렇게 붙여놓고 보니까 진짜 닮았네.'

쌍둥이까진 아니지만 이목구비가 매우 닮았다. 주혁은 그녀들의 얼굴을 보며 입을 열었다.

"하영 씨. 좀 어때요?"

"많이 힘들었는데, 진주 선배님도 많이 챙겨주셔서 지금은 괜찮아요. 감사합니다!"

말을 안 해서 그렇지, 그동안 정말 힘들었을 거다. 오롯이 혼자 견뎌야 했으니. 그래도 기운차게 대답하는 걸 보니 많이 괜찮아졌나 싶었다.

"이제 확실히 정리된 거 같으니까, 하고 싶은 거 하면서 편하게 지내요. 다행히 얼굴 노출이 많이 된 건 아니니까. 그리고."

말을 덜 끝낸 주혁이 탁자에 종이뭉치를 올리며 말을 이었다.

"하영 씨. 이거 한번 읽어볼래요?"

"네? 아, 네네."

탁자에 놓인 종이뭉치를 강하영이 집어 들어 한 장씩 읽어내려갔다. 열 장쯤 읽었을까? 고개를 갸웃하며 강하영이 주혁을 말똥말똥 쳐다보았다.

"다큐멘터리 독립영화라고 혹시 들어봤어요?"

"네. 들어봤어요."

차갑게 식은 녹차를 한 모금 마시며 주혁이 천천히 입을 열었다.

"난 그렇게 생각해요. 뭐, 복수라는 게 물고 뜯고 해도 되겠지만, 잘 먹고 잘

사는 걸 보여주는 게 진짜 복수라고들 하잖아? 드라마에서도 자주 나오고."

"어…… 네."

"난 좀 달라요."

"네?"

"잘 먹고 잘 사는 걸 그냥 보여주기보단, 자신을 힘들게 한 개새끼의 것을 당당하게 대신 하면서 잘 먹고 잘 사는 것. 그게 개새끼로선 진짜 더럽게 배 아픈 거거든."

"아……."

여전히 무슨 말인지 못 알아듣는 강하영을 위해 강주혁이 종이뭉치를 가리키며 덧붙였다.

"그거 다큐 독립영화 내레이션이랑 도우미 역, 해볼래요? 감독들한테는 얘기해놨어. 기사에서 봤죠? 그거 장춘성이 이미지 세탁하려고 작품 내용까지 갈아가면서 하려고 했던 다큐 영화데. 어때요?"

"……."

잠시 멍하니 강주혁을 쳐다보던 강하영이 이내 결심한 듯 당차게 대답했다.

"할게요! 아니, 제가 하게 해주세요."

하도 당차서 주혁은 저도 모르게 웃음이 새어 나왔다.

"좋아요. 작품 자체는 정말 좋으니까, 가서 힐링도 좀 하고 마음도 다독여요. 내가 투자한 거니까 기죽지 말고."

"네!"

자, 이제 강하영은 감독들이랑 따로 자리 잡아서 계약서 쓰면 될 테고. 얘기는 얼추 다 했는데, 여전히 강하영과 강하진은 주혁을 멀뚱멀뚱 쳐다보고 있었다.

'그러고 보니 얘들…….'

뭔가 퍼뜩 떠오른 강주혁이 물었다.

"근데 이제 둘 다 슬슬 소속사를 잡아야 하지 않나? 언니나 동생이나 영화 들어가는 건데. 류진주 쪽, 그러니까 빅엔터에서 별말 없었어요?"

주혁의 물음에 강아지처럼 눈을 동그랗게 뜬 둘은 서로 얼굴을 쳐다보더니, 지금껏 말 한마디 없던 강하진이 먼저 답했다.

"저희는 사장님이 끝까지 책임지시는 줄 알았는데요."

말을 받아 강하영이 양념을 쳤다.

"네. 진주 선배님도 우리 둘 빅엔터로 가면 사장님이 화내실 거라고……."

"???"

지금 무슨 소리를 들은 거지? 강주혁이 눈에 띄게 당황하기 시작했다.

* * *

다음 날 오후, 고급 한식집. 일전에도 한 번 와봤던 곳이었다. 송 사장 단골집인가. 여튼, 현재 시각은 7시 56분. VIP픽쳐스와 송 사장은 이미 만난 상태고, 주혁이 따로 합석하는 스케줄.

아마 안에서는 대화의 열기가 아주 뜨거울 거다. 애초에 영화계가 미투 운동으로 활활 타오르고 있으니까. 영화계의 이미지는 바닥으로 추락했다. 거기다 투자사의 지갑은 더욱 단단히 잠겼고. 그 와중에 살아남은 〈척살〉이다. 앞으로 마케팅만 잘 이용하면 최고의 자리까지 오를 영화.

주차를 마친 주혁이 차 문을 닫으며 한식집으로 천천히 발길을 옮겼다.

'그나저나 걔네는 어쩐다.'

강하영과 강하진. 의외로 뚝심이 있어서 강주혁이 절대 불가하다고 말하는데도 먹히지 않았다. 그래서 서로 생각을 해보자는 선에서 일단은 휴전.

'류진주 그게 불을 지폈어.'

아무리 봐도 기름을 부은 것은 류진주 같았다. 어느새 문 앞에 당도한 주혁이 한숨을 내쉬며 문을 열었다.

"어어. 투자자님 왔어?"

"네. 아, 반갑습니다."

"와, 강주혁 씨 정말 오랜만입니다. 예전에 시사회에서 한 번 봤는데 기억하세요?"

아니. 기억나지 않았다. 하지만.

"잘 지내시죠?"

대충 인사말을 던지는 강주혁. 방안에는 송 사장과 VIP픽쳐스 직원으로 보이는 남자 두 명이 앉아 있다.

"반가워요. 주혁 씨."

방금 인사를 건넨 것이 사업부장 김홍길, 그리고 처음 강주혁에게 인사를 건넨 사람이 최혁 팀장. 이들과의 미팅은 MV e&m과는 사뭇 달랐다. MV e&m이 진중한 회의 느낌이라면 VIP픽쳐스는 아저씨들이 모여서 수다를 떠는 느낌. 이미 계약은 사무실에서 끝났고, 이 자리는 뒤풀이 정도로 보였다.

VIP픽쳐스가 투입하는 투자금은 총 13억 플러스 마케팅 비용 20억. 마케팅 비용은 순수 투자금과는 따로 본다 치고, 나머지 투자금은 은행과 기업 쪽에서 조율 중이라는 말을 송 사장이 전해주었다. 그럼 모인 투자금이 총 48억. 이 정도면 중후반부까지 문제없이 진행할 수 있다.

강주혁에게 사업부장 김홍길이 말을 건넨 건 그때였다.

"주혁 씨. 한 가지 말씀드릴 게 있습니다."

"네. 말씀하세요."

사업부장이 냅킨으로 입 주변을 닦아냈다.

"제작부터 메인 투자까지, 대단하다고 생각합니다. 솔직히 소식 듣고 정말 놀랐어요."

"뭘요."

"허허. 거기다 영화 〈척살〉, 콘텐츠가 재미있습니다. 주연이 하성필 씨, 류진주 씬데 조연부터는 전부 무명이라니, 이 바닥에선 상상도 못할 일입니다. 우연이겠지만, 지금 영화판 분위기에 크게 영향 받을 일도 없겠고, 대중들 관심도 끌어낼 수 있겠어요."

전부 강주혁이 계획하고 실행한 부분이지만 대체로 남들이 봤을 땐 우연처럼 보이는 게 당연했다. 입이 근질거리는 송 사장이 실룩실룩 웃기 시작했다. 그러거나 말거나 사업부장이 계속 말을 이었다.

"그래서 말인데, 저희 VIP픽쳐스는 마케팅 단계에서 강주혁 씨를 완벽히 배제하고 진행할까 합니다. 오로지 영화로만 승부를 봐야지, 노이즈 마케팅은 요즘 많이 힘듭니다."

사업부장의 말을 가만히 듣던 주혁이 부장과 팀장을 한 번씩 번갈아 쳐다본다. 일단, 표정만큼은 진심이었다.

'괜히 3대 투자배급사가 아니군.'

〈척살〉에는 무명배우가 많다. 그러니 포커스는 그들에게 맞춰져야 한다. 그렇게 보면 VIP픽쳐스는 진짜배기였다. MV e&m처럼 강주혁을 전면으로 내세운다는 계획보다는 VIP픽쳐스의 계획이 백배 천배 믿음이 갔다.

"괜찮습니다. 마케팅 부분은 제가 따로 어떻게 할 수 있는 분야도 아니고. 편한 대로 하세요. 잘 부탁드립니다."

"허허. 뭘요. 저희야말로 잘 부탁드립니다."

그렇게 VIP픽쳐스와 첫 미팅이 끝났다.

차 안. 집으로 돌아가는 길. 생각할 것이 많은지, 주혁은 무표정으로 액셀만 밟을 뿐이었다.

　　— 끼익

　　그때 신호가 걸렸다. 차를 세운 주혁은 검지로 운전대를 톡톡톡 두드린다. 그리고 그 순간.

　　— 지이잉 지이잉 지이잉 지이이잉~!

　　전화가 울렸다. 그리고 이어서 켜진 초록 불. 강주혁은 갓길에 차를 세운 뒤 전화를 받았다. 전화는 보이스피싱이었다. 강주혁이 곧바로 1번을 눌렀다.

　　"들으실 항목의 키워드를 '선택'해주세요!

　　1번 'J', 2번 '28', 3번 '저녁 8시', 4번 '적화', 5번······."

　　이제 시간으로 된 키워드는 3번뿐. 3번을 눌렀다.

　　"탁월한 선택! 강주혁 님이 선택한 키워드는 '저녁 8시'입니다!

　　현재 용인을 떠들썩하게 하고 있는 연쇄 퍽치기 사건. 어린 학생들만 노리는 연쇄 퍽치기범이 결국 세 번째 희생자를 냅니다. 매주 금요일 영어학원에서 '저녁 8시' 수업을 듣는 김재욱 군은 수업이 끝난 후, 기흥역 주변에 있는 지하보도를 통해 집으로 귀가하던 중 변을 당합니다."

　　"이건 또 뭔."

　　느닷없이 퍽치기 사건이 튀어나왔다.

10. 퍽

집으로 향하던 주혁이 방향을 틀어 사무실로 이동했다. 어차피 집에 가도 정리할 게 많아서 바로 잠들지 못할 것 같아서였다. 점점 스케줄이 빡빡해짐에 따라 피곤한 표정으로 의자에 몸을 던진 강주혁. 그가 품속에서 수첩을 꺼냈다. 얼추 정리된 미래 정보들을 지워내고, 새로 들은 미래 정보를 추가했다.

— 영화 〈척살〉 (진행 중)

— 다큐 독립영화 〈내 어머니 박점례〉 (진행 중)

— 퍽치기 사건 (진행 중)

"장춘성과 MV e&m은 계속 지켜봐야겠지만, 일단 수첩에선 지우고."

장춘성이야 멸망했다 쳐도, MV e&m은 아직 건재했다. 당장이야 아무 짓도 못하겠지만, 계속 경계하는 게 당연했다. 예컨대 마약 게이트라는 희대의 미친 짓을 벌인 FNF엔터도 이미지는 더 이상 회복할 수 없을 정도로 추락했지만, 완벽하게 사라진 건 아니다. 아직 소속된 연예인이 많기 때문. 계약이라는 족쇄를 차고 있기도 하겠지만, 사실 인맥이 큰 힘을 발휘하는 게 연예계다. 굴지의 FNF엔터가 라이트 한 방 먹고 쓰러지진 않겠지. 해서 류진주 마약 사건 이후부터 강주혁은 FNF엔터도 주시하고 있었다. 언젠가 움직일지도 모르지만 당장은 별 행동을 취하진 않았다.

"그나저나 퍽치기라니."

오랜만에 사건 사고 미래 정보가 나왔다. 예전에 한 번 버스사고를 막은 적이 있는 강주혁이었다. 남들은 잘 모르겠지만.

"옛날 생각나네."

반지하 월세방에 처박혀 살던 시절. 그때 버스사고를 보이스피싱에서 듣고, 실타래처럼 이어져서 〈척살〉 시나리오를 찾을 수 있었다.

"덕분에 여기까지 왔지."

예전 기억을 더듬던 주혁이 새삼 자세를 바로잡고는 아까 들은 키워드들과 퍽치기 미래 정보를 정리해서 수첩에 적기 시작했다.

— 용인 연쇄 퍽치기 사건 세 번째 희생자. 매주 금요일 영어학원에서 저녁 8시 수업을 듣는 김재욱. 수업이 끝난 후 기흥역 주변에 있는 지하보도를 통해 귀가하던 중 변을 당함.

이런 퍽치기 사건 미래 정보가 들렸는데.

"세 번째 희생자?"

세 번째 희생자라는 건 아직 붙잡지 못했다는 소리 같았다. 수첩을 내려다보며 턱을 쓰다듬던 주혁이 노트북에 전원을 넣었다. 검색어는 용인 퍽치기 사건. 꽤 유명한 사건인지 기사가 생각보다 많이 나왔다.

「'용인 퍽치기' 벌써 2번째 희생자, 부상자 포함 벌써 5명」

「어린 학생들만 노리는 퍽치기범, 행적 묘연.」

"미친 새끼네."

어린 학생들만 노린다는 퍽치기 사건. 예전 주혁이 활동할 당시 이와 비슷한 느낌의 영화를 찍은 적이 있었는데, 그때 언뜻 들은 적이 있다. 아무 목적 없는 범인이 가장 잡기가 힘들다고. 모든 살인 및 범죄에는 인과관계라는 게 있는데, 저런 불특정 다수에게 범죄를 일삼는 범인은 그 원한이 확정되지 않아서 잡기가 힘들다는 것. 즉 어린 학생들에게 원한이 있을지언정, 저 세 번째 피해자인 김재욱이란 학생에게 원한이 있는 게 아니라는 소리.

운이 나빴다고 치부하기엔 너무 빡이 치는 사건이었다. 벌써 두 번째 희생자가 나왔고, 부상자 포함 다섯 명. 이제 곧 세 번째 희생자가 나온다는 거고. 그럼 총 여섯 명의 피해자가 생긴다는 건데.

"잡아야지. 보이스피싱이 준 정보는 어떻게든 내게 도움이 돼왔고, 내가 아니면 세 번째 희생자를 구할 사람이 없잖아."

거기다가.

"이번이 아니면 이 새끼 못 잡을 수도 있지. 보이스피싱이 퍽치기범 정보를 매번 주는 것도 아니고."

결국 강주혁만이 다음 범죄를 막을 수 있었다. 생각을 정리한 주혁이 요일을 확인했다. 사건이 일어나는 날은 금요일. 내일모레였다.

다음 날, 아침부터 강주혁은 무비트리에 들렀다. 다음 주면 첫 대본 리딩이 있을 예정이고, 대본 리딩이 끝나면 자잘한 일정이 끝난 후 바로 첫 촬영. 그전에 현 상황을 한번 짚어보자는 송 사장의 의견이 있어서였다.

"일단, 현재까지 큰 문제는 없어."

송 사장이 인스턴트커피를 건네며 말문을 열었다.

"없어야지. 아직 촬영도 안 들어갔는데 문제가 있으면 안 되잖아요?"

"그렇긴 한데. 요즘 영화판이 너무 살벌해서, 솔직히 살 떨리긴 해. 요즘 영화는 살짝만 실수해도 바로 시궁창 행이야."

실제로 분위기가 그랬다. 영화감독부터 시작해서 배우, 스태프 등 누구 하나 작은 실수라도 하면 영화 자체에 큰 피해가 생길 정도. 고개를 끄덕이며 강주혁이 커피 한 모금 넘겼다.

"최명훈 감독부터 스태프 전부 전달했죠?"

"당연하지. 근데 말 안 해도 눈치가 있으니까 뭐, 알아서들 조심할 거야."

"리딩은?"

"톡으로 보낸 일정으로 확정이야. 다음 주 화요일. 참석할 거지?"

"하는데, 난 조용히 보다가 갈게."

무슨 뜻인지 알겠다는 듯, 송 사장이 고개를 끄덕였다. 다시 말을 이은 것은 강주혁.

"워크숍은? 그거 다들 간대요?"

"그래. 다들 술이 고팠는지, 거의 다 간다더라. 말 나온 김에 일정도 잡았는데, 이번 주 주말이야. 너도 갈래?"

"내가 거기 가서 뭐해."

"그래도 인마, 제작에 메인 투자잔데. 얼굴이라도 비춰."

사실 전체 워크숍은 없어도 전혀 상관없다. 다만 강주혁이 송 사장에게 대부분 가는 게 좋겠다고 추천한 이유가 있었다. 단결력을 키우기 위해서였다. 촬영장을 책임지는 최명훈 감독은 이번 영화 〈척살〉이 입봉작이고, 스태프들도 급하게 꾸려진 팀. 다행히 주연인 하성필, 류진주는 전혀 걱정이 없었지만 조연부터는 전부 무명. 연기라곤 해본 적 없는 강하진까지. 배우들까지 모두 가긴 어렵겠지만, 그래도 웬만하면 다 같이 갔으면 했다.

"주말에 상주 갈 일 있으니까, 넘어가면서 잠깐 들를게. 장소가 어딘데요?"

"양평. 자세한 건 보내줄게. 근데 상주? 경북 상주 말하는 거냐?"

"응. 전에 한 번 말하지 않았나? 다큐 영화 하나 투자했다고."

"아아, 그거. 그게 상주에서 찍는 거냐?"

커피를 입에 털어 넣으며 주혁이 고개를 끄덕였다. 송 사장도 대충 이해했는지, 긴 한숨을 내쉬며 소파에 몸을 파묻었다.

"후— 이제 그나마 정리돼서 숨통이 좀 트인다."

"이제 시작인데 벌써 방전입니까, 사장님."

"야. 나도 알지. 것보다, 오늘은 일정 꽉 차서 안 될 거 같고. 간만에 내일 불족에 한잔?"

허공에 소주잔을 입에 털어 넣는 시늉을 하는 송 사장에게 강주혁이 고개를 저었다.

"내일 불가."

"왜 인마. 너도 이제 대충 손 털어서 하루 정돈 시간 날 거 아니냐."

"하여튼 안 됩니다~"

소파에서 일어나며 강주혁이 송 사장에게 손을 흔들었다.

"야, 야! 강주혁!"

아쉬움에 악을 써보지만, 주혁은 뒤도 안 돌아보고 사장실을 빠져나갔다.

"어디 있는 거야."

점심과 저녁 사이, 강주혁은 기흥역 주변에 있다는 지하보도를 찾고 있었다. 차를 몰면서 주변을 천천히 뒤지기 시작해 벌써 세 바퀴는 돈 것 같다. 퍽치기 사건이 일어나는 건 내일이었지만, 아니 그마저도 확실하진 않지만, 먼저 주변 탐색부터 확실히 해두자는 취지에서였다.

물론 경찰에 신고하면 가장 간단하다. 하지만 정보가 너무 부족했다. 지금 강주혁이 아는 거라곤 김재욱이라는 이름과 기흥역 주변 지하보도에서 사건이 터진다는 것. 그리고 그게 금요일 저녁 8시 이후라는 게 다였다. 흔한 이름인 김재욱 학생을 찾는 것도 힘들고, 범행 시간을 특정하는 것도 사실상 불가능. 거기다 금요일이라는 게 이번 주인지 다음 주인지 한 달 뒤인지도 확실

치 않았다. 매주 금요일마다 '8시 이후 기흥역 주변 지하보도에서 세 번째 퍽
치기 사건이 터집니다!' 하고 신고해봤자.

"경찰이 믿어줄 리 없지."

당장 내일 터진다는 확증도 없고, 미친놈 취급이나 안 당하면 다행이었다.

강주혁이 답답해하며 천천히 좌회전했다. 전화가 울린 건 그때였다. 발신자
는 류진주. 강주혁이 핸들에 붙어 있는 통화버튼을 눌렀다.

"왜."

"선배님. 어디세요?"

"나? 일 좀 보는 중인데."

"애들은요?"

"애들?"

"하영이랑 하진이."

류진주의 말에 잊고 있었던 이름들이 번뜩 떠오른 강주혁이 언성을 높였다.

"너! 걔네한테 뭐라고 말했길래 걔들이 그러냐?"

"응? 저 별말 안 했어요. 그냥 선배님이 한때 엄청났었다, 너희들 선배님이
찍었다고."

별말 안 했다더니, 할 건 다 했네. 강주혁 한숨을 뱉었다.

"야, 내가 무슨 애들을 키워. 너네가 좀 잘 키워봐. 연기 봤잖아?"

"봤죠. 근데 하영이 하진이, 선배님이 발굴한 거나 다름없잖아요. 그리고 나
궁금해. 선배님이 키우면 걔네 얼마나 클지."

순간 머리가 지끈거렸다. 이 바닥 18년. 그동안 케이를 받았으면 받았지, 누
군가를 키운다는 상상을 해본 적이 있던가? 전혀. 강주혁의 속마음을 아는지
모르는지 류진주가 말을 이었다.

"선배님. 하영이, 하진이. 부모가 없어요."

"뭐?"

"2년 전에 돌아가셨대요. 하영이는 틈틈이 알바하면서 생활비 벌고, 하진이는 대학 안 가고 바로 취업하려고 준비 중이었나 봐요."

류진주의 말에 강주혁의 말문이 막혔다. 그리고 다시 한 번 속으로 욕을 뱉었다. 장춘성 이 새끼는 진짜 개쓰레기 새끼였구나.

"그래서 나는 선배님이 다 알고 그 둘한테 특히나 정성이었구나 싶었지. 하영이 다큐 제안했다면서요? 아! 저 촬영 들어가요. 지금 화보 와서!"

류진주의 전화가 갑자기 끊겼고, 강주혁은 말이 없어졌다.

'부모가 없다라…… 나랑 비슷하네.'

강주혁도 부모가 없었다. 태어나보니 아버지라는 사람은 도망가고 없었고, 어머니가 줄곧 주혁을 키웠다. 강주혁에게 처음 연기를 시킨 것도 그의 어머니였다. 시작은 매우 단순했다. 오래전 〈대추나무 사랑 열렸네〉라는 드라마에 푹 빠져 있던 주혁의 어머니는 '내 아들은 연기를 시키겠어!'라는 결심으로 어린 강주혁을 데리고 여기저기 오디션을 보러 다녔던 것. 운 좋게 거장 류성수 감독 영화에 캐스팅되면서 강주혁의 연기 생활이 시작됐지만, 그즈음 주혁의 어머니 인생은 마침표를 찍었고. 그렇게 강주혁은 혼자가 됐다. 어머니가 돌아가시자 이모가 거둬 키우긴 했으나 거기까지. 얼추 연예계 생활로 돈을 모은 주혁은 홀로서기를 시작했다. 매년 이모님께 적당한 돈을 보내긴 했지만, 주혁이 추락한 후 그마저도 못 보냈다.

"힘들긴 하지."

과거를 회상하던 강주혁이 혼잣말을 뱉었다. 바로 그때였다.

"응?"

한참을 찾아다니던 지하보도를 발견한 주혁이 차를 세웠다.

"여기 숨어 있었네."

차를 갓길에 세워놓고 지하보도 주변을 천천히 둘러보는 강주혁. 확실히 인적이 드물다. 거기다 쌀쌀한 바람이 불어와서 을씨년스러운 분위기도 연출됐다. 지하보도 계단을 따라 내려가 봤다. 전등은 들어와 있지만, 통로 자체는 매우 허름해 보였다.

"여기밖에 없어."

기흥역 주변을 네 바퀴나 돌았고 샅샅이 뒤져봤지만, 지하보도는 현재 주혁이 서 있는 이곳이 전부.

"이거 잠복이라도 해야 하나. 나 참."

범행시간이 확실치 않으니 선택지가 몇 없었다. 그중 가장 확실한 방법은 그저 8시 이후 잠복하는 게 베스트였다.

장소를 파악한 주혁은 사무실로 돌아왔다. 의자에 앉은 채 책상에 다리를 올리며 한숨을 내뱉었다. 생각할 게 너무 많았다.

퍽치기 사건이 내일 일어날지는 확실치 않지만, 일단 잠복은 해야 했고. 이어서 강하영과 강하진. 이미 그 아이들의 인생에 관여를 해버려서, 어디 내놓기도 불안한 건 사실이었다. 거기다 부모도 없다는 게 마음을 붙잡았다.

"흠……."

잠시 숨을 내뱉던 주혁은 이내 책상에 올려둔 다리를 내리면서 핸드폰을 꺼냈다.

― 추민재 형

― 홍혜수 누나

연락처에서 두 명의 번호를 찾은 주혁이 중얼거렸다.

"어쭙잖은 사람들로는 안 되겠지."

그가 어디론가 전화를 걸었다.

＊ ＊ ＊

……지이잉

……지이잉 지이잉 지이이잉

"끄으."

주혁의 오피스텔에서 진동음이 울려 퍼졌다.

— 지이잉 지이잉 지이잉 지이이잉

여전히 베개에 얼굴을 처박은 채, 강주혁이 더듬더듬 침대를 훑는다. 그러고는 거의 감긴 눈으로 대충 휴대폰 통화버튼을 눌렀다.

"……여보세요."

"'브론즈' 단계의 주인이신 강주혁 님 안녕하세요!"

"어?"

익숙한 보이스피싱 목소리에 주혁이 그제야 눈을 비비며 정신을 차렸다.

"들으실 항목의 키워드를 '선택'해주세요!

1번 'J', 2번 '28', 3번 '아침 10시', 4번 '적화', 5번……."

"이제야 전부 바뀌었네."

드디어 키워드가 전부 새롭게 변했다. 강주혁이 부스스 침대에서 일어나 수첩을 집어 들어 메모를 시작했다. 그런데.

"적화?"

4번 적화. 1번부터 3번까지는 검색해봐야 이렇다 할 결과가 나올 것 같지 않았다. 근데 적화는 뭔가 나올 거라는 직감. #버튼을 눌러 다시듣기를 하며 노트북을 켠 강주혁이 '적화'를 검색해보았다.

「클레니 신상 라인 '적화' 여성들 반응은?」

「관심도 높은 '적화' 실시간 검색어 등극」

화장품 이름이었다. 강주혁에게는 완벽하게 미지의 영역. 그러나 왠지 돈
냄새 나는 정보가 나올 것을 본능적으로 느낀 주혁은 4번을 눌렀다.

"탁월한 선택! 강주혁 님이 선택한 키워드는 '적화'입니다!

화장품 기업 클레니가 내놓은 한방 '적화' 라인이 출시 첫날부터 어마어마
한 판매고를 올립니다. 다만 출시 이틀 후, 부작용이 나타난 구매자가 블로그
에 이 내용을 올리는 것을 시작으로 쓰레기화장품이라는 타이틀과 함께 클
레니 화장품 불매운동이 번집니다. 덕분에 다른 회사에서 뒤늦게 출시된 프
라워 라인이 더욱 높은 판매고를 기록합니다."

끊긴 핸드폰을 내려놓는 주혁의 입에 미소가 걸렸다.

"이렇게 매번 검색되는 키워드가 나오면 얼마나 좋냐."

주혁이 웃으며 '적화' 관련 미래 정보를 수첩에 추가했다. 적화 라인 화장품
출시일은 다음 주 월요일.

"그리고 이틀 뒤 부작용이 터진다는 거지? 그래서 프라워 라인이 적화보다
더 많이 팔린다는 건데."

프라워 라인? 고개를 갸웃하던 주혁이 검색창에 프라워 화장품을 넣어보
았다. 프라워는 BS화장품에서 내놓는 라인이며 클레니의 적화 라인보다 하
루 늦게 판매를 시작한다는 것을 확인한 주혁이 머리를 굴리기 시작했다.

"음…… 일단 확인부터 해볼까?"

오전 9시 10분. 오랜만에 HTS 프로그램을 켰다. 가장 먼저 검색한 기업은
클레니.

— 클레니 27,800(+1.46%)

평범했다. 다음으로 BS화장품.

— BS화장품 31,600(+1.29%)

이쪽도 마찬가지고.

HTS 화면을 뚫어져라 쳐다보던 주혁이 이내 결론을 내렸다.

"클레니에서 BS로 갈아타면 되겠네."

적화 라인 출시일이 다음 주 월요일. 대박이 터지긴 하지만 이틀 뒤 망하고, 프라워 라인이 뜬다는 것이 핵심. 그러니 클레니를 샀다가, 적화가 대박이 터져서 주가가 오를 때 손 털고 BS로 넘어가는 게 베스트. 생각을 마친 주혁이 여윳돈을 뺀 나머지로 클레니 주식을 사들이기 시작했다.

— 매수체결, 매수체결, 매수체결

— 클레니 37,487주

— 매수 31,100 금액 1,165,845,700

꽤 되는 돈을 부어서 그런지 주가가 살짝 올랐지만 크게 문제는 없었다.

"일단 이쪽은 됐고."

노트북에서 시선을 돌린 주혁이 핸드폰을 다시 켜보았다. 혹시 부재중이 왔나 싶어서였다. 하지만 부재중은커녕 문자 하나 안 들어와 있다.

"이 사람들이."

순간 짜증이 올라온 그가 연락처에서 어제 찾았던 인물들을 검색했다.

— 추민재 형

— 홍혜수 누나

지금은 아침이고, 전화해봤자 안 받을 것 같아 일단 문자를 보내둔다.

— 거 확인했으면 전화 좀 줍시다.

두 명 다 똑같은 내용으로 문자를 보낸 주혁은 핸드폰을 대충 침대에 던지고선 기지개를 켠다.

"으그극!"

기지개를 켠 그 자세 그대로 주혁이 잠시 허공을 바라본다. 오늘은 금요일. 퍽치기 사건이 일어날지도 모르는 날이다. 막는 건 막는 거고, 잠복하는 건 잠복하는 건데.

"진짜 나 혼자 괜찮나, 이거?"

막상 눈앞에 닥쳐오니 걱정이 앞섰다. 다치는 것도 다치는 거지만, 범인을 확실히 못 잡는 것도 문제고, 혹은 범인이 한 명이 아닐지도 모를 일. 인터넷에 조사해봤을 때도 정확하게 한 명이라고 확정 난 기사는 없었으니까. 만약 놓치기라도 하면 나중에 보복이 있을지도 모르고, 반대로 아예 숨어버릴지도 모르니까.

"적어도 한 명은 데려가야 한다는 건데."

누굴 데려가지? 대뜸 퍽치기 범인을 잡으러 가자고 할 수도 없는 노릇이고, 행여 데려간 사람이 다치거나 더 안 좋은 일이 생기면 곤란했다. 단순하면서 내 말을 아주 잘 들을 수 있는 사람.

"하성필?"

번뜩 떠올랐지만, 이내 생각을 접는다. 〈척살〉 촬영이 눈앞이다. 데려갔다가 다치기라도 하면 촬영 자체가 올스톱.

"걔가 딱인데."

아쉽지만 패스. 그렇다면 누굴 데려가지?

그러다 문득 예전에 한 번 이런 식으로 사람을 고용해본 기억이 떠올랐다.

"검색어가 분명, 무엇이든 도와드립니다."

곧장 검색창에 '무엇이든 도와드립니다'를 치고 뒤지기 시작했다. 바로 나오진 않았다. 예전에도 굉장히 어렵게 찾았던 기억이 있다. 이번에도 20분은 족히 헤집은 뒤에야 찾을 수 있었다.

― 어려운 일, 비밀보장을 원하는 일

― 고민 상담, 심부름 등

― 편하게 연락 주세요.

— 전국 어디나 갑니다.

— 연락처 010.1111.2222

"얼추 비슷한 거 같은데."

주혁이 핸드폰을 들어 전화를 걸었다.

오후 6시 30분 기흥역 주변.

차 안에 대기하며 주혁이 핸드폰으로 MTS를 켰다. 클레니의 주가를 확인하기 위해서였는데, 딱히 아침과 변화가 없다. 어차피 큰 기대도 없었다. '적화' 라인 출시 전엔 큰 변화가 없는 게 당연하겠지.

전화 진동이 울린 건 그때였다. 주혁이 핸드폰을 꺼내 액정을 확인했다.

— 추민재 형

"문자를 보낸 게 몇 신데 지금 전화를 해."

그가 한차례 혼잣말을 내뱉고는 전화를 받는다.

"아니, 형."

"너 강주혁 맞냐?"

"그럼 내가 누군데?"

"시끄러, 이 배은망덕한 새끼야. 5년도 넘게 연락 안 하던 새끼가 갑자기 연락 와서 확인해본 거야."

추민재는 강주혁의 첫 번째 매니저였다. 당시 20대 초반이었으니, 지금은 40대 초반 정도. 꾸준히 연락하고 지내다, 강주혁이 처박혀 산 다음부터 연락이 끊겼다. 햇수로 따지면 거의 20년 지기.

"그때 내가 좀 그랬어."

"그래, 이 새끼야. 너 그렇게 되고 내가 전화를 수천 통은 했을 거다. 죄다 꺼져 있고. 너 해외로 튄 줄 알았는데. 안 뒈지셨네? 아까워라."

추민재는 강주혁에게 단단히 화가 난 모양이다. 주혁은 괜히 머리를 긁적거리며 말을 이었다.

"미안해, 형. 나도 오죽했으면 그랬겠냐. 근데 형 어디야? 알아보니까 은퇴했던데."

"몰라, 이 새끼야."

"얼굴 좀 봅시다, 추 사장님. 할 말도 있고. 예?"

"……."

"예?"

"이기적인 새끼."

쌓인 게 많았는지 이후로도 추민재는 욕설을 내뱉었다. 그 욕설을 주혁은 담담하게 참아낸다. 이윽고.

"후— 이제 좀 시원하네."

"그래서, 언제 볼 수 있습니까. 다음 주 월요일 어때?"

"장소, 시간 찍어서 보내. 끊어, 인마!"

— 뚝!

"아주 잔뜩 열 뻗쳤네."

일의 범위가 점점 확장됨에 따라 인원 보충이 절실했다. 그 첫 번째 인선이 추민재였다. 입이 좀 험하긴 하지만 사람 보는 눈도 있고, 꽤 괜찮은 센스도 겸비한 고급인력이다. 뭣보다 주혁이 믿는 사람이고.

— 똑똑!

차 창문을 두드리는 소리가 들린 건 그때였다.

강주혁이 조수석의 창문을 내리자, 한 남자가 말을 건넨다.

"'무엇이든 도와드립니다'에서 나왔습니다."

"타세요."

남자는 무심하게 차 문을 열어 탑승했다. 처음부터 강주혁이 마스크를 쓰고 있었는데도 딱히 꼬집어 묻지 않았다. 차에 탄 남자가 물었다.

"뭘 하면 됩니까."

"차에서 대기하다가 제가 시키는 걸 해주시면 됩니다."

"알겠습니다. 결제는."

"계좌 알려주시면 보내겠습니다."

"여기."

대체로 우락부락하다는 표현이 어울리는 남자가 주혁에게 명함을 건넸다. 나름 정직한 회사인가 싶었다. 명함도 있고. 그 후 남자는 말없이 앞을 보았고, 강주혁은 그런 남자를 잠시간 쳐다보다 이내 차를 몰기 시작했다.

잠시 후, 지하보도 주변. 어제 와서 주변을 탐문할 때 점찍어둔 자리에 차를 세운 주혁은 시동을 끄고, 시간을 확인했다. 7시 57분. 이제부터는 기다릴 뿐이다. 주혁이 운전대에서 손을 떼면서 옅은 한숨을 내쉬자, 지금껏 조용하던 남자가 말을 꺼냈다.

"혹시."

"예?"

"혹시나 해서 드리는 말씀인데."

"네."

"저희는 살인, 절도, 폭행 등에는 절대 가담하지 않습니다."

주혁은 순간 무슨 말인지 이해하지 못했다. 그러다 지금 상태를 확인했다. 캄캄한 주변, 인적이 드문 거리, 앞에 있는 지하보도, 마스크를 끼고 있는 강주혁.

"아아, 그런 거 전혀 아니니 걱정하지 않으셔도 됩니다."

"범법행위나 그와 비슷한 수준이라도 가담하지 않습니다. 참고하세요."

"알겠습니다."

나름 확고한 철칙을 가진 남자는 얘기를 끝낸 후, 다시 입을 다물고 가만히 앞을 응시했다.

다음부터는 기다림의 연속이었다. 10분, 30분, 한 시간. 앞을 바라보며 부동자세를 유지하던 남자도 살짝 지루했는지, 핸드폰을 꺼내서 보기에 주혁이 한마디 던졌다.

"죄송한데, 밝기 좀 줄이시거나, 나중에 하시죠."

"아, 알겠습니다."

어쩔 수 없었다. 행여나 핸드폰 불빛을 범인이 볼 수도 있으니. 남자에게 말을 건넨 주혁은 여전히 주변을 이리저리 둘러보며 경계했다. 간혹 길을 지나는 사람들은 있었지만, 학생은 보이지 않았다.

그렇게 또 10분 정도가 흘렀다. 그리고.

— 타박타박

저 멀리서 흰색 셔츠에 가방을 멘 학생이 지하보도 쪽으로 걸어오는 게 보였다. 시간은 9시 25분. 주혁이 걸어오는 학생을 유심히 관찰하기 시작했다.

'따라붙은 사람은 안 보이는데.'

그래도 혹시 모르니 주혁은 옆에 있는 남자에게 작게 속삭였다.

"준비하세요."

"예."

학생이 점점 가까워짐에 따라 주혁은 몸을 더욱 웅크렸다. 문을 바로 열 수 있게 손은 문 쪽으로 붙여둔 채였다. 이윽고.

— 타박타박

학생이 주혁의 차를 지나쳤고.

— 타닥, 타닥, 타닥

계단을 따라 지하보도로 내려가기 시작했다.

학생이 지하보도로 사라지자 주혁은 곧바로 주변을 둘러보았다. 여전히 눈에 띄는 사람은 없었다. 옆에 있던 남자도 분위기를 눈치채고는 몸을 웅크렸다.

'너무 조용한데.'

학생이 걸어 내려간 지 1분여가 지나도록 아무도 나타날 기미가 없다.

'모르겠다. 일단, 가보자.'

갑작스레 주혁이 차 문을 열고 지하보도로 뛰었다. 혹시 모르니까. 학생은 지하보도 계단 끝쯤에 있었다.

"저기!"

주혁은 내려가던 학생을 무턱대고 불렀다. 한창 계단을 내려가던 학생은 영혼 없는 눈빛으로 강주혁을 올려다보았다.

"……네?"

부르긴 불렀는데, 말문이 막혔다. 뭐라고 물어볼까? 잠시 생각하던 주혁이 이내 물었다.

"혹시 이름이 어떻게 돼요?"

"이름이오? 그건 왜요?"

당연한 반응이었다. 갑자기 이름을 묻는다고 답해줄 리 없지. 입을 다물어버린 강주혁이 뭐든 떠올리기 위해 머리를 굴리고 있을 때, 느닷없이 뒤쪽에서 목소리가 들렸다.

"학생, 우리 지금 이 주변 조사하고 있는데, 이름 좀 알려줄 수 있어요?"

'무엇이든 도와드립니다'에서 나온 남자였다. 언제 챙겼는지 손에는 수첩을 들고 적는 시늉을 하며 계단을 내려오고 있었다. 누가 봐도 형사 포스. 연기 잘하네.

"아…… 저 김지웅이오."

이에 질세라 강주혁도 품속에서 미래 정보를 적어두는 수첩을 꺼내 들어 형사 연기에 동참해, 자연스럽게 질문을 덧붙였다.

"어디서 오는 길이에요?"

"아, 학원인데요."

'이름이 다른데.'

더 꼬치꼬치 캐묻고 싶었지만, 이미 김지웅이라는 학생은 강주혁을 이상하게 쳐다보며 슬금슬금 피하고 있었다. 별수 없이 강주혁이 마무리했다.

"요즘 지하보도에서 퍽치기 사건이 자주 일어나니까, 이쪽으로 다니지 말아요. 알았죠."

"……네."

귀찮은 듯 대답한 학생은 다시 갈 길을 가기 시작했다. 그 뒷모습을 가만히 지켜보던 주혁은 학생의 모습이 사라져서야 다시 차로 발길을 돌렸고, 그 뒤를 남자가 뒤따랐다.

돌아온 차 안. 다시 잠복이 시작됐다. 얼마나 지났을까. 지하보도 옆 어둠 속에서 검은색 야구점퍼에 모자를 깊게 눌러쓴 남자가 주머니에 손을 쑤셔 넣고 천천히 걸어 나왔다. 그에 따라 강주혁은 다시 몸을 웅크렸고, '무엇이든 도와드립니다'에서 나온 남자도 몸을 숙였다.

야구점퍼를 입은 남자는 지하보도 입구에 딱 멈춰 서더니, 손목에 차고 있는 시계를 확인했다. 이어서 뭐라 뭐라 중얼거리는데, 잘 들리지 않았다.

'뭐야, 저 새끼.'

시계를 보기도 하고, 지하보도 입구를 멍하니 쳐다보다, 주변을 둘러보기도 하면서 시간을 죽이는 남자.

'무기도 없는 거 같은데.'

만약 저 사람이 퍽치기범이라면 손에 무엇이든 들고 있어야 했다. 야구방망이든, 쇠파이프든, 하다못해 짱돌이라도 들고 있어야 하는데, 가만 보니 저 남자의 손에는 아무것도 들려 있는 게 없었다. 그 후로도 한참을 서성이던 야구점퍼 남자는 나타났던 어둠 속으로 다시 사라졌다. 시간은 9시 50분. 야구점퍼 남자가 머물렀던 시간이 대충 20분이 넘는다. 대체 뭘 한 걸까?

"후—"

주변이 다시 한산해지자, 주혁은 한숨을 내쉬며 웅크렸던 몸을 풀었다. 옆남자도 마찬가지고.

'오늘이 아닌가.'

시간은 10시를 넘기고 있었다. 밤이 깊어질수록 지하보도 주변은 더욱 인적이 드물어졌고, 바람까지 쌀쌀하게 부니 귀신이 나온다 해도 이상하지 않았다. 그래도 주혁은 새벽까지는 기다려볼 참이었다. 확실한 게 좋으니까.

한참을 좌석에 몸을 파묻고 있던 주혁이 살짝 지루했는지, 옆자리 파트너에게 말을 건넸다.

"성함이 어떻게 되십니까?"

"그냥 황 실장이라 부르시면 됩니다."

"황 실장님은 대체로 어떤 일을 하십니까?"

"전부 다 합니다. 아까 말씀드린 범법행위 빼고는 무엇을 찾거나, 무엇을 조사하거나, 짐을 옮기거나, 밤길이 무서워 동행해달라는 사람들도 있고. 뭐든 합니다."

황 실장의 대답을 들은 강주혁이 고개를 끄덕였다.

'그러니까 잡식이네.'

범법행위를 제외한 모든 일이라. 얘기를 듣고 보니 호기심이 동한 주혁이 다시 물었다.

"어쩌다 이런 흥미로운 일을 시작하셨습니까?"

말없이 그저 앞을 응시하던 황 실장은 감정 없는 어투로 입을 열었다.

"원래는 형사였습니다."

"예?!"

어쩐지 아까 연기치곤 너무 자연스럽더라니.

"다 예전 일이죠. 어쩌다 일이 틀어지고, 형사 때려치우니 딱히 할 일이 없었습니다. 결혼한 것도 아니었으니 부양가족도 없었고, 뭐 이래저래 사람 찾는 일을 하다 보니 여기까지 왔습니다."

"아아. 그렇군요."

"강주혁 씨는 요즘 뭐 하고 지내십니까?"

"저야 뭐…… 예?!"

마스크를 쓰고 있음에도 자신을 알아봐서 흠칫 놀란 강주혁. 그 모습을 바라보던 황 실장이 담담하게 답했다.

"출연하신 〈청년 형사〉를 한 스무 번은 봤습니다. 아무리 마스크를 쓰고 계셔도 목소리나 키, 말투, 눈매 정도로 바로 알겠던데요."

역시 형사 출신. 어차피 들킨 김에 주혁은 갑갑하게 얼굴을 감싸고 있던 마스크를 풀어냈다.

"걱정하지 마세요. 이 일은 기밀유지가 생명입니다."

이후 다시 말이 끊겼다. 황 실장은 워낙에 과묵한 스타일이었고, 주혁도 자신의 정체가 확인된 다음부터는 말을 아꼈다.

결국 시간이 흘러 새벽 2시. 범인은 나타나지 않았다.

'이번 주가 아니었나.'

결론을 내린 주혁이 차에 시동을 걸었다. 느닷없이 시동이 걸리자, 황 실장이 강주혁을 쳐다봤다.

"이 정도면 된 것 같습니다. 가까운 곳까지 태워드리겠습니다."

"아뇨. 전 그럼 여기서 내리겠습니다."

차 문을 열고 내리는 황 실장의 등에 대고 주혁이 말을 던졌다.

"돈은 계좌로 바로 보내겠습니다. 그리고 다음 주 금요일, 똑같은 시간, 똑같은 장소에서 뵙겠습니다."

"……알겠습니다."

대답을 마친 황 실장이 차 문을 닫았고, 그대로 주혁은 차를 몰았다.

* * *

이어진 주말부터 강주혁의 스케줄은 매우 빡빡했다. 토요일 일정으로 〈척살〉 팀의 워크숍에 들러야 했고, 이어서 경북 상주에서 독립영화 팀과 그 영화의 주인공 할머니를 만나뵙기로 한 것.

먼저 워크숍 장소인 양평에 도착한 주혁은 이미 부어라 마셔라 중인 전 스태프들에게 고기와 술을 보충시켜줬다.

"와아!"

득달같이 몰려드는 스태프들. 그들은 이미 오늘의 자신을 포기한 듯, 살짝 주춤했던 고기파티에 다시 불을 지폈다. 송 사장은 점심나절인데 벌써 얼굴이 벌게진 채로 주혁에게 다가왔다.

"왔냐?"

"송 사장님. 벌써 이러면 곤란합니다."

"나도 오늘은 휴무야. 쉴 거라고."

송 사장과 강주혁이 주거니 받거니 농담을 던질 때, 조용히 최명훈 감독이 옆으로 붙었다.

"오셨어요?"

"아, 감독님. 스태프들이 아주 친해졌나 보네요."

"하하하. 네, 뭐. 이제 쭉 같이 가야 하니까요."

"그렇죠. 쭉 가야죠."

얼굴에 살짝 미소를 띤 최명훈 감독이 고기판이 벌어지는 쪽을 바라보며 말을 이었다.

"정말 감사드립니다. 제 생전 상업영화를 찍어볼 날이 올 줄은 정말 몰랐습니다."

"뭘요. 감독님이 쓴 작품인데."

"이 바닥이 본인이 썼다고 본인이 찍을 수 있는 건 아니니까요. 앞으로 열심히 찍겠습니다."

"그러셔야죠."

그렇게 두런두런 얘기를 나누던 주혁의 눈에 스태프들 사이에 앉아 있는 강하진이 보였다. 배우가 전부 참석한 건 아니었지만, 강하진은 참석했던 모양이었다. 주혁은 송 사장과 최 감독에게 양해를 구한 후, 고기를 먹고 있는 강하진에게 말을 걸었다.

"하진 씨."

"아, 오셨어요?"

강하진이 주혁을 발견하곤 발딱 일어났다.

"잠시 얘기 좀 할까요?"

"네. 괜찮아요."

고기판이 벌어지는 곳에서 살짝 떨어진 곳까지 강하진은 주혁의 뒤를 졸졸졸 따라왔다. 어느 정도 떨어진 지점에서 강주혁이 입을 열었다.

"하나만 물어볼게요."

"네. 말씀하세요."

"연기 계속하고 싶어요?"

"……."

살짝 고민하는 듯, 아니면 원래 생각을 해왔던 건가? 강하진은 잠시간 침묵을 지키다 이내 강주혁을 올려다보며 답했다.

"솔……직히 말씀드려도 돼요?"

"그럼요."

그녀의 작은 얼굴이 움직였고, 숨을 들이마시더니 말을 뱉어낸다.

"전 언니가 연기하는 거나 몇 번 받아봤지, 연기에 관심 없었어요. 며칠 전까지도 그랬고. 저는 표정이 없다는 소릴 많이 들어서 연기한다는 상상도 못해봤고."

"네."

"근데 저 그날 오디션장에서 사장님한테 연기 잘했다는 얘길 듣고, 생각해봤어요."

"생각?"

야무지게 고개를 끄덕이던 그녀가 말을 이었다.

"짧은…… 칭찬이었는데 너무 좋길래 왜 그런가 생각해보니까, 제가 칭찬을 받은 적이 없더라고요. 언니야 저 응원한다고 매일 칭찬해주는데, 그거랑은 다르게 사장님이 해준 칭찬이 뭔가 동기부여가 됐어요."

뭔가 찡했다. 그게 동정심이건 동질감이건 뭐든 간에.

"그래서요?"

"사장님은 대단하신 분이고, 그런 분이 칭찬해준 거니까, 제가 연기를 해도 괜찮겠구나 싶었어요. 그래서 저도 진주 선배님처럼 매일 연기 잘한다는 칭찬 듣는 배우가 되고 싶어요."

'얘 방금 배우라고 했나?'

여배우가 아닌 배우.

이 바닥에서 여배우는 특별하다. 그냥 연기만 하는 배우가 아니라, 말로 설명 못할 그 어떤 빛이 있다. 연습생은 모두 그런 빛나는, 오라가 뿜어져 나오는 여배우를 선망의 대상으로 삼고 열심히 달려간다.

그런데 이 아이는 배우가 되고 싶단다. 그저 단순하게 연기 잘하고 싶다는 뜻에서 저렇게 말했는지는 모르겠지만, 강주혁은 순간 강하진이 정말 크게 될지도 모르겠다는 직감이 들었다. 그가 피식 웃으며 고개를 끄덕였다.

"알겠어요. 가서 얼른 먹어요. 다 없어지겠네."

"어…… 네."

우물쭈물 대답한 강하진이 타박타박 앉았던 곳으로 가다가 갑작스레 다시 뒤돌며 대뜸 인사했다.

"감사합니다. 신경써주셔서."

느닷없는 인사를 마친 강하진은 고기 때문인지 살짝 다급하게 자리로 걸어갔다. 강주혁은 그녀의 뒷모습을 그저 묘한 표정으로 바라볼 뿐이었다.

그 후 강주혁은 양평 워크숍, 아니 고기파티가 벌어지는 곳을 빠져나와 곧장 상주로 차를 몰았다. 약 두 시간 거리이지만, 이것저것 생각할 게 많았던 탓인지, 여러 가지를 정리하다 보니 어느새 상주에 도착했다. 차를 갓길에 대고 류성원 감독에게 전화를 걸었다.

"아! 사장님! 저희가 주소를 문자로 보내드리겠습니다!"

문자로 받은 주소를 따라 차를 몰았고, 얼추 도착한 지점에는 류성원 감독과 최철수가 마중 나와 있었다. 이후부턴 어려운 작업이 없었기에 일사천리였다. 가장 먼저 주인공인 김점숙 할머니께 인사드리고, 영화에 관한 이야기를 전달해 드렸다. 얘기를 듣던 할머님이 대뜸.

"식사했슈?"

"아."

"안 했으믄 같이혀."

식사를 권하는 바람에 류성원 감독과 최철수 그리고 강주혁은 나란히 앉아 할머님과 저녁을 먹었고, 이후 커피까지 깔쌈하게 타주신 할머님은 또 오라는 씩씩한 인사를 던지셨다.

할머니의 배웅이 끝난 후, 다시 차에 오르기 전 주혁은 최철수에게 진행 상황과 함께 간단한 브리핑을 들었다.

"이렇게 직접 오실 필요는 없었는데."

"그래도 할머님은 한번 뵙고 싶었습니다. 그편이 좋으니까요."

다큐 촬영은 일주일에 네 번 정도. 매일같이 촬영을 진행하면 할머님이 불편하실 수 있고, 리얼리티가 떨어질 것을 생각해 조절하고 있다고 했다.

"스태프는요?"

"지금은 딱히 필요 없습니다. 이게 극영화랑 다르게 스태프가 많이 필요 없거든요, 하하하."

머쓱하게 웃는 최철수에게 미소를 지으며 주혁이 강하영에 관해 물었다.

"아! 하영 씨. 목소리도 좋고, 밝고, 딱이던데요. 마스크도 정말 좋던데. 이런 영화가 아니라 상업에 가셔야 할 정도던데요."

강하영이 촬영에 합류하는 건 한 달 뒤였다. 그때도 도우미 역을 찍는 일주일에 한 번 정도만 같이 작업하고, 후반부 내레이션 작업을 중점으로 보고 있다고 최철수가 열변을 토했다.

"알겠습니다. 잘 부탁드립니다."

"예. 조심히 올라가세요."

무슨 일이 있으면 연락하라는 말을 덧붙인 뒤 주혁이 차에 올랐고, 사무실로 목적지를 잡았다.

사무실에 도착한 건 새벽녘이 다 됐을 때였다. 도착하자마자 주혁은 머릿속을 정리하기 시작했다.

"강하진, 강하영. 잘만 키우면 괜찮을 것 같긴 한데."

현재 강주혁이 손대고 있는 사항은 제작과 투자. 모두 배우 캐스팅에 따라 성적이 좌지우지되는 영역이다.

"내가 크게 키워서 돈 벌어봐?"

매니지먼트는 분명 초기에 돈이 많이 들어간다. 대신 키우는 연기자가 대박이 터진다면 초기 자본의 다섯 배, 아니 열 배도 거둬올 수 있다. 여배우라면 그 시장이 더 넓다. 누구보다 강주혁이 잘 아는 바였다. 거기다 그 아이들은 분명 가능성을 보였다. 어쩌면 강주혁이 끝내 이루지 못했던 진짜 정상에 오를지도 모를 일. 당연히 강주혁의 도움이 필요하겠지만.

"한 번쯤 가보고 싶긴 했어."

배우로서 누구나 한 번쯤은 꿈꾼다는 그곳. 강주혁이 닿고 싶었던, 그러나 가지 못했던 곳.

순간 강주혁의 눈이 빛났다. 그리고 입가에 미소가 번졌다. 주혁은 손바닥을 사삭사삭 비비더니 이내 노트북을 열어 서류작업을 시작했다.

"……이거랑, ……이거."

혼잣말을 뱉으며 열정적으로 무언가 작성하기를 한 시간여. 마침내 작업이 끝났는지, 주혁이 기지개를 길쭉하게 켰다.

"끄으! 끝났다."

프린터가 종이를 뱉어내기 시작했다.

다음 날 아침, 오피스텔로 돌아가지 않았는지, 강주혁이 사무실 소파에 널브러져 있다. 그런데 갑자기 사무실 문이 열렸다.

"아!"

아무 생각 없이 문을 연 강하영이 소파에 누워 있는 강주혁을 보고 놀란 것. 순간 얼음처럼 굳어버린 강하영이 숨소리 하나 없이 조용히 뒤돌아서려는 찰나에.

"들어와요."

문 여는 소리에 깬 건지 강주혁이 부스스 일어났다.

"죄송해요! 주무시는 줄 모르고."

"아니야. 내가 너무 잤네. 앉아요. 나 잠깐 화장실 좀."

잠시 뒤, 화장실을 다녀온 주혁이 강하영에게 둥굴레차를 건네며 자리에 앉았다.

"류성원 감독이나 최철수 씨 만나봤어요?"

"네, 두 분 다 좋으셨어요!"

아침 일찍인데도 강하영은 힘이 넘쳤다. 그 모습에 주혁은 살짝 웃으며 말을 이었다.

"물어볼 게 있어서 불렀어요. 얼굴 보고 말해야 할 거 같아서."

"아아! 말씀하세요."

"하영 씨는 연기 계속하고 싶어요?"

강하진과 똑같은 질문을 강하영에게도 던졌다.

"네! 계속하고 싶습니다!"

강하영의 대답은 강하진에 비해 매우 짧고 간결했다. 순간 실소가 터진 강주혁을 대신해 강하영이 한마디를 추가했다.

"그 사건 때문에 포기할까도 생각했는데, 사장님이면 믿고 연기연습 열심히 하겠습니다!"

무슨 군대도 아니고, 뜬금없이 박력 넘치네.

'이건 뭐, 더 물어볼 것도 없겠네.'

그리고 이어서 강하진이 사무실로 들어왔다.

"안녕하세…… 어? 언니."

"하진!"

시간차를 두고 부르긴 했는데 강하진이 일찍 도착했다. 그래도 강하영과의 면담이 짧게 끝나서 상관은 없었다.

"앉아요. 하진 씨."

우물쭈물 강하영의 옆자리에 강하진이 앉자마자, 주혁이 자리에서 일어나 밤새 작업한 서류 두 묶음을 탁자에 내려놓았다.

"읽어봐요."

강자매가 고개를 갸웃하며 서류를 집어 들었다. 그리고 몇 분 뒤, 내용을 파악한 강자매가 눈을 동그랗게 뜨면서 주혁을 쳐다보았다. 주혁이 슬쩍 웃으며 답했다.

"계약서. 아, 하영 씨는 한 번 봤겠네요."

"어…… 그럼 저희 사장님 회사에서."

"진짜요?!"

"맞아요."

'우와!', '아!' 같은 탄성이 들렸다. 난리 치는 강자매를 잠시 쳐다보던 주혁이 계약서 한 부를 넘겨받아서 설명을 시작했다.

"계약서 자체는 이 바닥에서 쓰는 아주 흔한 표준계약서. 대신 내용 하나를 바꿨어요."

강주혁이 계약서의 중간쯤을 손가락으로 짚었다.

"이 부분."

— 제13조 (계약 기간)

"보통 소속사에서는 배우 계약을 5년으로 잡아요. 길면 7년도 잡는데, 보통은 5년이야. 아, 물론 더 짧게도 잡아요. 3년도 있고."

"네! 알아요."

"근데 난 이 계약 기간을 딱히 정하지 않을 거예요."

"네?!"

"어? 왜요?"

강자매가 한마디씩 따라붙는다. 궁금하기도 하겠지.

"그 대신 특별조항을 하나 넣었어요. 마지막에."

강자매가 짠 듯이 빠르게 계약서를 넘긴다. 강주혁이 말을 이었다.

"소속사와 연기자의 계약 기간을 정하지 않는다. 다만, 연기자 측은 소속사가 불합리하게 권리를 행사했다고 느낄 시 언제든지 이 계약을 파기할 수 있다. 반대로 소속사 측이 연기자의 발전이 멈췄다고 판단될 시, 역시나 계약을 파기할 수 있다."

계약서에 적힌 내용은 훨씬 복잡했지만, 강주혁이 간추려서 정리했다. 설명을 들은 강자매는 계약서를 한 번 보고, 주혁의 얼굴을 다시 쳐다보았다. 아직도 이해가 가지 않는다는 표정이었다. 강주혁이 더 쉽게 풀어주었다.

"쉽게 말해, 내가 일을 잘못하면 언제든 나를 버리고 다른 회사로 가도 된다는 말이에요."

"아……."

말을 잇지 못하는 강자매를 보며 강주혁이 다음 설명을 추가했다.

"반대로 내가 하영 씨, 하진 씨의 발전이 멈췄다고 느끼면 언제든 여러분을 버릴 수 있다는 말이기도 하고."

연예인은 상품이라 표현되곤 한다. 보기 좋은 음식이 맛도 좋다는 말처럼 소속사는 가수, 배우, 개그맨 등 연예인의 이미지를 보기 좋게 포장해서 대중에게 판매한다. 이미지 소비. 연예인들이 트렌드에 민감하고, 가장 빨리 받아들이는 이유가 여기에 있다. 연예인들은 이미지, 캐릭터 등으로 대중에게 어필하고, 소비된다. 따라서 빠르게 변하는 트렌드를 빠르게 입혀야 오래 먹고 산다. 적응을 못하면 도태되는 거고.

그렇다면 신인들은 어떨까? 배우를 예로 들자면 배우가 되는 것도 힘든데, 뜨는 건 열 배 이상 힘들다. 바늘구멍에 가깝다. 캐스팅 과정에서 솎아냈다고 하더라도, 세상에 엔터테인먼트 기업은 많고 수많은 경쟁자가 도사린다. 그 사이에서 살아남아야 하는데.

'당장 이 둘에게 필요한 건 의지다.'

무명 신인배우. 현재는 하루하루가 의지로 활활 불타올라야 할 시기. 노력하지 않는 배우는 짐일 뿐이다. 반대로 노력하지 않는 회사 역시 짐이고. 서로 발전 가능성이 안 보이는데 질질 끄는 건 시간 낭비다. 어차피 하기로 한 거, 빡세게 해야지.

"할게요."

"할게요!"

그녀들의 강인한 대답. 이후부터 진행은 빨랐다.

"잘 부탁해요."

"열심히 하겠습니다!"

"열심히 할게요."

형식적인 악수와 그녀들의 포부를 들은 주혁이 웃으며 물었다.

"아침 먹었어요?"

주혁의 물음에 둘 다 고개를 저었다. 자매의 똑같은 움직임에 강주혁은 피식하며 가까운 식당에 아침 식사를 주문했다.

다음 날, 월요일. 사무실에 출근한 주혁이 아침부터 여기저기 전화를 돌렸다. 가장 먼저 송 사장에게 강하진의 소속이 보이스프로덕션임을 알렸다.

"너, 그럴 줄 알았다."

송 사장의 반응은 심플했다. 어쨌든 앞으로 촬영 중 강하진에 관한 모든 사안은 강주혁을 통하라는 말과 함께 전화를 끊었다. 〈내 어머니 박점례〉 감독들은 강하영이 원래 강주혁 회사 소속 아니었냐며 웃어넘겼다.

그리고 소식을 들었는지, 류진주에게 전화가 왔다.

"선배님! 애들한테 얘기 들었어요."

"야. 다 좋은데, 앞으로 나한테 상의해."

"아, 저는."

"상의해."

"……네."

한 번은 짚고 넘어가야 할 부분이었다. 이후 빅엔터 사장에게 안부 인사를 전하라는 말과 〈척살〉 대본연습 열심히 하라는 말을 끝으로 류진주와의 통화는 끝났다.

얼추 전화 업무를 마친 다음 주혁이 확인한 것은 화장품 기업 클레니였다. 클레니가 오늘 내놓는 화장품 라인 적화는 아침 9시부터 판매를 시작했다. 현재 시각은 11시 40분. 주혁은 커피를 들이켜며 클레니의 동향을 지속해서 살폈다. 적화 화장품에 관한 기사가 깔리긴 했지만, 아직은 대부분 사실이 아닌 예상이었다. 그러다 오후 2시쯤부터 기사의 흐름이 바뀌기 시작했다.

「클레니가 내놓은 '적화' 높은 판매율」

「클레니 쇼핑몰, 일시적 마비. 관심↑」

클레니가 적화 판매에 맞춰 시작한 마케팅과 이벤트 등으로 여성 고객들의 눈길을 사로잡아, 판매고를 가파르게 높이는 중이었다. 적화 판매에 가속도가 붙을 즈음 주혁이 HTS 프로그램에 접속했다.

— 현재 39,100(+25.73%) 금액 1,465,741,700

— 손익 299,896,000

3억. 완벽한 상한가는 아니었지만, 오늘 안에 상한가를 칠 분위기였다. 아니, 분명 적화 화장품의 판매고는 점점 높아질 테고, 불매운동이 일어나기 전까진 연일 상한가일 것이다.

"그래봤자 삼일천하지."

주혁은 치솟는 주가를 보며 내일 한창 뜨거울 때 손 털고 빠질 것을 생각한다. 이후 BS화장품으로 갈아타면 되겠지. 생각을 정리한 주혁은 그대로 HTS 프로그램을 끄고는 어딘가로 전화를 걸었다.

그날 저녁. 사무실 소파에 몸을 파묻은 주혁이 누군가를 기다리고 있었다. 당장 내일이 〈척살〉 영화의 첫 대본 리딩이기에 오늘 꼭 만나야 했다. 마침내 사무실 문이 열렸다.

"형. 오랜만이네."

"지랄하네. 얼굴 좋아졌다?"

며칠 전 강주혁이 인원 보충을 위해 전화했던 추민재였다. 들어오자마자 추민재는 사무실을 둘러보며 휘파람을 불었다.

"뭐냐, 이거? 너 왠지 그림이 낯설다? 사업하냐? 그때 그거 망했잖아."

그가 느닷없이 주혁에게 묵직한 팩트를 날렸다. 그럼에도 주혁은 여유롭게 소파에 앉으라는 시늉을 했다.

"형. 뭐 하고 살아? 이 바닥 아예 뜬 거야?"

"진즉에 때려치웠다. 너 그렇게 되고 나서 뭔가 더 역겹더라. 개새끼, 근데 니가 형을 쌩까?"

설명이 필요할 것 같아 주혁은 추민재에게 현재까지 자신의 상황을 간략하게 말했다. 물론 보이스피싱은 빼고.

"그러니까 니가 제작부터 투자, 거기다 매니지까지 손을 댔다?"

"응."

"심지어 지금 영화는 첫 촬영이 목전이고?"

"그렇지."

"허."

전혀 예상 못했는지 추민재는 황당하다는 듯 소파에 움푹 기댔다. 그러면서 사무실을 한 번 더 둘러보던 추민재가 물었다.

"엄청 낯서네, 너. 어쩌다 그렇게…… 아니 뭐, 됐다. 그래서 나를 부른 이유는 뭐냐?"

강주혁이 웃었다.

"형. 나랑 일 하나 같이합시다."

"크크크, 너 이 새끼."

"봐서 알겠지만, 벌여둔 일이 점점 늘어나서 사람이 필요해. 근데 아무나 막 같이하기도 뭐하고. 믿을 만한 사람이 필요한데, 그게 형이야."

"나보고 뭘 하라고?"

"형이 잘하는 게 하나밖에 더 있나."

이번엔 추민재가 웃었다.

"배우를 키워라?"

"물론 전부 맡기진 않지. 나도 같이할 거고. 대신 일 대 일 마크는 형이 해줘."

"너 괘씸해서 싫은데, 이 새끼야?"

재차 말하지만, 추민재는 입이 험할 뿐 사람 자체는 괜찮았다. 물론 강주혁만 그렇게 생각하는지는 모르지만.

"그런 괘씸한 놈 어릴 때 보자마자 매니저 하겠다고 달라붙은 게 누구더라?"

"넌 미친놈이었고. 너는 연기 천재 이런 게 아니라 그냥 미친놈이었다고. 어차피 하는 일인데 미친놈을 키우는 게 더 재미있잖아?"

"그럼 형이 걔 보고 판단해. 내일 리딩 있으니까, 그때 가서 보자고. 재미있는 앤지 아닌지."

"……그래, 좋다. 근데 나만 불렀냐?"

"아니, 한 명 더 부를 참인데 연락이 안 되네."

"너, 설마. 그 아줌마도 불렀냐?!"

"아직 부르진 않았다니까."

아직 연락이 닿지 않은 한 명.

― 홍혜수 누나

추민재가 자신은 빠지겠다며 울부짖기 시작했다.

다음 날 아침. 9시 좀 넘어서 눈을 뜬 주혁이 곧장 핸드폰을 집어 들었다. 가장 먼저 확인한 것은 클레니의 현 상태. 실시간 검색어에는 여전히 3위 적화, 6위 클레니, 8위 클레니 홈페이지, 11위 적화 가격 등이 올라 있었다. 그런데 기사의 질이 달라졌다.

「신상 라인 '적화' 얼마나 좋길래?」

「SNS에 퍼지는 '적화' 파워」

그야말로 폭발적. 하루 사이에 구매자들이 폭증한 상태였다. 흔한 말로 없어서 못 팔 지경. 핸드폰으로 클레니를 검색해보던 주혁이 웃음을 지었다.

"이건 뭐 보나마나."

주혁이 MTS를 켰다.

— 현재 51,400(+28.83%) 금액 1,926,831,800

— 손익 760,986,100

약 8억. 고작 이틀 만에 8억 가까이 불었다. 역시나 사람들이 클레니의 주식에 미쳐 있었다.

"출시하고 이틀 뒤니까."

미래 정보가 적힌 수첩을 보며 주혁이 읊조렸다. 클레니 '적화' 라인은 출시하고 이틀 뒤 내리막길을 걷는다.

"어제 출시했고, 오늘, 내일."

그럼 블로그에 부작용 구매자가 글을 올리는 것은 내일이라는 뜻.

"언제 올리는지는 몰라."

하지만 언제 올리는지는 정확하게 알 수가 없다. 결과적으로.

"지금 던져야겠네."

어차피 내일이면 휴지조각이 될 주식이다. 뜨거울 때 던져야 한다. 강주혁은 곧장 들고 있는 주식을 나눠서 뭉텅이로 던지기 시작했다.

— 매도체결, 매도체결, 매도체결

주혁이 던지는 주식은 빠르게 팔려나갔다. 상황을 지켜보던 주혁이 이내 남은 주식을 전부 던졌다. 이익은 약 8억.

"이번에는."

당장은 아니지만 곧 날아오를 BS화장품. 주혁은 있는 돈을 가지고 BS화장품 주식을 사들일 준비를 시작했다.

— BS화장품 30,700(-2.85%)

클레니의 가파른 상승세 때문이지 현재 BS화장품의 주가는 하락세였다. 주가를 확인한 주혁이 BS화장품의 주식을 고민 없이 사들이기 시작했다.

— 매수체결, 매수체결, 매수체결

그렇게 무아지경으로 주식을 산 결과.

— BS화장품 60,783주

— 매수 31,700 금액 1,926,821,100

빠르게 사느라 BS화장품의 주가가 약간 회복됐지만, 크게 상관없었다. 예상범위 안이고, 어차피 며칠 뒤면 더 큰돈이 굴러들어오니까. 산뜻하게 오전 업무를 마친 주혁은 그 길로 샤워를 시작했다.

아침과 점심 사이, 무비트리 리딩실은 영화 〈척살〉의 첫 대본 리딩이 예정된 터라 한창 분주했다. 길쭉한 책상에 수많은 의자, 책상 위에 놓인 다과와 물, 〈척살〉 대본, 그리고 각 배역과 배우들의 이름.

— 태수 역 / 하성필 님

— 혜정 역 / 류진주 님

— 소희 역 / 강하진 님

시간이 지남에 따라 비어 있던 자리가 하나둘 채워지기 시작했다. 이미 워크숍을 통해 친해진 몇몇 무명배우들은 얘기를 나누기도 하고, 처음 본 배우끼리 인사를 하기도 했다. 자리가 30% 정도 채워졌을 즈음 강하진이 리딩실에 도착했다. 책상 위 배역 이름표를 가만히 보던 강하진은 핸드폰을 꺼내 사진을 찍었다.

— 찰칵!

강하진이 사진을 찍자, 가만히 앉아 있던 몇몇 무명배우들도 자신의 이름이 박힌 표를 찍기 시작했다.

— 찰칵!

— 찰칵!

그렇게 한참 사진 퍼레이드가 펼쳐지던 리딩실은 어느새 자리가 80% 정도 찼고, 배우들끼리 인사를 나누느라 시끌시끌해졌다.

"안녕하세요. 복치 역 홍백수입니다."

"아! 반갑습니다. 전 도끼 역입니다."

그런 분위기를 이어서.

"아! 안녕하세요!"

류진주가 도착했다. 각자 어색하게 인사하던 배우들이 류진주에게 하나둘 악수를 청하기 시작했다.

"어머, 안녕하세요. 네네, 안녕하세요."

수많은 인파를 뚫고, 류진주는 어렵게 자리에 앉을 수 있었다. 그리고.

"아, 오빠. 왜 이렇게 늦게 와요."

"뭐래. 아, 안녕하십니까들. 하성필입니다."

류진주의 등쌀을 대충 넘긴 하성필이 리딩실 전체에 인사를 한 번 하고는 자리로 바로 가서 앉았다. 그 뒤를 최명훈 감독과 송 사장 그리고 박 PD가 가볍게 인사하며 나타났다. 최 감독이 상석, 그 오른쪽이 하성필, 왼쪽이 류진주, 그녀의 옆으로 강하진. 기자들까지 전부 도착한 건 아니었지만, 최명훈 감독은 새삼 감격스러운 표정으로 자리에서 일어났다.

"반갑습니다. 영화 〈척살〉의 감독을 맡은 최명훈입니다."

영화 출연을 확정한 배우들은 대본 리딩 전까지는 오롯이 혼자 대사 연습을 친다. 그러다 역할에 대한 실질적인 감은 대본 리딩 때 잡게 된다. 자신과 맞닥뜨리는 배우의 호흡부터 시작해서 감정, 톤, 강세 등을 파악하고, 배우들 각자가 자기 배역의 전체적인 분위기와 상대 배우에 대한 감각을 익히는 게 대본 리딩이다. 그 때문에 앉아서 하는 대본 리딩이지만 배우 모두가 실제 연기를 하는 것처럼 진지하게 임한다. 또한 이 과정에서 감독의 초기 디렉팅이 들어가기도 한다. '거기 너무 격해요'라든지 '너무 늘어져요' 등 작품 분위기에 맞게끔 연기를 조정한다.

그만큼 이 자리에 모인 모두에게 대본 리딩은 매우 중요하게 작용한다고 할 수 있다.

"태수 역 하성필 씨."

최명훈 감독이 배우 소개를 시작했다.

"반갑습니다. 하성필입니다."

리딩 시작 전 대충 인사를 하긴 했지만, 절차라는 게 있으니 정식 소개를 진행하는 것이다. 어느새 무비트리의 리딩실은 배우부터 시작해 관계자, VIP 픽쳐스 직원, 기자 등이 몰려들어 빈자리가 없었다.

— 짝짝짝!

태수 역을 맞은 하성필이 인사를 마치자 여기저기서 박수 소리가 이어졌다.

"다음으로, 혜정 역 류진주 씨."

"안녕하세요. 혜정 역을 맡은 류진주입니다. 잘 부탁드려요!"

— 짝짝짝짝짝짝짝짝짝짝짝!

어렴풋이 느껴지는 온도차. 따지고 보면 하성필이 류진주보다 몸값이 비싸지만, 방금 반응만 놓고 보자면 류진주가 세 배는 비싼 배우라는 착각이 들게 했다.

"어머, 감사합니다."

시상식을 방불케 한 박수에 류진주는 양껏 미소 지으며 화답했고, 하성필은 미간을 살짝 찌푸리며 작게 혀를 찼다. 류진주가 착석하자 이어서 최명훈 감독이 배우 소개를 이어갔다.

"소희 역 강하진 씨."

"아, 안녕하세요. 강하진입니다."

강하진의 인사는 그저 짧았다. 3초 컷. 너무 빨리 끝내버려서 최명훈 감독이나 주변 사람들이 슬쩍슬쩍 웃음을 내비쳤다.

"자, 다음은 사장 역 김필경 씨."

주요 주연들의 소개가 끝난 다음에는 조연을 맡은 무명배우들의 소개가 시작됐다. 배우들이 호명되면 차례대로 일어나 인사를 이어갔다. 그 모습에 마케팅을 위해 부른 기자들이 수군거리기 시작했다.

"진짜 주연 빼고 다 무명인데?"

"그러니까, 애매하네. 쓸 게 많은 거 같기도 한데, 없는 거 같기도 하고."

"하성필, 류진주 투톱으로 뽑아야 하나?"

"근데 진짜 운 좋네. 지금 영화판 피바람 부는데, 이짝은 전부 무명이라 걱정 없겠어."

"근데 이 영화 메인 투자자가 개인인데, 제작도 참여한다는 말이 돌아."

"나도 듣긴 했는데, 그냥 소문 아니야?"

"모르지."

기자들이 수군거리는 동안 배우 소개가 모두 끝났다.

"자, 시작하겠습니다."

최명훈 감독의 신호로 조감독이 〈척살〉의 대본 첫 장을 넘겼다. 그에 따라 리딩실에 모여 있는 배우들이 일사불란하게 대본 첫 장을 넘겼다.

"도심 거리, 낮. 태수가 편의점에서 담배를 사고, 나오고 있다."

조감독의 첫 지문 낭독이 끝나자, 하성필이 기다렸다는 듯 대사를 친다.

"나는 회사에 다닌다."

다시 조감독.

"그러고는 산 담배를 주머니에 쑤셔 넣고, 시간을 확인한다."

다시 하성필.

"언제부터인지 잘 기억나지 않는다. 그저 회사에 다니고, 시키는 일을 한다."

— 찰칵! 찰칵!

리딩이 본격적으로 시작되자 기자들의 셔터 누르는 소리가 이어졌고, 배우들 각자가 현재의 그림을 상상하며 집중하기 시작했다. 조감독의 지문 낭독이 끝나면 다시 하성필의 대사, 장면 전환, 다시 하성필, 이어지는 조연들과의 합. 점점 분위기가 고조된다.

"잠깐만요, 선생님. 너무 급해요. 템포 좀 늦춰서 가주세요."

"네. 알겠습니다."

중간중간 최명훈 감독의 디렉팅이 들어가고, 배우는 그에 맞춰 대사 속도 등을 조절한다. 알아서 잘 굴러가는 리딩 현장을 조용히 지켜보던 송 사장은 만족스러운 듯 고개를 끄덕였고, VIP픽쳐스에서 나온 직원은 열심히 무언가를 적기 시작했다.

그렇게 한창 리딩이 진행될 무렵, 리딩실 밖 복도를 따라 남자 두 명이 천천히 걸어왔다. 대체로 조용한 복도, 그 무거운 분위기에 울려 퍼지는 배우들의 리딩. 그 타이밍에 강주혁과 추민재가 도착했다. 리딩실의 문은 열려 있었고, 복도에서도 전부는 아니어도 어느 정도 리딩실 내부를 볼 수 있었다. 그 지점에서 강주혁의 걸음이 멈췄다. 앞서가던 강주혁이 멈추자, 뒤따르던 추민재가 귓속말로 물었다.

"여기야? 누군데 걔."

고조된 리딩을 방해하고 싶지 않아서인지, 주혁은 대답 없이 강하진을 눈짓으로 가리켰다. 추민재는 강주혁의 눈짓을 따라 류진주 옆에 앉아 있는 강하진을 쳐다보았다.

'마스크 특이하네.'

무심한 눈빛, 대체로 영혼이 없는 듯한 표정. 그런데도 계속 눈길이 가는 마스크. 추민재는 강하진을 집중해서 보기 시작했다.

추민재가 강하진을 보고 있을 때, 만족스럽게 고개를 끄덕이던 송 사장이 복도에 조용히 서 있는 강주혁을 발견했다.

'왔냐? 잘하고 있다, 다들.'

딱히 말은 없었지만, 눈빛으로 말하는 송 사장을 보며 강주혁이 웃음을 지었다. 그리고 때마침.

"저 죽어요?"

담담하게 대사를 치는 강하진.

"그럼 잠깐만요. 배고파서. 이것 좀 드실래요?"

대사는 단 두 줄이었다.

"허—"

그런데 강하진을 보던 추민재의 표정이 실룩거렸다. 무심한 표정으로 저런 대사를 치니, 장면이 재미있어 미치겠다는 표정이었다.

'연기는 기똥찬데? 발음도 좋고. 하긴 강주혁 이 새끼가 발굴했으니 오죽하겠냐마는.'

추민재가 강하진을 뚫어져라 보고 있을 때, 강주혁은 리딩 분위기 전체를 살폈다. 하성필, 류진주, 최명훈 감독을 비롯해 자신이 꽂은 무명배우들의 대사 호응, 반응, 장면 전환에 맞춰 뒤바뀌는 대사의 결 등을 파악했다. 각자 따로 놨을 땐 잘해도, 막상 붙여놓으면 서로 연기가 튀는 경우가 있기 때문이었다. 다행히 배우들은 혼자만 튀지 않고 〈척살〉의 분위기에 녹아들고 있었다. 가끔 연극 톤이 튀어나오기도 했지만, 최명훈 감독의 디렉팅을 받으면서 점차 안정되는 느낌이었다.

'나쁘지 않네.'

리딩 현장 분위기가 퍽 마음에 들었는지 강주혁이 추민재의 팔을 툭 치며 가자는 시늉을 했다. 멍하니 강하진을 쳐다보던 추민재는 강하진을 마지막으로 한 번 더 보고는 발길을 돌렸다.

지하 주차장에 도착한 강주혁이 차 문을 열며 추민재에게 말을 걸었다.

"감상이 어때?"

추민재가 차에 타면서 답했다.

"쟤 계약서 썼냐?"

"썼지."

"잘했네. 특이하더라. 뭔가 자꾸 눈길이 가던데."

대답을 들으며 강주혁이 차에 시동을 걸었다.

"그래서. 할 거야, 말 거야?"

"……괴짜 새끼. 어디서 저런 특이한 애들을 캐내는 거냐? 참나. 만약에 내가 한다고 하면 쟤 강하진? 맡는 거냐?"

"그럴 생각이야."

사실 강주혁은 이 부분에서 고민이 있었다. 성격이나 상성만 놓고 보면 강하진에게는 아직 연락이 닿지 않은 홍혜수, 강하영에게는 옆에 있는 추민재가 더 좋았겠지만, 아직 강하영의 상태가 완벽하지 않기에 남자 매니저를 붙이기가 껄끄러웠다. 어쨌든 강자매는 이제 시작이고 어떤 작은 사건으로도 멘털이 흔들릴 수 있으니까.

"야, 근데 진짜 그 아줌마밖에 없냐? 나 걔랑 안 맞는 거 너도 잘 알잖아."

홍혜수와의 안 좋은 과거가 떠올랐는지 추민재가 얼굴을 쓸어댔다. 그 모습에 주혁이 웃으며 답했다.

"사람이 좋은 것만 하면서 살 수 있나. 적당히 타협하면서 살아야지 어쩔 거야."

"……개새끼. 한다, 한다고. 언제부터 출근하면 되냐."

"혜수 누나랑도 얘기해보고, 정확한 건 다시 연락 줄게. 잘 부탁해, 형."

"잘 부탁은 개뿔."

보이스프로덕션의 첫 직원으로 채용된 추민재는 '여기서 내린다!' 같은 소리를 던졌고, 주혁은 다시 한 번 잘 부탁한다는 말을 하며 추민재를 내려줬다.

그 길로 사무실에 돌아온 주혁은 냉수부터 들이켰다. 동시에 MTS를 켜서 BS화장품의 주가를 확인했다. 아직까진 별다른 변동이 없었다. 여전히 클레니의 적화 라인은 돌풍이었고, 그사이 마비되었던 클레니의 홈페이지는 정상화, 판매 속도를 쑥쑥 높이고 있었다.

그때였다. 며칠간 연락 두절이던 홍혜수에게 드디어 전화가 왔다.

"여보세요. 아니 누나, 무슨 연락을."

"어머, 누구세요?"

"……나야. 강주혁."

"글쎄요? 전 잘 모르겠는데요? 그럼 수고하세요."

홍혜수가 전화를 끊어버렸다.

"뭐야, 이 누나."

그리고 다시금 홍혜수에게 전화를 걸었다.

"누구세요?"

"누나, 나라니까."

"그러니까. 너 누구냐고요. 몇 년간 잠적하셔서 전~혀 누군지 모르겠는데요? 어머, 혹시 스토커?"

이 여자, 화났구나.

"누나, 내가 잘못했습니다. 그간 사정과 꼭 할 말이 있으니 좀 봤으면 좋겠습니다."

"……너 진짜 너무한 거 아니니? 내가 지금 해외에 여행 갔다 와서 니 연락 보고 놀라자빠질 뻔한 거 알아?"

그 후로 꽤 오랫동안 홍혜수는 강주혁을 나무랐다. 이해는 된다. 홍혜수는 추민재와 비슷한 세월을 알고 지냈던 사람이었으니까. 홍혜수는 강주혁의 연기 선생님 겸 두 번째 매니저였다. 애초 매니저는 추민재 단독이었으나, 강주혁이 유명해지기 시작하면서 홍혜수가 붙었다.

"일단, 나 방금 한국 왔으니까, 대충 정리 좀 하고 다시 연락할게."

"알았어."

전화를 끊은 주혁은 비로소 소파에 누워 쉬는 시간을 가질 수 있었다.

다음 날 새벽 5시, 세상이 고요한 시간. 한 파워블로거의 블로그에 글 하나가 업로드됐다. 그 글의 제목이.

— 쓰레기화장품 적화, 부작용 고발합니다.

— 신상 라인으로 출시된 적화. 저는 평소 이 회사 화장품을 자주 써서 큰 기대를 하고 출시되자마자 구매했는데요. 사용한 지 하루 만에 피부 발진과……

이 글이 올라오고 세 시간 정도 지날 즈음, 블로그에 방문하는 사람들이 여기저기 퍼 나르기 시작했다. 카페, 웹사이트, 갤러리, 너튜브 등. 워낙 돌풍 같은 적화였기에 퍼지는 속도가 굉장히 빨랐다. 인터넷에 떠돌던 적화의 부작용 논란은 곧이어 SNS, 메신저 등으로 퍼져 나갔다.

아침에서 점심으로 넘어갈 무렵, 슬슬 냄새를 맡은 기자들이 상황을 대충 파악하곤 일단 기사를 뽑아내기 시작했다. 그러자 적화의 돌풍은 곧 역풍으로 변해 대중의 뇌리에 박히기 시작했다. 내 피부 문제가 부작용인가? 긴가민가하던 구매자들이 동참하기 시작하면서 논란은 확신으로, 트럭이 돌진하듯 빠르게 바뀌었다.

— 아니, 어쩐지. 지금 환불하러 감.

— 어제 샀는데, 아직 안썼음. 개다행.

— BS꺼 쓰셈ㅋㅋㅋㅋㅋㅋ

— 어쩐지 냄새 역하더라…

이 모든 정황을 아침이 돼서야 확인한 주혁은 대충 훑어보고는 무심하게 노트북을 덮었다.

"이게 새벽부터 시작되는 거였네."

오늘 시작된 적화 쓰레기화장품 논란은 하루 만에 논란을 넘어, 불매운동으로 번지게 된다. 이제부터 주혁은 BS화장품의 프라워 라인이 적화를 꺾고 돌풍을 일으키기만 기다리면 된다.

노트북을 덮은 주혁이 화장실로 향하려 할 때, 책상에 놓인 핸드폰이 울렸다. 발신자는 홍혜수였다.

"나 내일 시간 괜찮아."

"그럼 주소 보내줄 테니까 거기서 봐. 내 사무실인데, 얘기하기 편하게."

연락이 닿은 지 하루가 지난 시점이라 그런지 홍혜수는 꽤 진정된 상태였다. 짧은 통화를 끝낸 주혁이 그녀에게 문자로 주소를 전송했다.

그즈음 BS화장품의 주가가 서서히 오르기 시작했다.

「쓰레기화장품이 기회가 된 'BS화장품'」

「적화 다음으로 나온 '프라워' 호평 일색」

「고객들, "비슷한 컨셉이지만 BS화장품은 믿을 수 있다"」

적화가 무너지기 시작한 당일 오후, BS화장품의 프라워가 빠르게 상승세를 타기 시작했다. 적화를 사기 위해 준비하던 고객부터 시작해서 적화를 환불한 고객, 애초에 프라워를 사려고 했던 고객, 그리고 프라워 라인을 전혀 몰랐던 고객들도 이번에 프라워를 알게 되어 구매하기 시작했다.

그에 반해 BS화장품의 주가는 오르락내리락을 반복했다. 클레니 역풍 때문인가. 확실히 고민이 되긴 하겠지. 집어넣은 금액이 커서 1~3%만 빠져도 몇백, 몇천만 원이 순식간에 없어진다.

"쫄리네."

주가가 널을 뛰자 BS화장품이 초대박 날 것을 알면서도 주혁은 노트북을 덮어버렸다.

다음 날, 강주혁이 가장 먼저 만난 사람은 홍혜수였다. 평소 관리를 빡세게 하는 모양인지, 늘씬한 몸매에 선글라스를 머리 위로 비죽 올린 모습. 그녀가 강주혁의 사무실에 도착하자 내비친 반응은 추민재와 사뭇 달랐다. 사무실을 천천히 둘러보더니 자연스럽게 소파에 자리를 잡고 웃음을 머금으며 강주혁을 쳐다본다.

"우리 강주혁 씨, 무슨 일을 꾸미시는 걸까?"

"꾸미긴 뭘 꾸며. 근데 누나 해외에는 왜 나간 거야?"

"그냥. 한국 지루해서. 근데 넌 왜 그렇게 오랫동안 잠적했니? 연락도 안 되고."

추민재와 비슷하게 그녀에게도 지금까지의 일을 설명했다. 이번에도 홍혜수의 반응은 추민재와 달랐다.

"그래? 그럼 나도 껴줘."

"걔네 안 봐도 돼?"

"주혁이 너가 직접 보고 뽑았다며? 그럼 보나 마나 뭐, 재미있는 애들이겠지. 근데 추민재 그 인간이 나도 합류한다는데 하겠대?"

"응. 첫 출근만 기다리고 있지."

"잘됐다, 야. 그 인간 놀려먹는 재미도 있겠어. 해서, 난 뭘 하면 돼?"

탁자에 놓인 커피를 죄다 털어 넣은 주혁이 웃으며 답했다.

"누나는 연기 레슨이랑, 강하영이라는 친구 일 대 일 마크."

"레슨은 한 명만 봐주면 되는 거야?"

"아니. 있는 애들 전부."

해봐야 두 명밖에 없지만. 주혁의 대답을 들은 홍혜수가 까르르 웃으며 반응했다.

"그래. 어차피 오랫동안 쉬어서 근질근질하던 참이었어. 근데 주혁아. 누나 월급 얼마야?"

"그건 아직 안 정했는데, 많이 드려야지."

"무조건 추민재 그 인간보단 많이 줘. 단 백 원이라도."

둘은 왜 이렇게 앙숙일까. 주혁은 싱긋 웃고 있는 홍혜수를 보며 앞으로 추민재와 홍혜수를 보는 재미도 있겠다 싶었다.

그사이 BS화장품의 주가가 치솟기 시작했다. 클레니와는 반대로 블로그 및 갤러리, 카페 등 온통 칭찬 섞인 글이 줄을 이었고, BS화장품이 진행한 마케팅으로 SNS와 메신저 등에서 폭발적인 지지를 받기 시작했다. 적화의 부작용 때문에 긴가민가하던 사람들도 BS화장품에 열광하기 시작했다. 매 시간 갱신되는 호평 후기가 초석이 되어 널을 뛰던 BS의 주가도 곧바로 치솟기 시작했다.

― 현재 49,000(+28.97%) 금액 2,978,367,000

― 손익 1,051,545,900

BS화장품은 프라워 출시 이후 38,000으로 장 마감. 그리고 적화의 역풍에 상한가를 때리면서 49,000까지 껑충 뛰어올랐다. 그러고도 BS화장품의 상한가 행진은 멈출 줄 몰랐다. 기회를 놓치지 않고 BS화장품이 이벤트를 때리고, 광고 및 행사를 붙여 상승세를 늦추지 않았다. 결국 2연상.

— 현재 62,500(+27.56%) 금액 3,798,937,500

— 손익 1,872,116,400

확실히 상한가를 친 클레니에서 손 턴 금액을 모두 BS화장품에 부으니 상한가를 칠 때마다 갱신되는 금액이 어마어마했다.

다만 매도 적기를 잘 잡아야 했다. 보이스피싱에서 들은 정보는 BS화장품이 클레니보다 더 큰 판매고를 올린다는 정보뿐. 너무 욕심부리지 말고, 적당할 때 팔아야 했다. BS화장품의 주식이 뜨거울 때, 관심이 폭발적일 때 털고 빠져나와야 한다. 어차피 이런 돈 냄새 나는 정보는 보이스피싱이 또 알려줄 테니까.

"내일쯤 팔까?"

BS화장품 대박이 터진 지 이틀. 하지만 분명 화장품 판매에도 한계가 있을 것이고, 거품도 어느 정도 끼어 있을 것이다. 주혁은 내일 아침이 되자마자 BS화장품 주식을 팔기로 했다.

다음 날 아침, 주혁은 아무도 없는 사무실에서 노트북을 쳐다보고 있었다. 추민재와 홍혜수의 출근일은 다음 주로 잡았다.

"일단, 이것부터 처리해야지."

— 현재 72,800(+16.48%) 금액 4,425,002,400

— 손익 2,498,181,300

주식 장이 열린 지는 한 시간 남짓. 아직 BS화장품의 관심도는 높은 상태였다.

"그래서 지금 팔아야 돼."

욕심을 버리고, 강주혁은 거침없이 주식을 던지기 시작했다. 한 방에 던지진 않았고, 적당히 나눠서 털어야 했다.

— 매도체결, 매도체결, 매도체결

금액이 좀 크다 보니 시간도 오래 걸렸다. 하지만 어떠랴. 이번에 화장품 대란으로 무려 24억을 벌었는데. 가지고 있던 주식을 다 팔아넘긴 주혁은 현황을 확인했다. 대략 40억. 이래저래 세금이 빠지겠지만 며칠 뒤 그의 통장에 꽂힐 금액이 40억은 넘지 않을까 싶었다.

기지개를 켜던 주혁이 시간을 확인했다. 오전 11시를 조금 넘긴 시각. 주혁은 〈척살〉 팀과 〈내 어머니 박점례〉 팀의 진행 상황을 알아보기 시작했다. 대본 리딩까지 완벽하게 끝낸 〈척살〉은 현재 프리프로덕션 마지막 점검 중이었고, 곧 배우들의 스케줄 조정 뒤 첫 촬영일을 픽스할 예정이었다.

이어서 〈내 어머니 박점례〉 팀. 이미 촬영은 진행되고 있었지만, 극영화와는 다르게 주인공의 일상을 거의 종일 담아내기에 사실 속도는 〈척살〉과 비슷한 상태였다. 주혁은 강하영의 첫 촬영 일정을 조율한 뒤 전화를 끊었다.

그날 오후, 사무실에서는 강자매와 추민재, 홍혜수의 정식 인사가 있었다. 보이스프로덕션 소속 직원과 소속 연기자의 만남.

"인사해요. 이쪽이 추민재 팀장님, 이쪽이 홍혜수 팀장님."

"안녕하세요!"

"안녕하세요."

강자매는 강주혁의 소개에 맞춰 추민재와 홍혜수에게 인사했다. 이번엔 반대로 강자매를 소개할 차례.

"이쪽이 강하영 씨, 이쪽은 강하진 씨."

"반가워요."

"어머, 너무 예쁘다. 몇 살이에요?"

추민재와 달리 홍혜수는 강자매를 처음 봤으므로 리액션이 컸다. 강주혁이 앞으로 방향성에 대해 설명했다.

"하진 씨는 여기 추민재 팀장님과 한 팀, 하영 씨는 여기 홍혜수 팀장님과 한 팀으로 움직입니다. 공식 스케줄이 있는 날에는 대체로 매니저 역할을 해주실 거고, 스케줄이 없는 날에는 홍혜수 팀장님이 두 분 연기 지도를 해주실 거예요. 추민재 팀장님은 영업 및 작품 쓸어오실 거고."

공식 스케줄이라고 해봐야 강하진은 〈척살〉이 전부고, 강하영은 〈내 어머니 박점례〉가 전부였다. 나머지 시간은 대부분 연기 레슨으로 채워질 테고, 그 사이 추민재 팀장이 영업을 뛰는 시스템을 일단 차용했다.

가만히 듣고 있던 홍혜수가 끼어들었다.

"주혁 사장님. 얘네 어떤 식으로 키울지 잡았어?"

"사장님 빼고, 평소처럼 불러요. 뭔 사장님이야. 말 나온 김에 이것도 말해줘야겠네. 하영 씨. 하진 씨."

"네!"

"네."

강주혁의 부름에 강자매가 바싹 긴장한다.

"제 생각에 하영 씨는 방송 및 드라마, 예능 쪽 그러니까 대놓고 보여지는 쪽이 좋겠어요. 하진 씨는 영화, 약간 신비주의 컨셉으로 잡는 게 좋아 보이는데."

강하영과 강하진은 자매지만 성향이 정반대였다. 한참 뒤에는 모르겠지만, 당장은 이 정도의 계획이 적당했다.

"그렇네. 앞으로 맡을 배역도 확실하게 파악해서 작품 골라야 하겠고. 어머, 민재야. 듣고 있니?"

"너~무 집중해서 듣고 있으니까, 시비 트지 맙시다. 아줌마."

그렇게 보이스프로덕션 소속 네 명은 첫 시작을 알렸다. 그리고.

"후— 오늘이지?"

오늘은 다시 돌아온 금요일. 퍽치기범을 잡기 위한 잠복이 있는 날이었다.

기흥역 주변, 오후 7시 30분.

일주일 전 황 실장을 만났던 장소에서 주혁은 갓길에 차를 대고 기다리는 중이었다. 두 번째 잠복.

'이번 주에는 나타나려나.'

나타났으면 했다. 이번 주 내내 이 퍽치기 사건 때문에 일을 하던 중에도 딴 생각이 들기 일쑤였다.

'빨리 해결하고 넘겨야 하는데.'

그때 창문 두드리는 소리가 들렸다.

— 똑똑

"아, 타세요."

차에 오른 황 실장은 먼저, 고개를 꾸벅 숙였다.

"늦었습니다."

"예? 늦으셨어요?"

"네, 3분 정도."

실소가 터진 주혁은 신경쓰지 말라고 하면서 차를 몰기 시작했다. 저번과 같은 장소에 주차한 주혁이 시간부터 확인했다. 시간은 7시 50분. 어둑해질 무렵이었다.

"조용하네요."

너무 적막해서일까? 과묵하던 황 실장이 괜히 한마디 던졌다.

"그러게요."

10분, 20분 지남에 따라 주변은 마치 짠 듯이 인적이 줄어들었다. 간혹 몇몇이 지하보도를 이용했지만, 학생처럼 보이진 않았다. 괜한 긴장감에 주혁이 운전대를 검지로 빠르게 때렸고, 다시 과묵해진 황 실장은 주혁과 같은 곳을 가만히 응시할 뿐이었다.

그 상태 그대로 어느새 시간은 9시를 넘기고 있었다. 바짝 긴장한 채였던 주혁도 살짝 긴장이 풀려서 기지개를 쭉 켰다. 황 실장이 주혁의 팔을 잡아끈 것은 그때였다.

"주혁 씨, 저기."

"예?"

주혁을 잡아끌며 몸을 낮춘 황 실장이 지하보도 옆을 가리켰다. 손가락을 따라 주혁의 시선이 움직였고, 그 끝에는.

'저 새끼. 그때 서성거리던.'

일주일 전 지하보도를 서성이던 검은색 야구점퍼를 입은 남자였다. 주혁과 황 실장은 더욱 몸을 낮추고 남자의 움직임을 주시했다.

"오늘은 손에 뭔가 들고 있습니다."

소리를 죽인 황 실장이 말했다. 확실히 야구점퍼 남자는 일주일 전과 달리 흔한 검은색 비닐봉투를 들고 있었다.

'뭘 넣은 거지?'

분명 봉투 안에 뭔가 묵직한 것이 담긴 것 같은데, 캄캄하기도 하고 멀어서 정확하게 파악이 안 됐다. 남자는 봉투를 빙글빙글 꼬면서 같은 자리를 서성였다. 봉투를 휙휙 돌리기도 하고, 탭댄스 비슷한 발걸음으로 앞뒤로 왔다 갔다 하며 미친 짓을 일삼고 있었다. 언뜻 보면 즐겁게 노는 듯.

그러던 남자가 순간 앞쪽을 쳐다보더니, 이내 어둠 속으로 사라졌다.

'왜 갑자기?'

급하게 사라진 남자가 이상했는지, 주혁이 미간을 찌푸리며 남자가 쳐다봤던 방향으로 고개를 돌렸다.

"아."

그 방향에서 학생 한 명이 터벅터벅 걸어오고 있었다.

순간 주혁은 오늘 뭔가 터질 것을 직감했다.

'저 남자. 여기서 쟤를 기다리고 있었나? 그럼 저번 주에도? 아니, 저번 주에는 뭔가 기다린다기보다 주변을 둘러보는 느낌이었는데.'

뭐가 됐든, 학생이 나타나자 남자는 사라졌다. 주변이 워낙 캄캄해서 어디로 사라졌는지 보이지도 않았다. 타이밍을 잘 잡아야 했다. 저 학생이 지하보도로 내려가고, 학생을 따라서 남자가 튀어나온다면 바로 뛰어야 한다. 깊이 숨을 들이마시며 주혁이 황 실장에게 조용히 말을 건넸다.

"준비……하는 게 좋겠습니다."

"예."

담담하게 대답하는 황 실장 옆에서 주혁은 핸드폰을 꺼내 들었다. 밝기를 최저로 낮추고, 일단 112번을 눌러둔다. 통화 버튼만 누르면 바로 연결될 수 있게. 이윽고 학생이 힘 빠진 걸음으로 주혁의 차를 지나쳤다.

'쟤는, 그때 그.'

분명 일주일 전 강주혁이 따라가서 주의시켰던 김지웅이라는 아이였다.

'뭐가 어떻게 돌아가는 거야.'

보이스피싱에서 알려준 피해자 이름은 김재욱. 근데 지금 뭔가 터질 것 같은 쟤는 김지웅이라고 했다.

'에라 모르겠다.'

생각을 하나하나 정리하기엔 상황이 너무 긴박했다. 어느새 주혁의 차를 지나친 학생은 지하보도 입구에 다다랐다. 그러고는 계단을 따라 지하보도로 내려갔다.

'말을 안 들어 처먹네.'

분명 저번 주에 경고했음에도 학생은 태평하게 지하보도를 내려갔다.

지하보도로 사라진 학생을 뒤로하고, 주혁은 곧장 주변을 확인했다.

"……."

이어지는 정적. 거기다 을씨년스러운 바람까지 불며 앙상한 나뭇가지들이 흔들거렸다.

그때였다. 어둠 속으로 사라졌던 검은색 야구점퍼 남자가 느닷없이 봉투를 흔들면서 지하보도로 발돋움해 나타났다.

"이런 씨ㅂ"

욕도 끝까지 뱉지 못하고, 주혁은 냅다 차 문을 열고 지하보도로 뛰기 시작했다. 그의 핸드폰은 이미 귀에 붙어 있었다.

"용인 경찰서입니다."

"허억! 어헉! 여기! 기흥역 주변 지하보도! 퍽치기범! 빨리요!"

"어디요?"

"퍽치기범 있다고! 기흥역 주변에 지하보도 여기 하나밖에 없어요! 빨리 좀!"

더는 통화를 이어가지 못했다. 강주혁도 어느새 지하보도 입구에 다다랐기 때문. 곧바로 주혁이 상황을 파악했다.

— 휙휙휙!

퍽치기범이 학생 뒤에서 천천히 봉투를 돌리며 내려가고 있었다. 무기는 묵직한 것이 들어 있는 검은색 봉투.

여기서부터 주혁의 이성적인 판단이 끊겼다. 펀치기범과 학생의 거리는 고작해야 다섯 걸음. 이미 돌리고 있는 검은색 봉투. 이제 내려치면 끝인 상황.

"야!"

외침과 동시에 주혁이 세 계단씩 뛰어 내려갔다. 동시에 학생과 펀치기범이 뒤를 돌아보았다.

"이런 씨발!"

펀치기범의 외마디. 하지만 거기까지였다.

"으이 씨발! 이거 놔! 안 놔?!"

189cm의 장신인 주혁이 펀치기범의 양팔과 함께 그의 몸을 와락 껴안았다. 그 바람에 들고 있던 봉투가 떨어져 데굴데굴 계단 아래쪽으로 굴러갔다.

'돌?'

검은색 봉투 안에 들어 있는 것은 짱돌, 아니 짱돌보다 훨씬 무지막지한 돌이었다.

"떨어져!"

주혁이 덜덜 떨고 있는 학생에게 외치고, 뒤따라 온 황 실장이 한쪽 팔을 뒤로 꺾으며 펀치기범을 제압하려는 순간. 펀치기범의 저항이 워낙 격렬해서 세 남자는 중심을 잃었다.

"크악!"

"윽!"

주혁과 펀치기범은 서로 엉켜 바닥으로 내팽개쳐졌고, 황 실장만 간신히 중심을 잡고 첫 계단에 발을 디뎠다. 넘어지면서 허리에 충격이 있었는지, 주혁은 허리를 짚으며 펀치기범의 팔을 부여잡고는 몸으로 그를 짓눌렀다. 황 실장도 동참했다.

"씨발! 놔!!!"

퍽치기범은 격렬했지만, 남자 두 명의 힘을 당해내지 못했다. 얼추 상황이 정리된 듯. 주혁이 학생을 돌아봤다. 그런데.

"뭐야, 너."

바로 앞에 웬 남자가 서 있었다.

강주혁의 눈은 덜덜 떨고 있는 학생이 아니라, 계단을 내려와 곧바로 꺾어지는 코너에 서 있는 남자에게 꽂혔다.

마스크를 끼고, 망치를 든 남자. 이미 내리칠 준비를 마친 상태.

망치를 든 남자가 주혁과 눈이 마주쳤고. 지금 상황에 당황했는지, 커진 눈으로 강주혁을 빤히 쳐다보다가, 냅다 반대쪽으로 뛰었다.

공범? 아니. 뭔가 다르다. 주혁은 곧장 쫓아가고 싶었지만, 퍽치기범이 걸렸다.

"이런, 씨!"

그때.

"꽉 잡고 있어요!"

황 실장이 냅다 뛰기 시작했다. 전직 형사는 빨랐다. 그의 달리기 속도만으로 형사 시절 얼마나 뛰어다녔을지 짐작이 갔다. 등 뒤로 황 실장이 바싹 쫓아오자, 남자가 망치를 한 번 휘둘렀다. 은퇴했다지만 황 실장의 몸놀림은 재빨랐고, 어느새 양손을 가슴팍에 올려서 반격할 자세를 잡았다.

그런 황 실장을 망치를 든 남자가 가만히 쳐다봤다.

긴박한 대치상황. 뒤에서 그 장면을 눈에 담던 주혁은 당장에라도 뛰어가 도와주고 싶었지만, 퍽치기범이 저항하는 바람에 여의치 않았다.

"뭡니까, 당신."

황 실장이 허공에 두 손을 획획, 마치 유도하듯이 흔들면서 말을 던졌다. 하지만 돌아온 것은 침묵뿐. 망치를 든 남자는 본능적으로 황 실장을 이길 수 없다고 생각했는지, 아니면 이렇게 시간을 끌어봐야 득 될 것이 없다고 판단했는지 모르지만.

— 후웅!

다시 한 번 황 실장을 향해 망치를 휘두르고는 뒤돌아서 뛰기 시작했다. 황 실장은 남자의 목적을 단박에 눈치채고 곧장 따라붙었다. 어느새 망치 든 남자는 두세 계단씩 뛰어올랐고, 황 실장은 더 빨리 뛰어올랐다. 이윽고.

— 덥석!

순식간에 거리를 좁힌 황 실장이 망치 든 남자의 어깨 죽을 강하게 붙잡았다.

잡았다, 요놈!

11. 악취

망치를 든 남자의 어깨를 잡아챈 황 실장이 손에 힘을 꽉 주었다. 그 순간.

— 훅!

망치를 든 남자가 미꾸라지같이 잡힌 점퍼를 빠르게 벗어내고는.

— 휙!

중심을 잃은 황 실장에게 망치를 냅다 집어 던졌다.

"크윽!"

온힘을 손에 집중시켰던 황 실장은 남자가 점퍼를 벗는 바람에 휘청거렸고, 이어서 날아온 망치에 어깨를 맞고는 계단 아래로 곤두박질쳤다.

"윽!"

황 실장의 입에서 고통스러운 비명이 흘러나왔다. 거기까지였다. 황 실장이 다급하게 위쪽을 올려다봤지만, 이미 남자는 사라진 후였다.

"망할! 미꾸라지 같은 새끼!"

제압은 쉽게 할 수 있었는데, 느닷없이 점퍼를 벗어젖힐 줄 예상하지 못한 게 못내 아쉬웠다. 그리고 그 순간 황 실장이 생각했다.

'내가 왜 이렇게 열성적으로……'

몸까지 던져서 망치 든 남자를 잡으려 했다. 냉정히 말해 본인은 전혀 상관없는 현장인데도 부상까지 입어가며 놈을 쫓았다.

"후—"

손에 들린 남자의 점퍼, 바닥에 떨어진 망치. 짧은 한숨을 내쉰 황 실장은 난잡한 현장을 쳐다보며, 자신이 아직 형사 시절의 그 긴장감을 원하고 있다는 것을 깨달았다.

'완전히 잊은 줄 알았는데, 황철두 이 새끼야. 니가 그러고도 사람이냐?'

그러면서 자신에게 욕을 했다. 과거에 무슨 일이 있었나 싶을 정도로 강렬하게 자신을 책망한다. 강주혁의 목소리가 들린 것은 그때였다.

"큭! 황…실장! 윽! 님! 여기 좀."

아차 싶었던 황 실장이 고개를 돌려 강주혁의 상태를 확인했다. 퍽치기범을 몸으로 짓누른 채 들썩들썩하고 있다. 필시 퍽치기범이 격렬하게 저항하고 있다는 뜻. 황 실장이 퍽치기범과 강주혁이 있는 곳으로 뛰었다. 그러고는 퍽치기범의 상체에 엉덩이를 들이대며 앉아버렸다. 황 실장의 힘이 더해지자 강주혁은 절로 안도의 한숨이 나왔다. 멀리서 보면 마치 퍽치기범이 벤치인 듯, 강주혁과 황 실장이 나란히 퍽치기범 위에 앉았다.

"후—"

이제 좀 안정이 된 주혁이 주변을 둘러보았다. 퍽치기 당할 뻔한 학생은 여전히 부들부들 떨고 있었다.

"아직 움직이지 마. 경찰 곧 올 거다."

"……."

주혁의 말에 학생은 고개를 끄덕인 건지 아니면 몸이 떨려서 끄덕여진 건지 모르지만 어쨌든 끄덕였다. 강주혁은 다시 황 실장을 향했다.

"공범……일까요?"

"그럴 가능성이 없는 건 아니지만, 제 느낌에는 공범 같진 않았습니다."

"놈이랑 눈이 마주쳤는데, 엄청 놀란 것 같았습니다. 전혀 예상 못한 시나리오가 펼쳐진 것처럼."

황 실장이 미세하게 고개를 끄덕였다.

"팀을 짜고 퍽치기를 했다면 이런 식으로 하진 않습니다. 두 명이면 치는 놈 하나 잡는 놈 하나, 아니면 치는 놈 하나 망보는 놈 하나죠. 이렇게 단계적으로 치는 놈이 두 명인 경우는 저도 못 봤습니다."

그럼 뭐지? 주혁이 머리를 굴리기 시작했다. 범인이 각자 따로? 한 학생을 퍽치기범 두 명이 따로 노렸다? 그건 너무 말이 안 되지 않나?

그때 황 실장이 덧붙였다.

"그리고, 방금 놓친 그놈은 단순 퍽치기범 같진 않았습니다."

"퍽치기범 같진 않았다?"

"네. 몸놀림이 뭔가 전문가 같았어요. 판단이나 계산도 빨랐고. 이 밑에 있는 놈이랑은 확실히 다른 부류입니다."

손가락으로 아래쪽 퍽치기범을 가리키는 황 실장.

"그렇다면 많이 곤란한데요."

심각한 표정으로 말을 이은 강주혁에게 황 실장이 고개를 갸웃했다.

"왜 그러십니까?"

"그놈이 내 얼굴을 정면으로 봤어요."

"아!"

강주혁이 심각한 표정을 지을 때, 빠르게 계단을 뛰어 내려오는 소리가 들렸다.

"괜찮으십니까?!"

경찰이 도착했다.

경찰서 정문. 조사를 받고 나온 주혁이 한숨을 길게 쉬었다.

"후—"

곧 황 실장도 끝나고 나올 테고, 주혁은 황 실장을 기다리기로 했다.

'걔는 왜 거짓말을.'

조사를 받는 동안 여러 가지 사실을 알았다. 첫째로 퍽치기를 당할 뻔한 학생의 이름은 김지웅이 아니라 김재욱이 맞았다. 애초 이름을 거짓으로 말한 것이었다. 보이스피싱에서 말한 학생은 쟤가 맞았다.

둘째로 퍽치기범은 공범 없이 단독이라는 얘기도 들었다. 경찰 측도 조사를 해봤을 테고, 강주혁이 슬쩍 물었는데 대답은.

"계속 혼자 움직였어요. 공범 없습니다."

그렇다면 망치 든 남자는 누구였을까? 차라리 공범이었으면 마음이라도 편했을 텐데.

셋째로 김재욱이라는 학생이 좀 이상했다. 경찰서에 오고부터는 표정이 180도 바뀌었다. 지하보도에서는 벌벌 떨면서 비 맞은 고양이 같았는데.

"여기선 뭔가 불만이 가득한 표정이었단 말이지. 게다가 변호사가 갑자기 나타나질 않나."

이상한 게 학생의 부모 대신 변호사가 나타났다. 자세한 건 듣지 않았지만, 참 희한한 광경이었다.

어쨌거나 경찰에선 강주혁에게 매우 고마워했고, 대대적인 발표를 하겠다며 호언장담하는 걸 강주혁이 한사코 말렸다. 아직 강주혁의 이름이 세상에 밝혀질 때가 아니었다. 아직은 더 힘을 키워야 했다.

강주혁이 생각을 정리할 즈음 황 실장이 나왔다. 그런데 아까 망치 든 남자에게 뺏은 점퍼를 그대로 들고 나온다.

"황 실장님, 그 옷은."

"아까 강주혁 씨가 말씀하셨잖아요. 그놈이 얼굴을 봤다고."

"네. 그랬죠."

"이거 한번 보세요."

황 실장이 점퍼 주머니를 뒤적거리더니 무언가를 꺼내 주혁에게 건넸다. 가슴팍에 다는 작은 핀배지와 구겨진 영수증 두 장이었다. 손바닥 위에 올려진 것들을 바라보던 주혁이 다시 황 실장을 쳐다봤다. 그러자 황 실장이 기다렸다는 듯이 입을 열었다.

"그거부터 시작해보세요."

"뭘요?"

"조사. 아무리 봐도 그놈 절대 펵치기 아닙니다. 근데 놈이 강주혁 씨 얼굴을 봤어요. 봤더니 강주혁이야. 모르긴 몰라도 언제 다시 만날지 모릅니다."

강주혁은 소름이 돋았다.

"짧으면 이틀, 길면 일주일 정도 지켜보세요. 이제 이거 펵치기 잡았다는 뉴스 퍼졌는데 그놈 쪽에서 아무런 액션이 없으면, 그쪽도 뭔가 켕기는 게 있다는 겁니다."

"흠……."

강주혁은 가만히 황 실장을 쳐다봤다.

'아까운데.'

황 실장이 아까웠다. 앞으로 보이스피싱이 이런 위험한 사건을 또 알려줄지도 모르고, 매번 이렇게 사람을 구하는 것도 무리가 있었다. 거기다 황 실장은 형사 출신이다. 이쪽 바닥을 훤히 알 테고, 남들이 본다면 강주혁보다야 훨씬 믿음이 갈 것이다. 무엇보다 그놈이 보복하러 온다면?

'공격조. 필요하긴 했어.'

자신을 가만히 쳐다보는 강주혁이 이상했는지 황 실장이 물었다.

"왜 그러십니까?"

그의 물음에 주혁은 들고 있던 물건들을 주머니에 넣고는 담담하게 대답을 던졌다.

"황 실장님, 취직 생각 없으십니까?"

"취직이오?"

"예. 제 회사에."

"그게 무슨……."

강주혁이 싱긋 웃으며 말을 이었다.

"제가 황 실장님 기술을 좀 사고 싶습니다."

"……죄송한데, 하시는 회사가 어떤 회사입니까? 연예계 쪽 아닙니까?"

뭐라고 표현해야 할까. 그러고 보니 강주혁의 회사를 딱 하나로 지정하기가 모호했다.

"어, 그냥 뭐 이것저것 하는데, 그쪽 계통은 맞습니다."

"전 그쪽으론 전혀 아는 바가 없습니다."

"압니다. 그래도 꼭 오셨으면 합니다. 월급은 걱정하지 마세요. 확실하게 드립니다."

"제가 거기 가서 뭘 합니까?"

"모르셔서 그렇지, 이쪽도 할 일 많아요. 생각보다 아주 더럽습니다, 이쪽이. 추악한 동네죠."

답을 들은 황 실장의 말문이 막혔다. 주혁은 품에서 수첩을 꺼내 끝장에 회사 주소와 번호를 적고는 부욱 찢어 황 실장에게 건넸다.

"제가 아직 명함이 없어서. 생각해보시고 연락 주세요. 재미있을 겁니다. 적어도 지금 하시는 일보다는 다이내믹할 거고요."

"아…… 예."

"꼭 좀 오셨으면 좋겠습니다. 황 실장님이 오시면 할 게 참 많아요."

"……."

대답이 없는 황 실장에게 인사를 마친 주혁이 계단을 따라 주차된 차로 움직이려는 찰나였다.

"강주혁 씨!"

경찰서 입구 쪽에서 누군가 강주혁을 불러세웠다. 강주혁과 황 실장 모두 뒤를 돌아보았다.

"강주혁 씨."

어느새 강주혁의 앞에 도달한 남자는 경찰서에서 봤던 김재욱 학생의 변호사라는 남자였다.

"대강 사정은 파악했습니다. 참 놀랍네요. 생각지도 못한 분이 재욱 군을 구해주셔서."

"안에서 말했다시피 우연으로."

"예예. 압니다."

"그리고 제 정체도."

"예. 알리면 안 되겠지요? 저희 쪽도 큰 이슈가 되면 곤란해요."

'저희 쪽?'

변호사라는 남자는 연신 빙긋 웃으면서 말을 이었다.

"좀 더 자세하게 얘기를 나누고 싶은데. 지금 저도 당장 보고를 해야 해서. 일단 이거."

품속에서 은색 명함지갑을 꺼낸 변호사가 빳빳한 명함을 한 장 주혁에게 건넸다. 별생각 없이 받아든 주혁이 명함을 내려다보고는 순간 눈이 커졌다.

— 해창전자

— 법무팀 / 변호사 장수림

"해창전자?"

"하하하, 곧 그 번호로 연락이 갈 겁니다. 그럼."

"아니, 무슨."

강주혁이 다시 말을 걸어봤지만, 변호사는 빠른 걸음으로 경찰서 안으로 다시 사라진다.

'이 해창이 내가 아는 그 해창인가? 해창그룹?'

주혁은 명함을 내려다보며 생각에 빠졌고, 황 실장은 그저 변호사가 사라진 경찰서를 바라볼 뿐이었다.

* * *

다음 날, 강주혁의 오피스텔.

"끄으……."

강주혁이 눈을 뜨자마자 신음을 뱉었다. 오랜만에 격렬하게 움직인 탓도 있었지만, 쌩바닥에 몸이 고꾸라지면서 여기저기 멍이 크게 들었다. 몸이 부서질 것 같은 고통에 침대에서 일어나려던 주혁은 그대로 다시 널브러졌다.

"운동을 다시 시작하든지 해야지. 큭!"

조금만 움직여도 느껴지는 고통에 주혁의 얼굴이 잔뜩 구겨졌다.

"또 이런 일 있으면 무리하면 안 되겠어. 지랄 같은 성격 좀 고쳐야지. 살살 좀 하자, 살살 좀, 주혁아."

자신을 다독이며 주혁이 여기저기 몸을 주무르기 시작했다.

"좀 더 계획적으로, 지능적으로 움직이자."

주혁이 살아오면서 이런 기상천외한 일을 경험해봤을까? 퍽치기범을 잡는 다든지 같은. 난생처음 겪어본 일이었다. 하지만 앞으로 또 이런 일이 있을지 모르니, 속으로 단단히 다짐했다. 그리고 온몸이 비명을 지르는 상태에서 주혁은.

"오늘은 포기다."

깔끔하게 휴식을 택했다. 그러고는 항상 가지고 다니는 수첩을 펼치고는 이미 처리한 미래 정보를 지워냈다. 이제 수첩에는 다시 두 가지 정보만이 남았다.

— 영화 〈척살〉 (진행 중)

— 다큐 독립영화 〈내 어머니 박점례〉 (진행 중)

대충 수첩 정리를 끝낸 주혁의 입에서 자연스레 한숨이 나왔다. 주말이 지나고 월요일이 되면 할 일이 태산이었다.

"일단 명함부터."

명함부터 시작해서 강자매의 매니지 부분, 추민재와 홍혜수의 자리도 사무실에 따로 만들어야 했고, 이후 강자매의 다음 작품도 찾아야 했다. 곧 첫 촬영이 들어갈 〈척살〉의 제작발표와 고사도 준비해야 했고, 거기다 다큐 독립영화 〈내 어머니 박점례〉. 후반 편집작업이야 무비트리에서 한다 치더라도 독립영화 배급사도 알아봐야 한다.

"산더미네."

그야말로 할 일이 산더미였다. 거기다 강주혁의 얼굴을 본 남자. 망치를 휘두르던 남자에 대해서도 생각해둬야 했다. 머리가 복잡해진 주혁이 머리를 긁어댔다. 그러다 이내 베개에 얼굴을 처박았다.

휴식의 시간은 빨리 흘렀다. 어느새 오후 5시. 온종일 침대에서 빈둥거린 주혁이 배가 고파졌는지, 부스스 일어나 냉장고 문을 열었다. 반지하 월세방에 있던 냉장고와 비교하면 상상도 못할 식량이 가득 차 있었다.

일단 생수통을 집어 들었다. 그 순간.

─ 지이잉 지이잉 지이잉 지이이잉~!

휴대폰이 울리기 시작했다.

주혁은 들었던 생수통을 다시 집어넣고는 침대로 뛰었고, 핸드폰을 집었다. 하지만 액정에 표시된 번호는 보이스피싱이 아니었다.

"예. 황 실장님."

"저 언제 찾아뵈면 되겠습니까."

"월요일 아침. 괜찮으시겠습니까?"

"예. 저야 뭐 언제든지."

"그럼 월요일 9시쯤 뵙죠."

"알겠습니다. 그때 뵙겠습니다."

다행히 꽤 긍정적으로 생각한 모양이었다.

"이쪽은 됐고."

만족스러운 표정을 지으며 주혁이 침대에 핸드폰을 던지려던 그때.

─ 지이잉 지이잉 지이잉 지이이잉~!

핸드폰이 다시 진동을 토해냈다.

"물어볼 게 남았나?"

주혁은 재차 황 실장이 전화한 줄 알았다. 하지만 아니었다.

*070-1004-1009

이번에는 보이스피싱이었다.

"'브론즈' 단계의 주인이신 강주혁 님 안녕하세요!

강주혁 님의 유료서비스 '브론즈'의 남은 횟수는 총 16번입니다."

수첩에 적힌 저번 키워드를 확인.

─ 1번 'J', 2번 '28', 3번 '아침 10시', 4번 '적화'

"들으실 항목의 키워드를 '선택'해주세요!

1번 'J', 2번 '28', 3번 '아침 10시', 4번 '108', 5번……."

"1번부터 가볼까?"

잠시간 고민하던 주혁이 1번 'J'를 선택했다.

"탁월한 선택! 강주혁 님이 선택한 키워드는 'J'입니다!

걸그룹 'J'-주비스의 멤버 최화진 양이 컴백 무대를 마친 후, 며칠 뒤 소속사 건물 2층 화장실에서 자살합니다."

"허……."

가벼운 마음으로 눌렀는데, 또 엄청난 게 튀어나왔다. 이미 전화는 끊겼지만, 핸드폰을 그대로 귀에다 댄 채 주혁의 시선이 허공을 휘젓는다. 그렇게 몇 초가 흐르고, 비로소 정신을 차린 주혁이 수첩에 이번 키워드들과 방금 들은 미래 정보를 간략하게 적었다.

"걸그룹이라……."

J-주비스. 이름은 주혁도 들어본 적이 있었다. 인기가 엄청난 걸그룹은 아니었지만, 그래도 꽤 유명한 것 같던데. 걸그룹은 거의 같이 움직이지 않나? 그런데 어째서 자살을? 자기 소속사에서. 심지어 화장실에서.

메모한 미래 정보를 보며 골똘히 생각에 빠졌던 강주혁은 고개를 휙 돌려서 노트북을 집었다. 일단 검색어는 J-주비스. 검색결과는 금세 튀어나왔다. 가장 상단에 표시된 것은 프로필. 평범했다. 아니, 평범한 줄 알았다. 대부분 흔히 볼 수 있는 프로필이었지만, 소속사에서 주혁의 시선이 멈췄다.

— FNF엔터테인먼트

"얘네는 도대체 뭐야?"

말 그대로 바람 잘 날 없는 곳. J-주비스의 소속사를 확인하자마자, FNF엔터와 뭔가 연관이 있지 않을까 싶었다. 프로필을 확인한 주혁은 스크롤을 내려서 J-주비스의 정보를 더욱 세세히 캐기 시작했다. 딱히 이렇다 할 건 없었지만, 몇 개의 기사에서 J-주비스의 컴백 일자가 3주 뒤라는 건 확인했다.

"흠."

짧은 한숨을 내쉰 주혁이 이번에는 정보의 결을 FNF엔터로 틀었다. 원래도 FNF엔터를 주시하곤 있었지만, 대놓고 확인하고 있지는 않았기에 새로운 정보들이 몇 가지 눈에 띄었다.

"이 새끼들 어떻게 무마했지?"

이상했다. 마약부터 시작해서 성매매, 불법도박 등 수많은 사건이 터졌는데, 어느새 대중의 관심과 기사의 양이 줄어들고 있었다. 물론 아직 조사 중인 사건도 있겠지만, 어디다 돈을 먹였는지 아니면 빠르게 꼬리 자르기를 했는지. 쌓여가던 기사도 많이 줄었고, 폭발적이던 관심도 시들해 있었다.

"뒷배가 있나? 냄새가 나는데……."

악취가 났다. 그렇게 많은 사건이 터졌음에도 이렇게 금방 덮어진다는 것은 무언가 FNF엔터에 든든한 뒷배가 있지 않고서야 불가능.

"이렇게 되면."

빠르게 회복한 FNF엔터가 어쩌면, 아니 거의 확정적으로 빅엔터를 곧 사냥할지 모르고, 그러면 류진주 역시 다시 도마 위에 오를지도 모를 일. 그럼 곤란했다. 현재 문제없이 진행되고 있는 〈척살〉에 제동이 걸리는 데다, 까딱 잘못하면 FNF엔터의 칼질이 강주혁에게도 미칠 수 있다.

"좀 더 확실하게 밟아놔야겠는데?"

일단은 J-주비스와 FNF엔터 위주로 확인을 해봐야 했다. 인터넷이 아닌 오프라인으로, 곧 직원으로 함께 일할 황 실장을 활용할 생각으로 주혁은 다시 검색의 결을 바꿨다. 먼저 수첩에 적어둔 미래 정보를 확인했다.

— 걸그룹 J-주비스의 멤버 최화진 양이 컴백 무대를 마친 후, 며칠 뒤 소속사 건물 2층 화장실에서 자살.

기사에서 확인한 J-주비스의 컴백 일정은 약 3주 뒤.

"일단 시간은 좀 있어."

그나마 사건 발생일이 아주 급박하지는 않았다. 일단 조금의 여유가 생긴 주혁은 노트북을 덮었다.

* * *

주말은 쏜살같이 지나갔다. 월요일 새벽부터 사무실에 출근한 주혁이 자리에 앉아 책상 위에 핀배지와 영수증 두 장을 올려놓고, 생각에 빠져 있다.

'그 새낀 뭘까.'

강주혁의 얼굴을 정면으로 본, 지하보도에서 망치를 들고 있던 남자. 그 남자의 점퍼에서 나온 이 핀배지와 영수증 두 장이 그놈의 정체를 밝힐 유일한 단서였다.

"누굴 노렸던 거지?"

일단, 주혁은 자신과 황 실장을 타깃에서 제외했다. 그놈 입장에선 강주혁이나 황 실장이나 예상치 못한 인물이었을 테니까.

"그럼 퍽치기 새끼랑 김재욱, 두 명인데."

타깃은 두 명으로 좁혀진다. 그런데 가만 생각해보면 그 상황에 강주혁이 난입하지 않고, 김재욱이란 학생이 그대로 걸어 내려갔다면.

"퍽치기 새끼보다는 김재욱이 걔가 당할 확률이 높지."

망치를 든 남자는 분명 계단을 내려와 바로 꺾는 코너에 붙어 서 있었다. 김재욱이 내려가던 방향. 그럼 김재욱을 노렸던 걸까?

"거기다 김재욱이 해창그룹과 무슨 관련이 있는 거 같고."

강주혁에게 명함을 건네주고 사라진 변호사. 그 명함에는 해창전자의 로

고가 찍혀 있었다. 해창전자는 해창그룹 안에서도 가장 규모가 큰, 해창그룹을 대표하는 기업. 그런 기업의 법무팀 변호사가 친근하게 김재욱을 재욱 군이라고 칭했다.

"흠……"

옅은 한숨을 내뱉으며 주혁이 핀배지를 집었다. 핀배지는 높은 빌딩 위에 크게 G라고 검은색 글씨가 박혀 있는 모양새. 잠시 핀배지를 들여다보던 주혁이 이번에는 영수증으로 시선을 돌렸다.

"판교?"

영수증은 편의점에서 한 장, 김밥집에서 한 장이었고, 판교 쪽이었다.

"어쨌든 그놈은 날 봤어."

준비를 해둬야 했다. 멍청하게 기다린다면 당하는 쪽은 강주혁이다. 무엇이 얽혀 있는지, 어떤 사연이 있는지 모르지만, 확실히 해둘 건 해둬야 했다.

— 똑똑

노크 소리가 들린 것은 그때였다. 문을 열고 들어온 것은 황 실장이었다.

"황 실장님. 일찍 오셨네요."

"아, 저번에 늦은 것도 있고 해서, 일단은 일찍 왔습니다. 안 계시면 기다리려고 했는데, 계시네요."

"늦은 것?"

혹시 그때 3분 늦은 것 때문에 30분이나 일찍 왔다는 건가? 허. 주혁은 질렸다는 듯이 웃으며 황 실장과 악수하곤 자리를 안내했다. 소파에 앉은 황 실장이 먼저 입을 열었다.

"생각보다 사무실이 횅해서 놀랐습니다."

"아, 사무실 연 지 얼마 안 됐습니다."

"그렇습니까? 음. 그럼 제가 여기서 무슨 일을 하게 됩니까?"

그의 물음에 주혁이 슬쩍 미소 지었다.

"황 실장님이 잘하시는 거요."

"제가 잘하는 거요? 글쎄요. 당장 들어서는 감이 안 옵니다만."

"해보시면 알겠죠. 공식적으로는 경호팀 실장으로 지내시게 될 겁니다. 비공식적으론 제가 부탁드리는 일을 해주시면 됩니다. 월급은 확실히 챙겨드리겠습니다."

"흠."

잠시 생각하던 황 실장이 이내 결심한 듯 말했다.

"알겠습니다. 하겠습니다."

"잘 생각하셨어요. 아, 일단 계약서나 기밀유지 계약서 등 자잘한 절차는 차차 진행하고, 혹시 일 잘하는 지인이 있으면 몇몇 데려오셔도 무관합니다. 당장이야 괜찮겠지만, 저는 이 작은 사무실로 만족할 생각이 없거든요."

"이해했습니다. 규모가 더욱 커진다는 말씀이지요?"

"그렇습니다. 지금부터 믿을 만한 친구들로 섭외 시작하세요. 경호팀은 실장님에게 맡기겠습니다."

강주혁의 말이 끝나자, 황 실장은 품에서 수첩을 꺼내 이것저것 적기 시작한다. 언뜻 보면 보이스피싱으로 미래 정보를 듣고 수첩에 메모하는 강주혁과 매우 흡사했다. 열심히 적는 황 실장을 보며 주혁이 말을 이었다.

"대체로 일을 진행하실 때, 꼬박꼬박 사무실로 오실 필요는 없습니다. 중요한 일이 있을 때만 오시고, 웬만한 건 전화로 전달해주시면 됩니다. 시스템은 차차 바꿔나가죠."

"알겠습니다."

"오늘 오셨는데, 당장 할 일이 있습니다."

"예? 아, 말씀하세요."

황 실장이 다시 수첩을 펼쳐서 적을 준비를 했다.

"J-주비스라는 걸그룹이 있습니다. 조사 좀 해주세요. 시시콜콜한 것도 상관없습니다. 소속사는 FNF엔터테인먼트입니다."

"J-주비스. 알겠습니다."

"FNF 사장도. 사실 이쪽이 더 급합니다. J-주비스는 시간이 좀 있으니까, 일단 대략적으로만 진행해주시고 FNF 사장부터 캐보세요. 세세하게. 그쪽에서 절대 눈치채면 안 됩니다. 조용히 따보세요."

"그런 건 걱정 안 하셔도 됩니다. 늘상 하던 거였으니까요."

"그리고 이것도."

강주혁이 탁자 위에 핀배지와 영수증을 올렸다. 수첩에 열심히 메모하던 황 실장의 시선이 탁자에 꽂혔다.

"이건 그때 그."

"맞습니다. 그 망치 든 놈 점퍼에서 나온 거죠."

"하긴. 이쪽도 확인해봐야겠네요."

"그렇긴 한데, 사실 이것들 가지고는 당장 찾아내진 못하겠죠. 일단 파악만 해두자는 취지에서 시간 나실 때 확인 부탁드립니다."

"알겠습니다. 사장님."

대답을 들은 주혁이 크게 G라고 검은색 글씨가 박혀 있는 핀배지를 다시 한 번 확인했다. 이어서 황 실장이 핀배지와 영수증을 주머니에 넣을 때, 사무실 문이 다시 한 번 열렸다.

"사장님. 출근했사옵니다."

첫 번째 출근은 추민재였고, 이어서 홍혜수 그리고 몇 분 뒤 강자매가 출근을 마쳤다.

"어머, 민재야. 너 못생긴 건 어떠냐고 물어보려는데. 안 괜찮구나?"

"와, 아줌마, 아니 이제 아줌마도 아닌데? 할머니야. 지팡이 하나 사줘?"

추민재와 홍혜수는 보자마자 으르렁거렸고, 그 모습을 강자매가 어쩔 줄 모르겠다는 표정으로 쳐다보았다. 그러다 모두의 시선이 황 실장에게 꽂혔다.

"아! 여러분. 이분은 우리 경호팀을 맡아주실 황 실장님입니다. 황 실장님, 우리 회사 직원이랑 연기자. 지금은 네 명뿐이지만 곧 늘어날 겁니다."

"반갑습니다. 황 실장입니다."

강주혁의 소개로 황 실장이 모두에게 인사했다. 추민재는 악수를 청했고, 홍혜수는 싱긋 웃으며 인사에 답했다. 강자매도 황 실장에게 꾸벅 인사를 했다. 대충 인사가 오가자 주혁이 입을 열었다.

"오늘부터 본격적으로 일을 시작하죠. 하영 씨, 하진 씨는 스케줄이 없는 날에는 홍혜수 팀장님에게 연기 레슨을 받습니다. 홍혜수 팀장님은 일단 당분간 이 두 명의 매니저 겸 연기 레슨을 좀 봐주세요. 잘 부탁해요."

"알겠어요~ 사장님."

"추민재 팀장님은 그동안 작품을 좀 쓸어와 주세요. 영화, 드라마, 방송 할 거 없이 모조리. 투자를 원하는 작품, 오디션 정보, 제작 들어간 또는 들어갈 예정 상관없습니다. 뭐든 캐오세요. 원래 하던 일이니 괜찮잖아?"

"오케이."

모두에게 지시를 내린 주혁이 사무실을 한번 둘러보았다. 그러다 지갑을 꺼내 바로 앞에 서 있는 추민재 팀장에게 카드를 건넸다.

"아직 사무실에 채워야 할 게 많은데. 추 팀장님, 홍 팀장님 두 분이 알아서 좀 상의하셔서 기구, 비품, 소모품 같은 거 채워주세요. 막 쓰셔도 돼. 일단은 제 카드로 결제하시고, 빨리 법카도 만들어야겠네."

카드를 받아든 추민재 팀장이 지갑에 카드를 끼워 넣는다. 이번에는 홍혜수 팀장에게 주혁이 말을 건넨다.

"누나. 이 바닥 빠삭한 세무사랑 변호사 좀 소개해줘. 없으면 내가 아는 사람 불러도 되고."

"아냐. 딱 괜찮은 애들이 있어."

주혁이 고개를 끄덕였다.

"그럼 끝. 나머진 필요할 때마다 진행하는 거로 하고, 일단 시작합시다."

그의 말을 끝으로 사무실에 모였던 사람들이 하나둘 흩어지기 시작했다. 주혁이 황 실장을 돌아보았다.

"황 실장님. 가시죠."

"예? 어딜."

"뭐를 할래도 차가 있으셔야죠."

이후부터 강주혁은 빠르게 움직였다. 먼저 카드사에 법인카드를 신청한 후, 황 실장과 함께 중고차 단지를 방문해 승용차 한 대를 구매했다.

"일단 급한 대로 이거 타고 다니시죠."

"아, 알겠습니다."

당장 써야 하니 주혁은 급한 대로 중고차를 구매해 황 실장에게 키를 전달했다. 그 후 주혁은 자동차 판매장에 들러서 승합차 두 대와 승용차 한 대를 추가로 구매했다. 보험은 모두 법인으로 돌리고, 인도받을 일정과 장소를 파악한 후, 매장을 나왔다. 차에 오른 주혁은 사무실로 이동하며 송 사장에게 전화를 걸었다.

"헤이. 투자자님."

"요즘 〈척살〉 진척이 어때요?"

"지금 VIP픽쳐스랑 제작 고사, 제작발표회 일정 픽스했다. 그거 끝내면 첫 촬영 일정 확실히 나올 거야."

"오케이."

제작 고사와 제작발표회는 VIP픽쳐스가 핸들링하는 마케팅에 가까운 부분이다. 주혁은 이미 VIP픽쳐스에 〈척살〉이 원하는 마케팅 방향과 더불어 하성필의 전체 출연료 기부 건을 전달한 상태. 마케팅은 VIP픽쳐스가 전문가니 알아서 해줄 테고, 〈척살〉은 스타트를 끊었으니 알아서 촬영이 잘 진행될 것이다. 물론 어떤 문제가 터지지 않는다는 전제하에.

이번에는 〈내 어머니 박점례〉. 이쪽 역시 계획대로 진행되곤 있지만, 배급사가 문제였다. 상업 쪽 배급사와 독립 쪽 배급사는 뜻하는 바가 다르기에 그 성질이 확실히 다르다. 그럼에도 주혁은 VIP픽쳐스와 미팅할 당시 연락처를 주고받은 사업팀장 최혁에게 전화를 걸었다.

"아! 강주혁 씨. 하하하, 오랜만입니다. 안 그래도 전화하려던 참인데."

"그래요? 무슨 일로?"

"그…… 하성필 배우님 출연료 기부 건 말인데요."

"예."

"성필 씨한테 전화를 해보니까 좀 뜨뜻미지근하게 반응하셔서. 보도기사를 돌려도 되나 싶어서요."

주혁이 피식 웃었다.

"전부 확실하게 얘기된 부분이니까, 걱정 말고 돌리세요. 하성필이 진짜 기부 좋아한다는 멘트도 꼭 넣어주시고."

"음. 그렇다면 알겠습니다. 아참, 내가 전화한 게 아니지. 무슨 일이세요?"

"혹시 VIP픽쳐스에서 독립영화도 배급하나 해서요."

"독립영화요? 하죠? 그건 왜……?"

"제가 독립영화 하나 제작 투자하는 게 있는데. 한번 봐주실 수 있나 해서요."

"아아, 그러시구나. 그럼 제가 담당자 쪽 연결해서 연락 갈 수 있게 잘 말해두겠습니다."

"감사합니다."

그렇게 VIP픽쳐스 최혁 팀장과의 통화가 끝났다. 통화하는 사이 주차장에 도착한 주혁이 차에서 내리려던 때, 느닷없이 전화가 울렸다. 강주혁이 핸드폰 액정을 확인했다.

"누구지."

처음 보는 번호였다.

"여보세요."

"강주혁 씨?"

"네. 누구십니까?"

전화를 건 남자가 웃음을 던지며 답했다.

"안녕하세요. 저번에 경찰서 앞에서 기억나시죠? 저 해창전자 법무팀, 장수림입니다."

당연히 기억하고 있었다. 김재욱이라는 학생을 보호하러 왔던 변호사.

"기억합니다. 근데 제 번호는 어떻게 아셨습니까?"

"묘한 곳을 찌르시는군요. 별로 어려운 일은 아닙니다."

"예. 말씀해보세요."

"……저희가 알아낸다고 하면 저어기 지방에 사는 박순철이라는 할아버지 번호도 알아낼 수 있습니다. 그런 사람이 없으면 만들어내서라도 알아내죠."

웬 개소리지? 주혁은 살짝 혀를 차며 화제를 바꿨다.

"뭐, 좋습니다. 무슨 일로 전화하셨습니까?"

"시간 좀 내주십사 전화드렸습니다."

시간이라. 시간 좋지. 해창그룹에서도 으뜸가는 해창전자와 김재욱이란 학생의 관계도 궁금하니까. 다만, 대기업이 부른다고 냅다 달려갈 주혁도 아니었다.

"시간이라. 말에 좀 앞뒤가 없습니다만."

"강주혁 씨를 만나고 싶어 하는 분이 계십니다."

"누가요?"

"제가 모시는 분입니다."

"모시는 분?"

"예. 꼭 시간 좀 내주시면 감사하겠습니다. 언제쯤이 괜찮으실까요?"

순간 눈알을 살짝 굴리면서 스케줄을 파악한 주혁이 이내 대답했다.

"모레. 모레가 좋겠습니다."

"밤 11시. 사무실로 모시러 가겠습니다."

"아니! 밤 11시라."

— 뚝!

할 말을 미처 끝내지 못한 채 주혁은 느닷없이 끊긴 전화기를 주머니에 쑤셔 넣는다.

"뭔가 일이 재미있게 흘러가는 거 같은데."

앞으로 일어날 일이 왠지 평범할 것 같진 않았다.

다음 날부터 강주혁이 연관된 기사들이 연달아 터지기 시작했다.

「어린 학생들만 골라서 퍽치기, 범인 "그냥 걔네들이 싫었다"」

「퍽치기 잡은 연예인? 경찰 관계자 "본인이 밝히길 원하지 않았다"」

흔히 볼 수 없는 소식인지 대중의 관심도 뜨거워졌다.

— 누구냐? ㅈㄴ멋있네~

— 와. 퍽치기 어떻게 잡았음?

— 개머리판으로 죽통 털고 싶네.

다행히 강주혁이 신신당부한 대로 어느 기사에서도 그의 이름은 거론되지 않았다. 와중에 더욱 재미있는 점은 기사에 김재욱이란 학생의 언급도 전혀 없었다는 것. 마치 처음부터 이 사건과는 전혀 상관없었던 것처럼 대부분의 기사에는 그간 용인을 떠들썩하게 했던 펑치기범이 잡혔다는 정도의 내용이 전부였다. 물론 딱히 신경쓸 부분은 아니었다. 어차피 주혁은 자신의 이름만 퍼지지 않으면 됐으니까.

주혁은 이내 보이스프로덕션 업무로 관심을 돌렸다. 먼저 〈척살〉의 제작 고사와 제작발표회. 제작발표는 촬영 후반부나 촬영이 전부 끝나고 대중에게 선보이기 직전에 하는 것이 보통이지만, VIP픽쳐스는 〈척살〉의 장점을 살리기 위해 촬영 전 제작 고사를 진행하면서 제작발표를 한 번, 촬영이 끝난 후 정식 제작발표회를 또 한 번 하겠다고 했다. 영화판에 피바람이 부는 상황에서 〈척살〉의 기획의도와 무명배우들로 캐스팅이 완료된 소식을 영화판에 실망한 대중들에게 미리 각인시켜 놓는다는 의도에서였다. 나쁘지 않은 판단이었다.

「'척살' 하성필, 류진주 빼곤 전무 무명배우」

「신인감독부터 무명배우까지, 특이한 영화 '척살'」

「대중들 관심 '척살' 첫 촬영 목전」

다행히 대중은 〈척살〉에 꽤 관심을 가져주었고, 그 여세를 몰아 무비트리 측은 드디어 첫 촬영 날짜를 확정 지었다. 이번 주 금요일 크랭크인을 시작으로 이제 〈척살〉은 촬영 스케줄에 맞춰 달려갈 예정이었다. 그에 따라 제작사인 무비트리를 필두로 배우, 스태프, 배급사, 거기에 보이스프로덕션은 프리프로덕션 단계에서 빠진 것이 없는지 한 번 더 확실하게 체크하는 마지막 제작 미팅을 진행했다. 다행히 큰 문제는 없었고, 촬영 스케줄에 따라 야외촬영(location), 실내촬영(openset), 세트 촬영(set)장을 마지막으로 점검. 곧 당도

할 첫 촬영의 속도를 높였다.

그리고 수요일.

그사이 추민재 팀장이 기구나 비품들을 추가로 채우면서 예전보다 훨씬 사무실다운 분위기가 연출됐다. 얼추 사무실이 만족스러운 모양새를 갖추자 추민재 팀장은 곧장 영업과 작품탐색에 나섰다.

강자매 쪽은 아직까진 공식적인 스케줄이 거의 없어서 대부분의 일정을 홍혜수 팀장과 연기 레슨에 치중했다. 다행히 다들 적응은 빨랐다. 황 실장은 사무실에 거의 출근하지 않았고, 몇 시간마다 강주혁에게 전화로 보고하는 형식을 취했다.

"네. 황 실장님."

"이따 오후 늦게 사무실에서 직접 보고드리겠습니다."

뭔가 캐낸 것인지, 아니면 지금까지의 상황을 보고하기 위해서인지는 모르지만, 주혁은 황 실장에게 일단은 편하게 움직이라 일렀다. 그리고 밤 10시 55분. 주혁과 황 실장이 얘기를 나누고 있을 때, 노크 소리가 들렸다.

노크 소리에 이어 사무실의 문이 열렸고, 정장을 말끔하게 차려입은 남자가 사무실로 들어왔다.

"강주혁 씨, 안녕하십니까."

며칠 전 전화했던 해창전자의 장수림 변호사였다.

'진짜 왔네.'

솔직히 주혁은 반신반의했다. 보이스피싱에서 펴치기 사건을 듣고 김재욱을 구하긴 했는데, 갑자기 해창전자니 해창그룹이니 법무팀이 튀어나왔다.

'김재욱 걔가 뭔데 이렇게까지.'

슬슬 호기심이 동한 주혁이 자리에서 일어나 장수림에게 악수를 청했다.

"반갑습니다."

"저번에도 느꼈지만, 키가 아주 크시네요."

변호사라 그런가? 표정이 매우 진지했다. 언뜻 보면 화난 사람처럼 보였지만, 표정에 영혼은 없었고 눈은 진지했다.

"앉으세요."

"아닙니다. 바로 출발하시는 게 좋겠습니다."

"예?"

"가시죠. 밑에 차가 대기 중입니다."

"어딜 가는 겁니까?"

"저희 사장님이 기다리고 계십니다."

"해창전자 사장님이요? 진짜로 해창전자 사장님이 기다린다고요?"

"맞습니다."

장수림 변호사는 정중하게 한 손은 가슴에 올리고 한 손을 문 쪽을 가리켰다.

해창전자 사장이라니, 진짜인가? 주혁은 가만히 장수림 변호사를 쳐다봤다. 장수림 변호사는 여전히 예의 바른 자세 그대로였다.

'……일단 가보지 뭐.'

김재욱과 해창전자의 관계, 그리고 망치를 들고 있던 남자. 어쨌든 장수림을 따라가야 실마리를 얻을 수 있을 것 같았다.

'그래도 혹시 모르니까.'

주혁은 소파에서 묵묵히 상황을 지켜보던 황 실장에게 말을 던졌다.

"황 실장님, 같이 가시죠."

"예? 저도 말입니까?"

"네."

담담하게 대답한 주혁이 이번에는 장수림 변호사를 쳐다보며 말을 이었다.

"같이 가도 괜찮겠죠? 세상이 워낙 흉흉하니까."

"물론입니다."

장수림 변호사가 싱긋 웃었다.

차에는 운전사와 조수석에 경호원으로 보이는 남자가 있었다. 장수림, 황 실장 그리고 강주혁이 차에 오르자 곧장 이동을 시작했다. 그런데 달리는 방향이 이상했다. 해창전자나 해창그룹이라면 당연히 서울 쪽으로 차를 몰 줄 알았는데.

"이쪽은 용인 방향 아닙니까?"

"맞습니다."

장수림 변호사가 답했고, 강주혁이 고개를 갸웃했다. 하지만 장수림 변호사는 그저 싱긋 웃을 뿐 별다른 추가설명이 없었다. 따라서 주혁도 일단은 입을 다물었고, 차는 점점 용인 펙치기 사건이 일어났던 기흥역 주변으로 움직였다.

"여깁니다."

이윽고 차가 기흥역 주변 아파트단지에 멈추자 장수림이 차에서 내렸다.

'여기라고?'

아무리 둘러봐도 주변은 일반적인 아파트단지. 이런 가정적인 냄새가 물씬 풍기는 아파트단지에서 누가 강주혁을 기다린다는 걸까? 의문이 피어올랐지만, 일단 주혁은 차에서 내려 장수림의 뒤를 따랐고, 그 뒤를 황 실장이 묵묵히 따랐다.

— 띠띠띡 공동현관문이 열립니다.

익숙하게 공동현관 비밀번호를 누른 장수림 변호사는 뒤를 돌아 강주혁에게 따라오라는 손짓을 던진 후, 거침없이 직진해서 엘리베이터 버튼을 눌렀다. 내려온 엘리베이터에 일행이 몸을 싣자 장수림 변호사가 23층을 눌렀다. 엘리베이터가 23층에서 멈추자, 이번에도 익숙한 듯 장수림 변호사가 2301호 현관 비밀번호를 찍더니 문을 열었다.

"들어오세요."

'자기 집인가?'

너무 익숙하게 공동현관문이며 집 현관문을 열길래 순간 여기가 장수림 변호사의 집인가 착각이 들 정도였다. 하지만.

"사장님. 다녀왔습니다."

신발장을 넘어 장수림 변호사가 주방 쪽을 향해 90도로 인사하며 말을 건네는 것이 보였다. 구두를 벗던 주혁은 그 모습을 보며 천천히 거실 중앙으로 향했다.

집안은 전체적으로 평범했다. 아니 조금 휑하다면 휑한데, 있을 건 다 있는 느낌? 잠시 집을 훑던 주혁도 이내 주방에 도달했고, 황 실장은 거리를 유지한 채 뒤쪽에 섰다.

"음. 어서 와요."

주방 식탁에 앉아, 양주와 얼음을 담아둔 컵을 손에 쥐고 있는 중년남자가 보였다. 깔끔한 회색 더블정장에 머리는 희끗희끗했고, 덩치가 꽤 우람한 남자. 대충 봐선 50대 정도로 보였고, 정치인인가 싶을 만큼 어떤 위압감이 흘렀다.

"서 있지 말고 여기 앉아요. 목 아파."

중년남자가 주혁에게 맞은편 자리를 권했다. 잠시 남자를 쳐다보던 주혁은 옆에 서 있는 장수림 변호사를 힐끔 쳐다보다가 이내 자리에 앉았다.

"어떻게, 강주혁 씨는 술 좋아하나?"

"저는 괜찮습니다."

"그래? 나는 한잔 더 해야겠어."

중년남자의 한마디에 가만히 서 있던 장수림 변호사가 쏜살같이 양주병을 들어서 남자의 잔에 따른다. 잔이 채워지는 것을 가만히 지켜보던 중년남자가 입을 열었다.

"자네, 내가 누군지 아나?"

아니? 전혀. 주혁은 앞에 있는 남자가 누군지 도통 모르겠다는 표정이었다. 그런 얼굴로 강주혁이 입을 다물고 있자, 중년남자가 너털웃음을 터뜨렸다.

"헛헛헛, 나라 경제에 관심이 없구먼, 자네."

정답이었다. 강주혁은 경제나 정치 등 크게 관심을 두는 성격은 아니었다.

"얼추 그렇습니다."

"그래. 그럼 내 소개부터 해야겠군."

주혁의 바로 앞에 명함 한 장이 나타났다. 그런데 앞에 있는 중년남자가 내민 것이 아니라, 옆에 서 있는 장수림 변호사가 내밀었다.

— 해창전자

— 사장 / 김재황

김재황. 이름은 주혁도 들어본 적이 있다. 정치, 경제 등 뉴스에 꽤 자주 등장하는 이름이니까.

'분명 해창그룹 장남이었나? 근데 이 남자가 왜 나를?'

"반갑네."

"……반갑습니다."

"헛헛. 내가 강주혁 씨 아주 팬이었어."

"아, 네."

겉치레 인사말이 오간 후 김재황 사장은 채워진 양주잔을 들어서 목을 축였다. 매우 여유로운 모습. 그때 주혁이 먼저 입을 열었다.

"이 늦은 시간에 왜 저를 보자고 하셨습니까?"

말없이 양주를 한 모금 더 넘기던 김재황 사장이 이내 잔을 내려놓고는 대답했다.

"자네, 홍길동 아나? 홍길동."

갑자기 뭔 홍길동? 주혁이 살짝 미간을 찌푸리며 답했다.

"압니다."

"아버지를 아버지라 부르지 못한다는 게 참 재미있어."

이 아저씨가 뭔 소리야. 주혁의 미간이 더욱 찡그려진다. 강주혁의 그런 표정이 흥미로운지, 김재황 사장이 슬쩍 웃으면서 말을 이었다.

"내 아들놈이 홍길동이거든."

"예?"

"나를 아버지라 부르지 못해."

갑자기 가족사를 줄줄줄 내뱉는 김재황 사장. 강주혁은 더이상 대꾸하지 않았다.

"별수 없지. 숨어 살 수밖에 없는 운명이니."

강주혁이 침묵하자, 김재황 사장은 양주를 한 모금 더 들이켰고, 집 안에는 정적이 흘렀다. 그러기를 몇 초, 어느새 양주잔을 비운 김재황 사장이 대뜸 소리쳤다.

"야, 인마! 나와봐!"

갑작스런 외침에 주혁의 눈이 살짝 커지는 사이, 안쪽 방문이 열리는 소리가 들렸다. 그리고 누군가 방에서 타박타박 걸어 나온다. 키는 크지만, 얼굴자체는 앳돼 보이는 아이였다.

"어? 너!"

자신의 앞에 선 아이를 보곤 주혁이 순간 놀랐다. 분명 본 적 있는 아이였다. 강주혁의 반응에 김재황 사장이 헛헛헛 웃으며 아이에게 소리쳤다.

"인사드려, 인마! 니 은인이다. 은인!"

"……감사합니다."

"……"

펀치기 사건의 피해자, 말을 오지게 안 들어 처먹던 김재욱이었다.

집 안은 더 고요해졌다. 20평 남짓 되는 공간에 다섯 명이나 있는데 누구 하나 입을 열지 않았다.

'그러니까 얘가 아들이라는 거지? 좀 놀라운데?'

김재황 사장은 이 김재욱이라는 아이를 아들이라 했고, 홍길동이라 했다.

'김재황, 김재욱. 재 자 돌림인가?'

김재황 사장의 이름을 알고 있었다면 장수림 변호사가 경찰서에서 해창전 자의 명함을 내밀었을 때, 어쩌면 눈치챘을지 몰랐다. 하지만 주혁은 정치나 경제에 전혀 관심이 없었고, 따라서 김재황 사장의 이름도 지금에야 확실히 알았다.

이제야 모든 것이 맞춰지기 시작했다. 어째서 부모가 아닌 장수림 변호사 가 경찰서에 나타났는지, 왜 펀치기 사건에 해창전자가 관여하는지, 그리고 그 수많은 기사나 공식발표에서 저 김재욱이라는 아이의 존재가 아예 없었 던 것처럼 사라질 수 있었는지. 이 아이가 김재황 사장의 아들이라면 모든 게 설명이 된다. 잠시간 김재욱을 쳐다보던 주혁의 시선이 김재황 사장에게로 향 했다.

"그러니까, 홍길동, 즉 배다른 아들이다, 이겁니까?"

"그렇지."

양주를 잔에 채우며 무심하게 대답하는 김재황 사장을 뒤로하고 이번에 주혁은 김재욱에게 말을 걸었다.

"궁금한 게 있는데."

"……네."

"너 나 처음 봤을 때, 왜 이름 다르게 말했냐?"

"아, 그건 당황해서 얼떨결에……."

그래. 뭐, 그건 그렇다 치더라도 당시의 김재욱을 떠올려본다면.

'해창그룹의 장남 김재황 사장, 그 장남의 아들인데 취급이 좀.'

주혁의 의문점을 눈치챘는지, 아니면 그냥 때가 돼서인지는 모르지만, 김재황 사장이 김재욱에게 말을 던졌다.

"들어가 있어."

— 끼익, 달칵!

5초 컷. 순식간에 방으로 사라진 김재욱을 쳐다보던 김재황 사장이 양주잔을 입으로 가져가며 다시 한 번 말문을 열었다.

"고맙네."

"뭐가 말입니까?"

"내 아들 구해줘서, 고맙다고. 진심이야. 정말로 큰일날 뻔했어."

갑작스레 감사 인사를 받은 강주혁이 김재황 사장의 얼굴을 빤히 쳐다보다 물었다.

"왜 아드님에게 경호 같은 걸 안 붙입니까?"

"경호라. 안 붙였겠나?"

잠시 말을 끊은 김재황 사장이 양주로 목을 축인 후, 다시 말을 이어갔다.

"그런데 저놈이 자꾸 도망을 쳐. 사춘기인지 뭔지 반항이 심해. 배부른지도 모르고."

얼추 이해한다는 표정으로 강주혁이 쳐다보는데, 김재황 사장이 느닷없이 미소를 지었다. 그러고는 다시 양주잔을 들어 올리며 말한다.

"내 아들놈의 존재를 아는 건 이 세상에 나와 이 친구밖에 없어. 경호원들조차 내 아들이라는 건 모르지."

잔을 들어 올리며 장수림 변호사를 가리킨다. 이어서 싱긋 웃으며 그 손가락이 강주혁을 향했다.

"아, 이제 자네도 아는군? 그리고 그 뒤에 있는 친구도."

김재황 사장의 손가락이 황 실장에게까지 뻗쳤다.

"협박입니까?"

"설마. 내 아들을 구해준 은인에게 그럴 리가 있겠는가? 그저 내 푸념이야, 푸념."

"관심 없습니다. 이런 일에는."

강주혁의 말에 김재황 사장이 양주잔을 내려놓으며 여유롭게 답했다.

"그런가? 그래도 조심해서 나쁠 건 없지. 내가 좀 확실히 해둘 건 해두는 편이라서 말이지. 아, 내 푸념을 말하는 거야. 오해 말아."

'보통 아니구먼, 이 영감.'

아마 김재황 사장은 퍽치기 사건을 접하고, 곧장 사건에 대해 조사를 시켰을 것이다. 경찰이야 힘 좀 써서 입막음하면 되는데, 문제는 뜬금없이 자기 아들을 구해준 강주혁이라는 배우. 분명 불안했겠지.

'저 위치에 있으니, 싹을 애초에 잘라낸다는 느낌인가?'

어떻게 할까? 어찌 됐건 강주혁은 우연히든 뭐든 간에 김재욱을 구해버렸다. 그 바람에 해창전자, 아니 해창그룹과 연이 생겨버렸다.

'재벌이랑 엮이는 건 귀찮은데.'

과거에도 재벌과 엮여서 귀찮았던 기억이 있었다. 어영부영 대처하면 또 같은 결과가 반복될 뿐. 잠시 생각하던 주혁이 이내 김재황 사장을 쳐다보며 웃었다.

"그럼 깔끔하게 뭐든 주세요."

"뭐든?"

"예, 사례 같은 거. 입막음시킬 땐 뭐든 줄 거 주고 치우면 되지 않겠습니까? 저도 바쁩니다. 솔직히 재벌 어쩌고 별로 관심 없기도 하고. 그러니 주세요, 아무거나."

"허허허. 화끈하시구먼? 그래, 뭘 받고 싶은가?"

글쎄? 당장 떠오르지 않았다. 돈? 돈은 별로. 당장 없는 것도 아니고, 보이스피싱도 있으니 딱히 내키지 않았다.

'좀 더 뭔가 지금 상황에 이득이 될 만한 게.'

이왕 받을 거, 확실하게 이득이 될 만한 것을 받고 싶었다. 하지만 당장 떠오르지 않았다. 잠시 고민하던 주혁은 이내 식탁에 올려진 김재황 사장의 명함을 집어 들었다.

"고민 좀 해보고, 결정 나면 연락드리겠습니다."

"그래? 좋아. 옆에서 주구장창 비비는 것들보다야 훨씬 낫지. 그렇게 하지."

"그럼 가보겠습니다."

"음."

얘기를 끝낸 주혁이 김재황 사장의 명함을 주머니에 넣으면서 자리에서 일어났다. 이로써 강주혁에게는 빅엔터의 박찬규 사장 명함 한 장, 해창전자 김재황 사장의 명함 한 장, 총 두 장이 생겼다.

강주혁이 일어나자 황 실장이 현관 쪽으로 몸을 돌렸다. 주혁도 그 뒤를 따르려던 찰나, 어느새 나왔는지 김재욱이 방문 앞에 서 있는 것이 보였다. 그 자세 그대로 김재욱은 말없이 강주혁에게 꾸벅 인사했고, 주혁도 대충 고개를 끄덕였다.

강주혁과 황 실장이 집을 빠져나간 후 장수림 변호사가 따라 움직이자, 김재황 사장이 입을 열었다.

"장변. 저 친구 지금도 배우를 하고 있나?"

"아닙니다. 지금은 사업을 하는 것 같습니다."

"사업?"

"예. 영화 제작이나 투자 그리고 엔터 사업을 주로. 자세히 알아볼까요?"

"그래. 한번 알아봐. 과거부터 시작해서 지금까지. 얼굴은 안 그런데 눈빛이 뭔가…… 저런 놈은 처음 보는군. 저놈 뭔가 특이해. 배우는 전부 저렇나?"

"저도 잘……."

"확실하게 캐봐. 조심해서 나쁠 건 없지."

"예. 알겠습니다."

당차게 대답한 장수림 변호사는 김재황 사장에게 다시금 90도로 인사하곤 집을 빠져나갔다.

1층으로 내려가는 엘리베이터 안에서 주혁은 생각에 빠졌다.

'걔가 재벌가 아들일 줄이야.'

배다른 아들이든 뭐든 김재욱이 김재황 사장의 아들임은 틀림없었다.

'엮어걸린 건가.'

남들이 보기에는 충분히 엮어걸렸다고 생각할 만했다.

'뭘 받아내야 하나.'

강주혁이 고민하는 동안 엘리베이터가 1층에 도착했다. 차는 이미 입구에 대기해 있었고, 올 때와 똑같이 운전사와 경호원이 기다리고 있었다. 운전사는 사람들이 나오는 것을 보곤 곧장 차에 탔고, 경호원이 강주혁 대신 차 문을 열어주었다. 강주혁은 경호원에게 고개를 끄덕이며 인사를 던졌다.

"아, 감사합."

순간 인사하던 주혁의 목소리가 끊겨졌다. 시선은 경호원의 가슴팍에 멈춰 있었다. 3초쯤. 그런 다음.

"……니다."

말을 겨우 끝내면서 차에 올라탔다. 차는 다시 강주혁의 사무실로 움직이기 시작했다.

얼마나 달렸을까? 조용히 핸드폰을 보던 장수림 변호사에게 주혁이 느닷없이 말을 걸었다.

"경호하시는 분이 아주 든든하네요. 저도 슬슬 경호팀을 짜야 하는데, 소개 좀 해주시겠습니까?"

"아, 그건 어렵겠습니다."

"어렵습니까?"

장수림 변호사가 싱긋 웃으며 강주혁과 눈을 마주쳤다.

"네. 해창그룹은 경호업체를 계열사로 따로 두고 있어서, 오직 해창그룹만 경호합니다. 해창그룹 관련 전체 경호를 맡고 있죠."

"아, 저도 어디서 들어본 적 있습니다. 그 회사 이름이……."

"아이기스 가드."

"맞아. 아이기스 가드. 아쉽네요."

"혹 필요하시면 잘 아는 경호업체 소개해드리겠습니다."

"오, 좋네요."

주혁이 자연스레 웃는 사이, 차는 사무실에 가까워지고 있었다.

사무실에 도착하자마자, 강주혁이 소파에 움푹 몸을 묻었다. 맞은쪽 소파에 황 실장이 자리하며 입을 열었다.

"사장님, 혹시 알고 계셨습니까?"

"뭘요?"

"그 아이, 재벌가의 사생아라는 걸."

강주혁이 피식 웃어버린다.

"그럴 리가요. 저도 오늘 처음 알았습니다."

"그럼 퍽치기범의 정보는."

"아, 그건 제가 제보를 받는 곳이 있습니다. 자세히 말씀드리진 못합니다."

"그럼, 어쨌든 퍽치기범을 잡아서 학생을 구했는데, 구하고 보니 재벌가 아들이었다는 겁니까?"

"그렇게 됐네요."

"……대단, 아니 굉장하군요."

턱을 쓸어대며 감탄하는 황 실장. 강주혁은 짧은 한숨을 내쉬며 얼굴을 쓸었다. 그렇게 몇 초가 흐른 뒤, 강주혁이 다시 황 실장에게 말을 던졌다.

"황 실장님, 제가 드린 거 다시 줘보세요."

"예? 아, 핀배지랑 영수증 말씀입니까?"

"네."

품속에서 핀배지와 영수증 두 장을 꺼내 탁자에 올려놓는 황 실장은 약간 불안한 표정이었다. 아직 이쪽은 손도 못 대고 있었기 때문이었다. 주혁은 그 중 핀배지를 집어 들었다. 높은 빌딩 그림에 검은색 글씨로 크게 G라고 박혀 있는 작은 핀배지. 가만히 핀배지를 바라보며 생각하던 주혁이 황 실장에게 말했다.

"찾았습니다."

"예? 무엇을……."

"이 핀배지가 어디 건지."

"정말입니까? 어디."

황 실장이 흥분하며 묻는데 주혁이 그 중간을 파고들며 말을 이었다.

"아이기스 가드."

"아이기스 가드요? 거기라면 아까 변호사가 해창그룹 전용 경호업체라고……."

"맞아요."

"근데 거기가 어째서."

의아해하는 황 실장에게 주혁이 슬쩍 웃으며 답했다.

"아까 그 경호원 가슴에 이 핀배지가 있더라고요."

"정말입니까?!"

눈알이 튀어나올 듯, 황 실장이 되물었다.

"예. 아까 그 조수석에 앉아 있던 경호원 가슴에 분명 있었습니다."

"그렇다는 것은."

역시 황 실장은 이해가 빨랐다. 다만 주혁은 당장 대답하지는 않았다. 그에게도 정리는 필요했다.

보이스피싱에서 알려준 퍽치기범 정보는 그저 김재욱이 세 번째 희생자가 된다는 게 다였다. 즉 과정은 생략됐다는 뜻. 강주혁이 그 사건을 막지 않았다면 김재욱은 퍽치기범에게 희생됐을 텐데, 그게 돌을 돌리던 퍽치기범에게 당한 건지, 망치를 휘두르던 남자에게 당한 건지는 확실히 알 수 없다. 예를 들어 망치를 들고 있던 남자가 김재욱을 죽이고, 돌을 돌리던 퍽치기범에게 뭔가 먹여서든 입을 막았다면 다음 날 뉴스에서는 그저 퍽치기범의 세 번째 희생자라고 나오겠지.

"실장님. 가정을 해보죠."

"네."

"일단, 퍽치기범은 잡았습니다. 그런데 김재욱을 구하고 보니, 지하보도에 웬 남자가 있었죠?"

"퍽치기범 같진 않고, 뭔가 전문가적인 놈이었죠."

"맞아요. 그놈이 취하고 있던 자세로 미루어보건대, 우리가 나타나지 않았다면 김재욱을 그대로 내리쳤을 겁니다."

"하지만 사장님과 제가 나타나면서 현장에서 도망쳤고, 핀배지와 영수증 두 장을 남겼습니다."

핀배지를 만지작거리며 강주혁이 말을 이었다.

"또, 구하고 보니 김재욱이 김재황 사장의 숨겨둔 사생아야."

"그리고 해창그룹을 책임지는 아이기스 가드라는 경호업체의 핀배지가 망치 든 남자의 점퍼 주머니에서 나왔습니다."

핀배지를 탁자에 내려놓으며 주혁이 결론을 내렸다.

"그 재벌 아저씨, 우리 말곤 아는 사람 없다더니, 아니네. 또 있는데?"

"해창그룹의 누군가가 김재황 사장의 숨겨진 아들을 눈치채고 자객을 보냈다, 정도로 보면 될 것 같습니다. 아이기스 가드가 전부 김재황 사장과 척진 상태일까요?"

"모르죠. 알 필요도 없고. 우린 그저 받을 건 받고, 이 정보를 주면 그만입니다. 알아서 처리하게."

"근데 그 망치 든 놈이 사장님 얼굴도 봤으니, 빨리 처리하시는 게."

"그러니까 우리에겐 이득이죠. 어차피 처리할 문제니까, 저쪽이 알아서 하게 넘겨버리자고요. 그게 편해."

주혁의 얼굴에 미소가 걸렸고, 황 실장은 아까처럼 메모를 하기 바빴다.

다음 날, 황 실장이 아이기스 가드에 대해 알아보는 동안, 강주혁은 VIP픽쳐스 독립영화 사업부의 팀장과 미팅을 진행했다.

"다큐네요?"

이만철이라는 독립영화 사업부의 팀장은 처음 〈내 어머니 박점례〉의 기획서를 보고 살짝 의아해했다. 요즘은 독립영화도 예술 쪽으로 많이 치중돼서 다큐 독립영화는 잘 안 나온다고 했다.

"네. 하지만 작품을 만드는 취지와 작품성 자체는 상당히 볼 만합니다. 투자와 제작은 이미 들어간 상태고, 배급만 구하면 됩니다."

강주혁의 설명에 이만철 팀장은 고개를 끄덕이며 기획서 몇 장을 더 넘겨보더니 이내 입을 열었다.

"일단, 검토해보겠습니다. 최혁 팀장님 얘기도 있었고, 지금 우리 회사에 강주혁 씨 소문이 자자해요, 하하. 최대한 힘써보겠습니다."

"연락 부탁드립니다."

"알겠습니다."

이만철 팀장과의 미팅은 악수로 시작해서, 악수로 마무리되었다.

이후 주혁은 도넛 가게에서 세트 몇 개를 사서 사무실 인근의 연습실로 향했다. 사무실에서 연기 연습하는 것이 불가능하기도 하고, 연습실을 대여해서 운영하는 게 편하다는 홍혜수 팀장의 의견에 따라 연습실을 월 단위로 임대했다.

— 쿵! 쿵! 퉁! 퉁!

연습실로 통하는 복도에서부터 강한 비트가 주혁의 귀에 꽂혔다. 뭔가 싶어 슬쩍 연습실 창문으로 내부를 보니, 강자매가 리듬에 맞춰 미친 듯이 몸을 움직이고 있다. 아니, 춤을 추는 건가?

"에어로빅?"

홍혜수 팀장 역시 강자매 앞에서 열심히 춤을 추고, 그 율동을 강자매가 그대로 따라 했다.

"자아~ 여기서 올리고! 올리고! 내리고! 내리고!"

열정적이었다.

"에어로빅이라니."

물론 연기하기 전 또는 하는 도중에 몸을 유연하게 하기 위해 스트레칭이나 발레, 댄스 등을 익히는 것은 필수다. 하지만 에어로빅은 주혁도 처음 본 광경이었다.

— 스윽

혹시 민망할까 싶어서 연습실 문 앞에 도넛을 살포시 내려둔 주혁이 홍혜수 팀장에게 톡으로 메시지를 남기고선 자리를 떴다.

다음 날, 전북 부안군 주변 폐공장.

널찍한 폐공장 주변으로 스태프들이 분주하게 움직였다. 〈척살〉의 첫 촬영을 위한 준비과정. 동선, 콘티, 장소, 시간, 소품, 의상 등 촬영 스케줄에 따라 스태프들이 빠르게 뛰어다니면서, 각자 맡은 일에 최선을 다한다.

"야! 여기 조명 하나 더 대봐!"

"대역은 어딨어!"

"보출(보조출연) 빨리 준비시켜!"

"야야야! 거기 아니잖아! 정신 안 차려?! 미쳤어? 어?"

여기저기 악을 질러가며 연출팀과 제작팀을 비롯한 모든 스태프가 오로지 첫 촬영을 위해 달려갔다. 이윽고.

"리허설 가겠습니다!"

조감독이 다다닥 뛰어다니며 매 샷 등장할 배우들에게 리허설을 시작한다는 소식을 전한다. 이렇게 샷마다 카메라 테스트와 연기자 리허설을 거쳐야 본 촬영에 들어갈 수 있다. 리허설을 통해 감독은 촬영, 조명, 미술 등 주요 감독들과 함께 콘티를 정리하며 구도와 각도, 촬영 순서, 위치를 조정한다.

사실 리허설 자체가 영화의 첫 촬영인 셈.

"자, 하성필 님 오셨습니다!"

하성필이 스태프들에게 인사를 하며 폐창고 중앙에 섰고.

"리허설 들어갑니다!"

조감독이 〈척살〉의 첫 촬영을 알렸다.

잠시 후.

"오케이! 잠시만 대기하겠습니다!"

최명훈 감독의 외침으로 리허설이 끝나자 〈척살〉 촬영 현장은 다시금 분주해졌다. 최명훈 감독과 조명, 촬영, 미술 등 주요 감독들이 모였고, 스크립터 역시 동참했다. 스크립터는 장면마다 대사나 소품, 의상 등이 자연스럽게 연결되는지 일일이 기록하는 스태프인데, 영화 촬영이 끝난 후 편집까지 고려하면서 장면이 튀지 않게끔 신경써야 하기에 매우 중요하다.

"선배님. 좀 옆으로 이동해야겠는데요."

"그럴까? 오케이."

최명훈 감독이 리허설 후 촬영감독에게 카메라 구도 변경을 요청하고 있을 때, 폐창고 중앙에 서 있는 주연배우 하성필에게 여러 명의 스태프가 달려들어 그새 지워진 분장을 고치기 시작했다. 동시에 하성필의 코디들은 입고 있는 의상에 먼지가 묻었는지 재빠르게 털어냈고.

와중에 하성필은 정신없이 대본을 본다.

대본은 사실상 배우의 생명줄이다. 작품에 들어간 배우가 대본을 얼마나 숙지했느냐에 따라 찍히는 그림이 하늘과 땅 차이.

"……귀찮게 하지 말고……, 이런 개새끼."

하성필은 대본을 보며 연신 대사를 중얼거린다. 배우는 쉬는 타임마다 대본을 꾸준히 보며 각 장면의 감정선을 숙지해야 한다. 그도 그럴 게, 영화 촬영이 시나리오 순서대로 이루어지지 않기 때문. 관객이 보는 영화의 첫 장면부터 차례대로 촬영을 진행하는 것이 아니라, 장소 문제와 배우들의 스케줄, 현장 상황, 세트 등 여러 가지 부분들을 고려해서 처음과 중간 그리고 끝 장면을 섞어서 촬영한다. 오늘같이 폐창고에서 촬영이 진행된다면 한 씬만 찍고 끝내는 것이 아니라, 이 장소가 포함된 모든 씬을 촬영한다.

따라서 배우로서는 촬영하는 씬마다 감정선이 튀지 않게 대본을 백 번이고 천 번이고 읽을 수밖에 없다. 그래야 자연스럽게 매 씬마다 감정을 이어가며 연기할 수 있으니까.

"아, 투자자님 오셨어요?"

여기저기 뛰어다니던 조감독이 가만히 촬영 현장을 지켜보던 강주혁을 발견하고는 꾸벅 인사했다.

"네. 문제없어 보이네요."

"옙! 문제없습니다!"

〈척살〉에 참여한 스태프들 대부분이 강주혁을 '투자자님'이라고 불렀지만, 강주혁도 이제는 정정하기를 포기한 모양이었다.

"그럼!"

조감독이 강주혁에게 재차 인사하고 어디론가 뛰어갔고, 그 모습을 가만히 지켜보던 주혁은 다시금 촬영 현장으로 시선을 돌렸다.

'오랜만이네.'

실로 오랜만이었다. 정신없는 촬영 현장, 긴박함과 기대감이 공존하는 미묘한 공기, 한마음 한뜻으로 움직이는 스태프와 배우들.

'뒤에서 보니까 뭔가 기분이 묘하다.'

항상 영화 촬영의 중심에 있던 주혁이 한걸음 떨어진 곳에서 현장을 보니 퍽 기분이 남달랐다. 근데 그게 또.

'뭐, 나쁘진 않네.'

나름대로 괜찮은 모양. 가만히 촬영 현장을 눈에 담던 주혁이 이번에는 서로 대사를 맞춰보는 배우들에게 눈을 돌렸다. 하성필부터 시작해서 류진주, 강하진 그리고 강주혁이 꽂은 조연들. 이 폐공장 씬은 엔딩과 밀접한 장소이기도 하고, 주요 배우들이 모두 등장하는 씬이기도 했다.

'배우들 분위기도 좋고.'

텃세라는 게 배우들에게도 존재한다. 사람 사는 곳이야 어디든 텃세가 있겠다만, 특히 이쪽 바닥은 선후배 관계가 심해서 주혁도 조금은 걱정한 부분이었다. 하지만 다행히 크게 튀는 배우들은 없다.

'이제 좀 친해졌나?'

거의 모든 배우들이 한 손에는 커피를 한 손에는 대본을 들고, 대사도 맞추고 대화도 나누면서 본 촬영을 기다리고 있다. 그 와중에 강하진이 하성필을 비롯해 류진주 그리고 조연들과 대화를 나누면서 슬쩍슬쩍 웃는 게 보였다. 그 모습에 강주혁이 미소를 지을 때 누군가 말을 걸어왔다.

"사장님. 언제 오셨어?"

"아, 형."

추민재 팀장이었다.

"오실 거면 아침에 출발할 때 같이 이동하지 그랬어?"

"뭐하러. 첫 촬영인데 사장까지 따라오면 하진 씨 저 성격에 퍽이나 긴장 안 하겠네."

"그래서 따로 온 거로군?"

"그렇지. 하진 씨는 어때?"

"잘해. 적응도 빠르고. 따지고 보면 생짜 신인인데, 좀 괴짜 같으면서도 캐릭터 재미있다, 야."

하긴 좀 특이하긴 하지. 강주혁이 팔짱을 끼면서 고개를 끄덕였다.

"애 캐릭터만 놓고 보면 너보다 재미있는데? 사장님 한창 잘나갈 때보다 더 크는 거 아니야?"

"뭔 소리야, 이 양반아. 당연히 더 커야지. 세 배는 키우자고."

"세 배? 아니 너보다 세 배나 크게 키우라는 게 말이야, 말밥이야?"

"해보자고, 여튼. 나 갑니다— 파이팅하시고."

"헤이, 사장님. 배우들한테 인사는 안 하고?"

놀라 소리친 추민재 팀장에게 주혁은 미소 띤 얼굴로 손을 흔들면서 촬영 현장을 벗어났다. 이어서 차에 오른 주혁은 곧바로 독립영화 팀에 전화를 걸며 운전을 시작했다.

"아! 사장님."

"감독님, 별일 없으시죠?"

"그럼요! 덕분에 문제없이 촬영하고 있습니다. 오늘 하영 씨 첫 촬영인데 굉장히 떨립니다."

"하하하. 배우가 떨려야지, 감독님이 떨면 안 되죠. 잘하실 겁니다. 오늘 배급사가 정해져서 전화드렸습니다."

"예?! 배급사요? 사장님이 그것까지 해주신 겁니까? 그건 저희가 해야……."

강주혁이 핸들을 돌리며 답했다.

"뭐, 투자한 입장에서 영화가 잘되면 저도 좋은 거니까요."

"혹시 어딘지 여쭤봐도."

"VIP픽쳐스요."

"에? VIP픽쳐스? 제가 아는 VIP픽쳐스 말씀하시는 겁니까?!"

"아마도 맞지 않을까요? 저도 오늘 아침에 전화 받은 거라 빠르면 오늘 안으로 연락 갈 겁니다. 계약 잘 확인하셔서 진행하시면 돼요."

"아! 예! 알겠습니다! 정말 감사드립니다!"

"아니에요. 오늘 하영 씨 잘 부탁드립니다."

어느새 주혁의 차는 고속도로에 진입했고, 이번에는 홍혜수 팀장에게 전화를 걸었다.

"응. 사장님."

"어, 누나. 어때? 거기 공기 좋지?"

"말도 마. 나 완전 힐링 중이잖아. 경치도 좋고."

"어?! 사장님이죠? 저도 바꿔주세요!"

홍혜수 팀장 바로 옆에 있었는지, 강하영의 목소리가 끼어들었다.

"사장님!"

"하영 씨, 어때요? 할 만해요?"

"완전 좋습니다! 감독님들도 좋으시고! 할머님도 너무 잘해주셔서. 열심히 하겠습니다!"

그러니까 군대냐고. 강주혁이 슬쩍 웃으면서 답했다.

"그래요. 잘하고 와요."

"네! 팀장님 바꿔드릴게요! 으익!"

"어머! 하영! 괜찮아? 앞을 보고 걸어, 앞을!"

그 와중에 넘어졌는지 어쨌는지, 홍혜수 팀장의 걱정 어린 목소리가 들렸다.

"아, 여긴 괜찮아. 사장님."

"알았어. 올라올 때 운전 조심하시고."

"응. 하영아! 조심······!"

─ 뚝!

대체 무슨 일이 벌어지고 있는 걸까. 주혁은 '못 말린다' 정도의 표정으로 고개를 가로저었다.

도착한 사무실. 홍 팀장과 통화를 마친 주혁은 황 실장에게 대략적인 상황을 전해 들었다. 현재 FNF엔터 사장의 뒤를 캐고 있고, 곧 윤곽이 잡힐 거 같다는 답변. 곧 보고드리겠다는 말을 끝으로 황 실장은 전화를 끊었고, 주혁은 전화를 끊자마자 자리에 앉아 노트북을 집었다. 김재황 사장에게 받을 것을 찾아야 했다.

"지금 상황에 가장 이득이 될 만한."

돈이나 기타 물질적인 것이 아니라, 해창전자 김재황 사장에게서만 받을 수 있는, 아니 김재황 사장이 아니면 받을 수 없는 게 필요했다. 검색어는 해창전자.

역시 굴지의 기업이라 그런지 정보량이 어마어마했다. 주혁은 검색창의 옵션을 바꿔가며 필요 없는 정보는 날렸다. 그럼에도 정보는 넘쳐났고, 덕분에 시간이 오래 걸리긴 했지만.

"음?"

멈칫. 그리고 이어지는 클릭. 나타난 내용을 보며 주혁이 턱을 쓰다듬기 시작했다.

"흐음― 이거 괜찮은데?"

주혁의 입가에 미소가 걸렸다.

사무실의 문이 열린 건 그때였다. 느닷없이 문이 열린 탓에 검색에 열중하던 주혁의 시선이 곧장 문 쪽으로 꽂혔다.

― 타박타박

한 아이가 사무실로 걸어들어왔다.

"……안녕하세요."

"너?!"

김재황 사장의 아들 김재욱이었다.

"네가 여길 어떻게 왔어?"

"변호사님에게 여쭤봤어요."

그렇지. 장수림 변호사는 강주혁의 사무실을 방문한 적이 있다. 대충 이해한 주혁이 김재욱을 유심히 쳐다보다가 입을 열었다.

"너 혼자 왔냐? 그 변호사라도 대동하든지, 누구든 같이 다녀. 너 진짜 그러다 훅 간다. 너네 아버지가 너 걱정해서 그러는 건데, 반항은 그렇다 치고 너네 아버지가 너 지키려는 건 이해해줘야지."

"……."

"그래서, 왜 왔어?"

"……저."

"왜 왔냐고."

"……저 연기를 하고 싶어요."

지금 무슨 말을 들은 거지?

"뭐? 지금 뭐라고."

"배우가 되고 싶습니다."

배우라니. 지금 들은 말이 맞나 싶어 주혁이 물끄러미 바라보는데, 김재욱의 눈빛은 진심이었다.

허, 그래. 배우야 하고 싶을 수 있다. 문제는 재벌가 아들씩이나 되는 애가 왜 배우를 하고 싶다는 거지? 살짝 당황스러운 마음에 입을 다문 강주혁 대신 김재욱이 천천히 입을 열었다.

"배우, 하고 싶었어요. 어릴 때부터. 엄마도 TV에 제가 나오면 좋겠다고 좋아해 주셨는데, 돌아가시고. 아버지는 부정적으로 생각하세요."

"그래서?"

"……그때 저 구해주셨을 때, 저한테 움직이지 말라고 소리치셨잖아요? 진짜 영화 보는 줄 알았어요. 너무 멋있고, 대단했어요."

말을 마친 김재욱을 주혁이 천천히 위아래로 훑었다. 큰 키에 비율도 좋고, 뚜렷한 이목구비. 확실히 탈은 좋았다. 자신을 빤히 쳐다보는 강주혁이 말이 없자, 김재욱이 대뜸 열성적으로 변했다.

"뭐, 뭐든지 할게요. 청소하라면 하고, 시키는 거 전부 할게요! 3년이든 5년이든 배우만 시켜주시면 진짜 제가!"

"안 돼."

"……."

강주혁의 단칼에 김재욱의 말문이 막혔다.

"안 돼. 돌아가."

"전 정말!"

"안 돼."

"……."

단호한 주혁의 얼굴을 울먹일 듯한 표정으로 쳐다보던 김재욱은 결국 발길을 돌렸다.

"후—"

다시 혼자 남은 주혁이 노트북으로 시선을 돌렸다.

'배우가 되고 싶습니다.'

그리고 머릿속으로 방금 김재욱이 터뜨렸던 말을 되새겨보았다.

"나 어릴 때 첫 작품 오디션 볼 때 했던 말이랑 똑같네."

혼잣말을 뱉은 주혁이 피식했다. 그러곤 다시 검색에 열중하기 시작했다.

다음 날, 느지막한 오후. 강주혁의 소집에 강자매와 팀장들이 모두 사무실에 모였다. 팀장들은 만나자마자 티키타카를 시작했다.

"어머, 민재야. 그새 얼굴이 상했네. 아— 아니네. 어제랑 똑같네. 내가 헷갈렸어."

"아줌마. 주름에서 스키 타도 되겠어. 왜 이렇게 굴곡진 거야."

"뭐야! 너는 뭐 없는 줄 아니!"

"왜 소리를 질러, 아줌마!"

"너는 지금 속삭였냐!"

"하— 그만."

그들의 티키타카는 강주혁의 한숨 섞인 한마디로 종결됐다. 주혁은 씩씩거리는 팀장들을 못 말린다는 듯 쳐다보다, 이내 A4용지 두 장을 강자매에게 내밀었다. 멀뚱히 팀장들이 싸우는 모습을 지켜보던 강자매가 종이를 받더니고개를 갸웃했다. 강하진이 물었다.

"사장님. 이거…… 대본인가요?"

"맞아요. 둘 다 똑같은 거야. 그냥 인터넷에 떠도는 대본인데, 첫 줄 한 번씩해볼래요? 배경은 대학교. 주인공은 신입생. 먼저 하영 씨."

강주혁의 큐사인이 떨어지자, 강하영이 냅다 대사를 친다.

"안녕하세요! 선배님! 신입생 조보라입니다. 제가 원하는 학교에 올 수 있어서 정말 기뻐요!"

"오케이. 됐어요. 이번엔 하진 씨."

강하진도 이에 질세라 바로 대사를 던진다.

"안녕하세요. 선배님. 신입생 조보라입니다! 제가 원하는 학교에 올 수 있어서! 정— 말 기뻐요."

'확실히 다르네.'

힘을 주는 포인트도 다르고, 강세와 느낌이 확 다르다. 같은 대사지만, 성격이 다른 캐릭터가 보였다. 덕분에 결정하기가 편해졌다.

"음, 됐어요. 이제."

"어…… 끝이에요?"

"응. 원래는 대사 다 시켜볼 참이었는데. 그럴 필요 없겠어요."

조용히 대본을 탁자에 내려놓는 강자매를 뒤로하고 주혁은 팀장들에게 앞으로 나올 법카와 승합차에 대해 전달하고, 현재 스케줄을 파악한 후 저녁 식사까지 마치고 모두 뿔뿔이 흩어졌다.

다시 조용해진 사무실. 주혁이 소파에 몸을 움푹 기댔다. 그러면서 앞에 놓인 핸드폰을 집어서 어디론가 전화를 걸었다. 신호는 꽤 빨리 끊어졌다.

"김재황 사장님."

"누군가."

"접니다. 강주혁."

"오, 그래. 보상을 결정했나 보지?"

"네, 뭐. 그것도 있고 드릴 말씀도 있는데. 혹시 뵐 수 있습니까?"

"그래. 그럼 오늘 세 시간 뒤에 그때 그 집에서 보지. 차를 보내줘?"

"아닙니다. 이번에는 제 차로 가죠."

"알겠네."

전화를 끊은 주혁은 자리에서 일어나 책상에 놓인 핀배지와 영수증을 챙겼다.

세 시간 뒤. 아파트에 도착한 주혁은 주차를 마치고 아파트 입구로 향했다. 그러다 입구에 김재황 사장의 운전기사와 경호원으로 보이는 사람들과 눈이 마주쳤다. 강주혁이 반사적으로 인사를 던졌다.

"안녕하세요."

그들은 딱히 말없이 강주혁에게 그저 허리를 굽히며 인사할 뿐이었다. 그들을 스치면서 주혁은 경호원의 가슴팍을 다시 한 번 확인했다.

'역시 똑같아.'

가슴팍에 있는 판배지는 주혁이 가지고 있는 것과 같은 모양이었다. 주혁은 이내 아파트 입구를 통해 복도로, 그리고 엘리베이터에 몸을 실었다.

— 띵동

현관 벨을 누르자 문이 열렸고, 장수림 변호사가 강주혁을 반겼다.

"아, 오셨습니까? 사장님이 기다리고 계십니다."

"네."

장수림 변호사의 안내를 따라, 신발장에서 구두를 벗던 주혁은 거실을 보고는 약간 놀랐다.

집 분위기가 저번과는 사뭇 달랐다.

김재황 사장과 그의 아들 김재욱이 거실 소파에 나란히 앉아 TV를 보고 있었다. 영락없는 부자지간의 모습이었다.

"아, 왔군. 이쪽으로 앉지."

한창 TV를 보던 김재황 사장이 소파에서 일어나 주방 식탁으로 주혁을 안내했다.

"너 TV 그만 보고 들어가서 공부해."

그 와중에 김재욱에게도 잔소리를 던졌다.

김재황 사장은 김재욱이 방으로 들어가는 것을 끝까지 확인하곤 자리에 앉았다. 그 모습을 가만히 지켜보던 주혁도 의자를 빼서 자리에 앉았다.

"그래. 뭘 줄까?"

밑도 끝도 없이 묻는 김재황 사장. 그래, 어차피 서로 깔끔하게 줄 것은 주고, 받을 건 받고 끝낼 사이다. 따라서 주혁도 무심하게 대답했다.

"제가 찾아보니까, 이번에 해창전자에서 새로 나온 핸드폰. 마케팅으로 15부작 세 시즌짜리 웹드라마 제작 준비하시던데요. 그 여주 자리 저 주십쇼."

"그러지."

1초 컷. 너무 쌈빡해서, 솔직히 주혁의 말문이 살짝 막혔지만.

'이 정도면 하나 더 받아낼 수도 있겠는데.'

그래서 다시 바로 말을 던졌다.

"그리고 신제품 노트북 광고, 비연예인으로 가는 거. 그것도 주십쇼."

비연예인 광고. 일반인 모델의 경우 기업으로서는 광고비 절감과 함께 소비자들에게 친숙하게 다가간다는 명목과 모델보다는 제품을 주인공으로 만들고 브랜드를 확실히 인식시키는 것이 주목적이다. 강자매의 인지도는 어차피 일반인에 가깝다. 따라서 주혁은 출연료 따위는 제쳐두고, 작품과 인지도를 올리는 것에 치중했다. 그것이 웹드라마와 광고였던 거고.

그러나 해창전자가 기획하고 진행한다면 어마어마한 지원자가 몰리는 것이 사실이다. 거기다 해창전자니까 지원도 확실하고, 후방사격도 깔끔할 것이다. 거기서 배역을 따내는 건 사실상 불가능.

'하지만 사장이 한마디 던지면 다 끝이지.'

그리고 김재황 사장의 대답은.

"그렇게 하지. 3년으로 주겠네."

역시나 쌈빡했다.

"자, 그럼 일어날까?"

싱긋 웃으며 김재황 사장이 자리에서 일어나려 할 때, 주혁이 그를 멈춰 세웠다.

"아, 한 가지 알려드릴 것도 있는데요."

"알려줄 것?"

"네."

"뭔가? 말해보게."

일어나려던 김재황 사장이 다시 자리에 앉았다. 그러나 주혁은 바로 입을 열지 않고, 옆에 서 있는 장수림 변호사를 쳐다보았다.

"자리 좀 비켜주시죠."

"하하하, 그 친구는 괜찮아. 내 변호사 겸 비서라 들어도 상관."

"아뇨. 가능하면 사장님만 들으셨으면 좋겠습니다."

독대를 청한 이유는 단순했다. 자기 아들이 관여된 김재황 사장 빼곤 누구도 믿을 수 없었다. 거기다 망치를 든 남자가 주혁의 얼굴도 봤기에.

'조심해서 나쁠 건 없지.'

"……."

하지만 김재황 사장은 쉽사리 지시를 내리지 않았다. 덕분에 주혁은 한마디를 추가했다.

"사장님 아들, 김재욱이 관련된 사항입니다. 매우 중요한."

"……흠. 장변, 나가 있어."

장수림 변호사가 살짝 놀란다.

"사장님!"

"나가 있어."

"……알겠습니다."

장수림 변호사가 현관문을 열어 밖으로 나갔고, 그 모습을 확인한 김재황 사장이 입을 열었다.

"자, 됐지? 말해보게."

팔짱을 낀 김재황 사장을 보던 주혁이 살짝 웃으며 주머니를 뒤지기 시작했다.

"잠시만. 어— 여기 어디. 아, 여기 있네."

주머니를 뒤적이던 주혁이 식탁 위에 핀배지를 올렸다.

"뭔지 알아보시겠습니까?"

김재황 사장이 핀배지를 유심히 바라보았다.

"우리 경호업체 거로군? 그래서 이게 어쨌다는 건가?"

핀배지를 보던 김재황 사장이 강주혁을 쳐다봤다. 눈을 마주친 주혁이 이번에는 주머니에서 영수증을 꺼내며 말을 이었다.

"사장님."

"음?"

"그 경호업체, 회사가 어디 있습니까? 혹시 판교 쪽입니까?"

"그래. 판교에 있지."

영수증에 찍힌 주소도 판교였다. 이제부터는 본론이다.

"사장님. 퍽치기범 기억하시죠?"

"그럼. 자네가 잡아준 놈, 기억하지. 그놈은 걱정하지 마. 아주 평생을 감옥에서."

이를 갈며 말하는 김재황 사장의 말을 톡 잘라먹고 주혁이 끼어들었다.

"한 명이 아니었습니다."

"뭐? 뭐가?"

"퍽치기범이 한 명이 아니었습니다."

"한 명이 아니었다고?"

"네. 퍽치기범을 잡고 고개를 돌려보니, 웬 놈이 망치를 들고 아드님을 내리칠 자세를 하고 있던데요."

"뭣?!"

― 덜컹!

김재황 사장이 벌떡 일어나는 바람에 의자가 뒤쪽으로 내팽개쳐졌다. 그러거나 말거나 주혁은 무심하게 말을 이어갔다.

"그놈이 저를 보더니 냅다 도망치더라고요. 그래서 저랑 같이 있던 황 실장이 쫓아갔는데."

"그래서! 잡았나?"

"놓쳤습니다."

"뭣! 왜 지금껏 말하지 않았나!"

"단순한 퍽치기범 같지 않았거든요. 그리고 사장님을 만났을 때까지만 해도, 그놈이 아드님을 죽이려 했다는 확신도 없었고."

그러자 김재황 사장이 짐짓 신중한 표정으로 강주혁에게 물었다.

"그렇다면 지금은 확신이 있어서 말을 해준다는 건가?"

"맞습니다. 그놈이 황 실장에게 붙잡혔는데, 입고 있던 점퍼를 벗고 도망쳤습니다. 근데 그 점퍼에서 뭐가 나왔습니다. 그래서 그것들을 가지고 뭘 좀 해보려는데, 해볼 필요도 없던데요."

"뭐?"

"여기 경호원이 차고 있었으니까."

강주혁이 말을 끝내면서 탁자 위에 놓인 핀배지를 톡톡 쳤다.

"이 핀배지가 도망친 그놈 점퍼 주머니에서 나왔습니다. 영수증 두 장하고. 뭘까 했는데, 여기 왔더니 경호원이 차고 있던데요. 아이기스 가드라면서요? 업체 이름이. 심지어 해창그룹 전용 가드 업체라던데."

강주혁의 말을 들은 김재황 사장이 식탁 위, 핀배지를 집어 들며 나지막하게 말을 뱉었다.

"그렇다면……."

"저야 재벌가 내부사정은 모르겠고, 아이기스 가드니 뭐니 잘 모르지만, 사장님."

"……."

김재황 사장을 불렀지만 대답이 없었다. 그저 얼굴이 잔뜩 구겨져 있을 뿐.

그러거나 말거나 주혁은 담담하게 결론을 말했다.

"숨겨진 아들의 존재를 아는 사람이 또 있다는 게 제 결론입니다."

주혁을 가만히 쳐다보던 김재황 사장이 천천히 입을 열었다.

"그러니까, 내 아들을 죽이려던 놈이 또 있었는데, 그놈 주머니에서 이 배지가 나왔다는 건가?"

"네. 믿거나 안 믿거나 사장님 자유지만."

할 말은 다 했다는 듯, 주혁이 자리에서 일어났다.

"그럼."

집 안은 어느새 적막이 흘렀고, 주혁은 담담하게 현관문을 빠져나왔다.

다음 날 아침. 사무실에 도착한 주혁은 탕비실에서 인스턴트커피 한잔을 타서는 자리에 앉았다. 이제 망치 든 놈도 김재황 사장에게 넘겼겠다, 강자매의 앞날에 대한 구도를 정확하게 잡을 작정으로 노트북을 열었다. 그런데 그때 사무실 문이 열렸다. 강주혁이 누군가 싶어서 고개를 들었는데.

"안녕하세요."

김재욱이 인사를 하며 자연스럽게 들어왔다.

"너 무슨"

당황스러운 마음에 주혁이 입을 열었지만, 김재욱은 인사를 꾸벅하고는 어디서 구해왔는지 손걸레로 탁자를 닦기 시작했다.

구석구석 빠짐없이 탁자를 닦던 김재욱은 이번엔 소파 빈틈에 쌓인 먼지를 닦아냈다.

"야. 너 뭐해."

가만히 쳐다보던 주혁이 보다못해 묻자, 김재욱이 허리를 펴며 답했다.

"TV에서 봤어요. 달인이나 그런 분 밑으로 들어가려면 청소부터 시작하는 거."

솔직히 웃음이 터질 뻔했다. 터질 뻔한 웃음을 꾹꾹 참으며 주혁이 다시 물었다.

"내가 달인이냐?"

"……네, 연기 달인. 사장님 나온 영화, 다 봤어요."

헛웃음이 나왔다. 가만히 지켜보니 이미 결심이 선 눈빛이었다. 딱 봐서는 그리 드세 보이지 않았는데, 나름의 고집도 있는 모양이었다.

대화가 끊기니 김재욱은 다시 쓸고 닦기 시작했다. 여기저기 마구잡이로 닦아댄다. 강주혁이 할 일을 정리하는 와중에 슬쩍슬쩍 흘겨보는데, 공부를 저만큼 했으면 점수가 대폭 오르지 않을까 싶을 정도였다. 그러기를 한 시간. 한참 쓸고 닦던 김재욱이 사무실을 한번 스윽 둘러보고는, 만족스러운지 고개를 끄덕였다. 그러고는 강주혁에게 인사를 꾸벅.

"그럼 가보겠습니다."

"야."

이미 문손잡이까지 잡은 김재욱이 강주혁의 부름에 놀라 뒤돌아본다.

"밥 먹고 가라."

이런 전개는 예상 못 했는지 아니면 당황한 건지 모르지만, 김재욱이 순간 멍청히 있다가 이내 대차게 대답한다.

"아, 네!"

몇십 분 뒤 김밥집에서 도착한 오므라이스를 김재욱이 허겁지겁 먹어치운다. 아침이라 배도 고프겠지. 그런 김재욱을 가만히 지켜보던 주혁도 제육볶음 한 점을 입에 넣으면서 한마디 던졌다.

"내일은 오지 마라."

"……."

김재욱은 대답 없이 오므라이스를 퍼먹을 뿐이었다.

* * *

그날 늦은 밤, 계속해서 FNF엔터 사장과 J-주비스의 정보를 캐던 황 실장
이 확실하게 정리했는지, 사무실에 들렀다.

"앉으세요."

"예, 사장님."

"뭐 좀 나왔습니까?"

강주혁의 질문에 황 실장은 들고 온 가방에서 수첩과 사진들을 꺼내 탁자
에 올려놓더니, 그중 남자의 모습이 찍힌 사진을 앞으로 내밀었다.

"이 사람이 FNF엔터의 사장 송갑필입니다."

"인상이 더럽네요."

"주변 소문은 더 더럽습니다."

그러면서 황 실장이 여러 여자가 찍힌 사진을 송갑필이 찍힌 사진 위에 올
렸다.

"이쪽이 말씀하신 J-주비스입니다."

"그렇군요."

"일단, 송갑필은 만나는 사람이 많습니다. 엔터테인먼트 사장임에도 그쪽
계열보다는 사업차 만나는 사람이 많았습니다. 개중에는 사채업자나 깡패들
도 있습니다."

"깡패들?"

"예."

대답하며 황 실장이 여러 남자가 찍힌 사진도 보여준다.

"그런데 문제는 이쪽이 아닙니다."

이번에 황 실장이 내민 사진은 무슨 펜션 같은 느낌의 집이었다.

"송갑필이 자주 들르는 별장입니다."

"별장?"

"예. 이것 좀 보세요. 밤 11시에 송갑필이 도착합니다. 그리고 11시 24분, 의외의 인물이 별장으로 들어갑니다."

황 실장이 사진 한 장을 올렸다.

"태신식품 상무이사 박종주. 확인해보니 태신식품 쪽 막내아들이었습니다."

"잠깐만, 누구요?"

"박종주라고."

"하하하, 박종주?"

이 새끼가 왜 여기서 튀어나와? 순간 웃음이 터졌다.

"아, 혹시 사장님이 아시는 분인지."

"아뇨. 아닙니다. 계속하세요."

황 실장이 고개를 갸웃했지만, 이내 보고를 이어갔다.

"송갑필과 박종주가 별장에 들어간 뒤, 정확하게 30분이 지난 시점에."

다시 탁자 위에 올려지는 사진.

"젊은 여자들이 도착합니다. 승합차에서 내리는데, 운전사는 확인 못했습니다."

주혁이 탁자에 올려진 사진들을 하나씩 돌려보다 이내 입을 열었다.

"이거, 접대네."

"아마도요. 그 젊은 여자들 확인을 해보니까, 대부분 FNF엔터의 연습생이나 소속 가수들이었습니다."

"접대 플러스 스폰이군. 허."

"그리고 그중에는 말씀하신 J-주비스라는 그룹의 최화진 양이 포함되어 있습니다. 여기."

말을 마치며 황 실장이 최화진으로 보이는 여자가 별장으로 들어가는 사진을 올렸다.

어느새 즐비해진 탁자 위 사진들을 보며 주혁이 턱을 쓰다듬었다. 생각을 정리하는 듯. 그 와중에 황 실장이 말을 보탰다.

"그런데 여기서 황당한 게."

"황당?"

"예. 최화진 이 친구, 나이가 좀 어립니다."

"몇 살인데요?"

"스무 살이요. 이제 막 성인이 된."

"이런 미친 새끼들."

그럼 FNF 사장이라는 송갑필 이 겁대가리 없는 놈은 스무 살짜리 걸그룹을 접대 및 스폰으로 밀고 있다는 건가?

그때 황 실장이 무인모텔이 찍힌 사진을 내밀었다. 남녀 한 쌍이 찍혀 있었다.

"이 사진을 보시면 젊은 여자와 송갑필이 연인 사이인지 어떤지는 모르겠는데, 무인모텔 출입이 잦습니다. 확인해보니 이 여자도 FNF엔터 연습생이었습니다. 아, 송갑필은 이미 결혼은 한 상태입니다."

"즉 불륜인데 그 상대가 연습생이다? 욕도 아까운 새끼네."

미간을 찌푸리며 잠시 생각하던 주혁이 말을 이었다.

"J-주비스가 전부 별장에서 이 짓을 당하고 있었습니까?"

"아닙니다. 별장에서는 최화진 이 친구만 보였습니다."

"흠."

보고를 마쳤는지 황 실장이 수첩을 덮었고, 주혁은 짧은 한숨을 내쉬었다.

"일단 알겠습니다. 증거들 전부 두고, 오늘은 이만 퇴근하세요. 황 실장님은 오늘부터 이 일은 손 떼시고, 다음 주에는 사무실로 출근하세요."

"알겠습니다."

황 실장이 사무실을 떠났고, 주혁은 소파에 가만히 앉아 생각에 빠졌다.

접대, 스폰, 불륜. 이 바닥에 이런 경우가 전혀 없는 건 아니었다. 하지만 송갑필처럼 쓰레기인 경우는 드물다. 그리고 송갑필의 뒷배는 태신식품 상무이사 박종주. 강주혁이 가만히 박종주의 사진을 보다가 혼잣말을 뱉는다.

"엮어걸렸네."

이어서 핸드폰을 꺼낸 주혁은 연락처에서 누군가를 검색했다.

― 미친 박 기자

박 기자는 국내에서 외압이 적기로 유명한 디쓰패치 소속 기자였다. 사실 기자라기보다 첩보원에 가까울 정도로 특종 먹잇감을 물면 어떻게든 캐내는 독종 캐릭터. 주먹구구식으로 기사부터 터뜨리는 것이 아니라, 정확하게 법의 심판을 받을 수 있을 정도로 수많은 증거를 확보한 후 타깃의 숨통을 끊어놓기로 유명했다.

그리고 그 박 기자는 강주혁의 수많은 사건이 터졌을 당시 전부 루머라는 기사를 내준 유일한 기자이기도 했다. 뜬소문이나 찌라시는 믿지 않고 확실한 증거와 본인의 취재결과만 믿는, 미쳤지만 나름대로 믿을 만한 기자였다.

― 뚜루~뚜루~뚜루~뚜루~

하지만 박 기자가 바쁜지, 전화를 받지 않았다. 짧게 혀를 찬 주혁이 박 기자에게 문자를 보냈다.

― 악취 나는 어마어마한 특종 제보. 필히 연락 바람.

문자를 보낸 주혁은 탁자 위에 올려진 증거들을 정리하기 시작했다.

* * *

다음 날, 사무실에 출근한 주혁은 벙찔 수밖에 없었다. 사무실 앞에 김재욱이 서 있었기 때문이었다.

김재욱은 쉽사리 포기하지 않았다. 오면 손걸레로 여기저기 닦아대고, 대걸레로 바닥도 닦았다. 그러기를 하루, 이틀. 박 기자의 연락을 기다린 지 3일째 되던 날 역시 김재욱은 주혁의 사무실에 출근 도장을 찍었다. 하필 보이스 프로덕션의 전체 회의가 있는 날. 덕분에 청소하는 김재욱을 강자매와 팀장들 그리고 황 실장까지 신기한 듯 쳐다봤다.

"어머, 누구야? 잘생겼는데? 청소부도 얼굴로 뽑았어?"

"니 눈에 뭔들."

"후—"

설명이 필요하겠다 싶었는지, 주혁이 짤막하게 김재욱에 관해 구라를 섞어서 설명했다. 자신에 관해 말하고 있는데도 김재욱은 여기저기 닦아대기 바빴다.

"아— 그러니까 대뜸 연기하고 싶다면서 나타났다?"

대충 넘긴 건지 아니면 뭔가 사정이 있나 보다 했는지, 누구도 김재욱이 어떻게 여기를 알아냈는지는 묻지 않았다. 대신.

"그럼 테스트라도 시켜보지? 탈 괜찮은데."

추민재 팀장이 말을 던졌고.

"커흐흠!"

모든 것을 알고 있는 황 실장은 그저 헛기침하기 바빴다. 김재욱의 정체를 전혀 모르는 홍혜수 팀장이 바통을 이어받았다.

"나도 찬성. 간만에 우리 민재가 맞는 말 했네. 아, 나 연습 대본도 있어."

퍼뜩 생각났는지, 홍혜수 팀장이 연습 대본을 가방에서 꺼내 주혁에게 건넨다. 연습 대본은 드라마나 영화 등 극중 대사를 짤막하게 정리해놓은 교재. 사실 두 팀장의 말도 틀린 건 아니었다. 김재욱 저놈을 포기하게 하려면 뭔가 강한 충격이 필요할 테니.

"김재욱."

한창 창틀을 닦던 김재욱이 고개를 번쩍 들어 강주혁을 쳐다봤다.

"이리 와봐."

"네."

걸레를 내려놓은 김재욱이 강주혁 앞에 섰다. 그런 김재욱을 올려다보던 주혁은 연습 대본 한 장을 건네면서 입을 열었다.

"해봐, 이거. 한번 보자."

생각도 못한 제안에 김재욱의 눈알이 튀어나올 듯, 놀란 표정으로 연습 대본을 받아 들었다. 그 와중에도 주혁은 속으로 생각했다.

'어차피 못할 거, 대충 보고 보내야지.'

연습 대본을 김재욱이 보고 있을 때, 홍혜수 팀장이 강하진에게 말했다.

"하진아. 저거 너가 연습하던 대본이니까 상대역 좀 해주면 어때? 그럼 괜찮겠어."

"침 좀 닦아, 아줌마."

팀장들의 티키타카가 다시 점화되려던 때에 주혁이 강하진을 보며 고개를 끄덕였다. 그러자 강하진이 발딱 일어나서 김재욱에게 다가갔다.

"재욱이 너는 대사 보고 해도 돼. 준비되면 시작해."

강주혁의 말이 끝나자 팀장들도 입을 다물었고, 강하진이 깊은 숨을 들이 마시더니 연기를 시작했다.

"여기 좋네요. 비도 가려주고, 조용하고."

강하진의 말에 김재욱이 연습 대본을 내리면서 담담하게 대사를 쳤다.

"저 죽이려고요?"

순간 팀장들의 표정이 바뀌었다. 이어서 강하진이 웃으며 던지는 대사.

"지금 죽여드릴까요?"

강하진의 대사에 김재욱이 말없이 시간을 두고 강하진을 애틋하게 쳐다본다. 그러다 다시 대사를 던진다.

"그럼 우리 사귈 수 있어요?"

"미쳤어요?"

강하진의 약간 격앙된 연기. 김재욱은 담담하게 받아친다.

"안 미쳤어요."

"미친 거지. 나 알아요?"

"뭘 많이 알아야 해요?"

"그럼 모르고 사귀어요?"

"그럼 알려드릴게요. 스물네 살, 대학은 안 갔고, 군필에 회사는……."

"아, 잠깐잠깐. 우리 본 지 얼마나 됐다고 이래요? 아니면 그냥 원나잇?"

그리고 이어지는 김재욱의 마지막 대사.

"예쁘다고 아무 여자나 잡고 자러 가진 않아요."

그렇게 연습 대본으로 한 김재욱과 강하진의 연기가 끝났다. 강하진은 자리로 돌아가 앉았고, 팀장들은 입꼬리가 씰룩거렸다. 사무실에 오묘한 분위기가 연출되었다.

"크흐흠!"

이어지는 황 실장의 헛기침.

와중에 강주혁만 유일하게 김재욱을 뚫어져라 쳐다보고 있다. 어떻게 된 걸까? 주혁은 방금의 연습 연기를 다시 들어보고 싶은 심정이었다. 그럴 수밖에 없었다. 김재욱이 쪼가 가득 박힌, 어디서나 흔히 볼 수 있는 연기를 펼칠 줄 알았으니까. 그런데.

'와, 뭐지?'

주혁이 이마를 쓸어올렸다. 그러다 여전히 멀뚱히 서 있는 김재욱에게 다시 시선을 던지며 속으로 읊조렸다.

'왜 잘하지?'

(2권에서 계속)

장탄

데뷔작《보이스피싱인데 인생역전》으로 웹소설 플랫폼 문피아에서만 760만 뷰라는
기염을 토한 천생 이야기꾼.
출중한 스토리텔링 능력은 신인작가라 믿기 어려운 뛰어난 흡인력을 자랑한다.
재미있는 이야기를 끊임없이 추구하기에 더욱 다음이 기대되는 작가.
작품으로《보이스피싱인데 인생역전》(2019),《산지직송 자연산 천재배우》(2021)가
있다.

보이스피싱인데
인생역전 1

2021년 7월 29일 초판 1쇄 발행

지은이 장탄

펴낸곳 비스토리
펴낸이 권정희
편집부 이은규
콘텐츠사업부 박선영

주소 서울특별시 성동구 연무장7길 11, 8층
대표전화 02-6463-7000 팩스 02-6499-1706
이메일 info@book-stone.co.kr
출판등록 2020년 7월 10일 제2020-000071호

ⓒ 장탄
(저작권자와 맺은 특약에 따라 검인을 생략합니다)

ISBN 979-11-91211-38-2 (04810)
ISBN 979-11-91211-37-5 (세트)

비스토리는 (주)북스톤의 임프린트입니다.